Weil wir träumten

Die studierte Medizinerin, Weltenbummlerin und vierfache Mutter Antonia Michaelis lebt heute als engagierte Autorin mit ihrer Familie an der Ostseeküste. Ihre zahlreichen Bücher sind durchweg ungewöhnlich und bewegend. Sie wurde mit ihrem Jugendroman »Der Märchenerzähler« für den Deutschen Jugendliteraturpreis nominiert. Für ihre Romane hat sie zahlreiche Ehrungen erhalten. Antonia Michaelis schreibt für Erwachsene, für Jugendliche und für Kinder. Im Herbst 2019 baute sie auf Madagaskar mit ihrer Familie eine Schule und ein Kinderhaus auf – für Kinder, die niemanden haben, der sich um sie kümmert. Das Projekt wächst und sucht immerzu Paten: www.les-pigeons.net.

Mehr über unsere Bücher, Autor*innen und Illustrator*innen auf: www.thienemann.de

Michaelis, Antonia:
Weil wir träumten
ISBN 978 3 522 20277 0

Umschlaggestaltung: Ria Raven unter Verwendung von Shutterstock-Motiven von WAYHOME studio, TopGear, Ponomus, Alonafoto, jyurinko, Trust Me I Drink Mint und Riccardo Mayer
Innentypografie: Kadja Gericke
Reproduktion: DIGIZWO GbR, Stuttgart
Druck und Bindung: GGP Media GmbH, Pößneck

MIX
Papier aus verantwortungsvollen Quellen
FSC® C014496
FSC www.fsc.org

Antonia
Michaelis

Weil wir träumten

Thienemann

1

Es ist so schön hier!

Alles ist schön.

Die Boote da draußen, im letzten Licht, Einbäume, in denen die Fischer der Nacht entgegenpaddeln. Die Palme, auf deren fast waagrechtem Stamm ich sitze und die sich so malerisch über das Wasser reckt. Die Kinder, die den Strand entlanglaufen: kleine, übermütige Silhouetten vor dem Sonnenuntergang. Sie haben Muscheln oder Krabben in alten Flaschen gesammelt, balancieren über Felsen, hüpfen hinunter in den Sand, lachen: jeder Schritt ein Abenteuer.

Sie werden nach Hause gehen zu ihren Müttern, in die palmstrohgedeckten Hütten der Insel zwischen den Palmen, sie werden den Fisch essen, den die Väter gefangen haben, sie werden von einem Tag voller Schätze und Entdeckungen träumen.

So wollte ich sein, als Kind. So frei. So wild. Und ich stelle es mir vor: ein Kind auf der Île aux Nattes zu sein, ein Kind in Madagaskar, ein kleines Mädchen mit einem Dutzend geflochtener Zöpfe.

Ich war nie ein wildes und freies Kind.

Vor den Hütten unserer Lodge, vor dem grünen Garten voller blühender Bäume, sitzt auf einer schadhaften Bank die einzige Person, die mir je zugetraut hat, wild und frei zu sein: Elise. Achtzig Jahre alt, etwas eigen, kerngesund. Sie war auch die Einzige, die sich bereit erklärt hat, mit mir hierher zu kommen. Sie war es, die die anderen davon überzeugt hat, dass es eine ganz normale und ungefährliche Reise ist.

Mama war nicht der Meinung. Madagaskar! Allein schon der Flug!

Denn ich bin nicht normal, und nichts ist für mich ungefährlich.

Ich bin Emma. Sechzehn Jahre alt. Zu klein und zu dünn für mein Alter, zu blass, geboren mit einer Fallot-Tetralogie, im ersten Lebensjahr dreimal operiert, seit zwei Jahren Besitzerin einer neuen künstlichen Pulmonalklappe. Und ich bin auf Droge. Immer. Die anderen nennen es Blutverdünner.

Emma Andermann, sechzehn Jahre alt, Herzpatientin. Als wäre es das, was mich ausmacht.

Manchmal werde ich wütend. Mama sagt, ich soll versuchen, gleichmäßig zu atmen und zu zählen, es ist nicht gut für mein Herz, wenn ich mich aufrege. Elise lächelt nur. Wütend sein ist gesund, sagt sie. Lass es raus.

Aber ich will nicht wütend sein, nicht jetzt. Nicht hier, wo alles so schön ist.

Ich habe dieses Reisetagebuch begonnen, um nur die schönen Dinge aufzuschreiben.

Auf der Mole vor der Lodge leuchtet ein Dutzend Laternen in die Dunkelheit, eine Perlenkette aus Lichtern in der Nacht. Irgendwo da draußen, hinter der weiß leuchtenden

Gischt der Wellen, schwimmen ruhig und riesig die Wale durch den unendlichen Ozean. Sie kommen hierher, um in den stillen Wassern vor der Insel ihre Kinder zu gebären.

Und ich spüre, wie mein Herz ganz ruhig wird, während es all dies in sich aufnimmt.

Sie haben nicht verstanden, warum ich ausgerechnet hierher wollte.

Sie hätten mich lieber an einen italienischen Strand geschickt oder am besten in ein deutsches Freibad, nach all dem Stress der letzten Monate, der Schule und … allem anderen.

Madagaskar? Warum Madagaskar?

Und dann all die Diskussionen hinter geschlossenen Türen, von denen sie dachten, ich würde sie nicht mithören: Ob ich das kann. Ob das geht. Ob das nicht zu viel ist.

Andere Leute reisen mit sechzehn mit dem Zug durch Europa, machen ein Austauschjahr in Neuseeland, gehen in den Bergen klettern. Aber nicht Emma Andermann, Emma Andermann zählt jeden Morgen ihre Tabletten ab und braucht eine Begleitung, für jede Art von Reise.

»Ich kann sowieso nicht mit«, hat Mama sofort gesagt. »Drei Wochen Urlaub? *Jetzt?* Unmöglich. Die Arbeit …«

Papa hat ungefähr dasselbe gesagt, am Telefon. »Kannst du nicht irgendwo in der Nähe Strandurlaub machen, Emma? Kürzer? Ein paar Tage am Bodensee …«

»Am Bodensee sind keine Wale.«

»Im Sea Life in München gibt es Wale.«

»Nein. Nur Seepferdchen. Und keinen Urwald.«

»Geht es um den Urwald? Im botanischen Garten gibt es Urwald.«

»Aber keine fast ausgestorbenen Halbaffen.«

Ich hatte die Augen geschlossen und tief durchgeatmet und ihn nicht angeschrien. »Es geht um das Leben. Die Mitte des Lebens. Den Ursprung. Ja, ich weiß, es ist nicht auf dieser verflixten Insel entstanden, aber diese verflixte Insel ist nahe dran. Ich habe so viel gelesen. Sie ist … alles in klein. Der Urwald. Die Tiere. Das Leben im Meer. Ich möchte einmal die *Mitte des Lebens* sehen.«

Elise und Mama hatten neben mir gesessen, als ich mit Papa telefoniert hatte. Und als ich die Augen wieder geöffnet hatte, hatte Mama mich angesehen, auf diese Art, die ich hasse. Mitleidig. Und Elise hatte gesagt: »Dann lass uns fliegen. Zur Mitte des Lebens.«

Und alle, die davon erfuhren, erklärten sie für verrückt, doch am Ende konnte niemand wirklich etwas sagen, denn sie mag zwar achtzig sein und meine Urgroßmutter, aber sie ist vermutlich die gesündeste Person der ganzen Familie. Und außerdem ist sie nach Mama die Person, die mein Herz und meine Medikamente am besten kennt. Die Person, mit der ich in meinem Leben am meisten Zeit verbracht habe.

»Halbaffen und Sandstrand und Kokosnüsse«, hat sie gesagt und gelächelt. »Das ist genau das, was ich brauche nach den letzten Schulprüfungen.«

»Moment«, habe ich gesagt, »*ich* habe die zehnte Klasse hinter mich gebracht, nicht du.«

Wir flogen an einem Sonntag. Ich hatte genügend Medikamente im Gepäck, um ein ganzes Krankenhaus über mehrere Wochen zu versorgen.

Die Kontrollen waren eine Zerreißprobe, ich kam mir vor,

als täte ich etwas Illegales, als würde irgendwer mich aus der Schlange ziehen und sagen: »Das ist doch Emma Andermann, zuletzt Zimmer dreizehn, wir kennen die Patientenakte! Versucht sie zu fliehen?«

Ich zitterte wie eine Verbrecherin, während sie sich meinen Pass ansahen.

Ich – biometrisch: Sommersprossen, glattes rötliches Haar, eine Brille, die immer zu groß wirkt für das schmale Gesicht. Manche schätzen mich auf dreizehn. Ein Meter 53 steht im Pass.

Ich war ein Frühchen, ein hässliches Ding in einem Inkubator, es gibt Fotos davon. Papa sagt, ich wäre niedlich gewesen. Ich hatte Segelohren von den CPAP-Beatmungsschläuchen und eine nach oben gerichtete Nase, alle beatmeten Frühchen haben das. Die Nase hat sich normalisiert. Die leicht abstehenden Ohren habe ich noch immer. Ich trage das Haar halblang und offen, das verbirgt sie. Aber auf dem Passbild müssen die Ohren frei sein.

Manchmal stelle ich mir vor, ich wäre jemand anders. Ich habe im Kindergarten damit begonnen, wo alle Kinder größer und stärker waren als ich. Sie durften mich nicht schubsen oder ärgern, das hatten die Erwachsenen ihnen verboten, auf mich musste man aufpassen. Wenn die Erzieher es nicht sahen, streckten die anderen mir die Zunge raus. Und ich träumte davon, groß und dick zu sein und drahtige Locken zu haben …

Dann der panische Anruf von Mama: »Seid ihr schon durch die Kontrollen? Emma, ich weiß nicht, darf denn eine künstliche Pulmonalklappe überhaupt durch den Metalldetektor?«

»Mama. Das Ding ist aus Kunststoff. Nicht aus Eisen.« Und ich versuchte zu lachen. »Ich bin nicht Frankenstein. Nur deine Tochter.«

»Ja. Natürlich. Ich liebe dich. Gott, Emma, ich wünschte, du würdest nicht fliegen. Sag Elise, sie soll auf dich aufpassen. Sag …«

Ich hatte den Ton laut gestellt, und Elise beugte sich zu mir und sagte ins Telefon: »Irmie? Sei ein Schatz und lass deine Tochter jetzt das Telefon aufs Röntgenband legen. Sie ist sechzehn Jahre alt. Wenn überhaupt, passt *sie* auf *mich* auf.«

In der Nacht, im Flugzeug, sah ich draußen die Sterne zwischen den Wolken. Elise schlief. Und ich dachte: Jede Minute trägt mich weiter von meinem alten Leben weg, von den Menschen, die wissen, dass sie mich beschützen müssen, dass ich anders bin. Jede Minute trägt mich zu einem Ort, an dem niemand es weiß. An dem ich ein ganz normaler Mensch sein kann.

Zwanzig Stunden später, nach einem zweiten Flug, landeten wir auf der Île Sainte-Marie: Pirateninsel früherer Zeiten. Wir mussten ein Stück fahren, in einem klapprigen Dreiradtaxi, und danach in einem Boot übersetzen. Man hätte zu Fuß durchs warme Wasser hinüberwaten können. Aber das Boot war praktisch, denn es fuhr nicht nur hinüber, sondern weiter, an der Insel entlang bis zu unserem Ziel, und trug geduldig unser Gepäck.

Das Boot bestand aus zwei Einbäumen mit einer Verbindungsplattform und einem Außenborder, und Andry, unserer Bootsführer, hatte alles daraufgestapelt, was sie in der nächsten Woche im Hotel brauchen würden. Einmal in der Woche, erklärte er in seinem gebrochenen Französisch, fuhren sie zum Einkaufen nach Sainte-Marie, dort war alles billiger, und so stapelten sich Eier, Puddingpulver, Reissäcke, Milchpackungen im Boot, gemeinsam mit unserem Gepäck.

Ich machte ein Foto von all dem. Und von Andry. Er lächelt auf dem Bild. Ich hatte gelesen, dass Madagaskar von zwei Seiten besiedelt worden war, von Asien und vom afrikanischen Festland aus. Die Gesichter der Madagassen gehören zu den interessantesten, die ich kenne, und das Strahlen auf diesem Gesicht machte es noch schöner.

Hinter ihm breitet sich auf dem Foto das tiefblaue Meer bis in die Unendlichkeit.

Die Inselküste war ein grünes Band voll bunter Blütentupfen. Irgendwo an einem einsamen Stück Strand stand ein Tisch im Sand, und zwei Leute saßen daran und hoben ihre Weingläser, um uns zuzuprosten.

»Das möchte ich auch machen«, sagte Elise. »Ein Picknick an einem Tisch im Sand, samt Weinkühler. Das hat Klasse.«

Ich lachte. Und ich spürte den warmen Wind auf meiner Haut, roch den Diesel und die frische Ananas, die neben mir im Karton lag. Da draußen, irgendwo, verborgen unter dem Wasser, gebar vielleicht in diesem Moment ein Wal sein Kind.

Und dann waren wir da.

Eine halbkreisförmige Mole aus Felsen rahmte den Ankerplatz für das Boot ein, und darauf wuchsen weiß-blau-geringelte Holzpfähle mit Laternen wie riesige Lollis. Auf einem kleinen Betonsteg saß eine steinerne Frau. Sie hatte langes Haar und einen perfekt geformten Körper, aber der Künstler hatte ihr keine Augen gegeben.

Sie sah nichts von der Schönheit ringsum. Weder das hohe, weiß gestrichene Gerüst im Sand mit der weit schwingenden Schaukel noch die blühenden Büsche, zwischen denen die Palmstrohhütten der Lodge sich erhoben. Weder die Restauranttische noch den alten Herrn, der jetzt über den Strand kam: Ein Pirat mit einer Augenklappe und grauem Haar, der sich galant verneigte, ehe er Elise aus dem Boot half.

»Sehr erfreut«, sagte er. »Jean-Pierre. Dies ist meine Lodge. Und Sie sind ... Elise und Emma, nicht wahr? Willkommen im Paradies.«

»Vielen Dank«, antwortete Elise huldvoll, und zwinkerte mir zu. Ich sprang ohne Hilfe ins flache Wasser, die Sandalen in der Hand. Zwei junge Männer hatten unser Gepäck geschnappt und trugen es auf den Schultern zwischen duftenden Bäumen hindurch: junge Männer in ziemlich fadenscheinigen Unterhemden, die Muskeln ihrer Oberarme und Schultern deutlich wie auf einem Gemälde. Ich fragte mich, wie alt sie waren. Nicht so viel älter als ich.

»Guck dir das an«, meinte Elise. »Da wohnen wir. *Hütte* ist etwas untertrieben, was? Oh, Emma, es ist ein kleines Schloss!« Sie streichelte das tief nach unten gezogene Palmstrohdach, aufgeregt wie ein Kind, und ich musste lächeln. Sie war ein Kind. Ein achtzigjähriges Kind. »Hier draußen auf diesen beiden Liegen werden wir Champagner trinken«, sagte sie und lachte. »Und wir werden Zigaretten in Spitzen aus Elfenbein rauchen ...«

»Elise«, sagte ich. »*Elfenbein? Rauchen?*«

»Ja, ja, deine Mutter hätte etwas dagegen.« Elise seufzte. »Und überhaupt habe ich vor dreißig Jahren aufgehört, aber lass mich doch träumen.«

Sie hatte recht, die »Hütte« war wunderschön, zweistöckig, die dicken, offenen Balken verziert mit geschnitzten Delfinen, Meerjungfrauen, Schildkröten, und auf dem Tisch in der Mitte des runden Raumes schwammen in einer Schale duftende weiße Frangipani-Blüten. Ein Moskitonetz verwandelte das große Bett in ein wahres Himmelbett, und eine schmale Leiter führte zu einem zweiten Stockwerk.

»Die junge Dame vielleicht oben ...«, begann der französische Pirat.

Elise und ich sahen uns an. Meine Mutter hätte mir strikt verboten, nachts diese Hühnerleiter hinauf- oder hinunterzuklettern. *Wenn sie fällt, Elise, denk daran, sie nimmt Blutverdünner ...*

»Wir können das Doppelbett unten gut teilen«, sagte Elise vorsichtig.

»Ich schlafe oben«, erklärte ich. »Ich habe eine Taschenlampe.«

Da waren Blüten auf den Betten, zur Dekoration, rote Hibiskusblüten. Die geschnitzten Delfine und Meerjungfrauen, die aus den Balken ragten, schienen seltsam lebendig im Halbdunkel der Hütte, ich betrachtete sie, während der Pirat Dinge erklärte und ich nicht zuhörte, und dann schob er die Tür zu dem winzigen Badezimmer auf, und dort kniete ein Schatten. Ich erschrak.

Der Schatten platzierte eine letzte rote Blüte auf einem Handtuch und schlüpfte an uns vorbei hinaus.

»Ach«, sagte der Pirat, ein wenig verärgert. »Sie brauchen immer zu lange.«

Ich sah dem Schatten nach: eine junge Frau, gebückt, barfuß, eine junge Frau mit einem Buckel. In einem abgewetzten T-Shirt, ein rot-gelb gemustertes Tuch umgeschlungen als Rock. Ich sah sie im Garten der Lodge verschwinden, in all der Schönheit.

»Darf ich Ihnen einen Begrüßungs-Drink anbieten?«, fragte der Pirat.

Also saßen wir an jenem Tag an einem Tisch im Sand, genau wie Elise es sich gewünscht hatte. Wir tranken selbst gemachten Eistee aus hohen Gläsern, und der Pirat brachte ein Tablett mit Rumflaschen voll eingelegter Früchte. »Wir setzen ihn selbst an«, sagte er. »Orange, Zitrone, Vanille, es gibt eine Vanillefarm auf der Insel, weiter südlich, Sie können sie dort auch kaufen. Jaja, das schwarze Gold ...«

Er lachte und goss eine Handbreit Rum in zwei Gläser, aber ich schüttelte den Kopf. »Danke.«

Er hob eine Augenbraue. Merkwürdigerweise die auf der Seite mit der Augenklappe. Dann schob er ein Glas zu Elise hinüber und nahm das andere selbst. »Chin-chin! Darauf, dass Sie einen wundervollen Urlaub bei uns verbringen.«

Hinter uns fegte jemand die Terrasse des Restaurants, und ich sah mich um, doch es war nicht die junge Frau mit dem Buckel, es war eine andere Frau, eine pummelige, fröhliche Frau mit lauter dünnen Zöpfchen. Leise französische Musik wehte aus dem Restaurant zu uns herüber.

Doch in meinem Kopf hockte ein Schatten mit einer roten Hibiskusblüte in der Hand.

Der Pirat stand auf, um mit anderen Gästen zu sprechen.

»Schwarzes Gold«, sagte ich leise. »Elise? Das ist keine Vanille. Es sind Sklaven.«

Elise lächelte. »Ja. Madagaskar hat eine abenteuerliche Geschichte. Piraten, Sklaven, mordende Königinnen. Im Moment sieht es allerdings ganz friedlich aus.« Sie legte mir eine Hand auf den Arm und sah mich an. »Lass uns eine Million Muscheln finden und ins Meer springen«, flüsterte sie verschwörerisch.

»Dasselbe hast du jeden Sommer an der Nordsee gesagt. Als ich klein war.«

»Ja«, sagte Elise. »Es war schön, als du klein warst. Kinder werden groß.« Sie stand auf. »Wir können trotzdem Muscheln finden.«

Und wir wateten hinaus ins flache, laue Wasser, und die Sonne fing sich in den Tropfen in Elises weißem Haar und machte sie zu Edelsteinen.

Dann ging ich nur für mich spazieren, ich sagte Elise, ich müsste allein sein mit meinen Gedanken und all der Schönheit ringsum, nur eine Weile. Ich fand Muscheln in allen Formen und Farben, glatte und gerillte, gelbe und rosafarbene und silberne.

Und Korallen: winzige Ästchen, feine verkalkte Kunstwerke. Ich fand auch einen Seeigel und schubste ihn mit einem Stock zurück ins Meer.

»Warum machst du das?«, fragte jemand hinter mir. Auf Französisch mit starkem Akzent.

Ich fuhr herum. Und da stand sie. Die junge Frau mit dem Buckel.

»Weil ... weil er noch lebt«, sagte ich verblüfft. »Die Mitte des Lebens ... er gehört dazu.«

Sie trug jetzt einen geflochtenen Korb auf dem Kopf, einen Korb voll gefalteter weißer Wäschestücke. Sie stand ganz aufrecht, und da begriff ich, dass der Buckel auf ihrem Rücken gar kein Buckel war.

Es war ein Kind. Ein Kind, mit einem alten blauen Tuch um ihren Körper gebunden, ein winziges Kind, das an einer winzigen Faust lutschte. Es sah mich mit großen dunklen Augen an.

»Ich gehe nach da«, sagte sie und zeigte zur Lodge. »Ich bringe Wäsche zurück.«

»Warte!«, sagte ich. »Ich gehe auch nach da. Ich bringe mich selbst zurück.«

Sie runzelte die Stirn. »Ach so. Du bist keine Französin.«

»Wie bitte?«

»Franzosen machen keine Witze. Komm.«

Ihr Französisch war gut, aber sie sprach es wie eine ganz andere Sprache, es war rund in ihrem Mund wie Murmeln oder Bonbons.

Wir wanderten schweigend nebeneinanderher durch den Sand, und ich sah unsere bloßen Füße an, ihre und meine, schwarz und weiß. Dann sah ich hinauf zu ihrem Gesicht, nur flüchtig, ich wollte sie nicht anstarren. Sie war jünger, als ich zuerst gedacht hatte. Ein Mädchen, keine Frau. Ihr Gesicht war rund wie ihr Bonbon-Französisch, ein schönes Gesicht, ihre Augen mandelfömig und groß, ihre Nase flach, ihre Lippen voll.

Sie trug ihr Haar in vielen kleinen Zöpfen, wie die Frau, die gefegt hatte, aber bei ihr war es zu fünf Knoten zusammengenommen, komplizierte runde Kunstwerke. Über ihre linke Wange und die Stirn lief eine lange Narbe.

Sie fing meinen Blick auf, und ich sah zur Seite, spürte, wie sie jetzt mich musterte. Wir waren stehen geblieben.

Und dann fragten wir. Gleichzeitig. »Wie heißt du?«

Und sahen uns wieder an und grinsten vorsichtig.

»Emma.«

»Fy.«

»Nur Fy? Wie in So-phie?«

Sie lachte. »Wie in Françoise Sophie Soa Ranavolana Rakotomanalalafy. Und … woher kommst du?«

»Deutschland«, sagte ich. »Und du?«

Es war nicht ernst gemeint, natürlich, aber sie kniff die Augen ein wenig zusammen, als gäbe es eine Antwort, und als würde sie sie mir nicht sagen. »Ich muss weiter«, sagte sie stattdessen. »Die Wäsche. Wenn ich zu spät bin, schimpfen sie.«

»Soll ich dir tragen helfen?«

Sie lachte schon wieder. »*Du?*«

Da stand ich, klein, dünn, sommersprossig, schon jetzt außer Atem, und kam mir dumm vor.

»Es gibt Leute, die denken, ich wäre erst dreizehn«, sagte ich. »Nur, falls du das auch denkst … Ich bin sechzehn.«

»Sechzehn. Ich auch.« Sie lächelte. »Aber *du* bist eine *Vazaha.* Eine *Weiße.* Vazahas tragen keine Wäsche.«

Ich hasste das Wort »Vazaha« sofort.

»Du würdest lachen«, sagte ich. »Ich *trage* Wäsche. Unterhosen und BHs. Okay, vergiss es, war nur wieder ein blöder Witz.«

In diesem Moment nahm das Baby die Faust aus dem Mund und griff in die Luft, als suchte es etwas. Ich gab ihm meinen kleinen Finger, und es begann, daran zu saugen.

»Es hat Hunger«, flüsterte ich.

Sie nickte. »Auch ein Grund, sich zu beeilen. Der Chef hat es nicht gerne, wenn er sie brüllen hört. Bei der Lodge. Ich stille sie, sobald ich die Wäsche zurückgebracht habe.«

Und so setzten wir uns wieder in Bewegung, das Baby mit meinem Finger im Mund, Fy mit dem Wäschekorb. Neben uns schlug das Meer seine stetigen Wellen an den Strand, während die Dämmerung über das Wasser herankroch.

»Wie heißt sie?«, fragte ich, als wir das hohe weiße Schaukelgerüst vor der Lodge erreichten, und deutete auf das Baby.

»Onja«, antwortete Fy. »Es bedeutet Welle.«

»Schön«, sagte ich. »Und sie ist ... deine Tochter?«

»Gestohlen hab ich sie nicht«, sagte Fy. Sie lachte wieder, und dann entzog sie dem winzigen Wellenkind meinen Finger und ging eilig über den Strand hinauf, zur Restauranthütte, wo andere Frauen dabei waren, Gemüse zu putzen. In ihrer Mitte würde sie sich auf den Boden setzen und ihr Kind stillen, mit ihnen ihre Geschichten teilen und ihr Lachen, während der Reis über dem Holzfeuer kochte.

Wie wunderbar musste es sein, dieses kleine Wesen im Schoß zu fühlen, das einem so ganz vertraute. Fys Leben, dachte ich, hatte einen Sinn. Meins hatte keinen. Vielleicht würde ich hier, auf dieser Insel, einen finden.

Auf den Tischen, die ihre Füße im Sand haben, flackern jetzt Kerzen. Ich kann kaum mehr sehen, was ich schreibe, hier auf meinem Palmenstamm. Es duftet nach Curry. Elise sitzt nicht mehr auf der Bank. Ich glaube, sie wartet an einem der Restauranttische auf mich. Ich werde zu ihr gehen. Leise, leise schlagen die Wellen an den dunklen Strand, und in der Nacht schlafen die Wale.

In mir jedoch schläft noch das Bild jenes Gesichts mit der Narbe auf der Wange, das Bild der ebenmäßigen Haut und der vielen Zöpfe. Fy. Gott, sie ist so schön. Ich, im Spiegel, bin nichts als blass und rothaarig, meine Augen haben die Farben von altem Moos, aber *sie* ist schön.

Gott, sie ist so schön.

Alles an ihr ist schön.

Ihr rotgoldenes Haar, das ihr Gesicht umgibt wie ein Heiligenschein. Ihre helle Haut und die kleinen braunen Tupfen darauf, Tupfen wie Sterne. Und ihre leuchtenden Augen. Sie sind grün, grün wie das Grün des Waldes unterhalb des Leuchtturms, dort, wo er am grünsten ist.

Ja, kleine Onja, du weißt, von wem ich spreche.

Emma. Sie heißt Emma. Selbst der Klang ihres Namens ist schön. Sie ist so alt wie ich. Die anderen Vazahas, die herkommen, sind älter. Oder es sind ganz kleine Kinder mit ihren Eltern.

Wie war sie, als kleines Kind? Sie musste nicht den ganzen Tag nach Muscheln und Krebsen suchen wie die Kinder hier. Ich stelle mir vor, dass sie auf einem Berg von bunten Kissen saß und durch ihre Brille Bücher angesehen hat. Die sie lesen gelernt hat, in einer Schule. Ich wünschte, ich könnte *dich* eines Tages zur Schule schicken. Aber ich fürchte, wir haben wenig Chancen.

Im Moment reicht das Geld gerade für den Reis und ein paar Tomaten. Siehst du, kleine Onja, ich gebe mir Mühe, Vitamine zu essen, damit die Milch gut ist, die ich dir gebe.

Faly würde das wollen. Dass du nur das Beste bekommst. Er hat dich geliebt, obwohl er dich nicht kannte; obwohl du noch nicht geboren warst, als er uns hierhergeschickt hat.

Ich wollte weinen, als ich sah, wie sie ihn mitnahmen. Ich habe nicht geweint, ich habe dich in mir gespürt und wusste, ich muss mit allem weitermachen. Ich muss den Bus finden, von dem er erzählt hatte. Ich muss tapfer sein.

Weißt du noch, wie wir ankamen?

Wir sind hinübergewatet, nachts, und ich dachte, wir ertrinken, doch wir haben es geschafft. Und wir sind weitergewandert unter den Sternen und haben das Dorf gefunden und den Großonkel, und dann bist du geboren worden, Onja. Da drinnen, in der Hütte, zwischen den Bretterwänden. Es ist eine wundervolle Hütte. Auch wenn sie immer nach dem Fisch riechen wird, den sie früher darin getrocknet haben, auch wenn das Dach nicht dicht ist, was macht das schon, es ist *unsere* Hütte, das ist es, was zählt.

Schau, die Sterne sind weitergewandert.

Die Sterne in der Stadt waren anders. Kälter. Weiter weg.

Die Stadt ist grausam und riesengroß, sie war nie freundlich zu mir. Nur diese Insel, Onja, diese kleine Insel ist freundlich. *Sie wird euch beschützen*, hat Faly gesagt. *Auf der Insel werden sie euch niemals finden.*

Du bist eingeschlafen, kleine Onja, du hörst mich nicht mehr.

Auch die Berge schlafen, um das Dorf herum, und irgendwo unten, in ihrer Hütte beim Strand, schläft Emma. Ich wünschte, ich könnte sein wie sie. Ich wünschte, ich könnte einschlafen, ohne Angst zu haben.

2

Was für ein Tag! Wieder sitze ich und schreibe, es dämmert, und die Kerzen flackern auf den Tischen im Wind, golden, immer bedroht von der Gefahr, zu verlöschen – so wie die Nachtfalter, wunderschön und groß, ständig in Gefahr, im Feuer zu verglühen.

Wie fragil die Schönheit ist, wie vergänglich das Leben!

Heute sind wir vom Krähen der Hähne geweckt worden und vom Muhen eines Rindes.

Es stand vor der Palmstrohhütte: ein junges Zebu-Rind mit hohem Höcker hinter dem Kopf, weiten, geschwungenen Hörnern und einem Fettlappen vorn an der Brust.

Muuuuuuh!

Ich zog mich an, leise, um Elise nicht zu wecken, öffnete die schweren Holztüren und sah im dunstigen Mondlicht in die sanften Augen des Zebus. Es war schwarz und sehr jung und sah ratlos aus. Und es zog einen Strick hinter sich her, einen blauen Plastikstrick, offenbar hatte es sich irgendwo losgerissen.

»Ich weiß nicht, wo du hingehörst«, sagte ich und streichelte seinen weichen Kopf. »Tut mir leid.«

Dann schlüpfte ich in meine Turnschuhe – und dann zog ich sie wieder aus. Und lief barfuß die kleinen Sandwege entlang, zwischen den gepflegten Hecken zum Strand.

Die große zweistöckige Palmstrohhütte des Restaurants ragte in den Morgenhimmel wie ein schlafender Riese. Drei träumende Hunde lagen zwischen den Stühlen. Auf einem der Tische standen noch Weinflaschen und Kerzenständer vom vergangenen Abend.

Ich grub meine Zehen in den Sand, atmete den salzigen Geruch des Meeres ein.

Die ganze große Freiheit.

Die steinerne Frau saß still vor dem glatten Wasser, selbst die Wellen schienen noch zu schlafen.

Ich holte noch einmal tief Luft und lief los, joggte den Strand entlang, spürte Muschelstückchen unter meinen bloßen Füßen. Ich bin auch in Berlin jeden Morgen vor dem Frühstück joggen gegangen, es gehörte zu meinem Programm, Ausdauersport ist gut, sagen die Ärzte, aber ich hatte immer gekämpft: mit meiner vorgeschädigten Lunge, mit dem harten Asphalt unter meinen Schuhen, mit dem Widerwillen, aufzustehen und einen neuen Tag zwischen all den Menschen und Geräuschen und Erwartungen da draußen zu beginnen.

Hier ging es leicht.

Das Wasser spielte Ebbe, hatte sich zurückgezogen und eine glatte Fläche für mich übrig gelassen; fast war es, als flöge ich, vorbei an angespülten, entrindeten Baumstämmen, an Fischern, die ihre Netze säuberten, an den Sammelkindern.

Aber irgendwann war meine Lunge müde, und ich blieb

stehen, bemühte mich, gleichmäßig zu atmen – und da sah ich ihn.

Er stand am Strand, die Arme erhoben, in einem Regen aus bunten Farben. Einem Regen aus Bällen. Ein Jongleur. Ein Zirkuskünstler mitten am Strand der Îles aux Nattes, nur die kleinen Krebse im Sand waren seine Zuschauer. Und ich. Ich ging langsam näher, da bemerkte er mich und ließ die Bälle fallen.

Sah mich an. Grinste.

Er hatte helles Haar, blond, unter seinem gelben T-Shirt war seine Haut sonnenverbrannt, er trug Badeshorts und war barfuß wie ich, und seine Augen waren dunkelgrün wie die Palmen im Hintergrund dieses perfekten Bildes.

»Bonjour«, sagte er. »Es ist noch nicht mal acht. Du … bist früh auf.«

»Du auch.«

»Und du sprichst Französisch.« Sein Grinsen wurde breiter.

»Du auch«, sagte ich.

Jetzt lachte er. »Ja, aber ich bin Franzose.« Er hob die Bälle auf, es waren sieben, und ich sagte, noch etwas außer Atem: »Sieben. Eine Menge.«

»Ach, ich bin noch nicht wirklich gut«, sagte er und zuckte die Schultern. »Ich übe. Hier hat man viel Platz.« Er breitete die Arme aus, drehte sich im Kreis. »Eine wunderbare Insel. Ein wunderbares Land. Bist du gestern gekommen?«

Ich nickte.

»Allein?«

Offenbar hielt er mich nicht für dreizehn. »Fast allein«, sagte ich. »Du?«

»Wir machen eine Tour durchs Land. Ich und mein Rucksack.« Er lächelte. »Vorher war ich auf Mauritius. Paragliding. Du schwebst da oben in der Luft, und unter dir die große Freiheit … hast du das mal gemacht?«

Ich schüttelte den Kopf.

»Solltest du«, sagte er. Dann jonglierte er weiter, schickte den Regen aus Bällen zurück in den Himmel, und ich schaute ihm einen Moment lang zu. Doch er schien mich vergessen zu haben.

»Bis dann«, sagte ich schließlich. Und drehte mich um und lief zurück. Ich flog nicht mehr, ich war müde, aber ich zwang mich, zu joggen, nicht stehen zu bleiben, nicht zu gehen, denn vielleicht sah er mir trotz der Bälle nach.

Wie alt war er? Zwanzig, einundzwanzig? Und er war ganz allein unterwegs. Niemand musste auf ihn aufpassen. Garantiert wartete auf ihn kein Frühstück aus Blutverdünner und Malariaprophylaxe.

Elise saß an einem der Tische im Restaurant, das jetzt erwacht war, vor sich eine Tasse Kaffee.

»Emma«, sagte sie und lächelte mir entgegen. »Du warst laufen.«

»Du hast dir … keine Sorgen gemacht?« Ich ließ mich auf den Stuhl neben ihr fallen, keuchend.

»Natürlich habe ich mir Sorgen gemacht«, sagte Elise und legte ihre alte faltige Hand auf meine junge. Auf meiner war ein wunderschöner Bluterguss von der Flexüle der letzten Kontrolle im Krankenhaus. »Seit du ganz klein bist, mache ich mir Sorgen«, sagte Elise. »Aber das ist in Ordnung. Du kannst trotzdem morgens joggen gehen.« Sie sah in ihre Kaffeetasse. »Der Kaffee ist scheußlich. Und die Milch ist aus. Aber es gibt Baguette und Marmelade und ein klein wenig Butter.«

Ich lachte. »Wir sind eben auf einer einsamen Insel. Vielleicht werden wir von Piraten entführt.«

»Dann hoffe ich, sie haben besseren Kaffee an Bord«, sagte Elise und lachte.

Ich nahm meine Tabletten mit einem Schluck aus der Wasserflasche, die Elise auf den Tisch gestellt hatte. Eine blaue Plastikflasche. »Immerhin gibt es genug Wasser«, sagte Elise. »Sie kaufen es auch auf Sainte-Marie drüben.«

»Sie ... kaufen es?«, fragte ich. »Es kommt doch aus dem Hahn? Wir haben eine Dusche ... Trinken die Leute es nicht?«

»Die Leute schon«, sagte Elise. »Aber nicht die Touristen. Piratenentführungen sind in Ordnung, Keime im Wasser nicht. Vor allem für dich nicht. Sonst sind wir schon wieder bei Dauerantibiose zur Endokarditisprophylaxe, da hast du auch keine Lust drauf. Weißt du, warum es keine Teller gibt?«

Ich sah mich um. Das Pärchen am Nachbartisch hatte auch keine Teller. Ein sehr glückliches, verliebtes Pärchen, sie mit einer roten Hibiskusblüte im Haar. An einem anderen Tisch saß der alte Pirat, ein Baguette in der Hand, und nickte uns zu, huldvoll, ein König in seinem Reich.

»Man scheint das Brot in der Luft zu schmieren und in der Hand zu essen«, sagte ich. »Elise? Kannst du jonglieren?«

»Das wüsstest du, oder? Wir haben fast dein ganzes Leben zusammen verbracht. Warum?«

»Ich … hatte darüber nachgedacht, ob ich es lernen könnte«, murmelte ich und merkte, wie mein Gesicht ein wenig heiß wurde.

Und ich biss in mein Marmeladenbaguette und lehnte mich zurück und lauschte der Kaffeehausmusik aus dem Inneren des Restaurants, zu der ein junger fröhlicher Madagasse den Dielenboden scheuerte. Er tat es mit einem Fuß, an dem er eine Art Schrubber aus einer Kokosnusshälfte befestigt hatte, es war wie ein Tanz.

Alles war schön und leicht und froh, und sicher schadete es nicht, auf eine schöne und leichte und frohe Weise verliebt zu sein, nicht ernsthaft, nur ein wenig, wie ganz normale sechzehnjährige Mädchen es sind.

Mitten in den Tanz hinein wanderte am Strand eine Gestalt mit einem Korb voller roter Blüten auf dem Kopf. Sie balancierte auch nicht nur die Blumen. Sie hielt gleichzeitig mit einer Hand das Baby, hielt es an ihre Brust, sie stillte es im Gehen.

Der Chef hört es nicht gern, wenn sie brüllt

Sie machte einen Bogen um die Restauranttische, sah mich nicht oder wollte mich nicht sehen, hatte es offenbar eilig – schaffte es, an der Seite des Restaurants, wo sie kochten, den Korb abzusetzen, ohne das Baby loszulassen und hockte sich zu den anderen Frauen, die miteinander lachten und Töpfe schrubbten und Kaffee kochten über einem Kohleöfchen. Sie half ihnen.

Aber, seltsam, da war eine spürbare Distanz zwischen ihr und den anderen.

Die anderen waren fröhlich. Unbeschwert. Sie hatten es nicht eilig mit dem, was sie taten, sie aßen zwischendurch zum Frühstück Reis aus einer gemeinsamen Schüssel. Nur Fy schien merkwürdig gehetzt, nur Fy aß nicht mit ihnen.

Und schließlich stand sie auf, band ihr Baby auf den Rücken, hob den Korb mit den Blüten auf ihren Kopf, ohne dass jemand half, nahm einen Eimer und einen Besen und verschwand zu den Hütten.

»Emma?«, fragte Elise. »Du hast gleich einen Knoten im Hals, wenn du ihn weiter so verrenkst. Wen beobachtest du?«

»Die ... Frauen«, murmelte ich. »Da ist eine ... ich habe gestern kurz mit ihr gesprochen. Sie ist so alt wie ich. Sie hat ein Kind. Ein Mädchen. Onja.«

»Das ... ist möglicherweise normal für hier«, sagte Elise vorsichtig. »Es ist in vielen Kulturen normal.«

Ich nickte. Aber ich dachte, dass nichts an Fy normal war. Sie trug etwas mit sich herum, zusätzlich zu all den anderen Dingen, die sie ständig trug, etwas Unerklärliches und Dunkles. Ein Geheimnis. Sie schien Angst vor den anderen hier zu haben. Oder vielleicht hatten die anderen Angst vor ihr.

Ich sprach an jenem Morgen nicht mit Fy. Ich sah sie zwischen den Hütten umherhuschen wie einen Schatten. Ich war nicht sicher, ob es ihr gefallen würde, wenn ich sie bei der Arbeit störte, und so spielte ich Schach mit Elise und machte Bilder vom Garten, von der Schaukel am Strand, vom Meer, Bilder zum Nachhauseschicken.

Ich schrieb meinen Eltern, einzeln, denn sie leben nicht zusammen, nicht mehr, seit ich sehr klein bin. *Es geht mir gut!!!*, schrieb ich. Mit drei Ausrufezeichen. *Seht nur, wie schön es hier ist!*

Wir wanderten zu zweit los, Elise und ich, in Badeanzügen und leichten, luftigen Röcken: zwei ungleiche Sommerschwestern. Zuerst gingen wir in die Richtung, in die ich am Morgen gejoggt war, aber der Jonglierkünstler war nirgends zu sehen, und wir kehrten um und gingen in die andere Richtung, füllten eine Tasche mit Muscheln. Schließlich sagte Elise, sie würde umkehren, sie bräuchte noch einen scheußlichen Kaffee, und ich sollte ruhig allein weitergehen.

Am Ende der Bucht lag eine Gruppe von großen Felsen. Man konnte darum herumgehen, ein kleiner Pfad führte über eine schattige Wiese voller Cashewnussbäume zur nächsten Bucht – aber gerade als ich meinen Fuß auf diesen Pfad setzen wollte, nahm ich eine Bewegung im Augenwinkel wahr, eine Bewegung auf dem Meer. Und ich fuhr herum.

Mein erster Gedanke war: Ein Wal, da draußen ist ein Wal, ich habe seine Schwanzflosse gesehen – aber es war ein Boot. Ein Kanu, einer der schmalen Einbäume, doch es fuhr nicht gemächlich an der Küste entlang wie die Fischer, die ihre Netze mit sich schleifen.

Es glitt über die Wellen wie ein Surfbrett.

Und die Person, die den Einbaum mit einem langen Paddel antrieb, war kein Madagasse. Es war ein, wie sie hier sagen, Vazaha. Einer, in dessen hellem Haar sich die Sonne verfing. Aufrecht stand er da, jede Welle ausbalancierend –

Mein Jongleur.

Und da nahm ich den Weg über die Felsen, um ihm weiter zuzusehen.

Ich kletterte bis ganz nach oben, von Felsen zu Felsen, manche waren glitschig, und an einer Stelle musste ich über eine Ritze springen. Ich fühlte mich wieder wie ein Kind, ein glückliches Kind, das atemlos von Stein zu Stein sprang, sich an den Bäumen festklammerte, die aus Felsspalten wuchsen: mal auf allen vieren und dann wieder aufrecht, nur nicht abrutschen! Nur nicht fallen! Und dann stand ich oben, auf dem höchsten Felsen, hoch über dem Meer.

Na ja, ehrlich gesagt: vielleicht waren es drei Meter.

Und ich sah den Jungen draußen in seinem Boot vorbeischießen, sah ihn auf den Wellen reiten, hin und her, er nutzte den Einbaum wie ein Surfbrett, stand aufrecht, das Paddel in den Händen wie eine Balancierstange. Ein Zirkuskünstler.

Da streifte ich meinen Rock ab, legte die Brille darauf, stand nur in meinem blauen Badeanzug da.

Und ich hob die Arme über den Kopf und sprang.

Ich war ein Pfeil. Ich war ein fliegender Fisch. Ich, Emma Andermann, Patientin aus Zimmer dreizehn – ich landete in einem flachen Bogen im Wasser. Ich hatte das oft genug im Schwimmbad geübt, Schwimmen ist eine Ausdauersportart, Schwimmen darf auch eine Herzpatientin. Unter Aufsicht. Hier gab es keine Aufsicht.

Ich spürte die plötzliche Kühle um mich, tauchte auf, schnappte nach Luft, schwamm. Kraulte. Mit langen Zügen, auf den Horizont zu, wie der Einbaumsurfer vor mir. Hatte er mich gesehen? Er musste mich gesehen haben. Mich, Emma. Sechzehn Jahre alt, auf dem Weg ins Leben.

Ich tauchte. Tauchen ist verboten. Aber nur tiefes Tauchen. Oder?

Ich tauchte unter der Oberfläche, hielt die Luft so lange an, wie ich irgend konnte, keine gute Idee, Emma, sagte eine Stimme in mir, der Druck in der Lunge steigt, dein Herz muss dagegenpumpen … Schließlich kam ich hoch, schwindelig, strich mir das Haar aus den Augen, das jetzt nicht mehr orange war, sondern dunkel von Wasser.

Etwas schoss auf mich zu, in einer Welle, und ich erschrak, doch dann kam es direkt vor mir zum Stillstand. Der Einbaum.

»Hey«, sagte sein Steuermann.

Ich wollte etwas sagen. Etwas wie: Du hast meinetwegen gewendet. Oder: Ich wusste nicht, dass man das mit einem Einbaum machen kann. Aber mein Atem reichte nicht für einen Satz. »Hey«, sagte ich.

Er hatte sich hingehockt, in seinem Boot, und ich hielt mich daran fest. Es war schön, sich festhalten zu können.

»Du bist eine gute Schwimmerin«, sagte er.

Ich nickte nur.

»Luc«, sagte er. »Ich heiße Luc.«

Noch ein Nicken. Sag was, Emma! Ich konnte nicht.

»Ich versuche es noch mal mit den Wellen weiter draußen«, sagte er. »Schade, dass es keine Bretter hier gibt. Surfbretter. Aber vielleicht ist das hier sogar besser. Ursprünglicher.« Er hielt das Paddel hoch. »Eines Tages möchte ich da draußen die Wale sehen. Mit diesem Ding. Ich hab's gemietet, quasi. Von einem sehr coolen Typen. Also dann …« Seine Augen suchten die nächste gute Welle. Und ich ließ los, weil es nicht anders ging. Weil er weiter wollte. Ich sah ihn winken, lächeln, davonpaddeln.

Und ich legte mich auf den Rücken und schwamm zurück, langsam.

Ruhig atmen. Ausdauersport. Du kannst das. Du bist sehr weit vom Land entfernt, aber es ist kein Problem. Du bist eine gute Schwimmerin.

Das Dumme war: Die Wellen trieben mich seitwärts ab. Ich würde zwei Kilometer weiter am Strand ankommen … Und ich wusste nicht, ob man dort an Land konnte. Also drehte ich mich wieder auf den Bauch und schwamm gegen die Strömung an.

Zählte meine Atemzüge.

Dann sah ich, dass auf dem höchsten Felsen jemand stand. Genau dort, wo ich gestanden hatte. Und einen verwirrenden Moment lang dachte ich: Das bin ich selbst. Ich stehe dort und sehe mir zu und winke. Unsinn. Die Person am Ufer trug ein verblichenes rot-gelbes Tuch um die Hüften und ein graues T-Shirt und hatte einen Korb neben sich stehen, den sie eben abgestellt hatte.

Es war Fy.

Sie winkte mit beiden Armen, panisch fast, schien etwas zu rufen, was ich nicht hörte. Setzte sich auf den Felsen, ganz vorn, als überlegte sie, zu springen. Mir entgegenzuschwimmen. Aber sie hielt das Baby im Arm! Wie war sie überhaupt mit dem Korb *und* dem Baby auf diesen Felsen gekommen? Onja, dachte ich. Das Kind, das Welle hieß.

Sie rief noch einmal. Was rief sie? Lauerte etwas in der Dunkelheit unter dem Wasser, das ich nicht kannte?

Nicht panisch werden, Emma. Panik ist gefährlich. Schwimm weiter. Schwimm.

Ich schwamm. Meine Arme schmerzten. Die Strömung war ein Raubtier. Was, wenn ich es nicht schaffte? Es war eine dumme Idee gewesen, so weit zu schwimmen, eine dumme und gefährliche Idee, ich war am Ende meiner Kräfte.

Aber ich schaffte es. Erreichte den Strand, seitlich der Felsen, kroch mehr aus dem Wasser, als zu gehen, saß einen Moment auf dem Sand und rang nur nach Atem. Dann kletterte ich zu Fy auf die Felsen, mühsam, meine Arme zitterten.

»Emma«, sagte Fy. Erleichtert.

»Warum ... hast du gewinkt?«, fragte ich und versuchte, meine Erschöpfung zu verbergen.

»Weil es verboten ist«, sagte sie. »*Fady.* Was du getan hast. Von diesem Felsen zu springen. Wir dürfen hier gar nicht sitzen. Die Felsen zwischen den Buchten ... Ränder der Welt. Sie sind alle fady. Der Chef ... normalerweise sagt er es den Leuten. Er hat eine Karte. Die Fadys sind rot eingezeichnet.«

»Fady. Das heißt ... verflucht?«

»Vielleicht«, sagte sie. »Es ist wie ... auf Französisch ... heilig. Nur ... umgekehrt. Heilig ist das Helle. Fady ist das Dunkle.«

»Aber du bist auch hier raufgeklettert.«

Sie nickte. »Ich hatte Angst. Um dich.« Sie legte die Hände flach auf den Felsen unter sich, und ich tat es ihr gleich.

»Er ist warm«, sagte ich.

Sie nickte. »Als ob er lebt.«

»Sollen wir runterklettern?«

Da hob sie den Kopf und sah mich an, nachdenklich, und plötzlich zuckte sie die Schultern und sagte: »Jetzt ist es auch schon egal. Wenn du ein Fady brichst, ist es gebrochen. Die Geister sind zornig. Dieses Land ist voller Geister. Voller Verbote. Etwas wird passieren.« Sie wisperte jetzt. »Ich dachte … es passiert gleich, aber ich habe mich geirrt. Ich dachte, du ertrinkst.«

Ich sagte nicht: *Das dachte ich auch.* Ich sagte: »Ich bin eine gute Schwimmerin.«

Und ich nahm meinen Rock, der noch auf dem Felsen lag, und trocknete damit mein Gesicht ab. Onja hielt einen Zipfel des Stoffs fest, zog ihn an sich und begann, daran zu nuckeln.

»Sie ist so niedlich!«, sagte ich. Fy nickte. Und ich wollte tausend Dinge fragen: Wo ist ihr Vater? Warum wirst du ein Schatten, wenn du in der Lodge arbeitest? Wer bist du?

»Ich hoffe nicht, dass die Geister sich an Onja rächen«, sagte Fy leise. »Sie ist so klein. Sie kann nichts dafür, dass ihre Mutter auf einen Felsen geklettert ist.«

»Hast du mal ein Fady gebrochen, und es ist wirklich etwas passiert?«, fragte ich.

Sie nickte. Und sagte lange nichts. Wir saßen nur auf Felsen und spürten seine Wärme, zu zweit.

»Ich wurde geboren«, sagte Fy schließlich. »Ich wurde geboren und nicht ausgesetzt. Das war das Fady, das ich gebrochen habe.«

»Wie?«

Sie streichelte Onjas winzigen Kopf; den weichen schwarzen Haarflaum. »Meine Mutter kommt aus einem Ort weit fort von hier. Mananjary. Jeder Ort hat seine Fadys …« Sie zögerte. »In Mananjary sind Zwillinge fady. Sie müssen getötet oder ausgesetzt werden. Gleich nach der Geburt. Ich war ein Zwilling.«

Ich schluckte. »Aber du lebst.«

Sie nickte. »Sie hat mich nicht weggegeben. Obwohl alle

ihr gesagt haben, dass sie es tun muss. Sie hat den Fehler gemacht, uns nach der Geburt anzusehen. Mich und meinen Bruder. Die Frauen versuchen, Zwillinge nicht anzusehen. Meine Mutter hat uns angesehen, und sie hat gesagt, sie hat uns sofort so sehr geliebt, dass sie uns nicht weggeben konnte. Sie ist aus Mananjary weggegangen. In der nächsten Nacht. Sie hat mich auf den Rücken gebunden und meinen Bruder vor ihren Bauch, und so ist sie in einen Bus gestiegen. Sie ist bis in die Hauptstadt gefahren. Nach Tana.«

»Du bist also nicht von hier.«

»Von hier?« Sie lachte kurz auf. »Nein. Wir sind seit drei Monaten hier.«

»Deine Mutter ... Ist sie auch hier? Oder noch in Tana?«

Fy sah wieder zum Horizont hinaus. »Sie ist tot«, sagte sie knapp.

»Ich ... das tut mir leid. Und ... dein Bruder?«

Da legte Fy plötzlich ihre Hand auf meine, auf dem Felsen. »Frag nicht so viel«, flüsterte sie. »Wer weiß, was die Geister hören.« Und dann lachte sie wieder. »Na ja, wahrscheinlich sind sie blind und taub, sie sind so alt! Wir hatten eine schöne Zeit. Mein Bruder, meine Mutter und ich. In der Hauptstadt. Wir hatten viel Glück. Am Anfang. Das Fady erfüllt sich nicht sofort, es lässt dich manchmal warten, es lauert, bis du es vergessen hast ... Meine Mutter hat niemandem in Tana gesagt, dass wir Zwillinge sind, Faly und ich. Sie hat sein Haar ganz kurz geschnitten und meines lang wachsen lassen, um die Ähnlichkeit zu verbergen.« Sie grinste ein wenig. »Sie war eine kluge Frau, meine Mutter. Obwohl sie nie Französisch gelernt hat oder lesen oder schreiben. Sie hat hart gearbeitet. In Mananjary hatten wir ein Feld,

Reis und Gemüse, und sie hat alle unsere Ersparnisse mitgenommen und hat dafür ein Zimmer gemietet in Tana, bei einer strengen Frau, die ein kleines Haus hatte. Im anderen Raum wohnte sie mit ihrem Mann und ihren vier Kindern. Das Haus stand neben einem Kanal, an dem die Leute alles Mögliche verkaufen, Ersatzteile für Fahrräder und Flaschen und Plastiktüten, ich weiß noch, wie wunderbar ich diesen Markt als Kind fand, und im Kanal konnte man zwischen dem Müll manchmal noch heile Dinge finden, die jemand weggeworfen hatte. Das Wasser stank, aber als Kind war mir das egal. Das Haus war türkis gestrichen, daran erinnere ich mich noch, türkise Bretter. Wir hatten alle Platz auf dem Boden, zum Schlafen, und das Wellblechdach war gut, es regnete nur an zwei oder drei Stellen durch. Meine Mutter fand Arbeit als Gemüseverkäuferin, wir waren den ganzen Tag mit ihr unterwegs in den Straßen, einen trug sie hinten und einen vorne im Tuch, sie kaufte das Gemüse frühmorgens von einem Händler und verkaufte es über den Tag. Sie war eine gute Verkäuferin. Immer freundlich, immer zuvorkommend. Als wir laufen konnten, halfen wir ihr. Ich habe Wasser vom Kanal geholt, um das Gemüse zu waschen.« Sie lachte. »Der Eimer war fast so groß wie ich … Faly hat mir geholfen. Obwohl es keine Arbeit für Jungen ist. Es war ihm egal, dass die anderen gelacht haben.« Sie schloss die Augen. »Drei oder vier Jahre ging es gut.«

»Warte. Wo war euer Vater?«

Sie zuckte die Schultern. »In Mananjary. Er wollte meine Mutter sowieso nicht wiedersehen, nachdem sie Zwillinge geboren hatte. Wir hatten einander, und das war genug. Faly und ich, wir waren unzertrennlich. Wir haben hart gearbeitet, aber es war alles ein Spiel, das Wassertragen, das Verkaufen ... Wir haben die Kohlestückchen gesammelt, die der Kohleverkäufer verloren hat, und abends sind wir auf unser Lager aus Decken gefallen, unsere Mutter hat immer gesagt, wir schlafen wie zwei kleine Hunde, so dicht beieinander. Als wir älter waren, haben wir uns am Morgen unsere Träume erzählt. Es waren dieselben.«

Sie hatte die Augen noch immer geschlossen, und auf ihrem Gesicht lag ein Lächeln, das glitzerte und glänzte wie das Licht draußen auf den Wellen. Ich sah sie vor mir: zwei kleine Kinder mit kohlschwarzen Händen und einem Lachen im Gesicht. Zwei Träumer, zwei Abenteurer, die frei und ungebunden durch die Straßen streunten, weit entfernt von Krankenhausmauern und Apparaten.

Ich seufzte. »Es muss schön gewesen sein.«

»Ja«, sagte Fy. »Erzähl mir von dir. Von früher.«

Ich dachte an das kleine, blasse, einsame Kind, das in einem weißen Bett lag, in dem es nach Sauberkeit und Sterillium roch. Das Kind, das so sehnsuchtsvoll aus dem Fenster in den blauen Himmel sah. Und das sich nichts mehr wünschte, als seine Hände mit Kohle zu beschmieren und in einem schmutzigen Kanal zu plantschen.

Das Kind, dessen Mutter sich die Hände desinfizierte, ehe sie es anfasste. Das Kind, das die Angst seiner Mutter sah und sich fragte, wovor sie Angst hatte. Davor, dass alles vorbei sein könnte – oder davor, dass es ewig so weiterging?

Erzähl ...

»Ein andermal«, sagte ich.

Fy öffnete die Augen, nahm die kleine Onja und stand auf. Der Ast eines Baumes, der in einer Felsspalte wuchs, wippte neben ihr auf und ab, und ich stand ebenfalls auf und griff danach.

»Guck, es ist ein Ruder«, sagte ich. »Wenn wir Kinder wären ... wir könnten spielen, dass der Felsen unser Piratenschiff ist ...«

Sie lachte. »Wir werden da draußen einen riesigen Fisch fangen. Heute Abend muss niemand hungern.«

»Nein!«, sagte ich. »Es ist ein Zauberfisch! Ein Geisterfisch. Wir werden ihn nicht töten, und dafür haben wir einen Wunsch frei. Wir könnten uns wünschen, dass er uns zu einem versunkenen Schatz führt, den wir dann zusammen rauftauchen ...«

»Ich kann nicht schwimmen«, sagte Fy.

»Und ich darf nicht tauchen«, sagte ich. »Was würdest du dir wirklich von dem Fisch wünschen?«

Sie musste nicht nachdenken. »Dass er das Fady löst, das wir gebrochen haben.«

»Was ist denn damals passiert?« Ich merkte, dass ich flüsterte. »Als du das Fady gebrochen hast, in dem du ... als Zwilling ... geboren wurdest?«

Sie antwortete nicht, schüttelte nur den Kopf.

»Dein Bruder«, wisperte ich, »wo ... ist er jetzt?«

»Im Gefängnis«, sagte sie knapp. Dann band sie sich Onja auf den Rücken, nahm den Wäschekorb und kletterte eilig den Felsen hinunter.

Was für ein Tag! Die letzte Glut unserer Kohle leuchtet neben der kleinen Fischerhütte. Du schläfst.

Nachts weckst du mich und schreist, aber jetzt schläfst du. Und die Wäsche liegt auf dem Gras neben den Hütten, ich habe zu spät gewaschen, sie ist noch immer feucht, ich werde sie einsammeln müssen und falten und mit den allerersten Sonnenstrahlen morgen früh wieder ausbreiten, sonst wird der Chef nicht froh sein.

Die anderen fürchten ihn nicht. Sie leben in den Tag hinein. Sie singen und lachen. Wenn etwas zu spät geschieht, geschieht es zu spät, sie beeilen sich selten. Sie sagen nur: Na und?

Natürlich, sie haben ihr Leben auf dieser Insel verbracht, diese Insel ist ein Wunder. Das Grün der Bäume. Der Wald. Der Gesang der wilden Affen. Ich habe auch vor den Affen Angst, es gibt einen, der kommt zum Restaurant, er turnt durch die Bäume wie ein Schattengeist. Die anderen Frauen haben mich ausgelacht.

Dabei gibt es etwas, vor dem auch sie Angst haben, und weißt du, kleine Onja, was das ist? Das bin ich. Ich kann es spüren. Wissen sie, wer ich bin? Was ich getan habe?

Heute habe ich etwas Gutes getan. Ich habe zum ersten Mal in meinem Leben jemanden gerettet. Emma.

Sie weiß es nicht. Sie hat keine Ahnung.

Als ich mit dir den Strand entlangging und sie da oben sah, auf dem Felsen, da glaubte ich, mein Herz müsste stehen bleiben. Ihre dunkle Silhouette vor dem blauen Himmel war schön.

Aber ich wusste, dass sie dort nicht stehen durfte.

Ich rannte, mit dir, mit der Wäsche, ich rannte bis dorthin, wo die Felsen beginnen, erst kleine: Kinderfelsen, dann größere, eine ganze Gruppe wie eine Familie, vielleicht waren sie einst unsere Ahnen, versteinert, vielleicht darf man sie deshalb nicht betreten.

Dann hob ich den Kopf, und da sah ich, wie Emma sprang. Ins Meer sprang.

Und ich war mir sicher, sie würde darin sterben. Das war die Rache der Ahnen. Ich wusste, ich durfte nicht weiterklettern, nicht ebenfalls das Fady übertreten, aber ich kletterte, ich musste hinauf, um zu sehen, ob ich ihr nicht doch noch helfen konnte, ich kletterte und weinte zugleich.

Und schließlich stand ich selbst ganz oben, und ich sah Emma in dem unendlichen Blau unter mir schwimmen wie einen Delfin, weiter und weiter hinaus. Und da schwamm noch etwas. Ein Einbaum. Sie schwamm darauf zu. Ein Junge stand aufrecht darin, einer, der nicht fischte und nichts transportierte, einer, der den Einbaum ohne Ziel und Zweck über die Wellen jagte. Ein Vazaha.

Einer wie Emma.

Die Vazahas können alle schwimmen, wie die Fischerkinder. Die Fischerkinder müssen schwimmen, um zu arbeiten. Aber die Vazahas schwimmen nur so, zum Spaß, sie schwimmen an der blauen Oberfläche des tiefen Dunkels und ahnen nicht, welche unerklärlichen Dinge in der Tiefe geschehen, welche Geister dort warten, welche Wahrheiten, welche Tode. Darin sind sie alle wie Kinder: Sie sehen immer nur das Schöne. Niemals hindurch.

Ich sah, wie der Junge den Einbaum querlegte und anhielt und wie Emma sich daran festhielt und mit ihm sprach – und auf einmal war ich mir nicht mehr sicher, dass er ein Vazaha war. Vielleicht war er ein Trugbild. Ein Geist. Einer, der gekommen war, weil Emma das Fady übertreten hatte:

um sie weiter und weiter ins Wasser hinauszulocken. Dann drehte er das Boot und paddelte los, Emma konnte sich nicht mehr daran festhalten – und da war ich sicher, er war ein Geist.

Sie würde versuchen, ihm zu folgen. Sie würde ertrinken, da draußen. Sie wäre nicht die erste Vazaha, die auf der Insel ertrank. Immer wieder gibt es Schwimmunfälle: Unvorhersagbare Strömungen, heißt es bei den Behörden. Aber natürlich weiß jeder, woher die Strömungen kommen.

Sie gehören zur Welt der Toten.

Ich nahm all meine Kraft zusammen und bat die Geister, das Leben dort draußen zu verschonen, nur dieses eine, und ich winkte mit beiden Armen – und da drehte sie um, die Schwimmerin in den Wellen. Sie kam zurück. Zum Land. Und zu mir. Sie wusste nicht, dass da draußen ein Tod an ihrer Seite schwamm. Ich kroch bis ganz vorn an die Felskante, konzentrierte mich nur auf Emma und das Wasser und schob mit meinem Willen die Geister fort.

Und da fühlte ich es, Onja, es war, als sprächen die Geister mit mir. Sie wollten ein Leben.

Meines oder ihres.

Ich bat sie, die Entscheidung aufzuschieben.

Emma kam aus dem Wasser und wrang ihr Haar aus, das nicht mehr golden war, sondern dunkel vom Wasser – dunkel wie Blut: Ich dachte an das Blut eines anderen Menschen, und ich schauderte, nur die Geister wissen von diesem Menschen, diesem Blut, nur die Geister wissen, was ich getan habe.

Und dann kletterte Emma zu mir hinauf, das Fischmädchen, das so gut schwimmen konnte, sie war außer

Atem, aber sie wusste nicht, wie nahe sie dem Tod gewesen war.

Ich hätte sie am liebsten umarmt. Ich tat es nicht; wir kennen uns nicht. Vielleicht werden wir uns kennenlernen. Vielleicht haben wir eine Chance. Vielleicht geben die Ahnen uns genug Zeit, ehe sie jenes eine Leben einfordern.

3

An unserem zweiten Tag wanderten wir zum ersten Mal über die Insel.

Es heißt im Reiseführer, man könnte in drei Stunden einmal ganz darum herumgehen.

Wer immer das geschrieben hat, wusste nicht, dass alle Felsspitzen fady sind, und es gibt eine Menge davon: Man kann gar nicht *um* die Insel herumgehen.

Aber es führt ein kleiner Weg hinter dem Strand am Ufer entlang, ein geheimer Pfad zwischen Hecken und blühenden Büschen, und von dort aus bogen wir irgendwann ins Inselinnere ab.

Da war ein altes Holzschild zu einer »épicerie«: Ein Bretterschuppen, an einem Ende ein Verkaufsfenster, hinter dem sich Kekspackungen und Windeln stapelten.

»Ins Dorf geht es da lang«, sagte der junge Verkäufer und zeigte auf ein kleines Feld.

»Aber da ist kein Weg«, sagte ich.

»Es muss kein Weg da sein, damit man das Ziel erreicht«, sagte er.

Also gingen wir um das Feld herum, und tatsächlich,

dahinter gab es wieder einen Pfad. Eine Gruppe Kinder in blauen Schuluniformen kam uns entgegen, sie balancierten auf zwei langen, dünnen Palmenstämmen auf uns zu, die über eine Art Sumpf führten. Von ferne sahen die Kinder sehr adrett aus. Aber als sie näher gekommen waren, sah ich, dass die Kragen der Hemden ausgerissen und die Hosen mit Schnur geflickt waren. Die Kinder sagten alle einzeln »Bonjour«, als sie an uns vorübergingen.

Das letzte drehte sich um und fügte hinzu: »Bonbon?«

Da tat es mir leid, dass ich bei dem kleinen Laden keine Bonbons gekauft hatte.

»Sie haben also eine Schule auf der Insel«, sagte Elise. »Das ist schön.«

Ich stellte mir Fy vor. Als kleines Mädchen, in einer Schuluniform. Wie sie über den Stamm balancierte, zusammen mit ihrem Bruder, der fast genauso aussah wie sie. Und auf einmal war da in meiner Vorstellung noch ein Kind: ein blasses Mädchen mit strähnigem, hellrotem Haar, abstehenden Ohren und Sommersprossen. Es ging hinter Faly, die dünnen Arme ängstlich ausgebreitet, ich sah es straucheln, es würde fallen – da drehte er sich um und hielt das Kind fest. Es sah Faly an und lächelte schüchtern. Und er lächelte zurück.

Ich wollte etwas zu ihm sagen. Etwas darüber, wie sehr sein Name nach »Fady« klang, dem Verbotenen, Verfluchten, was man nicht tun durfte, und dass das doch seltsam war.

»Emma? Träumst du? Wollen wir nicht weitergehen?«

»Doch ... doch.« Ich blinzelte, und das Bild war fort, die Palmstämme leer.

Und dann balancierten wir hinüber und wanderten weiter durch all das überschäumende Grün, zwischen Palmen und Papayabäumen, Bananenstauden, blühenden Wandelröschen und winzigen Feldern. Frauen kamen uns entgegen, Körbe oder Taschen auf dem Kopf, manche hatten Babys umgebunden wie Fy.

Aus einem einfachen Bretterschuppen ertönte Gesang, und hinter der offenen Tür wiegten sich die Menschen im Takt und sangen. Der Schuppen war eine Kirche.

»Eigentlich wäre es schön, wenn man an Gott glauben könnte«, sagte ich. »Man könnte einfach darauf vertrauen, dass er sich um alle Probleme kümmert.«

Elise seufzte. »Wir wissen zu viel.«

»Ja«, sagte ich. »Manchmal würde ich gerne alles vergessen. Den Urknall, die Evolution, die Existenz von Quantenphysik ... Einfach leben und einfach denken, wie die Menschen hier. Sie müssen so glücklich sein, oder, Elise? Sie stehen auf, wenn die Sonne aufgeht, und arbeiten und essen und singen und gehen schlafen. Sie machen sich keine Sorgen um die Zukunft des Planeten, weil sie vielleicht nicht mal wissen, dass es ein Planet ist, auf dem ihre Felder liegen. Sie graben die Erde um und sehen das Leben wachsen und ernten ihren Reis.«

»Du kannst versuchen, einen Bauern zu heiraten und dich hier niederzulassen«, sagte Elise fröhlich. »Ich würde dich besuchen. Du kannst dir dein Kind auf den Rücken binden und ab und zu für Weihnachten ein Secondhand-Kleid kaufen ...«

Tatsächlich, wir kamen an ein paar winzigen Bretterbuden vorbei, in denen gebrauchte Kleider zum Verkauf hingen, chinesischer Kunststoff in schreienden Farben. Neben den Buden kletterte ein kleiner Junge in einem Mangobaum herum.

»Elise«, sagte ich und schluckte. »Ein Kind auf dem Rücken? Ich werde nie –«

Aber sie war schon weitergegangen, auf einem Pfad durch die Reisfelder.

Sie weiß es nicht, dachte ich. Oder sie weiß es, nur weiß sie nicht, dass ich es weiß.

Wir werden nicht darüber reden. Dies hier ist ein Urlaub. Wir sind im Paradies.

Und dann waren wir in der Mitte der Insel, im Dorf: Bretterhütten und leuchtend bunt gestrichene kleine Steinhäuser.

Auf wackeligen Tischen an der Straße lagen winzige Tomaten, Kartoffeln und kleine dicke Gurken zum Verkauf.

Im Halbdunkel hinter einem quietschgelb gestrichenen Betongeländer schlief eine Katze neben einem Schild »Reis, Cola und Sopy«. Das Geländer sah aus wie der Rest einer Villa aus der französischen Kolonialzeit. Ich fand ein uraltes öffentliches Telefon und hob den Hörer ab.

»Und?«, fragte Elise. »Was hörst du?«

»Die Zeit«, sagte ich. Dann legte ich den Hörer sorgfältig auf. Damit nichts von der Zeit verloren ging. Man braucht sie, jede Minute. Wer wusste das besser als ich.

»Komm«, sagte Elise. »Da vorne ist ein Supermarkt.«

Und ich lachte, denn der Supermarkt war nichts als eine weitere Bretterhütte, in die man über eine wackelige Treppe gelangte. Dann stand man vor hohen, windschiefen Regalen und einer Reihe offener Säcke: Reis, Zucker, Mehl. Auf der Verkaufstheke gab es Gläser mit Bonbons, und in den Regalen stapelten sich Schulhefte, Tomatenmark, Batterien, Tabletten. Und eine Babypuppe. Nein. Es war ein Baby. Es schlief friedlich zwischen Tetrapacks und Zwiebeln.

»Es ist ungefähr so alt wie Onja«, flüsterte ich. »Weißt du, die Tochter von dem Mädchen aus der Lodge.«

Die junge Frau hinter der Theke sah mich seltsam an.

»Wohnen die beiden hier im Dorf?«, fragte ich, auf Französisch. »Fy und die kleine Onja?«

Sie schüttelte den Kopf. Zeigte. »Bei den Fischern, am Berg«, sagte sie in gebrochenem Französisch. »Nähe vom Leuchtturm.«

»Und Sie kennen sie?«

Wieder ein Kopfschütteln. »Es ist besser, sie nicht zu kennen.« Damit beugte sie sich über die Bonbons und begann, sie zu zählen.

»Hübsches Mädchen, Fy«, sagte jemand hinter mir, und ich fuhr herum. Ein Typ mit pockennarbigem Gesicht taumelte herein, hielt sich am Türrahmen fest, schwankte. »Sehr hübsch. Nicht von hier. Komische Geschichte, wie sie hergekommen ist. Aber hübsch! Fast so hübsch wie du.« Er sah mich an, zwei Vorderzähne in seinem Mund fehlten, er sprach sein holperiges Französisch darum herum, vernuschelte es. »Hey!«, sagte er plötzlich. »Weißt du, dass du gesucht wirst?«

»Was?«

»Hast du die Zettel nicht gesehen? Da ist auch einer!« Er zeigte hinter sich auf die Bretterwand, an die ein Zettel mit einer kleinen Zeichnung geheftet war: das schnell aufs Papier geworfene Gesicht eines Mädchens mit Sommersprossen, glattem strähnigem Haar und besorgten Augen. Elise pfiff durch die Zähne, was immer lustig ist; andere achtzigjährige Frauen pfeifen nicht durch die Zähne.

Und mir wurde heiß, heiß von der Nase bis in die Zehenspitzen.

Ich trat näher an den Zettel heran.

An das Mädchen, das Booten nachschwimmt.

Konnte dich nicht finden. Wollte noch mal mit dem Einbaum raus und vielleicht willst du mit? Ich habe einen Wal gesehen. Ruf mich an.

Darunter stand eine Nummer.

Mein Herz hüpfte. Ich fragte mich, ob es gut für das Herz war. »Luc«, murmelte ich.

»Ich wär heut Abend auch frei!«, nuschelte der Besoffene. »Falls du 'n Begleiter brauchst.«

Elise legte das Geld für die Bonbons auf die Theke, fegte sie in ihre Handtasche und riss den Zettel mit meinem Bild von der Wand. »Emma? Kommst du?«

Und dann tauchten wir auf der anderen Seite des Dorfes in die Schatten hoher alter Mangobäume, und dort im grünen Zwielicht, wo niemand uns beobachtete, setzte ich mich auf eine Wurzel und sah mir das Blatt Papier näher an, das Blatt Papier mit meinem Porträt.

Er war gut, dieser Luc, er konnte nicht nur sieben Bälle in der Luft halten und einen Einbaum zu einem Surfbrett umfunktionieren, er konnte auch zeichnen.

»Wale«, murmelte ich.

»Wale sehen ... in einem Einbaum«, sagte Elise. »Ich weiß nicht, Emma. Sonst fahren sie da mit dem Motorboot raus. Die Wale sind ... ziemlich weit weg vom Land.«

»Und?«, fragte ich. »Ich kann schwimmen, der Einbaum kann schwimmen, Luc kann schwimmen, die Wale können schwimmen. Wo ist das Problem?«

Elise hob hilflos die Hände – und sagte nichts.

Ich wählte die Nummer auf dem Blatt Papier. Mir war heiß. Es war keine Kopie, es gab keine Kopierer auf der Insel. Wenn er wirklich an mehreren Stellen Zettel aufgehängt hatte, musste er sie alle einzeln gezeichnet haben.

Das Telefon klingelte. Er ging nicht ran.

Die Hitze in mir wich einer kleinen schwarzen Enttäuschung.

»Dreh den Zettel mal um«, sagte Elise.

»Dreh den …?« Ich drehte.

Auf der anderen Seite befanden sich gedruckte Buchstaben. Der Zettel, den Luc benutzt hatte, war ein Reklameplakat.

»Fullmoon Party«, las ich. »Jeden Monat bei Vollmond im Pizzaboot, gegenüber der Île Sainte-Marie! Tanzt in eine wunderschöne Mondnacht und feiert mit uns die ewige Jugend! Sonderpreise für Bier und Pizza!«

»Das ist ungefähr da, wo dieser Weg hinführen müsste«, sagte Elise. »Auf der anderen Inselseite. Wir könnten da drüben eine Runde schwimmen und uns das Pizzaboot ansehen. Dann wissen wir heute Abend den Weg.«

Ich drehte den Zettel in meinen Händen, zögernd. »Ernsthaft? Du willst zu dieser Party?«

Da beugte sich Elise zu mir, sodass ihr Gesicht ganz nah an meinem war, ich sah die vielen winzigen Fältchen darin, ich sah ihre klaren blauen Augen.

»Er hat seine Nachricht nicht ohne Grund auf diesen

Zettel geschrieben«, sagte sie leise. »Er wird da sein. Dein Walsucher.«

Ich merkte, wie ich rot wurde. »Vielleicht … Aber … Sie werden alle Bier trinken und rauchen und tanzen und … Ich war nie auf Partys. Ich werde am Rand sitzen und … anders sein.«

»Wer sagt das?«, flüsterte Elise. »Wer sagt, dass du nicht tanzen kannst? Dies ist die Mitte des Lebens. Lass es uns feiern. Die ewige Jugend.« Sie grinste. »Schau mich an, ich passe auch nicht auf so eine Party. Trotzdem bin ich entschlossen, mich zu amüsieren.«

Wenn ich sein könnte wie Elise.

Ich schwamm mit ihr, an diesem Tag, im klaren Wasser auf der Nordseite der Insel: Türkisfarbene Wellen überall um uns, und inmitten von Tropfenfontänen Elises Gesicht neben meinem, nass und fröhlich. In der Ferne paddelten bunte Holzboote hin und her, brachten Tagestouristen von der Île Sainte-Marie auf die kleine Insel.

Und Elise spritzte mich nass und lachte.

Meine Mutter wäre zu besorgt gewesen, um zu lachen, sie hätte am Ufer gesessen und zugesehen und die Hände ineinander gekrallt, wie sie es immer tut, wenn sie denkt, ich sehe es nicht.

»Elise? Als du dich zum ersten Mal verliebt hast …«

»War ich Studentin in einem alten bröckeligen Hörsaal in Berlin. Es war schön. Mondschein gab es schon damals.«

»War das … ich meine, hatte es … Zukunft?«

Sie lachte, tauchte weg und wieder auf, Wassertropfen im Haar. »Oh ja. Ich habe ihn geheiratet. Das war dein Urgroßvater. Er und dein Großvater besaßen leider beide die Frechheit, vor mir zu sterben. Ich nehme an, man kann nicht von jedem verlangen, dass er achtzig wird.« Sie paddelte auf dem Rücken neben mir her. »Aber es muss nicht jede Verliebtheit Zukunft haben.«

Ich nickte. »Vermisst du sie?«

»Die Zukunft?« Sie lachte.

»Deinen Mann. Deinen Sohn. Die, die gestorben sind.«

»Natürlich«, sagte Elise. »Manchmal spreche ich mit ihnen. Und es tut weh, an sie zu denken. Das gehört zur Liebe dazu. Es tut immer weh, wenn man wirklich liebt.«

Ich wählte Lucs Nummer an diesem Nachmittag noch ein Dutzend Mal: nichts.

Fy war nicht bei der Lodge, als wir von unserer Wanderung zurückkamen. Auf unseren sorgfältig gemachten Betten lagen frische rote Hibiskusblüten.

Ich nahm eine von ihnen und verbarg meine Nase darin. »Hast du sie dahin gelegt?«, flüsterte ich. »Oder war es eine der anderen Frauen? Ich hätte dir gerne etwas gezeigt. Eine Zeichnung. Kann man mit einem Einbaum weit genug hinausfahren, um Wale zu sehen? Würdest du auf eine Mondscheinparty gehen, wenn du ich wärst? Weißt du … ich wünschte, wir könnten zusammen hingehen. Zusammen könnten wir vielleicht tanzen. Aber … du hast Onja, natürlich. Du gehst nicht auf Partys.«

Der Weg in der Dämmerung, war ein anderer. Die Schatten waren noch immer grün, aber alles schwebte, selbst die Zebus, die zwischen den Bäumen und Hecken grasten, selbst wir, wir schwebten in der lauen Abendluft. Die Sonne geht rasch unter, in diesem Teil der Welt, und als wir das Dorf erreichten, waren die bunten Farben nur noch eine Erinnerung. Glühwürmchen schwebten in der tieferen Schwärze im Unterholz.

Elise hatte eine Taschenlampe mitgenommen.

»Wir können notfalls wieder gehen«, sagte ich. »Oder? Wenn ich nicht dazu passe. Zu den anderen.«

Die Pizzeria bestand aus einer Handvoll von Tischen und Stühlen und einem großen alten Holzboot, in dem die Theke eingebaut war: LUCKY DUDE PIZZA verkündeten die etwas krakeligen riesigen Buchstaben auf dem Boot. Darum herum waren Bilder von Bob Marley und verschiedenen Sandwiches aufgemalt, sehr bunt; es sah aus, als hätte ein Kindergarten auf Droge hier seiner Kreativität freien Lauf gelassen, es war nicht klar, ob Bob die Sandwiches oder sie ihn aßen.

Hinter der Bar lehnte ein junger Madagasse, der offensichtlich versuchte, auszusehen wie Bob Marley selbst, und neben ihm ein älterer Mann mit langem grauem Haar, dessen Finger über die Tastatur eines Laptops glitten. Er sah ein bisschen aus wie ein pensionierter Hund.

Reggae klang aus den Lautsprechern.

Und an den Tischen saßen – zwei Familien mit Kindern.

Elise lachte. »Eine wahrhaft wilde und verruchte Mondscheinparty.«

Und dann versuchten wir, ein Sandwich zu bestellen.

»Tut mir leid«, sagte Bob Marley, »wir haben keine Sandwiches.«

»Fish and Chips? Ist auch da aufgemalt.«

Er schüttelte die Rastalocken. »Wir haben keinen Fisch. Und keine Chips.«

»Würstchen mit Pommes? Da steht, ihr habt Würstchen ...«

»Pizza«, sagte er. Es war eher ein Befehl als eine Aussage. »Pizza und zwei Bier für die Ladys. Was anderes gibt es nicht.«

Eine halbe Stunde später saßen wir also mit zwei Bierflaschen an einem wackligen Holztisch, und hinter uns rauschte das Meer. Ich trank Wasser aus der Flasche, die wir mitgebracht hatten. Kein Bier – das war eine der Regeln. Und der Grund, weshalb ich nie zu Partys ging.

Oder vielleicht der Grund, dass ich gar nicht erst eingeladen wurde.

Nicht, dass irgendwer in der Schule unfreundlich zu mir gewesen wäre. Sie hatten Angst vor mir. Vor meiner Blässe, meiner Zerbrechlichkeit, dem Gerede um das verdammte Herz.

Sie hatten Angst vor mir wie die Leute auf der Insel Angst vor Fy zu haben schienen.

Fady.

Ich schloss einen Moment die Augen und versuchte, nur an schöne Dinge zu denken: das Meer, die Sterne, die Musik. Da zupfte mich eine kleine Hand an der Hose, und ich öffnete die Augen wieder. Vor mir stand ein Kind, vielleicht fünf Jahre alt, und sah zu mir auf. »Tanzt du mit uns?«, fragte es. Auf Englisch. »Meine Mama kann nicht, sie hat ein Baby. Im Bauch. Aber sie hat es nicht gegessen.« Hinter ihm stand ein noch kleineres Kind mit zwei Zöpfen und guckte mich wortlos an. Die Eltern der beiden saßen an einem Tisch auf der anderen Seite der Tanzfläche und sahen jung und schön und verliebt aus, sie in einem bestickten Umstandskleid, die dunklen Locken fielen ihr bis über die Schultern herab; ich hätte nicht gedacht, dass man mit Babybauch so schön aussehen kann.

»Macht ihr hier Ferien?«, fragte ich.

»Nee«, sagte das Kind. »Wir tanzen.«

»Ich kann nicht tanzen«, sagte ich, »ich ...«

Aber es zog mich einfach mit. Und der pensionierte Hund hinter dem Laptop grinste uns zu, als wir auf der Tanzfläche ankamen, und ersetzte den Reggae durch Achtzigerjahre-Tanzmusik.

»Mach einfach, was ich mache«, sagte das Kind und hopste auf und ab, die Arme ausgebreitet wie eine Art Kreuzung zwischen Frosch und Flugzeug.

Ich sah, dass das kleinere Kind Elise gekidnappt hatte. Die bunte Miniaturlichtorgel neben dem Lautsprecher blinkte.

Na prima, dachte ich. Typisch Emma. Ich war gekommen, um auf einer Mondscheinparty einen Jungen zu treffen, der mich gezeichnet hatte, den ersten Jungen, der sich je für mich interessiert hatte, einen Weltreisenden, einen Kunstjongleur; ich war gekommen, um mit anderen jungen Leuten zu feiern – und hier stand ich, auf einer leeren Tanzfläche, vor einer Sandwichbar ohne Sandwiches, mit zwei Kleinkindern und meiner Urgroßmutter, gebadet in die künstlichen Schluckauf-Beats einer außer Mode geratenen Zeit.

Auf einmal musste ich lachen. Ich konnte nicht anders, ich lachte und lachte.

Und ich begann einfach, mit dem Kind auf und ab zu hopsen. Die anderen Kinder kamen jetzt auch, wollten mitmachen. Warum nicht.

Dies war die Mitte des Lebens.

Und dann tippte mir jemand auf die Schulter, und ich fuhr herum. Und sah in ein Gesicht mit hellen Augen, das umrahmt wurde von verstrubbeltem blondem Haar.

»Du bist die gute Schwimmerin«, sagte Luc. »Sieht aus, als wärst du auch eine gute Tänzerin.«

Ich war stehen geblieben, perplex, und er sagte: »Ich habe dich gesucht. Zettel aufgehängt. Heute früh. Aber dann habe ich es ganz vergessen.«

»Du hast Zettel aufgehängt ... und es dann ... vergessen?«

»Ich war auf einem unglaublichen Tauchausflug mit einem Fischer, riesige bunte Fische, gelb-schwarz gestreift, türkis, ultramarin ...« Die Musik war jetzt zu laut. Luc zuckte die Schultern und begann, sich im Rhythmus der Musik zu bewegen, tanzte mit uns: mit mir und den Kindern.

Es war sehr erstaunlich.

Und auf einmal sah ich, dass die wackeligen Stühle jetzt alle besetzt waren. Da waren sie, die jungen Leute, die eigentlich auf die Mondscheinparty gehörten, Abenteurer, Pärchen, Biertrinker, Mädchen in Strandkleidern und Flipflops. Eines trug einfach nur einen langen Pullover, der ihr bis zu den Knien reichte. Niemand hatte sich in Schale geworfen.

Nur zwei umwerfend hübsche madagassische Mädchen, die ganz am Rand saßen, waren sorgfältiger zurechtgemacht, sie trugen enge Kleider und hielten sich ganz gerade, ihr Haar zu kunstvollen Hochsteckfrisuren aufgetürmt.

Sie alle sahen uns zu, wie wir mit den Kindern tanzten.

Schließlich stand das Mädchen mit dem langen Pullover auf, ließ sich von einem Kind an der Hand fassen und wirbelte mit uns herum. Und dann waren sie auf einmal alle da: die Biertrinker und Zigarettenraucher, die Abenteurer, die madagassischen Models. Ich hatte etwas begonnen, und sie machten mit. Wir waren ein großes Ganzes, ein tanzendes Wesen mit tausend Armen und Beinen, mir war schwindelig.

Tief in mir, verborgen, im Geheimen, im Dunklen, in einem privaten Zentrum, schlug mein Herz, bewegte sich die künstliche Klappe, auf und zu, auf und zu. Ich beschloss, sie zu vergessen.

Luc war jetzt neben mir, fasste mich an der Hand und zog mich zu sich, und wir tanzten zusammen, einen ausgedachten Tanz, der nur in dieser Nacht existierte. Er fasste mich um die Hüfte, lachte, und dann, schließlich, ließen wir uns auf zwei Stühle am Rand fallen, keuchend, und er sagte: »Komm morgen mit raus. Zum Riff. Du wirst es lieben. Die Farben. Die Korallen.«

»Ich ... kann nicht tauchen.«

»Oh, es ist nicht schwer. Wenn jemand so schwimmt und tanzt wie du! Sie leihen einem die Ausrüstung. Und es kostet fast nichts, verglichen mit Tauchgängen in Europa.«

Da sagte ich nicht: Ich kann nicht tauchen, weil ich nicht tauchen darf.

Ich sagte: »Ja.«

Und er lächelte und nickte und griff nach der Bierflasche vor uns. Ich sah Elise an unserem Tisch, ein Stück weit weg, sie winkte mir, auch sie brauchte eine Tanzpause. Mit einer Hand hielt sie etwas hoch, das aussah wie ein großer Waschlappen. Die Pizza. Die Pizza war endlich gekommen. Ich grinste und schüttelte den Kopf. Ich hatte keinen Hunger.

Elise versuchte, ein strenges Gesicht aufzusetzen, regelmäßig essen war wichtig –

Doch in diesem Moment brach hinter uns ein ohrenbetäubendes Gekreisch los, und wir zuckten alle zusammen. Es klang, als spielte jemand Urwaldgeräusche über Lautsprecher ein, aber sie kamen von außerhalb der Pizzeria, aus dem Dunkel. Um genauer zu sein, von oben. Aus den riesigen Bäumen, die mit ihren Zweigen nach den Sternen griffen.

»Affen«, sagte Luc. »Nein. Halbaffen. Lemuren.« Er lachte leise. »Geister der Nacht. Sie feiern da oben ihre eigene Mondscheinparty. Komm.«

Er nahm die Bierflasche, und wir stiegen über die niedrigen Büsche hinter den Stühlen und standen auf dem dunklen Weg, außerhalb der bunten Lichter. Das Gekreisch entfernte sich, und wir gingen ihm langsam nach, gefolgt von anderen, manche hatten Taschenlampen und leuchteten in die Bäume hoch. Ich sah mich nach Elise um, doch sie war nicht mitgekommen.

Jetzt! Jetzt traf der Lichtstrahl einer Lampe eine Bewegung hoch in einem Baum: ein pelziges dunkles Ding. Und dann sah ich den Lemuren deutlich, sein Fell war schwarz und weiß, und er saß dort oben wie ein Mensch; wie ein Urahne mit Fell und blitzenden kleinen Knopfaugen. Sein niedliches Gesicht und der lange flauschige Schwanz, den er um den Ast geschlungen hatte, ließen ihn wirken wie ein Plüschtier. Er hatte aufgehört, den anderen Urahnen anzuschreien, richtete sich in einer gleitenden Zeitlupenbewegung auf die Hinterpfoten auf und – flog. Ja, er flog, das Licht folgte ihm und verlor ihn dann, er flog in die Dunkelheit – und war fort.

Die anderen kehrten zurück zur Musik, doch Luc ging in die Richtung, in die der Lemur geflogen war, zum Meer, und ich folgte ihm.

Mondlicht spiegelte sich silbern auf kleinen Wellen, und drüben lag als Schattenmasse die Île Sainte-Marie. Der Lemur saß auf einem Baum, der schräg übers Wasser hinausragte. Nein, es waren zwei. Sie saßen da und rieben die Nasen aneinander.

»Meinst du, sie haben sich eben angeschrien und vertragen sich gerade wieder?«, wisperte ich.

»Oder es war ein Rockkonzert«, sagte Luc. »Sie feiern die ewige Jugend.«

Er legte den Arm um mich. Er war so viel größer als ich.

Neben dem schrägen Baum gab es einen Picknicktisch unter einem Palmstrohdach, die Bänke zu beiden Seiten waren Schaukeln, am Strohdach befestigt, und wir setzten uns dorthin und schaukelten und sahen den Lemuren zu, die jetzt etwas fraßen.

»Ein geklautes Stück Pizza«, sagte ich. »Mondscheinparty-Pizza.«

»Schau mal, und da ist der Mond«, sagte Luc.

Ich legte den Kopf zurück und sah an dem Palmstrohdach vorbei, und da war er, der Mond, groß und rund und weiß. »Noch ein Stück Pizza«, sagte ich. »Himmelspizza.«

Luc trank einen Schluck Bier und reichte mir die Flasche. »Du glühst. Trink was.«

Ich wollte etwas sagen. Etwas wie »nein«. Aber ich glühte, er hatte recht. Und ich nahm die Flasche und trank. Es war Flüssigkeit, und mein Körper war dankbar dafür.

Wir gaben die Flasche hin und her, bis sie leer war. Die Lemuren verschwanden höher in ihren Baum. Da waren nur noch der Pizzamond und wir.

»Hast du eigentlich einen Namen?«, fragte Luc.

»Ich? Oh«, sagte ich. »Emma.«

»Emma«, wiederholte er, ließ mich los und stand auf. »Emma, wir sollten zurückgehen. Weitertanzen. Noch ein Bier besorgen. Oder?«

»Warum?«, fragte ich und sah zu ihm hoch. »Können wir nicht hierbleiben? Wir könnten etwas Verrücktes tun. Rüberschwimmen zur Île Sainte-Marie. Mit den Nachtfischen.«

Er lachte. »Ehrlich? Willst du?«

Und dann streckte er die Hand aus und zog mich auf die Beine, zu plötzlich, und ich merkte, dass sich alles drehte und hielt mich an ihm fest. »Entschuldige, ich ... mir ist ein bisschen schwindelig«, murmelte ich. »Geht gleich vorbei.«

Aber es ging nicht vorbei, und ich legte mich auf die Bank, auf den Rücken, doch die verflixte Bank schaukelte, und das machte es nicht besser.

»Alles okay?«, fragte er.

»Ja ... natürlich.«

Ich trinke normalerweise kein Bier. Ich tanze normalerweise nicht bis zum Umfallen.

Luc ging um den Tisch herum und legte sich auf die andere Schaukelbank. »Okay, Emma«, sagte er nach zwei Minuten. »Jetzt ist mir auch schwindelig. Davon wird man ja seekrank.« Ich bemühte mich, mit ihm zu lachen, ich konnte ihm nicht sagen, dass mir tatsächlich schlecht war. Ich hasste meinen Körper. Und ich hasste es, zu spüren, wie mein Herz raste.

Bitte kein Vorhofflimmern. Oh Scheiße.

Keine Panik. Zwei große Schlucke Eiswasser trinken.

Haha. Also Vagusmanöver. Halsschlagader suchen unter dem Kiefergelenk, fünf bis zehn Sekunden mit Druck den Carotis-Sinus massieren, konzentriert zählen.

Mein Gott, wie bescheuert es aussehen musste, zum Glück lag Luc auch und sah mich nicht.

Es war wie bei den Abschlussprüfungen der Zehnten, ich sah noch die Panik in den Augen meiner Mutter, die mich abgeholt hatte. Emma? Emma, kannst du mich hören? Natürlich kann ich dich hören, hatte ich gesagt, ich auf der schwarzen Plastikliege in der Schulstation, ich hab es nicht auf den Ohren ... Sie hatte nicht gelacht. Sie lachte nie, wenn es um mich ging.

»Also?«, fragte Luc.

»Entschuldigung, was?«

»Ich habe gefragt, ob du Malarone nimmst. Gegen Malaria. Von Malarone kann einem schwindelig werden ...« Er sagte noch mehr, aber es war wirklich schwer, zuzuhören, wenn man damit beschäftigt war, einen bestimmten Punkt am Hals zu massieren und Herzschläge zu zählen. Es wurde besser. Ganz, ganz langsam. Der Rhythmus normalisierte sich, ich sah das EKG vor mir, P-Q-R-S-T, und wieder von vorne, normalgeformte Komplexe, schöne Rundungen, ich hörte die ruhige Stimme meines Arztes, der es mir auf dem Bildschirm zeigte, geduldig wie immer.

Manchmal hatte ich seine Geduld gehasst. Es schwang so viel professionell verborgenes Mitleid darin.

Ich richtete mich langsam auf. Hielt mich am Tisch fest. Kam auf die Füße. »Es geht jetzt wieder«, hörte ich mich sagen. »Lass uns einfach zurückgehen. Langsam.«

Er stand auf, kam zu mir, nahm meinen Arm. Führte mich in Richtung der Musik. Das silberne Mondlicht blieb hinter uns auf dem Meer liegen.

Wenn mein Herz nicht wäre, dachte ich, mein dummes Herz, dann wäre ich in dieser Nacht mit einem Abenteurer im Mondmeer schwimmen gegangen. Zwischen Nachtwalen und Schattengeheimnissen. Ohne Kleider, gewagt nackt. Dann hätte er mich vielleicht geküsst. Und es wäre das erste Mal gewesen, dass mich ein Junge küsste.

»Und jetzt?«, fragte Luc, als wir wieder bei den Tischen und Stühlen standen, im Dröhnen des Beats.

»Ich weiß nicht, weitertanzen?«, rief ich gegen die Musik an.

Er schüttelte den Kopf. »Du zitterst! Soll ich dich irgendwohin bringen? Nach Hause?«

»Danke«, sagte ich, »ich ... schaffe das allein.« Ich wollte nicht sagen: Ich bin mit meiner Urgroßmutter da. Ich liebe Elise, sie ist im Grunde eher eine Mutter, aber ich konnte in diesem Moment nichts über sie sagen.

»Und morgen?«, fragte er. »Tauchen? Ich könnte dich abholen.«

»Klar, morgen bin ich wieder fit«, sagte ich. »Ich rufe dich an. Nach dem Frühstück. Es wäre ... praktisch, wenn du rangehst. Wir wohnen in der Lodge mit der blinden Steinfrau am Steg.«

Er nickte. »Pass auf dich auf, Emma!« Und war verschwunden, im Gewühl der Tänzer, schlängelte sich durch zur Theke, um sich noch ein Bier zu holen. Was man so tut, in einer Mondscheinnacht im indischen Ozean, in einem normalen Leben.

Die Familien mit den kleinen Kindern waren nach Hause gegangen. Die madagassischen Models saßen an einem Tisch mit ein paar nicht mehr jungen Männern, sie tranken zusammen aus Gläsern, die nach etwas Stärkerem aussahen als Bier, einer der Männer hatte seine feiste Hand auf den Oberschenkel eines Mädchens gelegt.

Ich ließ mich nur auf den Stuhl neben Elise fallen.

»Du bist blass«, sagte Elise.

»Das kannst du gar nicht sehen bei der Beleuchtung«, sagte ich.

»Iss was«, sagte sie, aber ich bekam nur ein paar Bissen von der kalten Pizza herunter, und Elise schüttelte den Kopf. »Du musst nach Hause, Emma, ich habe schon bezahlt. Komm.« Sie nahm mich am Arm, auf andere, vertrautere Weise als Luc, und ich warf einen letzten Blick zurück zu der tanzenden Menge unter den Lichtern.

Dann schluckte uns die Schwärze, nur Elises Taschenlampe malte einen Weg hinein. Kleine Krabben flohen in ihre Sandlöcher, die Palmen rauschten ein Schlaflied. Mir war seltsam zumute. Als schwebte mein Kopf einen Meter über meinem Körper.

»Was war mit diesem Typen?«, fragte Elise leise.

»Nichts«, sagte ich. »Wir haben Affen angeguckt. Und das Meer. Das war's. Erwarte keine Geschichten über wilde Knutschereien.«

»Ach, schade«, sagte Elise. »Ich fühle mich ganz besoffen, weißt du, ich musste beide Biere austrinken.«

»Ja, ich fühle mich auch so«, sagte ich. »Ich … ich meine, vom Tanzen.«

»Ich hoffe wirklich, das war nicht zu viel«, murmelte Elise. »Deine Mutter bringt mich um.«

»Ist okay, ich beschütze dich vor ihr«, meinte ich. »Und … Elise? Es war schön. Es macht nichts, dass es keine Knutschgeschichten gibt.«

Im Wald war es dunkel, doch auf den Wegen des schlafenden Dorfes lag das Mondlicht, sodass Elise ihre Lampe ausmachte. Wahrscheinlich lag es daran, was geschah.

Das Licht der Taschenlampe im Dunkeln hatte uns nah zusammengehalten, hier unter dem Mond bewegten wir uns freier, zwei Nachtschwimmer auf einem Ozean aus silberweißen Träumen. Die Häuser des Dorfes lagen in diesem Meer wie Kulissen zu einem Theaterstück, und vielleicht, dachte ich, war das ganze Leben ein Stück.

»Ein Stück«, sagte ich. »Nur warum bin ich darin? Warum lebe ich? Was ist meine Rolle?«

Elise antwortete nicht. Und da merkte ich, dass sie gar nicht mehr vor mir war.

Wir hatten das Dorf verlassen, der Weg stieg an und tauchte wieder in den Wald, und ich ging schneller, vielleicht war sie einfach schon im Schatten der Bäume verschwunden.

»Elise?«

Jetzt war auch ich im Schatten, hier gab es kein Mondlicht mehr.

»Elise!«

Nur die Zikaden zirpten im Wald. Dann kam ich zu einer Kuppe, wo man mehr Ausblick hatte, und ich sah, dass der Berg links neben dem Weg steil abfiel; man konnte über die Hügel hinweg das Meer sehen, Mondlichtmeer hinter einem Mondlichtwald. Weit hinten ragte ein Leuchtturm in den Himmel.

Moment. Nach dem Dorf hätte der Weg abwärts führen sollen, nicht zu einer Hügelkuppe.

Ich war irgendwo falsch abgebogen. Ich musste zurück. Die richtige Abbiegung finden. Ich kehrte um – und auf einmal hatte ich das Gefühl, dass da jemand war. In der Dunkelheit. Ganz nahe. Nicht Elise. Jemand anderer. Jemand, der mir gefolgt war und der sich jetzt, wo ich umgedreht hatte, vor mir befand.

Ich machte einen Schritt zur Seite, um ihm auszuweichen – und trat daneben.

Spürte, wie kleine Steine unter meinen Füßen wegbrachen, wie ich ins Rutschen geriet, steil, steil nach unten, ich wollte fluchen, ich wollte schreien, aber es kam kein Laut aus meiner Kehle, ich streckte die Arme aus, um mich an irgendetwas festzuhalten, Ästen, Blättern – verlor das Gleichgewicht. Rollte, kullerte, stürzte, in einem Comic wäre es lustig gewesen.

Hier war es nicht lustig.

Ich zerkratzte mir Arme, Beine, Gesicht – und dann endete mein Fall jäh, ich lag auf dem Boden, in einem feuchten, nach Chlorophyll und Erde duftenden Dunkel. Und alles tat weh.

Mein Herz machte einen Satz.

Benimm dich verdammt noch mal, sagte ich ihm. P-R-S-T, P-R-S-T, ist das so schwer zu merken?

Ich lag am Fuß eines Berges mitten im Dschungel, mitten in der Dunkelheit und niemand, bis auf einen unbekannten, möglicherweise gefährlichen Nachtwanderer, wusste, wo ich war. Es war ein denkbar schlechter Zeitpunkt für einen Notarzteinsatz.

Heute habe ich Emma den ganzen Tag nicht gesehen. Es war seltsam: Ich habe sie vermisst. Als würden wir uns seit Jahren kennen.

Andry, der junge Manager, der alles für den alten Franzosen regelt, war wieder dabei, mit einer Kokosnuss unter dem Fuß die Dielen zu polieren. Was er nur tut, wenn jemand im Restaurant sitzt und zusieht. Sonst arbeitet er nur sehr ungern. Ich fragte ihn, und er sagte, die beiden Madames wären losgewandert über die Insel.

»Was gehen die dich an?«, wollte er wissen und sah mich mit schmalen Augen an.

»Ich ... nur so«, sagte ich und sah zu Boden.

»Sieh zu, dass du die Wäsche fertigkriegst«, sagte er, und dann pfiff er zu der französischen Musik aus dem Restaurant und polierte weiter, damit die Touristen ihn bewundern konnten.

Überhaupt bewundern ihn alle, auch die Küchenfrauen, er sieht gut aus, aber mich behandelt er wie ein Insekt. Eines Tages steche ich ihn vielleicht.

Ich lief nach Hause, wusch und breitete alles auf dem

Gras aus, damit es rasch trocknete, denn abends hatte ich etwas vor. Etwas, auf das ich mich vorbereiten musste.

Du hast geschlafen, Onja, drei Stunden lang, und ich danke dir dafür, wie sonst hätte ich mein bestes Kleid mit dem geliehenen Bügeleisen glätten können? Wie hätte ich mein Haar waschen und flechten können?

Es war Vollmond.

Eine Nacht für eine Vollmondparty.

Und ich war entschlossen hinzugehen – zum ersten Mal.

Ich lächelte mein Spiegelbild in der Scherbe an, die ich statt eines richtigen Spiegels besitze, und wünschte mir selber Glück.

»Denn jetzt gehen wir jagen, kleine Onja«, sagte ich zu dir, als ich das enge Kleid hochzog und den Reißverschluss schloss. Es wäre noch besser gewesen, wenn ich Schuhe gehabt hätte.

Ich gebe es zu: Ich war nervös, als ich den Pfad zwischen den Fischerhäusern hinaufstieg. Was hätte ich darum gegeben, jemanden bei mir zu haben! Eine Freundin. Die mir hätte sagen können, ob es in Ordnung war, was ich aus meinem Gesicht gemacht hatte. Ob es schlimm war, keinen Lippenstift zu haben.

Wenn Emma gewesen wäre wie ich. Keine Vazaha. Wenn sie ihr rotes Haar gegen dunkle Locken hätte eintauschen können. Dann hätten wir zusammen zu der Party gehen können.

Und dann näherte ich mich dem Pizzaboot – und sie war da. Tatsächlich. Sie saß an einem Tisch mit der alten Dame und trank Wasser, während alle anderen Bier tranken, und starrte auf die leere Tanzfläche, ein wenig … ängstlich.

Ich wollte so gerne zu ihr gehen.

Aber ich konnte nicht.

Und so blieb ich im Schatten.

Ich suchte mir einen Platz auf der anderen Seite, einen Stuhl ganz hinten, halb in den Büschen, die das Toilettenhäuschen verbergen, und ich sagte mir: Wenn Emma mich sieht, werde ich mit ihr sprechen.

Sie sah mich nicht. In ihren Augen glänzten die bunten Lichter, die im Rhythmus der Musik an- und ausgingen, und dann ließ sie sich von einem Vazahakind auf die Tanzfläche zerren.

Ich sah sie mit dem Kind herumwirbeln.

Sie ist nicht wie andere Vazahas, die immer groß und plump wirken, wie aufgeblasene Schwimmtiere. Sie ist klein wie die Madagassen, und sie ist schön. Sie sollte ihr Haar hochstecken. Ich könnte es ihr flechten, zu tausend Zöpfchen wie meines.

Eines der Kinder hatte kleine geflochtene Zöpfchen, von den Mädchen geflochten, die am Strand die Touristen ansprechen. »Tresses? Zöpfe? Ganz billig!«, und mit einem schönen Augenaufschlag zum jeweiligen Vater des Kindes: »Massage?« Diese Mädchen, die Öl auf fleischige, sonnenwarme Rücken träufeln und es einmassieren, während die Touristen daliegen und dösen.

Sie verdienen gutes Geld. Nicht für das Zöpfeflechten bei Kindern. Für andere Dinge.

Ich war nie mutig genug gewesen, um die Vazahas anzusprechen, so wie diese Mädchen.

In dieser Nacht, sagte ich mir. In dieser Nacht bin ich mutig.

Für dich, Onja, verstehst du. Weil es die einzige Möglichkeit ist. Du sollst einmal so ein sauberes, sattes, glückliches Kind werden wie die Vazahakinder auf der Tanzfläche.

Ich ließ meinen Blick über die Menschen gleiten – und dann fand ich ihn.

Er stand hinter der Theke, in dem alten, bemalten Boot, und hackte auf einem Laptop herum. Machte Musik, damit die Leute fröhlich sein konnten. Er selbst sah ernst aus. Müde.

Als könnte er jemanden brauchen, der Öl auf seinen Rücken träufelte und es einmassierte, während er am Strand döste. *Der*, dachte ich und setzte mich noch gerader hin. Der könnte es sein.

Mir war auf einmal sehr heiß. Warum, fragte ich mich, warum, Fy, bist du nervös? Was du vorhast, ist nichts Neues. Du kennst das, was kommt.

Aber es war nie so, antwortete ich mir selbst. Nie meine Initiative. Und … ein Vazaha? Ein Europäer?

Ich sah Emma herumwirbeln, sah ihr rotgoldenes Haar fliegen, sah mehr und mehr Leute tanzen. Doch jetzt sah ich durch sie hindurch wie durch einen Tunnel, sah nur ihn. Versuchte, ihn zu verstehen. Ihn zu spüren. Ab und zu schob er sein graues, halblanges Haar aus dem Gesicht oder wischte sich mit einem Stofftaschentuch über die Stirn, er schwitzte.

Da waren zwei madagassische Mädchen, etwas älter als ich, die zusammensaßen und tuschelten.

Eine Stunde später saßen sie mit ein paar älteren Touristen an einem Tisch und lachten und tranken Rum mit ihnen. Und ich saß immer noch im Schatten.

Ich sah Emma mit einem Jungen weggehen.

Mit demselben, der im Boot gestanden hatte. Der, der möglicherweise ein Geist war.

Ich spürte einen Stich in mir, einen Stich der Angst, aber dann sagte ich mir, dass es Unsinn war. Emma hätte gesagt, es sei Unsinn.

Faly hatte das auch gesagt. *Glaub doch nicht immer alles.* Der Junge war nur ein Junge, und er würde Emma küssen, zwischen den Palmen am Meer, wie Leute auf Filmplakaten.

Es ist eine Art der Liebe, die nur für Vazahas ist. Für solche, die so frei sind, auszusuchen, mit wem sie ins Dunkel gehen.

Und schließlich, endlich, verließ der Mann beim Laptop das Boot. Er ging den kleinen Weg zwischen den blühenden Büschen entlang zum Toilettenhäuschen, in dem auch der Stromgenerator dröhnt. Als er wieder erschien, hielt er sich die Stirn und schüttelte den Kopf, wahrscheinlich wegen des Stromgenerators – und da traf er ein junges Mädchen zwischen den Büschen, sie lehnte an einer Palme und lächelte zu ihm auf, sie sagte auf Französisch: »Furchtbar laut, da drin, was? Die Musik, die Sie machen, ist schöner. Sie sind ein guter DJ.«

Das Mädchen bei der Palme war ich.

Der Mann lächelte und zuckte die Schultern. Und ich begriff, dass er kein Französisch sprach. »English«, sagte er, entschuldigend. »Pardon.«

Ich zeigte in Richtung der Tanzenden, der Musik, und hielt die Daumen hoch. Dann sagte ich auf Malagassi: »Ich glaube, Sie machen die Leute sehr glücklich mit Ihrer Musik.

Aber Sie sind nicht glücklich, Sie sind müde. Haben Sie zu viel gearbeitet, in Ihrem Land?«

Er hörte mir zu, den Kopf schief gelegt, freundlich, obgleich er nichts verstand.

Und ich hob die Hände und berührte die Furchen auf seiner Stirn mit dem Zeigefinger.

»Haben Sie Kopfschmerzen?«, fragte ich. »Ich kann sie wegnehmen.«

Ich strich alle Falten in seinem Gesicht entlang, mein kühler Finger auf seiner warmen Haut, und er hielt ganz still und sah mich an. Am Ende trat ich einen Schritt zurück, ich war mir nicht sicher, wie es weiterging.

Ich glaube, er auch nicht.

Ich fragte mich, ob er dich bemerkt hatte, dich, Onja, auf meinem Rücken.

Er murmelte irgendwas und ging zurück zur Musik. Ich folgte ihm. Aber dann sah ich Emma.

Sie war zurückgekommen.

Sie stützte sich auf den Tisch, an dem die alte Dame saß, sie sah erschöpft aus. Und dann gingen sie. Und in mir zog sich alles zusammen vor Sorge. Emma hatte keine Lampe, nur die alte Dame hatte eine, es war verdammt dunkel auf dem Weg. Der Wald ist voll von Geistern, auch wenn Faly sagen würde, das ist Nonsens.

Faly. Wie gerne hätte ich ihn bei mir gehabt in diesem Moment.

»Es tut mir leid«, sagte ich zu dem DJ mit dem grauen Haar. »Ich muss gehen. Wir sehen uns.« Als ich einen Schritt von seinem Tisch wegmachte, zeigte er in eine vage Richtung und sagte: »Hotel Robinsonade«.

Emma und die alte Dame waren in der Dunkelheit verschwunden. Ich sah das Licht der Lampe vor mir auf dem Weg durch die Nacht gaukeln wie ein Glühwürmchen, als die kühlen Schatten des Waldes uns verschluckten. Wenn Faly hier wäre, dachte ich. Wenn er meine Hand hielte. Er würde mich beschützen. Doch Faly lag irgendwo weit weg in dieser Nacht und kämpfte mit seinem eigenen Schicksal, und es war an mir, Emma zu beschützen. Ich ging schneller.

Als wir ins Dorf hinaufkamen, schien der Mond auf die Wege. Ich sah nicht genau hin, denn ich wusste, dass vor den Türen der Häuser um diese Zeit die Geister saßen.

Im Dorf bog Emma links ab. Ich fragte mich, warum. Es war der Weg zu den Fischerhütten, nicht der ihre. Ihr Weg hätte geradeaus geführt. Ich folgte ihr, hinauf in den Wald. Das schaukelnde Licht der alten Dame war nicht mehr da.

Als die Stelle mit dem Ausblick über den Urwald kam, blieb Emma stehen, sie schaute das Mondlicht auf dem Wald an, und ich fragte mich, ob sie die Geister sah, die in den Bäumen saßen. Schließlich kehrte sie um. Sie musste gemerkt haben, dass sie falsch abgebogen war. Sie verließ die Mondlichtstelle, war wieder im Dunkeln, kam auf mich zu – und dann hörte ich, wie sie den Weg verfehlte und abrutschte. Fiel. Den Abgrund hinunter, in den Geisterwald.

Ich dachte, mein Herz bleibt stehen. Ich musste ihr nach. Ich wollte nicht, aber ich musste.

Ich setzte mich hin, tastete, rutschte abwärts, zerkratzte mir die Hände an Ästen und Dornen.

»Ich komme, Emma«, flüsterte ich. »Wenn die Geister dich haben wollen, müssen sie erst ein Wort mit mir reden.«

Es war nicht so, dass ich keine Angst hatte. Ich hatte Angst. Wahnsinnige Angst.

Aber ich sagte mir: Egal, was geschehen wird, es kann nicht schlimmer sein als das, was hinter mir liegt. Nichts dort unten im Wald konnte so schrecklich sein wie der Herzensammler.

4

Ja, und da lag ich also mitten in der Mitte des Lebens.

Und zwang mich, nur zu lauschen und zu atmen und zu sehen.

Langsam nahm ich Umrisse in der Dunkelheit wahr – Umrisse von Blättern aller Formen vor dem Himmel, der hoch oben hing und ein wenig Mondlicht auf mich träufelte, Mondlicht wie Medizin. Da war sie wieder, die Schönheit – jedes Blatt ein Ornament.

Ehe ich gehe, eines Tages, möchte ich Blätter sehen.

Und dann die Gerüche: Erde. Laub. Saft. Harz. Etwas Würziges, vielleicht von Pilzen, die auf Baumstämmen wuchsen. Und die Geräusche: das Wispern des Windes in den Bäumen. Das Zwitschern eines Nachtvogels. Ein Rufen weit fort, ein Singen wie der Gesang von Walen. Die Wale saßen doch nicht nachts in den Bäumen? Ich stellte sie mir vor, vielleicht hatten sie Nester da oben für ihre Jungen, Walnester …

Aber dann hörte ich etwas anders, ein Rascheln, das den Hang hinunterkam, auf mich zu. Dort brach etwas Großes durch die Zweige, kein Vogel, kein kleines Nachttier, ein

Ding, das so groß war wie ich. Wie groß waren die Fossas, die Baummarder, die in den Urwäldern Madagaskars früher Jagd auf die Affen gemacht hatten? Ich hatte von ihnen gelesen … Nein. Was da kam, war viel größer.

Ich rappelte mich hoch. Und merkte, ganz plötzlich, dass mein Herz sich wieder normal benahm. Ich hatte es über all den Geräuschen und Gerüchen des Urwalds vergessen. Mein Herz war vielleicht gar nicht das Problem. Denn jetzt wusste ich, was sich dort näherte. Ein Mensch. Das gefährlichste aller Raubtiere. Dort kam der, der mir gefolgt war, und ich konnte mir nicht länger einreden, er sei zufällig den gleichen Weg gegangen wie ich, denn er kam in diesem Moment den steilen Hang hinunter, um mich zu finden. Ich hatte nie einen Selbstverteidigungskurs besucht.

Ich ballte meine Fäuste, doch sie zitterten.

Und dann landete der andere Mensch vor mir am Fuß des Steilhangs, und ich schlug zu. Traf etwas Weiches, und jemand zog scharf die Luft ein und fragte: »Emma?«

Da begriff ich, wen ich geschlagen hatte. Fy. Und ich kniete mich hin und tastete nach ihr und zog sie in meine Arme, als würden wir uns schon lange kennen, als wären wir Schwestern.

»Es tut mir leid!«, flüsterte ich. »Ich dachte, du wärst …«

»Wir müssen hier weg«, wisperte Fy.

»Wie hast du mich gefunden?«

»Ich bin dir gefolgt«, sagte sie. »Und dann bist du gestürzt, und ich bin dir nachgeschlittert. Es ist verflixt steil.« Sie versuchte zu lachen, aber ich hörte, dass sie Angst hatte.

»Wo ist Onja?«, fragte ich, plötzlich erschrocken. »Bist du mit ihr zusammen den Hang hier runter …?«

»Ja«, sagte Fy und zog mich auf die Beine. Und wir standen beide still und lauschten. Und hörten Onjas Atemzüge im Tragetuch, ruhig, friedlich.

»Sie schläft«, wisperte Fy. »Vielleicht hatte sie einen wunderbaren Traum davon, wie wir zusammen eine unendlich lange Rutsche hinunterrutschen. Ich habe gesehen, dass es solche Rutschen gibt, aus Plastik, ganz bunt. Da, wo du herkommst.«

»Hm, ja«, sagte ich. »In Freizeitparks. Wir waren in welchen, als ich klein war. Ich durfte natürlich nie alles machen … Und alles ist unecht dort und steril, die Karussells blinken in allen Farben, die Blumenbeete sind auf so anstrengende Weise fröhlich bunt.«

Fy seufzte. »Schön«, sagte sie. »Das möchte ich sehen. Einmal im Leben wenigstens.«

Und ich dachte an die Umrisse der Blätter.

Wie konnte jemand eine Welt aus Plastik sehen wollen, wenn es diese Blätter gab, diesen Wald, diese grünen Schatten?

»Wir können nicht wieder da rauf«, sagte Fy leise. »Es ist zu steil. Man kann unten am Hang entlang durch den Wald gehen, dann müsste man zur Fischersiedlung kommen, über einen sanfteren Hang. Einer der Fischer hat einmal diesen Weg genommen. Es war schon Nachmittag, und die Dunkelheit muss ihn erwischt haben … Er ist nie im Dorf angekommen. Sie sagen, manchmal kann man ihn rufen hören, vom Wald her, aber niemand sieht ihn. Seine Kinder weinen um ihn, wenn ihre Mutter sie zu Bett bringt, jeden Abend.«

»Warte.« Ich blieb stehen. »Wann war das?«

»Vor zwei Wochen«, sagte Fy. »Oder vielleicht auch vor

einem Jahr. Es macht keinen Unterschied. Er ist hier. Irgendwo. Ich spüre es.«

Ich wollte lachen, aber irgendwie tat ich es dann doch nicht. »Und trotzdem bist du den Abhang hinuntergeschlittert, um mir zu helfen«, sagte ich.

»Ja«, sagte sie. »Allein hättest du keine Chance. Du kennst weder den Wald noch die Geister. Komm jetzt.«

Ich hielt Fys Hand in meiner. So tasteten wir uns gemeinsam voran, um Stämme und Wurzeln herum durch die Nacht. Es war unpraktisch, sich an den Händen zu halten, doch keine von uns wagte, loszulassen.

Mondlicht tropfte auf Flechten und vermodertes Holz, auf Stämme voller Stacheln und Stämme, glatt wie Haut; Schatten fraßen Umrisse, nur ab und zu sah ich die Zacken eines Blattes deutlich, die Windungen einer Liane, eine schlafende Urwaldblüte. Manchmal sanken unsere Füße so tief ins alte Laub ein, als müssten wir jeden Moment hindurchfallen, bis zum Herzen der Erde.

Und dann hob der Gesang in den Bäumen wieder an, und Fy umklammerte meine Hand noch fester.

»Das sind *sie*«, sagte Fy. »Die Geister der Toten.«

Direkt über uns raschelte es, etwas landete dort, ein Lufthauch streifte meine Wange; Fy zog mich weiter.

»Wir dürfen nicht stehen bleiben!«, wisperte sie. »Wer stehen bleibt, ist verloren!«

Und ich wollte sagen: *Mit neunundneunzigprozentiger Wahrscheinlichkeit sind es Affen oder Vögel,* aber ich sagte es nicht.

»Erzähl mir etwas«, flüsterte ich. »Davon, wie es damals war. In Tana. Deine Mutter hat Gemüse verkauft ...«

»Ja«, sagte Fy.

Als ich fünf Jahre alt war, durfte ich in die Schule gehen. Wir hatten das Geld für die Bücher und die Gebühr zusammengespart, unsere Mutter sagte, einer von uns könnte gehen, und Faly sagte, ich sollte es tun. Er könnte ja alles von mir lernen, wenn ich zurückkäme. Ich jubelte. Ich wollte nichts lieber als eine Schuluniform tragen – meine war zu groß und abgewetzt –, nichts lieber als das Geheimnis der Zahlen und der Buchstaben ergründen. Faly begleitete mich jeden Morgen zur Schule. Dann ging er mit unserer Mutter arbeiten.

Oft war kein Lehrer da, wir saßen einfach so im Klassenraum. Es stank nach Urin, vom Toilettenhäuschen neben dem Fenster. Die alten Lehrer, die ihr Gehalt sowieso bekamen, gingen im Hof auf und ab und rauchten. Wenn sie uns doch etwas beibrachten, wurden sie wütend, vor allem dann, wenn wir uns nicht konzentrieren konnten, weil wir Hunger hatten, dann schlugen sie mit ihrem Bambusstock zu, bis die Finger bluteten. Aber manchmal hatten wir einen der jungen Lehrer, die gar nicht bezahlt werden und denen die Schule ab und zu Reis schenkt, damit sie nicht verhungern. Die jungen Lehrer waren nett. Sie lächelten, auch wenn sie immer müde waren. Bei einem von ihnen habe ich die ersten französischen Worte gelernt. Er sagte, ich wäre klug, und ich war so stolz. Die alten Lehrer und der Bambusstock waren mir egal, ich liebte die Schule, die Buchstaben waren meine Freunde, die Zahlen meine Spielkameraden. Und als sie mich wegschickten, weil wir kein neues Heft kaufen konnten und das alte voll war, weinte ich. Meine Mutter kratzte das Geld für ein neues Heft zusammen, eine Weile gab es den Reis eben ohne Bohnen. Sie sagte, das machte nichts, solange ich nur wieder lachte. Sie sah uns gerne lachen. Eine Woche nach der Sache mit dem neuen Heft wurde sie krank, sie hustete und war schwach auf den Beinen, es war Winter, eiskalt, und in dem Zimmer, das wir mieteten, in der kleinen Bretterhütte, suchten die Ratten Schutz vor der Kälte. Unsere Mutter bekam Fieber, wir saßen nachts bei ihr und sangen für sie, bis sie einschlief. Und dann hatte sie den Unfall.

Wir waren auf dem Heimweg, abends, da stolperte sie auf der Straße, weil sie zu schwach war vom Husten, sie fiel hin, und dann kam das TaxiBe. So ein großes, das über Land fährt, ein Bus eigentlich. Ich hörte Faly schreien und drehte mich um und sah, dass es nicht so rasch bremsen konnte, es versuchte, auszuweichen, doch es erfasste unsere Mutter und schleuderte sie zur Seite.

Wir schleiften sie zu zweit nach Hause, es ging kaum, wir waren noch immer zu klein.

Sie hatte sich das Bein gebrochen und offenbar die rechte Hand. Der Tag, an dem der Unfall geschah, war das Ende meiner kurzen Schulzeit, ich kehrte nie zurück. Das Bein und die Hand unserer Mutter heilten nur langsam, und sie blieb verkrüppelt. Es war geschehen, weil wir das Fady übertreten haben, geboren zu werden. Wir haben nachts darüber geredet, Faly und ich, leise, im Dunkeln. Wir haben uns an den Händen gehalten, wie wir jetzt, und vielleicht sind wir auch durch eine Art Wald gewandert in jenen Nächten, einen Wald aus Hunger und Schuld. Unsere Mutter hat nie gesagt, es wäre unsere Schuld, niemals. Sie hat uns immer geliebt.

Und dann hörten wir, dass es auf den Reisfeldern zwischen den Hügeln der Stadt Arbeit gab. Sie brannten Ziegel dort, im Winter brennen sie immer Ziegel, sie nehmen die rote Erde aus den Feldern und formen sie und reißen das Gebüsch aus und schichten es zu einer Burg. Die Ziegelburgen glühen tagelang. Und sie brauchen Kinder, um die Ziegel zum Verkauf zur Straße zu tragen, wenn sie fertig sind. Also reihten wir uns in die Schlange der anderen Kinder ein, und wir schliefen neben den Ziegelburgen, wo der Boden warm war, alle drei. Am Abend tat uns der Nacken weh von all den Ziegeln, die wir auf dem Kopf hin und her getragen hatten, aber wir waren auch glücklich, weil wir Geld verdienen konnten für unsere Mutter, und weil wir Reis kaufen konnten. Wir kehrten nie zurück in die Hütte. Wir schuldeten der Vermieterin zwei Monate Miete. Als die Regenzeit kam, ging die Zeit des Brennens zu Ende, die Reisefelder wurden wieder Reisfelder, und für uns gab es keine Arbeit mehr.

Da gingen wir wieder auf die Straßen der Stadt, um zu betteln.

Und dann kam ein Engel. Ein schwarzer Engel.

Er stand in der Mittagshitze vor uns, und er nahm die Hand unserer Mutter und führte sie in den Schatten, in den Rosengarten neben der Straße. Eigentlich war es nur eine kleine Plattform mit ein paar Bänken und ein paar Büschen und einer Menge Müll, was ein echter Rosengarten ist, habe ich erst später gelernt, als ich ins Paradies kam.

Der Engel gab uns zu essen und Wasser, und er hatte ein schönes Lachen. Er war ein Kohleverkäufer, sein Heiligenschein war der hohe Sack, den er durch die Straßen trug, wenn er sein Charboon, Charboon *rief. Er hatte meine Mutter gesehen und fand sie schön, er brauchte eine Engelin. Er lebte in einem Zimmer zusammen mit anderen, in einem der großen alten Häuser der Stadt, und er holte uns zu sich. Es war wunderbar, wieder ein Dach über dem Kopf zu haben.*

Es gab furchtbar viele Kinder in dem Haus, wir spielten nach der Arbeit im Hof miteinander, wo der Reis oder Mais auf dem Boden trocknete. Früher, sagten sie, hätte das Haus einer einzigen Familie gehört, Franzosen, jetzt mieteten zwanzig Familien es gemeinsam. Das Wasser in den beiden Badezimmern lief nicht mehr, wir stellten uns beim öffentlichen Brunnen an und kauften Wasser wie alle anderen, aber wir spielten in der alten Badewanne mit den Löwenfüßen, wir wären feine Leute und nähmen ein Bad.

Wir halfen dem schwarzen Engel, Kohlen zu tragen, es war wie Ziegel, nur anders, wir wurden schwarz statt grau. Unsere Mutter blieb zu Hause. Sie war wieder krank. Doch dann sagte sie uns, dass die Krankheit gar keine Krankheit war, sondern ein Baby. Ihr Bauch schwoll an wie ein Ballon. Und als sie das Baby bekam, waren es zwei. Zwillinge. Wie damals. Der schwarze Engel lachte und sagte, in Tana gäbe es kein Fady für Zwillinge, und er hob die winzigen rosa Babys mit seinen schwarzen Händen hoch und zeigte sie allen und war stolz. Wir waren eine richtige Familie.

»Und dann? Bist du zurück zur Schule gegangen?«

»Nein. Wie denn? Wir haben Kohlen getragen, das habe ich doch gesagt.«

»Aber du kannst Französisch.«

»Oh, das kam später.« Ich hörte ein Lächeln in ihrer Stimme. Ein schmerzhaftes Lächeln. »Das meiste habe ich im Paradies gelernt.«

»Im Paradies?«

»Ja. Ich meine, wir haben es nur so genannt. All diese Blumen, dieser Duft, die Farben ... Es gab sogar ein Wasserbecken mit Fischen, golden und weiß, und auf dem Wasser wuchsen violette Seerosen.« Sie seufzte. »Ich bin weggelaufen.«

»Wie bitte?«

»Wenn sie mich zurückholen, springe ich vom höchsten Felsen ins Meer«, sagte sie entschlossen, »und ich lasse mich bis auf den Grund sinken und verstecke mich unter den Wellen, wo sie mich nicht finden.«

Ich begriff gar nichts, aber in diesem Moment sah ich Licht durch die Bäume vor uns, Mondlicht. Den Waldrand.

»Dort hinten sind die Hütten«, wisperte Fy aufgeregt. »Gleich, gleich sind wir ...«

Da löste sich eine Person von einem Baumstamm, mit dem sie bis jetzt verschmolzen war, und stellte sich uns in den Weg.

»Nicht so eilig, meine Schönen«, sagte die Person sanft. »Nachts ist der Wald voller Geiser, wisst ihr das nicht? Es ist unklug, allein darin unterwegs zu sein.«

Die Person kam einen Schritt auf uns zu, und wir wichen zurück.

»Wer ... wer bist du?«, stammelte ich, und Fy fragte etwas auf Malagassi, vielleicht dasselbe.

»Kommt mit mir!«, wisperte die Person. Ihr Umriss schien nicht solide, sondern wabernd, als könnte er sich genauso gut gleich auflösen. Sie griff mit einer Hand nach Fys Arm, packte sie, Fy schrie leise auf – und ich roch jetzt etwas im Atem des Geistes, er atmete also, dachte ich, es konnte kein Geist sein. Was ich roch, war Alkohol.

Und auf einmal wusste ich, wer es war, der hier darauf gewartet hatte, dass jemand vorbeikam. Oder darauf, wieder nüchtern zu werden: der Typ aus dem Gemischtwarenladen.

Ich sah, wie unstet er auf den Beinen war, sah, wie er wankte, er wisperte etwas, auf Malagassi, sprach zu Fy, zog sie mit sich, und sie ließ meine Hand los. Er zog sie nicht auf die Helligkeit zu, die das Ende des Waldes versprach, sondern ins tiefere Dunkel. Und die Angst krallte sich um mein Herz wie eine eiserne Hand aus einem Märchen, ich hatte so viele Märchen gelesen, als ich klein und allein gewesen war.

Fy hatte Kohlen geschleppt und ich, ich hatte Märchen gelesen voller Helden mit schimmernden Träumen … Helden voller Mut.

Einmal, dachte ich, einmal muss ich auch mutig sein. Und ich ballte die Fäuste, machte einen Satz auf Fy und den Mann zu, obwohl ich fast nichts sah im Dunkeln, und schlug zu wie in dieser Nacht schon einmal. Beim ersten Mal traf ich nur Blätter. Beim zweiten Mal traf ich Stoff und ein Stück lebendigen Körper, und ich hörte den Mann im Dunklen fluchen. Da schlug ich noch einmal zu, und noch einmal; es war ein gutes Gefühl, befreiend.

Ich legte meine ganze Wut in die Schläge, die Wut, die ich seit sechzehn Jahren in mir trug, die Wut auf das Leben und was es mir antat und eine neue Wut: die Wut darauf, was das Leben anderen Menschen antat. Wie Fy.

»Aufhören! Hör auf!«, keuchte der Schatten vor mir, aber ich hörte erst auf, als ich nur noch Bäume traf, weil er sich geduckt hatte und irgendwohin weggekrabbelt war.

Fy fasste mich wieder an der Hand, hielt mich fest, damit meine Fäuste still waren. Und wir lauschten gemeinsam den Schritten, die sich durchs Dickicht entfernten.

»Es … es ist okay«, wisperte Fy. »Er wollte … er hat gesagt, ich habe sowieso keinen Mann und deshalb …« Sie verstummte, und ich hörte ihr merkwürdig abgehacktes Atmen in der Nacht.

»Weinst du?«, fragte ich. »Der Scheißkerl. Hat er dich angefasst?«

»Ja. Nein. Oh, Emma. Es ist nur … ich habe im Dunkeln etwas gefühlt … Blut … du hast ihm die Nase blutig geschlagen.« Da merkte ich, dass sie gar nicht weinte, sie lachte.

»Das hat ihm bestimmt noch nie ein Mädchen ...«, sagte sie und konnte nicht weitersprechen vor lauter Lachen.

So verließen wir den Urwald, so kamen wir auf den Hang, auf dem die Fischerhütten blau im Mondlicht lagen: zu zweit. Hand in Hand. Geschüttelt von Gekicher, wie zwei ganz normale Mädchen in einer ganz normalen Nacht.

»Du musst nach Hause«, sagte Fy schließlich. »Komm.«

Und sie ließ mich los und ging voraus zwischen den windschiefen Hütten hindurch, eine von ihnen kaum größer als zwei Quadratmeter.

»Sie schuppen und trocknen die Fische hier«, sagte Fy und zeigte auf die Hütten.

Ich nickte. Der Boden war voller silberner Schuppen, und ich roch den Fisch deutlich, selbst die frische Nachtluft änderte nichts daran.

»Und du ... weißt, wo wir langmüssen?«

»Ich wohne hier«, sagte sie leichthin. »Pass auf, da vorne ist es rutschig. Wenn wir unten am Strand sind, müssen wir noch ein Stück am Meer entlang, dann sind wir bei deiner Lodge.«

»Warte!« Sie war zu schnell für mich, sprang den Hang hinunter wie ein Kind, übermütig, trotz Onjas Gewicht auf ihrem Rücken.

»Du wohnst ... in einer dieser *Bretterbuden*, wo sie die Fische trocknen?«

Sie antwortete nicht, und ich beeilte mich, ihr zu folgen.

Wir wanderten am Strand entlang wie in einem Traum, und ich stellte mir vor, wir würden im Nachtmeer schwimmen, statt zu gehen, es war wunderschön, die Korallenbänke unter uns leuchteten in allen Farben, und Onja löste sich von ihrer Mutter und paddelte selbst durchs Wasser, und Fy drehte sich um zu mir und lächelte. Da war noch jemand bei uns. Ein Junge, so alt wie Fy. Faly, dachte ich, es muss Faly sein. Fys Zwillingsbruder. Aber sie hatte gesagt, er wäre im Gefängnis ...

»Emma? Wir sind da.« Das war Fys Stimme, und wir waren nicht unter Wasser, wir standen vor unserer Palmstrohhütte, im Garten der Lodge. Und Elise war plötzlich da und nahm mich in die Arme. Ihr Gesicht war nass.

»Ich habe dich gesucht«, sagte sie. »Überall ... zusammen mit den Leuten von der Lodge.«

Und dann lag ich in meinem Bett, unter dem Moskitonetz, erschöpft, und begriff nur halb, dass Fy nicht mehr da war.

Elise saß auf der Bettkante, und ich flüsterte: »Sie muss den ganzen Weg zurückgehen, allein, in der Dunkelheit. Sie hätte hierbleiben sollen für die Nacht.«

»Wer?«, fragte Elise.

»Fy«, sage ich. »Die mich hergebracht hat.«

Und ich begriff, dass Elise Fy gar nicht gesehen hatte, sie hatte mich gebracht und war verschwunden. Ich wollte über so vieles nachdenken, aber ich schlief schon.

Es gibt Winter hier, dachte ich, die kalt sind, und es gibt Kinder, die Ziegel schleppten. Aber es gibt auch bunte Fische und die Korallenbänke, zu denen Luc mit mir tauchen will. Es ist ein Paradies.

Fy hatte auch ein Paradies gefunden, hatte sie das nicht gesagt? Voller Blumen und Farben.

Doch sie war von dort geflohen.

»Schlaf gut, Emma«, flüsterte Elise. »Ich werde hier sitzen bleiben. Ich passe auf dich auf.«

Aber wer passt auf die anderen auf?, dachte ich. Auf die, die im Winter ihr Zimmer mit den Ratten teilen?

Ich schlief lange. Ein ganzes Jahrhundert, wie Dornröschen, ein ganzes Zeitalter, wie die Riesen im Felsgestein alter Märchen, ich schlief wie die Dunkelheit unter dem Meer. Und dann war es Tag, und Elise saß an meinem Bett und schien aufzuatmen.

»Ich dachte schon, du wachst gar nicht mehr auf«, sagte sie und strich mir das Haar aus der Stirn.

»Hast du wirklich die ganze Zeit hier gesessen?«, fragte ich.

»Nein«, sagte sie. »Nur ab und zu. Ich bin eben vom Strand zurückgekommen.«

Ich schlug das Moskitonetz beiseite. Goldgrüne Sonnenstrahlen fielen durch die Tür unserer Hütte.

»Emma? Ich weiß, du kannst die Frage nicht leiden, aber ... wie fühlst du dich?«

»Hungrig«, sagte ich. »Und ich bin spät für die Tabletten, ich weiß. Lass uns frühstücken gehen.«

»Es ist drei Uhr Nachmittag«, sagte Elise. Dann grinste sie. »Die perfekte Zeit zum Frühstücken.«

Papayastücke, leuchtend orange auf einem blauen Teller, lange Baguettescheiben, ein winziges weißes Töpfchen mit duftendem Honig. Eine Tasse Milchkaffee, weiße Baumorchideen mit hellgrünen Blättern dazwischen: ein Stillleben.

Elise hatte ein paar Muscheln dazugelegt. Und in der Ferne floss das Meer türkisblau in den Horizont.

»Es ist ein Trugbild«, sagte ich. »Es ist nicht alles so schön.«

»Nicht?« Sie sah mich an, die wachen Augen in ihrem faltigen Gesicht fragend. Ihre Augen hatten die Farbe des Meeres.

»Gestern Nacht«, begann ich. »Du warst vor mir, und ich habe den verkehrten Weg genommen, im Dorf ... Und dann bin ich gefallen. Einen Hang hinunter. In den Wald.«

Aber ich war nicht nur in den Wald gefallen, sondern auf seltsame Weise in die Wahrheit, dachte ich. Und ich wollte Elise alles erzählen, vom Winter in der Stadt und den Ziegeln und Fys Hand in meiner. Von dem Betrunkenen, dem ich meine Fäuste ins Gesicht gerammt hatte. Ich hatte Elise immer alles erzählt. Auf einmal konnte ich es nicht mehr.

Ich hatte Angst, dass sie es nicht verstehen würde. Und ich hatte Angst, dass sie sich zu viele Sorgen machen würde.

»Du hast gesagt, das Mädchen mit dem Baby, das hier arbeitet ..., hat dich nach Hause gebracht?«

Ich nickte nur. »Ja. Sie ist mir nachgeklettert. Sie hat mir den Weg gezeigt.«

»Das war nett von ihr«, sagte Elise. »Wir sollten ihr etwas schenken. Zum Dank. Pralinen? Nein.« Sie lachte. »Gibt es hier nicht. Unsere schönste Muschel?«

»Geld«, sagte ich.

»Geld?« Elise sah mich zweifelnd an. »Geld schenkt man nicht. Das ist wäre unhöflich.«

»Nein«, sagte ich. »Ich glaube, es würde helfen.«

»Wenn du meinst.« Sie zuckte die Schultern. Grinste dann plötzlich. »Jemand war für dich da, während du geschlafen hast. Der Junge von gestern, von der Party. Er wollte dich abholen, er hat etwas von bunten Fischen gesagt, und dass er einen Wal gesehen hätte, alles habe ich nicht verstanden, es war so … französisch. Ich glaube, er hat gesagt, er fährt ohne dich, aber er kommt noch mal vorbei. Die Fische laufen nicht weg.« Sie legte eine Hand auf meine. »Emma. Dieser junge Mann … hatte eine Taucherausrüstung bei sich.«

Ich nickte.

»Hast du ihm gesagt, dass du nicht tauchst?«

»Es gibt auch fliegende Fische«, sagte ich leichthin. »Und schnorcheln kann wohl niemandem schaden.« Ich drückte ihre Hand und sah ihr in die Meeraugen. »Es geht mir gut, Elise. Ich bin gestern Nacht einen Steilhang hinuntergefallen und habe vorher zwei Stunden lang getanzt, und hier sitze ich und lebe noch. Braucht irgendwer mehr Beweise? Sie hat gefragt, oder? Sie hat angerufen.«

»Deine Mutter? Hm. Ja.«

»Sag ihr, ich hab sie lieb, und sie soll aufhören, sich Sorgen zu mache. Ich kann. Dinge. Tun.«

»Tauchen nicht«, sagte Elise knapp. »Dein Freund war mit einem Madagassen unterwegs, der zwei Sauerstoffflaschen schleppte. Du bleibst schön an der Oberfläche.«

»An der Oberfläche«, murmelte ich.

Die Oberfläche begann, Risse zu bekommen. Die Schönheit bröckelte. Es hatte nichts mit Fischen zu tun.

Ich stand auf. »Ich gehe ein bisschen spazieren. Und … ich gehe bei den Fischerhütten vorbei. Fy wohnt dort. Ich könnte ihr unser Dankeschöngeschenk mitbringen. Du verwaltest unser madagassisches Geld …«

»In der Stofftasche unter meiner Matratze«, sagte Elise,

und ich lachte über dieses Versteck. »Soll ich mitgehen? Emma?«

»Nein«, sagte ich. »Danke. Lieb von dir. Ich bin zum Abendessen wieder da.«

»Das hätte Vorteile«, sagte Elise und griff nach ihrem Roman, der auf dem Tisch lag.

Ich liebte sie dafür, dass sie mich Dinge tun ließ. Alles außer Tauchen.

Sie hatte begriffen, dass ich kein Kind mehr war.

»Ich finde es nicht schlimm, dass Leute dich für jünger halten«, hörte ich Papas Stimme. »So schön ist es nicht, erwachsen zu sein. Schau mich an. Oder deine Mutter. Irgendwann bist du nur noch im Stress … Lass dir mit dem Erwachsenwerden Zeit.«

Ein schöner Spruch. Aber Zeit, dachte ich, gehörte zu den Dingen, die ich nicht hatte.

Ich nahm hunderttausend Ariary aus Elises Geldtasche. Fünfundzwanzig Euro. Es fühlte sich an wie ein Vermögen. Ich fragte mich, wie viel Reis mit Bohnen man dafür kaufen konnte.

Der junge Madagasse, der schon wieder dabei war, mit dem Fuß den Boden zu scheuern, machte für mich auf der Karte ein Kreuz, dort, wo die Fischerhütten waren.

Der alte Pirat trank schwarzen Kaffee aus einem kleinen Glas und lauschte der französischen Kaffeehausmusik. Die rundliche Dame, die die Küchenchefin zu sein schien, stand hinter seinem Stuhl, sie waren ein schönes Bild, diese beiden und der scheuernde, tanzende Fußbodenpolierer.

Fröhliches, unbeschwertes, verträumtes Madagaskar.

Die Oberfläche.

Ich folgte dem eingezeichneten Weg nicht. Ich kletterte über die Fadyfelsen. Eine Weile stand ich da oben und sah aufs Meer hinaus, auf dem ein Einbaum dümpelte. Aber als er näher kam, war es ein Fischer. Nicht Luc. Natürlich, Luc war weiter draußen. Bei den Walen.

Ich lief am Strand entlang, turnte über die verfallenen Mauern eines verlassenen Hotels – und dann war ich an der Stelle des Strandes, wo der Pfad zum Berg abbog, und zum Fischerdorf.

Und ich blieb stehen. Da war sie. Fy. Sie saß im Sand. Neben ihr auf einem Tuch lag Onja. Fy saß sehr aufrecht, wie jemand, der für ein Bild Modell sitzt.

Sie war nicht allein.

Vor ihr stand ein älterer Mann in Badeshorts, er war offenbar gerade aus dem Wasser gekommen und dabei, sein zerzaustes graues Haar abzurubbeln. Fy sah zu ihm auf, sie sagten irgendetwas zueinander. Ich wanderte den Pfad hinter dem schmalen Strand entlang, eine Reihe von Palmen trennte ihn vom Sand, vielleicht hatte ich Glück, vielleicht verbargen die Palmen mich.

Ich sagte mir, dass ich mich nicht wirklich anschlich. Dass ich nur nicht stören wollte.

Und dann war ich ganz nah, und ich erkannte den Mann: es war der Engländer vom Pizzaboot. Der pensionierte Hund. Er war blass, sein Bauch hing ein wenig über die Badeshorts, wie bei einem Hund mit zu vielen Fellfalten. Er ließ sich neben Fy in den warmen weißen Sand fallen, durchkämmte ihn mit den Fingern, während er mit ihr sprach, ich hörte nur Gemurmel, keine Worte. Ich hörte Fy lachen. Anders, als sie sonst lachte. Lauter und höher. Künstlich.

Und dann nahm sie eine Plastikflasche aus dem Sand: Sonnenöl, drückte etwas davon auf ihre Hand und kniete sich hinter den alten Engländer, um seinen Rücken einzureiben, ihre Bewegungen ein wenig zögernd, ich sah die Fettpolster dort unter der sommersprossigen Haut, sah, wie Fys schlanke dunkle Finger das durchsichtig-goldene Öl verteilten, einmassierten, jetzt mutiger ...

Der Engländer legte sich auf den Bauch in den Sand, und Fy setzte ihre Sonnenölmassage fort.

»Schrei, Onja«, wisperte ich. »Schrei! Unterbrich sie!«

Aber Onja war ein braves Kind, sie schrie nicht, sie lag einfach da und sah sich den Himmel an, ich fragte mich, ob madagassische Babys keinen Sonnenstich bekommen konnten.

Jetzt kamen zwei Touristen den Strand entlanggewandert: ein Pärchen, nicht mehr jung, beide in abzippbaren Trekkinghosen, beide mit praktischem Kurzhaarschnitt. Sie blieben vor Fy und dem Engländer stehen und sagten irgendetwas, dann lachten sie alle.

Der Engländer stand auf, klopfte sich den Sand von den Shorts, sprach mit den beiden: Versammlung der Grauhaarigen. Eigentlich sahen sie nett aus. Unaufgetakelt.

Aber die Art, auf die Fy jetzt neben ihnen stand, ein wenig abseits, ein wenig kleiner, und schon wieder zu allen hochsehen musste, tat weh. Der Engländer nickte Fy zu – dann ging er mit den beiden anderen weg. Und ich dachte, ich müsste erleichtert sein, doch sein Weggehen ärgerte mich.

Er ließ sie stehen, als wäre sie nur eine Blume am Wegesrand, die er kurz angesehen hatte, und nun hatte er Wichtigeres zu tun. Die Blume sah ihm nach, lange. Diese Blume in ihrer abgetragenen rosa Bluse und ihrem verblassten gelbrot gemusterten Wickelrock. Schließlich band sie Onja in das blaue Tuch ein. Merkte, dass die Sonnenölflasche noch da war, hob sie auf, rief dem Engländer etwas nach – doch er drehte sich nicht um.

Da nahm sie die Flasche und schlug den Weg hoch zur Fischersiedlung ein.

Ich hätte Fy einholen können, doch ich folgte ihr nur. Ich wollte nicht, dass sie wusste, dass ich sie beobachtet hatte.

Sie sah müde aus, ihre Schritte schwer, ihre Füße aus Blei. Nichts an ihr wirkte eigentlich, als ob es so laut lachen könnte.

Ich roch das Grün des nahen Urwaldes – und dann waren wir zwischen den Hütten und ich roch nur noch Fisch. Da saßen sie auf dem Boden, die Frauen, und schuppten Fische, während die Männer Netze säuberten, sie nickten mir zu, und ich spürte, wie sie mir nachsahen.

Die Hütte, deren Tür Fy öffnete, war einmal türkisblau gewesen wie das Meer, doch die Farbe blätterte in langen Streifen ab. Fy verschwand im stockdunklen Inneren, und ich dachte: Die Hütte hat keine Fenster. Natürlich hat sie keine Fenster, sie ist zum Fischetrocknen gedacht, Fische brauchen keine Fenster. Vor allem tote Fische nicht.

Schließlich kam Fy wieder, einen Korb voll Wäsche in der Hand, den gleichen schönen geflochtenen Korb, mit dem ich sie zuerst gesehen hatte. Erst jetzt fiel mir auf, wie kaputt er war, in Auflösung begriffen. Fy bückte sich, mit Onja auf dem Rücken, und begann, die Wäschestücke auf dem Gras auszubreiten. Es war nicht viel Gras da, es gingen vermutlich zu oft Leute darüber, weil es eine Abkürzung war.

Ich holte tief Luft. Dann trat ich näher und bückte mich nach einem nassen Betttuch.

Fy fuhr herum und sah mich mit schreckgeweiteten Augen an, die Pupillen groß: Fluchtreflex. »Emma«, sagte sie, und langsam entspannte sie sich wieder. »Was … tust du hier?«

»Ich helfe dir«, sagte ich.

Sie schüttelte den Kopf und lächelte. »Lass das. Das ist nicht deine Arbeit.«

Ich legte das Betttuch aufs Gras. »Es ist mein Hobby«, erklärte ich fest. »Wäsche auf dem Boden ausbreiten ist ein Hobby von mir. Es ist etwas ungewöhnlich … nun ja.«

Sie lachte, leise, erschöpft: »Na dann.«

Und eine Weile breiteten wir schweigend nebeneinander Wäschestücke aus, auf dem verflixten staubigen kargen Gras, und ich war mir ziemlich sicher, dass die Wäsche nicht sauberer wurde dadurch, aber es gab keine Leine. Da waren nicht nur Betttücher, da waren auch Spitzenunterhosen und T-Shirts und Pullover, und ich hielt ein dunkelblaues Kleid mit Paillettenbesatz hoch und sagte: »Das steht dir sicher gut.«

»Mir?« Sie lachte wieder. »Das gehört einer Vazaha in der Lodge. Ich wasche für die Lodge.«

»Ach so«, sagte ich. »Es würde dir gut stehen. Wir sollten es behalten. Wir könnten sagen, es wäre beim Waschen eingegangen. Das Wasser war zu heiß.«

»Zu heiß?« Sie runzelte die Stirn. »Ich hole das Wasser da unten, am Brunnen ... ich koche nur die Weißwäsche.«

»Und du hast keinen ... Wasserhahn?«

»Niemand hier hat einen Wasserhahn«, sagte Fy, fast beleidigt, und sah ihre Hütte an. »Das ist ein sehr gutes Haus.«

»Ja«, sagte ich. »Natürlich. Es ... hat eine wundervolle Farbe. Dieses Türkisblau.«

Ich fragte nicht, ob sie Strom hatte und Licht. Oder eine Toilette. Tote Fische gehen nicht aufs Klo, und sie lesen abends keine Zeitung.

Ich dachte daran, wie meine Mutter Wäsche aufhängte, zu Hause in Berlin, auf einer Wäscheleine, zwischen den sauberen weißen Mauern des Hinterhofs, den sie in einen Rosengarten verwandelt hatte. Sie arbeitete zu viel in ihrer Firma, aber fürs Rosenschneiden hatte sie immer irgendwann Zeit gefunden, manchmal hatte ich vom Fenster aus zugehört, wie sie mit ihren Rosen gesprochen hatte. Es war für sie immer leichter gewesen, mit den Rosen zu sprechen als mit mir.

»Komm mit rauf zum Leuchtturm«, sagte Fy ganz plötzlich und legte ein letztes Hemd aufs Gras.

»Zum ... Leuchtturm?«

»Ja. Er steht da oben, auf dem Berg. Ist nicht weit. Die Touristen fotografieren das Licht, wenn es sich am Abend verwandelt. Du besuchst mich, und ich kann dir nichts anbieten, außer ... den Blick von da oben.«

»Gut«, sagte ich. »Das Licht ... in was verwandelt es sich?«

»In Gold«, wisperte Fy und nahm meine Hand. »Es ist magisch. Komm.«

Ich fragte mich, was sie sehen würde.

Sieht eine Vazaha die Magie? Oder sieht sie nur den Urwald von oben?

Wir stiegen hinauf bis zur Abzweigung, wo das Schild stand. Du schliefst, Onja, auf meinem Rücken, ich bin eine Schildkröte mit einem atmenden Panzer.

Wie die Schildkröten tief unten im Wasser, die grünen, riesigen. *Er* hatte mit Händen und Füßen und einer Zeichnung im Sand gesagt, er hätte einmal eine Schildkröte gesehen, beim Tauchen. Ich war verwundert, dass er tauchte, er sah zu alt aus und zu unsportlich, aber immerhin tauchen die Schildkröten auch mit ihren tausend Jahren, und sie sehen genauso wenig sportlich aus. Ich dachte an ihn, während wir aufwärtsstiegen, spürte wieder seine sommersprossige Haut unter meinen Händen. Das glitschige Sonnenöl.

Haben wir eine Chance, Onja? Er ist einfach weggegangen.

An der Abzweigung, wo ein verwittertes Holzschild zum Leuchtturm hochweist, wartete der dünne alte Herr in seinem Bretterladen auf Vazahas. Er stand hinter seinen Flaschen und Fläschchen voller bunter Flüssigkeiten und lächelte durch seine Brille.

»Kann ich Ihnen helfen?«, fragte er Emma. »Wir verkaufen Gewürze und Naturmedizin.« Und er nahm seine Brille ab und polierte sie mit seinem Ärmel. Neben ihm tauchte seine Mutter auf, sie ist uralt.

Emma hob eine kleine Flasche hoch, in der winzige Zitronenscheiben schwammen wie Sonnenfische, und der Mann sagte: »Zitronenöl. Sehr gut für den Teint. Aber wenn man es zu lange stehen lässt, entwickelt es unkontrollierbare Kräfte. Sturm, Madame. Gewitter. *Äußerst* wilde Träume.«

Emma lachte. Sie glaubte nicht an das, was er sagte, das war klar. Vazahas glauben wenig. Ihr Leben muss sehr leer sein. Vielleicht haben sie deshalb all diese Fernseher und Autos und Kleider und Handys. Um ihr Leben zu füllen.

Ich wollte nicht, dass Emma war wie die anderen Vazahas. »Es ist wahr«, flüsterte ich ihr zu.

Emma drehte eine Flasche in der Hand, in der Zimtstangen in einer dunklen Flüssigkeit schliefen.

»Das ist zur Blutverdünnung«, erklärte der Herr mit der Brille. »Eher für ältere Leute gedacht. Sie wissen, Menschen mit Herzproblemen. Der Zimt verhindert, dass das Blut verklumpt und die Adern verstopft.«

»Tut er das?«, fragte Emma, ehrlich interessiert.

»Haben Sie etwas für ... Sie wissen schon?«, fragte ich leise, und der Herr musterte mich mit schiefgelegtem Kopf. »Um ein Kind zu bekommen?«, fragte er. »Oder *gegen* eine Schwangerschaft?«

»Sie *hat* ein Kind, das siehst du doch«, sagte seine uralte Mutter und schnalzte missbilligend mit der Zunge. »Da kommt jedes Mittel wohl zu spät. Aber sie hat keinen Mann.«

Sie fischte eine kleine Plastikflasche aus dem Wald an Gefäßen und hielt sie hoch, und ihr Inhalt war wunderhübsch, ich sah kleine grüne Kugeln darin, gebettet in rosafarbene Blütenblätter. »Grüner Pfeffer in Öl. Fördert die

Durchblutung und … anderes. Öffnet die Seele und das Herz. Für neue Anfänge. Für neue Beziehungen. Ein paar Tropfen, auf die Haut gerieben, wirken Wunder. Aber es muss über einen längeren Zeitraum wirken. Jeden Tag.« Sie wandte sich an Emma. »Mein Sohn hat Botanik studiert. In Tana. Er weiß alles über die Wirkstoffe der Pflanzen.«

»Jeder Wirkstoff hat auch eine Nebenwirkung«, sagte der Herr mit der Brille ernst. »Vielleicht lässt du besser die Finger von dem grünen Pfeffer.«

»Wie viel?«, wisperte ich.

»Fünfzigtausend«, sagte der Herr mit der Brille freundlich.

Ich schlug die Hand vor den Mund. So viel Geld!

»Nimm so ein Amulett hier«, sagte der Herr mit der Brille. »Das kannst du unters Kissen legen und beten und dir etwas wünschen. Das macht nur fünfhundert.«

Ich schüttelte den Kopf. »Ich brauche das in der Flasche. Ich bezahle die fünfzigtausend. Später. Wenn das Öl wirkt, kann ich sie bald bezahlen.«

Ich sah meine ganze Zukunft vor mir, eine Zukunft, in der Onja auf einer Plastikrutsche auf eine Blumenwiese rutschte, in einem Kleid ohne Löcher. Hinter ihr strahlten im hohen Blau die weißen Wolken eines fernen Landes – und dann sah ich, wie all das zerfloss, zerfiel wie Staub.

Ich würde es nicht schaffen. Nicht ohne das Zauberöl.

Da geschah ein Wunder. Emma legte zwei nagelneue blaue Zwanzigtausender und einen Zehntausender auf den Tisch, und der Herr mit der Brille gab ihr die kleine Flasche. Emma gab sie mir.

»Das … das kannst du nicht machen!«, stotterte ich.

»Das ist viel zu viel Geld!« Ich habe nie einen Zwanzigtausender in der Hand gehabt, nicht ein einziges Mal im Leben.

»Es sind nur zwölf Euro«, sagte Emma. »Und sie gehören sowieso dir. Weil ich mich bedanken wollte. Für gestern. Das hier ist ein Teil des … Dankeschöns. Den Rest gebe ich dir auf dem Leuchtturm.«

Und dann kaufte sie noch Zitronenöl und eine Tüte Zimtstangen für die alte Dame, sie kaufte sie einfach so, wie man Tomaten kauft, aber nicht mal Tomaten kaufe ich so, ich handle natürlich. Emma bezahlte nur und steckte alles in ihre Handtasche, eine schöne bunte Handtasche.

Neben dem Leuchtturmschild lungerten ein paar Kinder herum, tuschelnd und lachend, und Emma fand in ihrer Tasche Bonbons für sie.

Dabei waren es nicht mal arme Kinder, ich kannte sie, es waren die Kinder von Fischern und Ladenbesitzern im Dorf, und sie hatten heute Mittag Reis gegessen, ich war mir sicher. Die Vazahas bringen eine Menge Geld auf diese Insel.

Ich hätte Emma schrecklich gerne auch um ein Bonbon gebeten, doch wie konnte ich!

Wie konnte ich ihr sagen, dass ich im Gegensatz zu den Kindern an diesem Tag noch nichts gegessen hatte? Ich besaß keinen Ariary mehr, ich hatte die Miete für die Hütte am Morgen gezahlt, und der Pirat war spät dran mit den Monatsgehältern. Es gab irgendein Problem mit der Bank auf Sainte-Marie, und er hatte gelacht und gesagt, auf einen Tag käme es ja wohl nicht an.

Der Leuchtturm ragte weiß in den blauen Himmel; ein Stück weiter erhob sich das Gästehaus, ein Betonding mit zehn oder mehr Zimmern, in dem manchmal Kirchengruppen vom Festland schliefen. Jetzt war niemand da, nur zwei leere Hängematten schwangen zwischen den Betonsäulen im Wind.

»Hübsch hier«, sagte Emma. »Und so niedlich. Der Leuchtturm ist ja noch ein Kind!«

»Sind sie bei euch größer?«, fragte ich.

Emma nickte. »Und rot-weiß gestreift. Vielleicht kriegen sie ihre Streifen erst, wenn sie erwachsen sind?« Sie zog am Griff der schwarzen Tür. »Zu. Man kann nicht rauf, oder?«

»Doch«, sagte ich.

Und ich tastete in einer Mauerritze herum und fischte den kleinen Schlüssel heraus.

Emma pfiff durch die Zähne.

Die Tür knarzte, als wir sie öffneten. Die Stufen waren schmal und steil und schadhaft, aber ich bin sie schon oft hinaufgestiegen, mit dir, Onja, weißt du noch? Ich habe dir von oben die Insel gezeigt. An diesem Abend zeigte ich sie Emma. Wir standen nebeneinander an der Metallbrüstung, und das Grün des Urwaldes breitete sich bis zum Strand aus.

»Schön!«, sagte Emma mit einem Seufzen.

Da spürte ich etwas wie Stolz in mir. Auf mein Land. Auf diese Insel. »Warte«, sagte ich, »bis es sich verwandelt.«

Und dann geschah es, dann sank die Sonne ins Meer. Sie berührte die Wasseroberfläche und zerfloss darin, das Gold breitete sich über das Wasser aus, strahlend, gleißend – erreichte den Strand, erreichte den Urwald. Tauchte alle Bäume in seinen Glanz.

Ich hörte, wie Emma neben mir die Luft scharf einsog.

»Fy«, wisperte sie und legte ihre Hand auf meine. »Sie ... verwandelt sich wirklich. Die Insel.«

»Ja«, sagte ich. »Es ist die Stunde der Träume. Alles ist möglich, für diesen einen Moment.«

Emma nickte. Sie sah unsere Hände an. »Wir sind auch aus Gold«, flüsterte sie. »Du ... und ich! Und mein Herz. Lauter Zahnräder aus Gold ... Oh, und ich kann da unten die Wale in ihren Nestern sehen, mit ihren Jungen, siehst du sie auch?«

»Ich sehe sie«, sagte ich und grinste. Kurz darauf sah ich etwas anderes, ich sah jemanden in dem Gold am Strand stehen, allein.

Ihn.

Er war weit weg, aber meine Augen sind gut. Er stand da und sah aufs Wasser.

»Siehst du ihn?«, fragte ich. »Den Mann da unten? Er ist Engländer. Er kann nur ein paar Worte Französisch. Wir haben uns trotzdem unterhalten. Ich habe ihm vom Meer erzählt. Ich habe nicht verstanden, was *er* erzählt hat.«

»Ist das der, der bei der Pizzeria aufgelegt hat?«, fragte Emma. »Er könnte dein Großvater sein.«

»Vielleicht«, sagte ich. Und ich hielt das Fläschchen hoch und betrachtete die Flüssigkeit. »Er braucht jemanden, der ihn wieder jung macht«, sagte ich leise. »Er sah so müde aus. Ich könnte ihn jung machen. Wenn ich es schaffe, dass er bei mir bleibt. Dafür ist das Öl.«

»Fy«, sagte Emma. »Du hast doch nicht vor ...? Warte. Siehst du, was ich sehe? Schaukelt da jemand?«

Sie zeigte zum Gästehaus hinüber. Ich sah es auch, in einer der Hängematten schaukelte jemand. Der Junge von der Mondscheinparty. Der Junge, der vielleicht ein Geist war.

Er wartete hier auf die Nacht.

»Klar, er wohnt da, es ist billig«, sagte Emma. »Hat er uns gesehen?«

Doch in diesem Moment verschwand das letzte Licht, verschwand das Gold, und der Wald unter uns war abendblau und schattig.

»Wie seltsam«, wisperte Emma. »Alles verwandelt sich *ständig*. Man sieht jedes Mal etwas anderes, wenn man hinguckt. Was war eigentlich mit deiner Mutter? Hat sie auch ein geheimes Öl benutzt, um den schwarzen Engel an sich zu binden?«

»Nein«, sagte ich. »Er hat uns wieder verlassen. Eines Tages war er weg. Wir mussten aus dem großen Haus ausziehen, weil wir das Zimmer nicht bezahlen konnten. Manche sagten, der schwarze Engel wäre weggelaufen, weil er sein ganzes Geld verwettet hatte, er wettete gern auf Hahnenkämpfe und beim Kartenspiel. Manche sagten, er sei nachts betrunken in ein Loch der Kanalisation gefallen. Das passiert. Und manche sagten, er hätte meine Mutter mit ihrer verkrüppelten Hand und ihrer sanften Stimme nicht mehr ausgehalten.«

»Meine Eltern haben sich auch getrennt«, sagte Emma. »Als ich vier war. Ich glaube, der Grund war ich.«

»Du?«, fragte ich. Wie konnte ein Engel wie Emma, blass, zart und goldhaarig, der Grund für etwas Schlechtes sein?

»Mein Vater ... brauchte seinen Freiraum. Sein eigenes Leben. Zeit für seine Karriere in der Firma, in der er arbeitet. Meine Mutter brauchte ihre Zeit auch, nehme ich an, denn sie war oft weg. Elise war da. Immer. Elise hatte als Einzige keine Angst vor mir.«

Angst? Vor einem Engel?

Emma stand auf. »Komm«, sagte sie. »Es ist dunkel. Wir müssen die Treppe runter, ohne uns den Hals zu brechen. Und ich sollte machen, dass ich zur Lodge zurückkomme. Elise wartet. Abendessen und so weiter.«

Sie sagte es leichthin. Als wäre Abendessen unwichtig. Mein Magen knurrte.

»Und du? Gehst nach Hause und kochst Reis?«

»Heute nicht«, sagte ich.

»Ich dachte, Madagassen essen immer Reis«, meinte Emma mit einem leisen Lachen.

»Nein«, sagte ich. »Oft essen sie die Erinnerung an Reis. Wenn keiner da ist.«

»Mein Gott, Fy«, sagte Emma, »jetzt hätte ich es fast vergessen.« Und sie griff zum zweiten Mal an diesem Tag in ihre Tasche und holte einen Geldschein heraus. Nein. Ein ganzes Bündel. »Hier. Das ist der Rest des Dankeschöns für gestern Nacht.«

»Woher?«, flüsterte ich. »Woher hast du das Geld? *So* viel Geld!«

»Aus einer Stofftasche unter Elises Matratze.« Emma grinste.

»Du hast es ... deiner Großmutter gestohlen?«

»Urgroßmutter. Nein.« Sie schüttelte den Kopf. »Sie hat gesagt, ich kann es nehmen. Sie wollte, dass ich mich bei dir bedanke, weil du mich nach Hause gebracht hast.«

»Ich kann nicht ...«

Emma legte mir den Finger auf die Lippen. »Nimm es und kauf Reis. Onja ist aufgewacht. Sie ist bestimmt auch hungrig. Wenn du nichts isst, ist keine Milch für sie da.«

»Du hörst dich an wie ein Arzt«, sagte ich.

»Das liegt wahrscheinlich daran, dass ich zu viel Zeit in meinem Leben mit Ärzten verbracht habe«, sagte sie. Aber sie erklärte nichts. Sie sah hinüber zum Gästehaus, wo im Dunkeln die Hängematten nur noch als Schemen hingen. Sie waren wieder leer.

»War er da?«, wisperte Emma. »Luc? Oder habe ich mir das nur eingebildet?«

»Ich weiß nicht«, sagte ich. »Wenn, dann ist er gegangen. Wie der Engländer. Aber wir haben das Öl.«

»Luc ist *nicht* wie der Engländer«, sagte Emma. »Luc ist Anfang zwanzig.« Sie legte ihre kühlen Hände auf meine Schultern. »Bitte, Fy. Vergiss diesen Engländer. Bitte. Wir finden einen jungen, hübschen Typen für dich, ich helfe dir suchen. Morgen. Jetzt muss ich los.«

»Findest du diesmal nach Hause, oder soll ich …?«

»Du gehst was zu essen besorgen«, sagte Emma fest. »Ich verspreche, ich verlaufe mich nicht. Elise wartet vor einem Tisch voller Kerzen und Teller und wird gerade ungeduldig.«

5

Ich habe mit Mama telefoniert. Die Verbindung war fürchterlich.

Ich saß auf der kleinen Mauer unter dem Restaurant und sah zu, wie eine Horde Kinder auf dem hohen weißen Schaukelgerüst herumkletterte. Wie ein Fischer draußen in seinem Einbaum über das Meer glitt. Wie das Pärchen aus der Lodge Arm in Arm am Strand entlangwanderte.

Und Mama sagte: »... im Moment ziemlich viel Stress in der Firma. Und dann hat auch noch das Auto angefangen zu streiken, also nehme ich den Bus, zeitraubend, na ja, wie sieht es bei euch aus?«

»Bei uns ... gibt es keine Autos«, sagte ich. »Noch nicht einmal Straßen.«

»Was? Ich verstehe fast nichts. Bis Autos hatte ich es ... und dann?« Die Leitung knisterte.

»Straßen«, sagte ich. »Aber ...«

»Und sonst ist alles in Ordnung? Ich habe geträumt, dass du ...« Geknister. »... ganz allein, und es war dunkel. Überall Urwald. Du hast eine Hand auf dein Herz gepresst, es ging dir schlecht, und ich konnte nicht zu dir kommen, ich war auf der anderen Seite einer Glasscheibe … Ich habe versucht, das Glas zu zerschlagen, aber es ging nicht …« Wieder nur Störgeräusche.

»Und dann? Wie ging es aus?«

Vermutlich hörte sie die Frage nicht. »… ist der Dschungel?«, fragte sie jetzt. »So wunderschön, wie du dachtest?«

»Er ist aus Gold«, sagte ich. »Nur für einen Moment am Tag. Ehe die Sonne untergeht. Und das Wunderschöne ist lediglich eine Oberfläche. Darunter sind eine Menge Dinge verborgen.«

»Was?«, rief sie in die Leitung. »Emma? Emma, bist du noch da? Ich verstehe hier nichts mehr, ich …« Sie klang verzweifelt, als wäre sie wieder in ihren Traum gerutscht.

»Gute Besserung für das Auto«, sagte ich. »Grüß die Katze.«

»Was? Emma? Ich … «

Hab dich lieb?

»… wäre froh, wenn du auf dich aufpasst«, sagte sie, plötzlich wieder deutlich. »Denk daran. Du bist nicht wie die anderen.«

»Ich verstehe jetzt auch nichts mehr«, sagte ich. »Wir sollten auflegen.«

Eine Weile saß ich nur so da, das Telefon auf dem Schoß. Eine geschäftige Strandkrabbe kletterte über meinen nackten Fuß und eilte in ihr Loch. Über mir rauschten die Bäume in einem plötzlichen Windstoß.

Elise setzte sich neben mich auf die Mauer. »Emma? Alles gut?«

Ich schluckte. »Mama hat … geträumt. Ich war allein, im Wald, und es ging mir schlecht, und da war eine Glasscheibe zwischen uns, sie konnte mir nicht helfen. Sie hat mir nicht gesagt, wie der Traum ausging.«

»Oh, ich weiß, wie er ausging«, sagte Elise sanft. »Sie hat gesehen, wie du hinter der Glasscheibe mit dem Tod gekämpft hast. Und wie du verloren hast. Sie träumt diesen Traum, seitdem es dich gibt. Seit du in einem Brutkasten lagst, hinter einer Glasscheibe. Sie sieht jedes Mal, wie du stirbst. Und sie kann dir nie helfen. Du bist immer allein.«

Ich nahm Elises Hände und drückte sie. »Aber das bin ich nicht. Ich habe dich. Ich habe Fy. Ich habe ... dieses ganze Leben hier.« Ich schüttelte den Kopf. »Die Arme. Warum träumt sie das?«

»Deine Mutter kämpft mit ihren eigenen Dämonen«, sagte Elise. »Du kannst dir nicht vorstellen, wie schwer es für sie war, dich gehen zu lassen.«

Ich schickte ihr Bilder.

Die weißen Baumorchideen in den Ästen. Die roten Hibiskusblüten auf dem Bett.

Die steinerne Frau auf dem Betonsteg, die nachdenklich aufs Meer hinaussah. Den ewigen Fußbodenpolierer bei seinem Poliertanz im Restaurant. Frauen mit bunten Röcken, Körbe mit Obst auf dem Kopf.

Muscheln auf meiner Hand.

Einen ganzen Tag lang wanderte ich über die Insel und machte Bilder.

Am Ende ein Bild von mir selbst, eine lächelnde Emma, das Haar zerzaust vom Wind, am Strand, auf einer toten, angespülten, malerischen Baumwurzel.

Meine Mutter könnte das Bild ausdrucken und an die Pinnwand in der Küche hängen, die sie jeden Morgen ansah, wenn sie im Stehen einen Kaffee trank. Ehe sie zum ersten Meeting hetzte.

»*Très jolie.* Sehr hübsch«, sagte jemand hinter mir.

Ich fuhr herum.

Da stand ein kleiner Junge und guckte auf das Handy, ein kleiner Junge mit einem Mund voller Zahnlücken, mit dem er mich anlächelte, vielleicht fünf Jahre alt. Er trug ein zerrissenes T-Shirt und eine Hose, die mehr aus Löchern bestand als aus Stoff, und sein Lockenhaar war seltsam rötlich. »Stylische Haare«, sagte ich.

Der Junge sah mich verständnislos an. Dann sagte er: »Vanilla?«, und hielt mir ein Bündel schwarzer, duftender Schoten hin, in eine dünne Plastikfolie gewickelt. »*Très jolie.* Vanilla.«

Aber ich hatte kein Geld bei mir, ich krempelte die Taschen meiner Shorts nach außen, um es ihm zu zeigen.

»*Très jolie*«, sagte der kleine Junge.

»Vanilla«, sagte ich. Offenbar waren das alle Wörter, die er kannte.

Ich hob das Handy, und er stellte sich sofort in Pose: ein Held mit Zahnlücken, vor dem Meer, samt Victoryzeichen. »*Très jolie*«, sagte ich.

»Vanilla«, sagte er.

»Warte, mit fünf Jahren hat man keine Zahnlücken«, sagte ich zu ihm. »Wie alt bist du?« Ich hob fünf Finger. Er überlegte eine Weile, dann zeigte er sieben. »*Très* Vanilla.«

Und da war er, der Riss in der Oberfläche. Dieser verflixte kleine Junge gehörte in die Schule, nicht an den Strand, um Vanille an Touristen zu verkaufen.

Am Strand näherte sich jetzt noch jemand. Jemand, den

ich kannte. Der Typ aus dem Laden, der Betrunkene aus dem Wald. In mir zog sich alles zusammen.

Er schien jetzt nüchtern zu sein, ging aufrecht und zielstrebig, über dem Arm eine geflochtene Raffia-Tasche. Und dann war er bei uns und zog den Jungen von mir weg. »Lass die Madame in Ruhe!«, sagte er auf Französisch; er sagte es, damit ich es verstand, nicht, damit der Junge es verstand. »Wenn sie keine Vanille kaufen will, kauft sie keine, du sollst sie nicht nerven.« Der Junge duckte sich, und der Mann hob die Hand, als wollte er ihn schlagen, ließ es dann aber. Er sagte noch mehr, einen ganzen Wortschwall auf Malagassi, »La Robinsonade«, kam darin vor und »Hotely« und »Vazaha«, und der Junge nickte und rannte davon. Er würde anderswo versuchen, Vanille zu verkaufen.

»Beste Qualität, Madame, wirklich«, sagte der Mann und lächelte mich an. »Die Farm befindet sich direkt neben dem Hotel Les Lemuriens, Sie können sie besichtigen, wenn Sie möchten, ich kann Sie herumführen. Vanille ist eine Kletterpflanze, das wissen Sie sicher? Ihre Schoten müssen grün gepflückt und dann in der Sonne getrocknet werden, wir erklären auf der Farm den ganzen Prozess. Ich hoffe, der Kleine hat sie nicht belästigt.«

Er sprach ein umständliches und altmodisches Französisch heute, und er schien in nüchternem Zustand nicht mehr zu wissen, dass wir uns nachts im Dschungel getroffen hatten. Dass ich ihn verprügelt hatte. Ich würgte ein »Nein, danke« hervor und kletterte von meinem Baumstamm.

»Nun, vielleicht ist Madame nicht so interessiert an Vanille wie an ein paar Wahrheiten«, sagte er und lief neben mir her am Strand entlang. »Ich weiß, dass Sie sich mit einem Mädchen hier ... bekannt gemacht haben. Ich möchte Sie warnen. Sie ist gefährlich. Ich könnte Ihnen Dinge erzählen ...«

»Danke, ich möchte nichts hören«, sagte ich und ging schneller. »Und wie kommt es, dass Sie Kinder für sich Vanille verkaufen lassen? *Kinder?*«

Er sah mich an, ehrlich perplex. »Der Kleine bekommt etwas vom Profit. Ich habe mich seiner angenommen. Die Mutter hat zurzeit keine Arbeit. Nicht jeder kann Arbeit auf der Vanillefarm bekommen, das sind nur die glücklichen ...«

»Mütter?«

»Was? Nein, Kinder. Zum Bestäuben der Vanilleblüten braucht man kleine Hände. Aber er hier, er macht den Verkauf mit mir. Besser als nichts. Dieses Mädchen, mit dem Sie ab und zu reden ...«

Er beugte sich näher zu mir. Er hatte furchtbare Zähne. »Wenn Sie mir ein wenig Geld vorschießen könnten«, sagte er leise. »Hunderttausend. Es ist nichts, Madame, für Sie. Meine Kinder sind hungrig. Ich habe drei Söhne. Und ein Baby zu Hause. Die Vanille am Strand verkauft sich um diese Jahreszeit nicht so gut ... Und die Plantage ist spät mit der Auszahlung. Wenn Sie mir etwas leihen könnten, dann könnte ich Ihnen meine Informationen ganz umsonst geben.«

Ich fluchte innerlich. Dann fluchte ich äußerlich. Auf Deutsch. Und dann sagte ich: »Schön, ich leihe Ihnen etwas, ich habe nur kein Geld hier. Und ich will diese Informationen nicht.«

»Danke«, sagte er und nahm meine Hände und drückte sie, und ich hatte gedacht, die seinen wären verschwitzt und dreckig, doch sie waren sauber und kühl. »Vielen Dank, Madame. Sie helfen uns sehr. Meine Frau ist sehr krank, wissen Sie und ...«

Und ich dachte, vielleicht stimmt es sogar. Vielleicht hat er einen Grund, sich zu betrinken und nachts im Wald herumzuwandern, aber nichts ist ein Grund dafür, dort Mädchen abzufangen, und vermutlich ist sowieso alles gelogen, und ich wollte keine tragische Geschichte hören.

»Ich gebe Ihnen das verdammte Geld«, sagte ich, »wenn Sie mich danach in Ruhe lassen. Und Fy auch. Ich will, dass Sie das versprechen.«

»Natürlich«, sagte er. »Madame, bitte, passen Sie auf sich auf. Dieses Mädchen. Fy. Sie ist vor drei Monaten gekommen, niemand kennt sie wirklich. Sie wandert nachts herum, meine Cousine hat sie gesehen, sie sucht in der Luft etwas, als wollte sie darüber klettern. Unsichtbare Wände. Sie ist von Geistern besessen. Und sie spricht, wenn sie im Schlaf herumwandert.«

»Was sagt sie?«, fragte ich und biss mir auf die Zunge, denn ich hatte es doch gar nicht wissen wollen.

»Sie sagt«, wisperte er, »*Vergib mir, meine Hände sind blutig.* Immer das Gleiche. *Vergib mir. Ich habe ihn umgebracht.*«

»Unsinn«, sagte ich schroff.

»Aber haben Sie gesehen, Madame, wie ängstlich sie sich manchmal umsieht? Jemand sucht sie. Jemand ist vielleicht auf dem Weg hierher.«

Fy ist keine Mörderin. Genauso wenig, wie ich hinter einer Glasscheibe sitze und sterbe, nur, weil meine Mutter es träumt.

Ich habe dem furchtbaren Typen das Geld gegeben, aus

dem Matratzenvorrat. Elise war im Wasser und schwamm und winkte mir, als ich zur Lodge kam, und ich hoffe, sie ist mir nicht böse wegen des Geldes.

Wahrscheinlich hat der Typ ja keine Frau, und auch keine Kinder. Aber was, wenn doch? Die Frau und die Kinder können ja nichts dafür, dass er ein Arschloch ist.

Ich hielt nach Fy Ausschau, doch sie kam an diesem Tag nicht mehr zur Lodge.

Stattdessen kam der Regen. Er kam über uns wie eine Sintflut, Windböen zausten die hohen Bäume um das Restaurant, Blätter flogen vorbei, das Meer wechselte in Sekunden seine Farbe von Blau zu Dunkelgrau.

Elise kam über den Strand herauf, atemlos. »Eigentlich müsste man bei Sturm schwimmen«, sagte sie. »Es hätte was. Aber vermutlich ist es keine gute Idee, wenn die Wellen einen auf irgendwelche Felsen schlagen …«

Zehn Minuten später saßen wir im Restaurant, dort, wo die Tische nicht im Sand, sondern schon auf der Holzveranda stehen, regenfest, und wir bestellten heißen Kakao und sahen zu, wie direkt vor uns die Welt unterging. Eine Menge Leute waren vor dem Unwetter geflohen wie wir.

Die Nacht begann verfrüht. Die Bäume im Garten der Lodge bogen sich unter den Böen.

Sie hatten mal wieder keine Milch für den Kakao. Nur Rum.

»Trink du ruhig Kakao mit Rum«, sagte ich, und sie grinste. Elise, im gestreiften Frottee-Strandkleid, achtzig Jahre alt, da saß sie und lachte über den Regen und trank Kakao mit Rum, und ich hatte sie so lieb. Ihre klugen blauen Augen. Jede Falte in ihrem Gesicht.

Manchmal tut es weh, sie anzusehen. Die Zeit wird uns voneinander trennen.

Elise griff in ihre Umhängetasche und legte einen Stapel auf den Tisch. »Rätselbücher, Zeichensachen, Puzzle«, sagte sie. »Wir haben alles dabei.«

Ich lachte. »Wie damals, als ich klein war. An der Nordsee.«

Ich sah es wieder vor mir: Wie wir in der Ferienwohnung gesessen und gepuzzelt hatten, die winzige, blasse Emma und die große, starke Elise. Ich konnte nie für lange hinaus an den Strand, weil es mir nicht gut genug ging, ich war gerade zum ersten Mal nachoperiert worden.

Meine Mutter hatte im Krankenhaus geweint, und mein Vater hatte gesagt: »Aber operierte Kinder mit Fallot-Syndrom haben bei komplikationslosem Verlauf eine normale Lebenserwartung«, und sie hatte ihn angeschrien, er sollte im Lexikon die Definition von »komplikationslos« nachsehen.

Und Elise hatte gesagt: »Hört alle auf«, und war mit mir an die Nordsee gefahren.

Der Regen hielt an.

Die Stromleitung war beschädigt, ein Ast war darauf gefallen.

Der Wind pfiff durch alle Ritzen der Hütte, und ich zog meinen Wollpullover und Leggings an zum Schlafen. Aber es war schön, dazuliegen und dem Regen zu lauschen.

Es regnete und stürmte zwei Tage durch.

Wir puzzelten und tranken Kaffee und lachten über die Leute, die mit Plastiktüten auf dem Kopf am Strand vorbeihasteten.

»Elise«, sagte ich. »Ich frage mich, wo Fy ist. Sie war jetzt zwei Tage lang nicht hier.«

»Wir fragen uns auch, wo sie ist«, sagte der Fußbodenpolierer, der hinter mir aufgetaucht war.

»Wenn sie morgen nicht zur Arbeit erscheint, muss sie sich etwas Neues suchen. Es … gibt Gerüchte, dass sie die Insel verlassen hat.«

Ich sprang auf. »Ich gehe nachsehen«, sagte ich. »Der Regen hat fast aufgehört.«

Doch in diesem Moment wurde er wieder stärker, als hätte eine höhere Macht gehört, was ich gesagt hatte. Ich schnappte mir trotzig einen schwarzen Hotelschirm, trat aus dem Schutz der Veranda und musste mich gegen den Wind stemmen, um nicht umgeweht zu werden.

»Emma, komm zurück!«, rief Elise.

Ich schüttelte den Kopf und wanderte los. Nach zehn Metern stülpte der Wind den Schirm um, aber ich hielt ihn eisern fest und kämpfte mich weiter voran, Schritt für Schritt. Äste und Blätter wirbelten mir entgegen, das Meer schnappte mit braungrauen Wellen nach meinen Füßen, nicht mehr schön. Gefährlich. Der Strand war voller Seetang, angespültem Holz, Plastikmüll. Und da lag ein toter Hund.

Ich machte einen Bogen um den Kadaver.

Wer hatte dem Regen erlaubt, das Paradies kaputt zu machen? Wer hatte der Oberfläche erlaubt, so viele Risse zu bekommen?

Ich biss die Zähne zusammen und ging weiter. Ich musste Fy finden, sie konnte die Insel nicht verlassen haben, nicht bei diesem Wetter, die Boote setzten bestimmt gar keine Leute über. Aber was, wenn die türkisgestrichene Bretterhütte leer war? Sie hatte Angst gehabt, das hatte auch der Vanilletyp gesagt, Angst vor jemandem, der sie suchte. Was, wenn er sie gefunden hatte? Was, wenn ihr etwas passiert war und sie deshalb nicht zur Arbeit gekommen war?

Der Regen traf mein Gesicht wie nasse Ohrfeigen, und ich schrie ihm meine kindische Wut entgegen. »Hau ab! Ich bin vielleicht nicht stark, aber ich bin zäh! Ich bin nicht nur irgendein ängstliches schwaches Wesen, das du in die Flucht schlagen kannst, schon lange nicht mehr! Ich ...«

Ich bekam nicht genug Luft. Ich spürte mein Herz wieder, ich hasse es, wenn ich es spüre, denn das bedeutet Ärger.

Vor mir ragten die Fadyfelsen in den Himmel. Wie glatt und schwarz sie jetzt aussahen, diese Felsen, wahrhaftig wie etwas Lebendiges, dessen dicke Haut sich beim Atmen langsam hob und senkte.

Und dann fegte eine neue Sturmböe heran, stärker als die anderen, riss an den Ästen der Bäume, die in den Felsritzen wuchsen – und ich hörte einen von ihnen brechen. Und er fiel. Direkt auf mich zu.

Emma Andermann, sechzehn Jahre alt, erschlagen von einem Baum auf der Île aux Nattes in Madagaskar. Überraschenderweise hatte ihr Ende nichts mit ihrem operierten Herzen zu tun.

Der Baum landete mit einem Krachen, Äste brachen, ich lag mit dem Gesicht im nassen Sand. Als ich aufsah, Sand und Muschelstückchen ausspuckte, war ich für einen Moment zu verwirrt, um etwas zu begreifen. Ich lag einen knappen Meter von dem Baum entfernt.

»Glückwunsch«, sagte jemand hinter mir. »Ich würde gerne sagen, ich hätte dich gerettet. Aber das hast du selbst getan.«

»Ich habe … was?«, fragte ich und drehte mich um. Hinter mir stand jemand in einem blauen Regencape, das vorne offen war und unter dem er etwas im Arm trug. Ein Tier. Einen kleinen goldbraunen Maki, der mich aus dunklen Knopfaugen anstarrte und sich in das T-Shirt des Menschen kuschelte, der ihn trug.

Luc.

»Du hast einen wahnsinnig sportlichen Satz rückwärts gemacht«, sagte er mit einem Grinsen. »So was habe ich noch nie gesehen. Ich wollte zu dir. Aber ich wäre zu spät gekommen.«

Ich stand auf. Und auf einmal merkte ich, dass ich zitterte, so sehr, dass ich nicht sicher war, ob ich gehen konnte. »Ich muss weiter«, sagte ich. »Hoch zur Fischersiedlung. Ich …«

»Ich glaube, das ist keine so brillante Idee«, sagte Luc. »Ich habe es gerade versucht. Es war so, ich habe zwei Nächte bei den Lemuriens geschlafen, weil ich nicht mehr zurück nach oben kam, zum Gästehaus, und heute wollte ich zurück … zum Gästehaus, oben beim Leuchtturm, wo ich eigentlich wohne. Nein, keine Chance. Der Weg am Hang, unterhalb der Fischerhütten, ist weg. Da ist alles Erdrutsch und Sumpf. Vermutlich kann man sich irgendwie durchkämpfen, aber ich warte lieber. Ich war auf dem Weg zu deiner Lodge. Sie haben angeblich guten Kakao.«

»Ja«, sagte ich und grinste auf einmal. »Nur die Milch ist alle.«

Ich war so erleichtert, dass ich fast laut gelacht hätte. Das war es. Deshalb war Fy nicht zur Arbeit gekommen. Sie saß einfach nur in der Fischersiedlung fest, sie hatte keine Lust, im Schlick stecken zu bleiben und wartete, bis der Weg wieder begehbar war.

Ich sah Luc an. Seine hellen Haare, die ihm unter der Kapuze in die Stirn hingen. Seine grünen Augen, durchsichtiggrün fast, wie vom Meer abgeschliffene Scherben. Die Tropfen auf seiner sonnenbraunen Haut. Seine Hand, die den Maki streichelte, der sich an ihn drückte, wärmesuchend.

»Woher hast du den?«

»Gefunden. Im Wald. Sehr nass. Er wollte unbedingt unter das Cape.« Luc lächelte.

»Lass uns zusammen zurückgehen«, sagte ich. »Zum Kakao.«

Er nickte. Und dann drehten wir um und gingen den Strand entlang zurück, ich mit dem umgestülpten schwarzen Schirm. Luc versuchte nicht, meinen Arm oder den Schirm zu nehmen, er fragte nicht, ob alles in Ordnung wäre. Wie wunderbar sich das anfühlte.

Ich würde keinem hier die Wahrheit erzählen über mein Herz und mich. Keinem.

Aber einen Moment wünschte ich, er hätte etwas anderes gefragt. Warum ich zur Fischersiedlung gewollt hatte. Ich hätte ihm gerne von Fy erzählt. Doch er fragte auch das nicht, er lächelte vor sich hin und streichelte den Maki, und irgendwie konnte ich vielleicht einfach nicht mehr verlangen.

Elise versuchte, ihre Besorgnis zu verbergen, als ich wieder neben ihrem Tisch stand.

»Ich weiß, ich bin nass und voller Sand«, sagte ich. »Aber es ist nur Sand. Und der Grund, aus dem Fy nicht hier ist, ist nur ein unbegehbarer Weg.«

»Und das ...?«

Ich folgte ihrem Blick. »Ist nur ein zahmer Maki, den Luc gefunden hat«, sagte ich.

Luc nickte und grinste, und der Maki streckte den Kopf aus dem Cape und sprang auf die Bank in der Restauranthütte. Dort begann er, sich zu putzen.

Der Kokosnusspolierer schüttelte den Kopf. »Piuk-Piuk. Da bist du ja«, sagte er. »Er war eine ganze Woche lang verschwunden.«

»Er gehört ... hierher?«, fragte ich perplex.

»Natürlich. Aber er ist frei, er kann gehen, wohin er will«, sagte der Pirat, der plötzlich auch am Tisch auftauchte. Piuk-Piuk sprang auf seinen Arm, lief bis zu seinem Kopf und putzte sich dort weiter. Er schien allerdings etwas durcheinanderzukommen damit, wo sein eigenes Fell aufhörte und das Haar des Piraten anfing.

»Wir haben ihn gefunden und mit der Flasche aufgezogen«, sagte der Pirat. »Er verlässt uns eigentlich selten. Ehrlich gesagt, dachte ich, jemand hätte ihn gestohlen. Die Leute in den Dörfern glauben die seltsamsten Sachen ... Ich hatte schon Angst, der arme Kleine sei in einem Topf gelandet, weil jemand die Knochen brauchte. Geisterbeschwörungen, Sie wissen schon.«

Der Kokosnusspolierer schüttelte den Kopf und schnalzte mit der Zunge. »Hier? Unsinn. Die Leute hier sind anders als die auf dem Festland. Hier gehen alle Kinder zur Schule und können lesen und schreiben.« Er lächelte mich an, stolz.

»Bis auf die, die für die Vanillefarm arbeiten«, sagte ich.

»Jedenfalls ist Piuk-Piuk wieder da«, sagte der Kokosnusspolierer schnell, griff in die Tasche und gab dem Affen eine Erdnuss, die Piuk-Piuk nahm und kunstvoll mit den Zähnen knackte. Dann sprang er vom Kopf des Piraten und hüpfte über die Tische davon ins dichte Laub der Gartenbäume.

Frag!, dachte ich wieder. *Frag, Luc! Frag mich nach den Vanillekindern.*

Doch Luc fragte nicht. Er zog seine Regenjacke aus, griff in die Tasche seines Kapuzenpullovers und legte ein Päckchen Spielkarten auf den Tisch. »Wollen wir?«

Luc war der erste Mensch außer Elise, der mich nicht gewinnen ließ.

Ich verlor dreimal und verdrehte die Augen, und wir lachten alle. Wir lachten eine Menge, an jenem Abend. Der Wind hatte nachgelassen, der Regen fiel nur noch in grauen Bindfäden, und die Kerzen gingen nicht länger aus. In ihrem Licht aßen wir gemeinsam zu Abend. Luc erzählte von den Fischen, die er gesehen hatte, von den Urwäldern auf dem Festland, in denen er gewesen war, und vom Segelfliegen auf Mauritius. Ab und zu versank er einfach in die Betrachtung der Laternenlichter, die draußen auf der kleinen Mole strahlten. Er ruhte in sich, dachte ich, zufrieden mit der Welt. Ich hatte vielleicht auch deshalb dreimal verloren, weil ich ihn dauernd ansehen musste.

Es war merkwürdig, Luc Gute Nacht zu wünschen.

Der Pirat hatte gesagt, er könnte auf der Polsterbank schlafen, und er hatte gesagt, vielleicht wäre das eine Idee. Ich wäre gerne noch ewig sitzen geblieben, hätte Elise vorausgehen lassen und wäre allein mit Luc gewesen, aber ich war zu müde. Mir fielen beinahe schon am Tisch die Augen zu.

»Schlaf gut«, sagte Luc, und ich nickte nur und sagte: »Ich weiß auch nicht, was los ist …«

Aber ich ahnte es.

Nein, sagte ich mir, nein, das haben wir durch, das passiert nicht noch einmal, ich bin einfach nur müde, weil ich mich durch einen Sturm gekämpft habe und um ein Haar einem ziemlich dummen Tod entronnen bin, wer wäre da nicht müde?

»Emma«, sagte Elise, als ich auf dem Bettrand saß, im Nachthemd, und versuchte, das Moskitonetz zu ordnen. »Hast du das Zeug genommen?«

Das Zeug waren meine Tabletten, und ich sagte: »Ja, hast du es nicht gesehen?«

»Nein«, sagte Elise.

»Ha«, rief ich, triumphierend. »Dann hat er es auch nicht gesehen. Ich war gut, was? Ich war schnell.« Ich hob meine Hose vom Boden auf, kramte zwei Blisterstreifen aus der Tasche und hielt sie hoch. »Du kannst nachzählen.«

Sie hob die Hände. »Meine Güte. Du bist sechzehn.« Und dann seufzte sie. »Sag es ihm, Emma. Gib ihm eine Chance, dich zu verstehen.«

»Aber dann habe *ich* keine Chance«, sagte ich nüchtern. »Die Versteher haben mir nie eine Chance gegeben.«

»Okay, auf die Gefahr hin, dass du mich jetzt hasst wie deine Mutter: Wenn du hier Mist baust, Emma, hast du vielleicht keine Chance, jemals später ein normales Leben zu führen.«

»Ich hasse sie nicht«, sagte ich leise. »Denkt sie das?« Und dann, lauter: »Ich habe sowieso keine Chance auf ein normales Leben später. Lasst mir doch wenigstens ein normales Leben *jetzt*. Lasst mich ...« Ich entkam dem Moskitonetz und ließ mich rückwärts aufs Bett fallen. Ich hatte vergessen, wie der Satz weiterging. Es war egal.

Elise deckte mich zu.

Und dann wachte ich auf, und es war Nacht.

Ich hörte den Regen nicht mehr. Auch den Wind nicht.

Und ich war nicht mehr müde. Ich stieg aus dem Bett, tastete mich die Leitertreppe hinunter, ging zur Tür und zog sie auf. Mondlicht strömte herein wie Wasser. Der geschnitzte Delfin und die Meerjungfrau, die aus dem Mittelbalken ragten, regten sich, bereit, nach draußen zu entkommen – doch sie waren gefangen, steckten im Holz fest: unglückliche Geister.

Frische, kühle Nachtluft lag draußen über der Wiese und sickerte jetzt herein, die Welt roch frisch gewaschen. Neu. Elise schlief ruhig in ihrem Bett neben der Tür.

Was träumte sie?

Ich ging barfuß hinaus, in Leggings und Wollpullover. Der Pullover war alt und ausgeleiert, er reichte mir bis zu den Knien, aber wem sollte ich schon begegnen?

Und dann lag das Meer vor mir, ganz still jetzt, nicht mehr stürmisch. Vielleicht hatte es einen Wutanfall gehabt und schlief jetzt wie ein erschöpftes Kind.

Ich dachte an Emma mit vier Jahren.

Du musst diese Tabletten schlucken, du bist erkältet.

Aber Timmi aus dem Kindergarten hat auch Husten, der muss keine Tabletten schlucken!

Vorsorge, Emma. Endokarditisprophylaxe. Die Bakterien dürfen nicht zum Herzen und –

Nein, nein, nein! Ich sah meine Fäuste noch vor mir, wie sie auf meine Mutter einhämmerten.

Reg dich nicht auf, Emma, bitte, es ist nicht gut, wenn du dich aufregst.

Ich will mich aber aufregen! Geh weg! Ich hasse dich!

Tatsächlich, ich hatte es gesagt, ich erinnerte mich jetzt.

Und dann sah ich zu den hohen weiß gestrichenen Balken des Schaukelgerüstes und merkte, dass dort jemand saß. Ganz still.

Luc. Ich stand auf und ging hinüber, lehnte mich an einen Schaukelbalken.

»Emma«, sagte Luc und schaukelte ein wenig hin und her. Und, nach einer Weile: »Die Welt ist ganz anders nach dem Regen. Ich bin von der Stille aufgewacht.«

Ich nickte, kletterte auf einen der unteren Querbalken und baumelte mit den Beinen.

»Ich möchte raus aufs Meer«, flüsterte Luc. »Der Regen hat einen ... eingesperrt. Ich möchte das Riff wiedersehen, da draußen. Ich habe einen Kraken gesehen, der sich im Felsen versteckt hat. Und ich will noch weiter raus, viel weiter, ich will endlich mehr von den Walen sehen.« Er lachte. »Regen sollte verboten werden, wenn Menschen auf Weltreise sind.«

»Ich glaube, die Pflanzen brauchen ihn«, sagte ich. Und kam mir dumm vor. Was für ein braver Grundschüler-Satz.

»Ja ja«, sagte er und sprang von der Schaukel. »Aber hier draußen wartet so viel darauf ...« Er breitete die Arme aus. »Gesehen zu werden.«

Er klang wie ein Kind. Vielleicht war er der Grundschüler, nicht ich.

»Was machst du nach deiner Weltreise?«, fragte ich.

»Den schönsten Ort von allen finden und mir dort einen Job suchen. Irgendwas Stressfreies. Die Leute in meinem Land machen alle Karriere und hetzen sich ab. Ich brauche keine Karriere. Kein Geld. Ein gutes Leben, das reicht.«

»Oh?«, fragte ich, etwas verwundert. »Aber es kostet Geld, ein gutes Leben zu haben.«

»Nicht in Ländern wie diesen«, sagte er leichthin. »Vielleicht wird es am Ende Indien, Indien ist auch schön. All die Farben. Die Tempel ... Oder irgendeine kleine Südseeinsel. Voller Blüten. Surfen sollte man können, da, wo ich hängen bleibe. Tauchen auch. Ich mag Fische.«

»Hast du ... auf deiner Reise ... auch etwas anderes gesehen?«, fragte ich. Und ich meinte: Außer schönen Dingen?

Aber er sagte: »Außer Fischen?« Und lachte. Und antwortete nicht, sondern kam zu mir herüber, ganz nah, stellte sich vor den Balken, auf dem ich saß, und sah mich an mit seinen grünen Augen. Mein Gesicht war nur ein wenig höher als seines.

»Du solltest auch um diesen alten Globus reisen«, flüsterte er. »Wie alt bist du?«

Lüg, lüg, lüg! Ich log nicht. »Sechzehn.«

Er nickte ernst. »So jung. Du hast alle Zeit der Welt.«

Und ich dachte: Nein. Und: Jetzt nimmt er mich nicht mehr für voll, jetzt bin ich doch nur ein Kind für ihn, sechzehn, lächerlich.

Da trat er noch etwas näher und streckte die Arme aus und legte sie auf meine Schultern, um meinen Kopf zu sich heranzuziehen, ich beugte mich ein wenig hinunter, dann waren wir auf einer Höhe.

Und dann küsste er mich.

Irgendwie hatte ich nicht damit gerechnet. Das, was wir zueinander gesagt hatten, hatte sich nicht nach der Einleitung zu einem Kuss angefühlt. Oder doch? Ich kenne mich nicht aus mit Küssen. Ich habe nie vorher einen Jungen geküsst.

Ich schloss die Augen und versuchte, nur zu spüren: seine Lippen, die weicher waren, als ich gedacht hatte. Seine Nähe. Seine Haut. Es stimmt gar nicht, dass die Nasen im Weg sind. Und natürlich musste dies ein richtiger Kuss werden, ich öffnete den Mund, ganz leicht, ich hatte ein wenig Angst, Kinderangst, und es war komisch, seine warme Zunge in meinem Mund zu spüren, suchend, tastend. Ich fragte mich, woher diese Art Kuss kommt. Was kann es für einen evolutionären Vorteil bieten, wenn zwei Wesen ihre Zungen vereinen? Sex ist mir klar, Durchmischung des Erbguts zur größeren Variabilität und so weiter, aber beim Zungenkuss *passiert* ja biologisch gesehen nichts.

Ich war sehr froh, dass Luc nicht wusste, was ich dachte, während wir uns küssten.

Und dann machte es Klick, dann vergaß ich all diese Gedanken, und etwas Warmes schoss durch mich, Adrenalin höchstwahrscheinlich. Oder ein ganzer Cocktail an Hormonen. Und ich dachte, ich könnte immer so weitermachen, ich könnte bis in alle Ewigkeiten auf diesem Balken sitzen und diesen Jungen küssen, oder vielleicht nicht, vielleicht will ich mehr. Er stand so nah, wir pressten uns aneinander, und ich dachte: Er will auch mehr. Es geschieht also doch.

Ich werde das erleben.

Hinter Luc rauschte das Meer.

Liebst du ihn?, flüsterte es.

Das weiß ich nicht, sagte ich dem Meer, still, während wir uns weiterküssten. *Ist es essenziell?*

Luc schob eine Hand unter meinen Pullover, diesen alten, unförmigen Pullover, ich hatte ihn ganz vergessen ... aber es schien egal zu sein, was ich anhatte. Die Hand war warm, sie tastete vorsichtig, und ich dachte daran, dass es nicht viel zu ertasten gab, ich hatte beinahe keine Brüste, ich hatte oft vor dem Spiegel gestanden und mich gefragt, wann zum Teufel sie wachsen würden. Aber das, was die Hand fand, schien ihr zu gefallen, denn sie legte sich darum und –

»Emma!«

Es war ein Schrei der Verzweiflung, durchdringend und schrecklich, und ich fuhr herum, und Luc nahm seine Hand weg. Und dann sah ich die Gestalt, die den Strand entlangkam.

Sie rannte jetzt.

Fy.

Sie winkte nicht, sie konnte nicht winken, denn sie trug ein Bündel in ihren Armen, Onja, dachte ich, sie presste sie an ihre Brust und lief mit ihr über den Strand, aber sie sah aus, als könnte sie gar nicht mehr laufen, stolperte nur noch vorwärts.

»Wer ...?«, begann Luc.

»Meine Freundin«, sagte ich und sprang von dem Balken.

Und ich ließ ihn stehen und lief ihr entgegen, in meinem Mund noch den Nachgeschmack des Kusses, mein Körper warm von der Aufregung.

»Emma«, keuchte Fy, als wir uns trafen. Und hielt mir das Bündel entgegen.

Ich sah das winzige Gesicht in den vielen Schichten von Tüchern. Onjas Augen waren geschlossen, ihr Mund stand leicht offen, ihre kleinen Fäuste öffneten und schlossen sich und zitterten dabei. Ihr Mund verzerrte sich zu einer Seite, zitterte ebenfalls, genau wie auch ihre Lider, und ich sah die Augäpfel darunter hin- und herrollen.

»Sie ... sie ist schon seit einer Stunde so«, sagte Fy. »Sie hat Fieber, Husten, es war zu kalt im Regen, und sie ... es ist meine Schuld, ich ... ich habe versucht, einen Arzt zu finden, aber ...« Ich legte eine Hand an das winzige Gesicht, es glühte. »Was ist mit ihr?«, flüsterte Fy, heiser wie von erstickten Tränen. »Was, Emma?«

Ich hatte genug Zeit meines Lebens in Kinderkrankenhäusern verbracht. »Sie krampft«, sagte ich. »Wegen des Fiebers. Das passiert bei sehr kleinen Kindern. Das Fieber muss runter. Komm.«

»Wohin?«, frage Fy, während sie neben mir herlief zu den Hütten der Lodge.

»Wir wecken Elise«, sagte ich. »Sie hat eine ganze Tasche voller Medikamente.«

»Wird sie ... sterben?«

»Quatsch«, sagte ich, etwas zu harsch, und dann legte ich einen Arm um Fy und führte sie mit mir den Strand hinauf. Als wir das Restaurant erreichten, drehte ich mich nach Luc um. Er saß wieder auf der Schaukel. Er hob den Arm zu einem Winken und lächelte im Mondlicht, und ich winkte zurück. Bis irgendwann.

»Emma!«, sagte Fy noch einmal und schluchzte auf, und

ich dachte an all die Ärzte in meinem Leben mit ihren ruhigen Stimmen, und ich sagte: »Alles wird gut.«

Es ist natürlich meistens eine Lüge.

Oh, Onja. Jetzt liegst du in meinen Armen und bist still, so still, dass ich Angst habe und dich schütteln möchte, aber dann sage ich mir, dass du atmest, dass alles in Ordnung ist, dass *sie* auf uns aufpasst. Sie sitzt da drüben und liest ihr Buch und sieht ab und zu herüber.

Es ist meine Schuld, dass du krank bist. Ich habe dich allein gelassen.

Du hast so fest geschlafen, und ich dachte, du bist geborgen, gut behütet von der freundlichen alten Hütte, die uns so treu dient, in deinem Lager aus Tüchern.

Es war am Tag, an dem der Regen begann.

An dem Tag, an dem wir ihn zuerst in seinem Hotel besucht hatten nach der Arbeit. Am Tag, an dem ich seinen Namen lernte. Harry. Harry Larson.

Er saß auf dem Steg der Robinsonade, als wir ankamen, weißt du noch, und ich kletterte vom Strand hinauf, der Garten der Robinsonade liegt zwei Meter über dem Strand. Die Hotelgäste klettern nicht, sie kommen von der anderen Seite, über die Wiese. So können sie ganz bequem den Steg betreten, der über hohe Stelzen ins Meer hinausführt. Und sie können hinübergehen und sich in einen der beiden runden Pavillons an seinem Ende setzen, können durch die Fenster aufs Meer hinausschauen, privat, verborgen vor der Welt.

Dort saß er, als ich ihn fand.

Ich erreichte den Pavillon tatsächlich, ohne dass jemand vom Hotel auftauchte und mich hinauswarf. Er wandte seinen Blick vom Meer und sah mich an, erstaunt, und er sagte: »Hallo«, ein wenig überrascht, und ich sage: »Ziemlich verlassen, dieses Hotel, bist du der einzige Gast?«

Aber er verstand mich nicht.

Einen Augenblick lang schien er verlegen, dann klopfte er auf die Holzbank, und ich setzte mich, und wir sahen zusammen aufs Wasser hinaus. Vom Horizont drängten graue Wolkenberge heran.

»Ein Sturm«, sagte ich und zeigte hinaus. »Es wird einen Sturm geben. Es ist nicht die Zeit im Jahr für Stürme, aber sie sagen ja, alles ändert sich … Gewitter. *Oranbaratra.*«

»Oran … bara …« wiederholte er, hob hilflos die Hände und gab auf.

»Oranbaratra«, wiederholte ich und lächelte ihn an. Er hatte Augenringe, wie immer, sah müde aus.

Ich lehnte mich sacht gegen seine Schulter, nur so, dass man auch sagen könnte, es sei zufällig geschehen. Und er legte einen Arm um mich. Behutsam.

In diesem Moment dachte ich: Ich könnte ihn lieben. Wenn er nie etwas anderes tut als einen Arm um mich legen und mit mir den Horizont ansehen.

Aber natürlich gibt es keinen Wert ohne Gegenwert, keine Leistung ohne Gegenleistung.

Du bist aufgewacht und hast geschrien, du hattest Hunger, Onja, und ich habe dich von meinem Rücken genommen und gestillt. Und er stand auf und ging um die Bank herum, kniete sich vor uns, um zuzusehen, wie du trankst. Er streichelte deinen Kopf, ganz behutsam, und ich dachte wieder: Ich könnte ihn lieben. Wenn ich mir nur genügend Mühe gebe.

Dann habe ich dich an die andere Brust angelegt, aus der ersten rannen noch ein paar Tropfen Milch, und ich sah, wie fasziniert er diese Brust anstarrte. Als hätte er noch nie eine Frau gesehen, die ihr Kind stillt.

Er murmelte etwas, dann nahm er die dunkle Brustwarze zwischen Daumen und Zeigefinger und drückte ganz leicht, noch ein weißer Tropfen kam heraus, und er sah mich fragend an. Ich wusste nicht, was er wollte, ich lächelte und nickte. Und er leckte den Tropfen ab. Es kitzelte.

Er sah nicht mehr ganz so müde aus, er hatte jetzt Farbe bekommen, seine Wangen waren rot, bei den Vazahas sieht man es so sehr, wenn sie aufgeregt sind! Er fragte mich etwas. Zeigte mit den Fingern Zahlen. Zeigte auf sich, sagte »Harry, Harry Larson«, und hielt zehn Finger in die Höhe und dann noch einmal und noch einmal und noch einmal und noch einmal, und am Ende sieben. Ich zählte. Siebenundfünfzig.

Zählen kann ich, besser als viele, denn im Paradies habe ich immer gezählt, wenn ich mich ablenken musste.

Ich begriff, was er meinte. Er wollte wissen, wie alt ich war. Ich zeigte ihm mit den Fingern die Zahl zwanzig. Die Vazahas können nicht schätzen, wie alt wir sind. »Fy«, sagte ich. »Ich heiße Fy.«

»Fy«, wiederholte er. Und dann nahm ich dich hoch, legte dich an meine Schulter wie immer nach dem Trinken, und er legte beide Hände um meine nackten Brustwarzen und sah sie an wie ein Kunstwerk.

Dann kam jemand den Steg entlang, und Harry nahm die Hände weg, und ich stand auf, denn der auf dem Steg rief nach Harry, es war einer der Bediensteten, er wollte wissen, ob Harry zum Abendessen in der Lodge sein würde. Der Blick, mit dem er mich bedachte, war eindeutig. *Verschwinde,* sagte er. *Solche wie du haben in dieser Lodge nichts zu suchen.*

Ich nickte kaum merklich und machte, dass ich wegkam.

Aber als ich ein paar Dutzend Meter weit gegangen war am Strand, tippte mir jemand auf die Schulter, und da war er: Harry Larson, er war mir nachgekommen, er zeigte hinter sich und lachte und sagte etwas, vielleicht, dass der dort oben auf dem Steg unwichtig war. Und ich liebte ihn dafür, dass er das vielleicht sagte.

Wir gingen nebeneinander den Strand entlang.

»Les Lemuriens«, sagte er. Das ist die Lodge, die unterhalb der Fischersiedlung ist, unterhalb des Berges; seine Freunde wohnen dort. »Dinner. Diner.«

»Abendessen? Du isst mit deinen Freunden dort zu Abend?«

Er nickte. Er zeigte auf seine Uhr und ließ seinen Finger kreisen, dreimal. »Drei Stunden?« Er nickte wieder.

Und ich nickte auch. Ich würde zu ihm kommen. Später.

Wenn er mit seinen Freunden gegessen hatte. Wenn es dunkel war. Bei Les Lemuriens guckten sie nicht so genau hin, das war bekannt. Manchmal gab das Mädchen, das dort im Restaurant arbeitete, Schlüssel zu leer stehenden Hütten für ein paar Stunden heraus, wenn man sie darum bat – mit einem kleinen Geldschein.

Und so ging ich mit dir nach Hause und machte mich für

meinen großen Auftritt fertig, als der Regen über uns kam wie eine Katastrophe.

Ich schminkte mich im letzten Licht vor unserem Spiegel, der nur eine Scherbe ist. Und zog das gute Kleid an. Ich wusch dich und wickelte dich in eine saubere Windel und freute mich wie jedes Mal darüber, dass wir drei haben, drei Windeltücher.

Und dann verließ ich dich, dich in deinem behaglichen Lager aus Decken, du schliefst.

Draußen fielen die ersten Tropfen. Ich habe die Tür gut zugedrückt.

Und ich dachte die ganze Zeit über an meinen Plan, als ich den schlammigen Weg hinunterlief. Meinen Plan für dich und für mich und eine bessere Zukunft.

Harry und seine Freunde waren noch nicht mit ihrem Essen fertig, sie saßen auf der überdachten Terrasse, im Trockenen, über dem Meer.

Ich kauerte mich seitlich der Terrasse unter die Zweige eines Baumes, aber der Baum hielt den Regen nicht wirklich ab, der Regen war inzwischen zu stark, und ich war sehr nass und sah hinauf auf die trockene Terrasse, wo die Vazahas von großen Tellern aßen, und ich wünschte mir, unsichtbar zu sein, denn dann hätte ich hinaufgehen und mich aufwärmen können.

Sie brauchten ewig mit dem Essen. Ich machte mich ganz klein, wie damals, auf der Straße, als Kind. Es ist eine Kunst, dem Wind möglichst wenig Angriffsfläche zu bieten.

Schließlich sah ich, dass sie gingen, Harry und die anderen, und ich zwang mich, auf die Beine zu kommen und außen herum um die Bar zu laufen, um Harry vor dem Restaurant abzupassen, wo der Regen in großen Bändern über ungeschütztes Terrain fegte.

»Fy«, sagte er. »Mon Dieu, mein Gott«, er sagte es auf Französisch, und ich dachte: Er hat vergessen, dass wir verabredet waren, oder wir waren gar nicht verabredet und er hat etwas anderes gemeint und jetzt schickt er mich fort.

Aber er schickte mich nicht fort. Er ließ seine Freunde vorausgehen und nahm mich mit unter das Vordach des Restaurants, er ging noch einmal hinein, und dann kam er heraus und grinste und hatte einen Schlüssel.

Es war der Schlüssel zur letzten Hütte in der Reihe, und sie war warm und trocken. Harry half mir, mich aus dem engen, klitschnassen Kleid zu schälen, wir lachten zusammen. Es war so gut, nicht mehr im Regen zu sein. Er machte das Wasser in der Dusche an, und es war heißes Wasser, ich konnte es kaum glauben, ich wurde durch und durch warm, und ich wickelte mich in ein riesiges weiches weißes Hotelhandtuch und setzte mich neben Harry aufs Bett.

Er hatte meine Kleider aufgehängt, am Fenster, auf der Vorhangstange.

Dann schlug er das weiße Handtuch zurück und berührte wieder meine Brüste, sie scheinen ihn zu faszinieren, diese milchgefüllten Brüste, die nur dir gehören sollten. Und doch, dachte ich, leihst du sie ihm in deinem eigenen Interesse, Onja. Ich hoffe, du wirst das eines Tages begreifen. Wenn du groß bist und schön und ganz anders lebst als ich.

Und dann fragte er mich, ich weiß nicht, was, er zeigte, suchte sein Französisch zusammen.

Nein, sagte ich, ich will kein Geld. Nein. Das ist es nicht.

Er nickte. Seine Augen fragten weiter, da lag ich schon auf dem Bett, er neben mir, noch immer angezogen: *Bist du sicher?*, fragten seine Augen. Er war, auf seine Weise, so rührend, dass einem die Tränen kommen konnten.

Ich nickte. Und lächelte. Und nickte. Es war anstrengend, so viel zu lächeln. »England«, sagte ich. »Du kommst aus England.« Das verstand er. »Weit weg«, sagte ich. »Englisch. Ich kann das lernen. Wie Französisch. Verstehst du? Ich lerne.«

Aber er verstand natürlich nichts, ich dachte: Ich muss Emma fragen, was diese Worte auf Englisch heißen, sie weiß es bestimmt, sie ist zur Schule gegangen. Vielleicht ging sie noch zur Schule, in Europa gingen manche Menschen mit sechzehn zur Schule.

Und dann ging das Licht aus, was mich erleichterte, der Generator gab vermutlich nur bis 10 Uhr Strom, oder es war etwas kaputt wegen des Gewitters.

So tastete er sich durch die Finsternis auf mich hinauf wie auf einen Berg, Harry Larson, und ich dachte an meinen Plan. Ich hörte Harrys rascher werdenden Atem, während meine Hände mechanisch seinen Rücken streichelten, die verschwitzte, sonnenverbrannte Haut, und dann dachte ich an Emma und ihren Geisterjungen, der sie aufs Meer hinausgelockt hatte.

Er ist nicht gut für sie.

Ich wünschte, ich könnte ihr das sagen. Er wird sich in Luft auflösen, wenn es darauf ankommt, und sie verdient doch etwas Besseres als einen Geist. Die wahre Liebe. So eine wie in den Filmen, so eine für Vazahas.

Aber in dem Moment, in dem der Engländer außer Atem

von mir herunterrollte, dachte ich wieder an den Regen, an das Unwetter, an dich, ganz allein.

Bitte, Maria Mutter Gottes, mach, dass sie schläft.

»Es tut mir leid«, wisperte ich und fuhr Harry durch sein verschwitztes Haar. »Ich muss gehen.«

Dann glitt ich vom Bett und suchte meine Sachen zusammen. Das enge Kleid war nicht viel trockener als vorher. »Wir sehen uns«, flüsterte ich. »Morgen. Tomorrow.« Das konnte ich auf Englisch. Ich sah seinen Schatten im Dunkeln nicken.

Und dann trat ich hinaus in den Regen.

Und rannte.

Den ganzen Weg bis in die Siedlung hinauf, bis zu dir, Onja ... Nein, das ist nicht wahr. Ich rannte nur am Anfang. Dann ging ich langsamer, schleppte mich vorwärts, als wäre mein Körper ein Sack Reis, den ich tragen musste. Das Wasser lief mir übers Gesicht, und vielleicht war es nicht nur der Regen.

Der Weg war schlammig, ich blieb mehrfach stecken. Die hohen Bäume bei den ersten Häusern am Hang bogen sich im Sturm, die Menschen hatten die Fensterläden dicht gemacht, und ich versuchte, schneller voranzuhasten, schneller ... Ich fand unsere Hütte nur tastend, über mir donnerte es, und der Wald rauschte, ich hörte Äste brechen und herabstürzen. Es war Chaos.

Ich riss die Tür auf, fand eine Kerze, zündete sie an – und da lagst du, zwischen nassen Tüchern, in einer Pfütze. Das Dach war undicht geworden, der Regen rann in kleinen Bächen hinunter, und einer der Bäche rann auf deine winzige, stille Hand. Ich war mit einem Satz bei dir, zog dich an mich:

ein nasses, eiskaltes Bündel. Vielleicht hattest du geweint, hattest nach mir geschrien, aber ich war nicht gekommen, und du bist zu klein, um wegzukriechen, dreieinhalb Monate, mein Gott. Du hattest dich wieder in den Schlaf geweint.

Ich wickelte dich aus den nassen Tüchern und mich aus dem nassen Kleid und drückte dich an meinen warmen Körper; ich fand einen kleinen Platz, an dem es nicht durchregnete, dort kauerte ich mich auf den Boden und wickelte die Handtücher aus dem Wäschekorb der Lodge um uns.

Die Wäsche war trocken geblieben, weil ich sie mit einer Plastikplane bedeckt hatte wie immer, zum Schutz gegen Staub.

Da lagen wir, kleine Onja, und wärmten uns gegenseitig, und ich versuchte, dich zum Trinken zu bringen, an der Brust, die dir nicht mehr allein gehörte, aber du hast den Kopf weggedreht. Und als die Nacht voranschritt, hast du zu husten begonnen, es war ein schrecklicher, bellender Husten. Am Morgen, als das Licht grau durch die Ritzen der Hütte schien, habe ich gemerkt, dass du Fieber hattest. Da bin ich hinaus in den Sturm gegangen, der immer noch anhielt, und ich habe versucht, jemanden zu finden, der uns hilft, doch die Leute hatten sich in ihren Hütten verbarrikadiert.

Ich bin zurückgekehrt in unsere eigene Hütte, um dich weiter warm zu halten.

Ich ging nicht mehr hinaus. Nicht einmal, um Reis zu kaufen.

Wenn ich schlief, träumte ich von Harry Larson. Von seinem Land, weit, weit weg, in dem es unendlich lange Rutschen aus buntem Plastik gibt. Und ich schwor mir: Wenn wir das überleben, kommen wir in dieses Land. Der Plan muss aufgehen. Und wenn du je ein Geschwisterchen bekommst, wird es dort sein, und es wird dieses verdammte Madagaskar niemals auch nur sehen.

Aber dann tat es mir leid, dass ich so schlecht dachte über mein Land. Und ich wusste, dass ich selbst an allem schuld war, ich war auf die Fadyfelsen gestiegen, und die Ahnengeister rächten sich, sie waren in deinen kleinen Körper gezogen.

Nach drei Tagen war dein Fieber so hoch, dass du glühtest wie Kohle. Dein Atem ging seltsam röchelnd. Und als ich in der Nacht aufwachte, zucktest du und hast die Augen verdreht, du hörtest mit dem Zucken nicht auf. Da nahm ich dich und ging los, obwohl es keinen Weg mehr gab, nur noch Schlamm. Ich rutschte und fiel und stand wieder auf, alles mit dir im Arm, denn ich wagte nicht, dich auf den Rücken zu binden, ich hatte Angst, du würdest aufhören zu atmen und ich würde es nicht merken.

Ich versuchte zu rennen, doch meine Beine waren schwach von drei Tagen ohne Reis.

Und dann hörte der Regen auf. Ganz plötzlich. Und der Mond kam hinter den Wolken hervor. In seinem Licht sah ich das hohe Schaukelgestell am Strand vor der Lodge, und ich sah die Steinfrau auf dem Steg, von der der alte Pirat nicht weiß, dass sie auch ein Geist ist. Nachts geht sie manchmal ins Meer und schwimmt, sagen die Leute, dann bekommt sie Flossen … In dieser Nacht saß sie nur da und sah hinaus aufs Wasser, dessen Wellen sich langsam glätteten.

Auf dem unteren Querbalken des Schaukelgerüstes saß Emma.

Mein Herz machte einen Sprung.

Das Mondlicht spiegelte sich in ihrem Haar, ließ es fast weiß wirken, unwirklich, und in diesem Moment war ich sicher, dass sie zaubern konnte. Dass sie allein den Kampf mit den Ahnengeistern in dir aufnehmen konnte.

Sie sah uns nicht, sie beugte sich von ihrem Balken nach vorn und küsste den Geisterjungen, der vor ihr stand. Ich ballte die Fäuste, ich wusste, er würde sie eines Tages mit ins Wasser nehmen, er ist ein böser Geist.

Ich rief ihren Namen, so laut ich konnte, schrie ihn heraus, verzweifelt.

Da löste Emma sich von dem Geisterjungen und sprang von ihrem Balken. Und sie rannte über den Strand zu mir, nein, sie flog, ihre Füße berührten den Sand nicht mehr.

Dann war sie bei uns, und sie sah dich an und sagte den Satz, den ich hören musste.

Sie sagte: »Alles wird gut.«

Aber es war Elise, die dich ansah und die dich untersucht hat. Elise, die alte Dame, die Emmas Urgroßmutter ist, wie kann man eine Urgroßmutter haben, die schwimmen geht und am Strand entlangjoggt? Sie sieht viel jünger aus, als sie ist, sie hat gesagt, sie ist achtzig. Achtzig! Mit achtzig ist man tot in meinem Land.

Elise war einmal Kinderärztin, hat sie gesagt. Ich wusste nicht, dass es Ärzte gibt, die nur für Kinder da sind. Es gibt, hat Elise gesagt, in ihrem Land eine Menge Dinge, die nur für Kinder da sind. Elise war nicht böse, als wir an die Tür ihrer Hütte klopften.

Mein Gott, aber die Hütte ist voller Geister! Geister aus

Holz, die sich im Mondlicht aus den Balken winden, ich wollte zuerst nicht hineingehen, aber dann machte Elise mehr Licht, und die Figuren taten so, als wären sie nur geschnitzt.

Elise nahm dich und legte dich auf das große Bett und hörte dich ab. Mit einem richtigen Stethoskop. Ich habe mich gefragt, warum sie ein Stethoskop in den Urlaub mitnimmt.

Sie hatte Medikamente gegen das Fieber und gegen den Husten, sie sagte, man müsste die Bakterien töten. Sie machte die Tabletten, die für Erwachsene waren, mit einem Messer ganz klein, und verrührte sie mit Wasser, um sie dir einzuflößen. Da hast du endlich, endlich aufgehört zu zucken. Und als Elise dich mir an die Brust legte, hast du getrunken.

Alles wird gut.

Und dann haben wir auf dem großen Doppelbett geschlafen für den Rest der Nacht, unter einer richtigen Decke, und Elise ist die Treppe hinaufgeklettert, obwohl sie achtzig ist, und hat sich das Bett oben mit Emma geteilt, denn es ist auch ein Doppelbett. Die Welt der Vazahas ist eine Doppelbett-Welt.

Jetzt sitze ich hier, und es ist Tag, und Elise liest. Wir haben zusammen gefrühstückt, ein Frühstück für Vazahas, mit Brot und Butter und Marmelade. Elise hat mit dem Manager gesprochen, der versucht hat, mich mit seinen Blicken zu töten. Er wollte auch wissen, wo die Wäsche ist, er stand da mit seiner Polierkokosnuss und sah auf mich herab, hinter sich den alten Piraten, der nichts begriff. Auf seiner Schulter saß der zahme Maki, vor dem ich Angst habe, weil er manchmal beißt.

Wir haben ihnen erklärt, dass es bei uns durchregnet und alles nass ist und warum ich nicht gekommen bin.

Der Manager musste lächeln und nett zu mir sein, weil Elise und Emma da waren. Vielleicht schmeißt er mich später raus, aber das ist egal. Hauptsache, du wirst gesund. Die anderen Frauen stecken die Köpfe zusammen und tuscheln, lass sie tuscheln, hat Elise gesagt, du ruhst dich jetzt aus, dein Kind braucht dich. Ja, und da liegst du auf meinem Bauch und schläfst, während ich dasitze und glücklich bin.

Ein bisschen bleibe ich noch sitzen, dann fange ich wieder an zu arbeiten mit den anderen.

Ich sehe Emma zu, wie sie am Strand entlanghüpft und Muscheln sucht wie ein Kind.

Oh Emma.

Ich muss sie schützen. Vor dem Schlechten. Vor dem Dunklen. Vor dem Geisterjungen.

6

Elise geht mit Onja spazieren.

Und ich sitze hier mit meinem Tagebuch und sehe zu.

Sie hat Onja in einen ihrer Pareos gewickelt, diese langen bunten Tücher, sie hat sie sich vor den Bauch gebunden. Und nun geht sie mit ihr den Strand entlang, eine Hand hinter ihrem Kopf, um ihn zu stützen. Sie sieht glücklich aus, selbst von hinten.

Ich glaube, Elise hat sich verliebt. In ein Baby.

Sie hat dieses Baby gerettet.

Als Fy gestern Nacht mit Onja ankam, die im Fieber krampfte, da hatte ich Angst. Keine Angst davor, keine Luft zu bekommen, keine Angst vor dem Stolpern meines Herzens. Ich glaube, es war das erste Mal, dass ich Angst um jemand anderen hatte.

Es ist schrecklich.

Fy putzt irgendwo in den Hütten, sie war nicht mehr zum Stillsitzen zu bewegen. Dabei ist sie selbst krank, sie hustet und hat Fieber, aber sie scheint es nicht zu bemerken. Sie hat auch die Tabletten, die Elise ihr gegeben hat, genommen, ohne es wirklich zu merken.

Etwas ist anders an ihr, etwas ist geschehen. Während des Regens. Es ist nicht nur der Husten, es ist nicht nur Onja, da ist noch etwas.

Luc war fort, heute Morgen. Er hat einen kleinen Zettel hinterlassen, beschwert mit einer großen Kaurimuschel.

Demnächst Fische gucken? Ich komm vorbei. Luc.

Jedes Mal, wenn ich den Zettel ansehe, kribbelt es in mir, durchläuft mich ein Schauer, und ich kann seine Lippen wieder auf meinen spüren.

An mir ist also auch etwas anders. Ich bin nicht mehr das kleine, dünne rothaarige Mädchen, das alle für jünger halten. Ich bin das Mädchen, das geküsst wurde. Lucs Mädchen.

Ich sehe auf das Meer, und meine Fantasie läuft mit mir davon. Wir werden zusammen dort draußen sein. *Fische gucken.* Er wird mir Welten zeigen, von denen ich nichts weiß. Und wenn er seinen Ort gefunden hat, den schönsten aller Orte, werde ich dorthin fahren, eines Tages.

»Emma«, wird er sagen, »du warst so lange fort!«

»Nein«, werde ich sagen, »du warst fort. Ich war da. Zu Hause. Ich habe die Schule fertig gemacht. Jetzt bin ich frei.«

Und er wird einen Arm um mich legen und wir werden zusammen am Strand entlangwandern, und er wird sagen: »Bleibst du?«

»Ja«, werde ich sagen. »Bring mir Surfen bei …«

Das ist natürlich Quatsch. Nichts von alledem wird passieren. Ich werde die Schule höchstwahrscheinlich nie fertig machen. Jeder weiß das. Nur glauben sie, ich wüsste es nicht.

Da kommt Fy. Piuk-Piuk ist bei ihr, sitzt auf ihrer Schulter, knabbert an ihrem Haar. Ich muss sie retten, sie hat

Angst vor diesem weichen, knopfäugigen Maki. Vermutlich ist er ein getarnter Ahnengeist.

»Emma?« Sie ließ sich schwer auf einen Stuhl fallen, keuchend, kämpfte mit ihrem Husten. Sie war blass. Der Manager sah zu uns hinüber. Es gefiel ihm nicht, dass Fy bei mir saß, das war klar. Ich blickte ihm in die Augen, so lange, bis er wegsah.

»Du solltest dich ausruhen«, sagte ich. »Du kriegst keine Luft, richtig? Ich ... kenne das.«

Sie sah mich zweifelnd an. »Ja?«

»Ja, bei mir liegt es an der Mitralklappe. *Lag* es. Egal. Ruh dich einfach aus, Onja geht es gut, Elise ist immer noch mit ihr unterwegs. Ich glaube, sie mögen sich.«

Fy lachte, aber etwas Trauriges schwang in ihrem Lachen mit.

»Was ist passiert?«, frage ich. »Während des Regens? Irgendetwas ist doch passiert.«

»Es hat geregnet«, sagte sie und sah aufs Meer. »Das war alles.«

»Ich weiß, es regnet meistens während des Regens. Aber was war *noch?*«

Sie seufzte. »Du würdest es nicht verstehen.« Sie beugte sich vor und nahm kurz meine Hand, sah mir in die Augen. Ihre eigenen Augen waren dunkel und wunderschön, aber auch darin lag dieses Traurige. »Es ist etwas Gutes. Ich kann es dir noch nicht sagen, weil es nicht sicher ist. Ich ... arbeite daran. Wenn es klappt, werde ich keine Angst mehr haben.«

Ich schüttelte mich unwillkürlich. »Es ist etwas Gutes, aber es macht dich traurig.«

Sie lächelte. »Ich habe dir gesagt, du würdest es nicht verstehen.«

»Erzählt mir deine Geschichte weiter!«, sagte ich. »Gib mir eine Chance.«

»Die Welt wird dann weniger schön sein«, sagte sie ganz leise. »Warum willst du sie hässlich machen?«

»Ich will die Wahrheit«, sagte ich.

Sie nickte. Und dann trank sie einen Schluck aus dem Wasserglas und begann.

»Als der Kohleverkäufer meine Mutter verließ, waren die Kleinen zwei Jahre alt. Aina und Ando. Aino bedeutet Leben und Ando rosé. Das war es, was meine Mutter sich für die beiden wünschte, ein rosarotes Leben. Ohne Sorgen. Sie waren so niedlich, diese beiden. Wenn man mit ihnen spielte, sie lachten so viel ... Wir machten, dass wir wegkamen aus dem gemieteten Haus, denn wir hatten mal wieder Schulden. Nicht gezahlte Miete. Wir gingen in einen anderen Teil der Stadt, ehe die Vermieterin darauf kam, dass man jemanden für nicht bezahlte Schulden ins Gefängnis werfen lassen kann.«

»Moment«, sagte ich. »Ins Gefängnis? Kinder?«

»Die Kinder gehen mit ihren Eltern«, sagte Fy und zuckte die Schultern. »Es gibt eine Menge Frauen mit Kindern im Gefängnis. Auch mit Babys.« Sie hustete erneut, wartete, dass der Husten abebbte.

Wir wohnten also wieder auf der Straße.

Manchmal fanden wir Leute, für die wir Wäsche waschen konnten. Alles in allem war es ein letzter, wunderschöner Sommer, denn wir waren alle zusammen.

Wenn es heiß und staubig war und wir uns im Schatten verkrochen, erzählte unsere Mutter uns von einem wunderschönen Paradiesgarten mit einem Springbrunnen, einem Garten, in dem alle Menschen glücklich waren. Und eines Tages fanden wir ihn. Wir waren weit durch die Stadt gewandert – wir versuchten zu der Zeit, für einen Händler Dinge an Autofahrer zu verkaufen, die im Stau standen. Zahnbürsten. Scheibenwischtücher. Kaugummis.

Und als wir zurückkamen, fanden wir den Garten. Er lag hinter einer Mauer mit Flaschenscherben oben; es gab zwei Tore mit eisernen Gittern, durch die man hindurchsehen konnte. Vor dem einen stand ein Gardien, *ein Wächter. Das andere war nur abgeschlossen. Wir hielten uns an den Stäben fest und sahen hinein, wir sahen das Paradies: den Springbrunnen, der silberblaues kühles Wasser in den Himmel warf, die duftenden Rosen, die verheißungsvollen schweren Zweige der Obstbäume, die kleinen weißen Eisenbänke mit ihren verschnörkelten Verzierungen. Die Schmetterlinge, die über den kurz geschnittenen Rasen gaukelten. Und wir hörten die Vögel hoch oben in den Schatten spendenden Bäumen. Die kleine Aina, die unsere Mutter auf dem Rücken trug, streckte die Arme nach dem Garten aus, und Ando, der auf Falys Rücken ritt, lachte.*

»Hast du das gewusst?«, fragte Faly unsere Mutter. »Hast du gewusst, dass es diesen Garten wirklich gibt?«

Sie lächelte nur. »Es gibt immer irgendwo einen Garten«, sagte sie. »Vielleicht kommt man dorthin, wenn man tot ist.«

Von diesem Tag an wanderten Faly und ich oft zu dem Garten und sahen durchs Gitter. Lange, lange standen wir dort und träumten uns zwischen die grünen Schatten. Unter der silberblauen Fontäne schwammen Fische in einem Wasserbecken, weiß und orange gefleckte, ab und an saßen Besucher dort am steiner-

nen Beckenrand und fütterten sie. Manchmal Vazahas. Der Herr des Gartens war ein Madagasse wie wir, ein schöner Mann, groß gewachsen, immer makellos gekleidet mit Hemd, Seidenweste, Krawatte. Er besaß zwei Autos, silbern wie die Fontäne des Brunnens, riesig. Unser ganzer Besitz hätte auf einen der Polstersitze in den Autos gepasst.

Wir bekamen nicht immer etwas ab zum Verkaufen, die Schlange der Kinder früh am Morgen war lang, und wenn wir kein Basttablett mit Waren hatten, bettelten wir wieder. Wir nahmen die Kleinen mit, auf den Rücken gebunden oder an der Hand. Es ist gut, mit sehr kleinen Kindern zu betteln, die Leute finden sie süß. Wobei es schwer ist, sie dazu zu bringen, süß zu bleiben, wenn ihnen ständig die Nasen laufen, man nie alle Läuse in ihren Haaren findet und ihre Hosen stehen vor Dreck, weil man nicht rechtzeitig eine Klo-Ecke gefunden hat mit ihnen.

Es war alles nicht so schlimm, wir waren sicher, im Winter würden wir auf den Feldern arbeiten und Ziegel tragen können, dann hätten wir Geld. Aber es kam anders.

Denn noch ehe wir hingehen und um Arbeit bitten konnten, in den ersten kalten Tagen, wurde unsere Mutter wieder krank. Die Krankheit von damals kehrte zurück, die Ahnen riefen sie, und wir fragten uns, ob wir doch gegen ein Fady verstoßen hatten, in dem wir Aina und Ando behalten hatten. In Tana gab es zwar kein Fady gegen Zwillinge, aber natürlich wussten die Ahnen, dass wir aus Mananjary stammten, und dass das Fady für unsere Familie galt.

Unsere Mutter klagte über Schmerzen, ihr Bauch schwoll an wie in der Schwangerschaft, und die anderen, die ihre Nachtlager in unserer Nähe hatten, sagten, sie bekäme ein Geisterkind und rückten von uns weg. Unter ihrer Bauchhaut sahen wir die Blutgefäße wie ein geheimes Zeichen, ein Ring um den Nabel, aber sie be-

deckte das Zeichen mit ihrer Kleidung und sagte, wir sollten nicht hinsehen, und sie begann, immer wieder zu erbrechen. Faly und ich stützten sie, hielten sie, und sahen das Blut, das sie spuckte.

Und es wurde kalt. Die Kleinen weinten abends, am liebsten hätte ich sie manchmal geschlagen, damit sie still waren, sie begriffen nicht, dass es unsere Mutter war, um die wir uns jetzt kümmern mussten. Aber ich schlug sie nicht, ich nahm sie in die Arme, wir alle nahmen uns in die Arme, und dann fassten wir einen Beschluss. Wir brauchten Medikamente. Ich kaufte von unserem allerletzten Geld ein Pulver vom Doktor des Viertels, einem Kräuterdoktor, es bewirkte allerdings nur, dass unsere Mutter noch mehr erbrach. Da fassten wir einen zweiten Beschluss. Faly und ich. Tief in der Nacht lagen wir da und sprachen darüber. Es gab eine Möglichkeit, an Geld zu kommen für den Arzt. Den richtigen Arzt. Ich würde nachts auf die Straße gehen, dorthin, wo die anderen Mädchen hingingen. Faly sagte, ich sollte es nicht tun. Er sagte es dreimal, und ich sagte, ich müsste, und beim vierten Mal sagte er nicht mehr Nein. Er sagte: »Ich komme mit. Ich beschütze dich. Manche Leute haben seltsame Vorlieben. Letzte Woche haben sie zwei Mädchen tot gefunden, erstickt, beide mit demselben Tuch, an eine Laterne gebunden, und …«

Ich hatte Angst. Schreckliche Angst.

Aber ich sah meine Mutter an, ihren furchtbar geschwollen Bauch mit dem Zeichen um den Nabel, und ich wusste, ich musste es tun, wenn wir wollten, dass ein Arzt sie behandelte.

»Wir gehen in der nächsten Nacht«, sagte Faly. Doch ich stand auf und sagte: »Wir gehen jetzt. Die Kleinen schlafen. Die Nacht fängt gerade erst an. Morgen ist es vielleicht zu spät für den Arzt.«

Unsere Mutter schlief, Ando und Aina im Arm, und ich küsste sie auf die Stirn, ehe wir gingen.

Es war weit. Ich wünschte, es wäre weiter gewesen.

In dem Viertel, in dem die Mädchen auf der Straße stehen, gibt es eine Menge Clubs und Discos, eine Menge blinkende Lichter, ich sah die jungen Leute davorstehen und rauchen und Bier trinken, gut angezogene junge Leute, auch Vazahas. Vor den großen Clubs standen schicke madagassische Mädchen, ältere Mädchen mit engen Glitzerkleidern und komplizierten Frisuren. Sie sahen aus wie Prinzessinnen. Aber Faly sagte, ich sollte mir ansehen, welche Blicke sie den reichen jungen Männern zuwarfen. Dann wüsste ich, dass auch sie keine Prinzessinnen waren.

Wir fanden eine andere Straßenecke, eine ruhigere, und dort lehnten die jüngeren Mädchen an der Wand. Die Kinder.

Die meisten waren so abgerissen wie wir. Ich wagte nicht, mit den anderen zu sprechen, sie kannten einander alle und lachten zusammen; ich kannte niemanden, ich suchte mir eine eigene Ecke und kauerte mich dort hin, und Faly kauerte sich in den Eingang eines Geschäfts, wo ihn niemand sah, um aufzupassen. So warteten wir. Ab und zu kam ein Auto und hielt, ein Fenster wurde heruntergefahren, ein Preis verhandelt, und eines der Mädchen stieg ein, und das Auto fuhr weg.

Dann geschah wieder lange nichts. Ich kauerte nur frierend da. Die Nacht schritt voran.

Ich wusste, ich musste etwas tun, um bemerkt zu werden.

Und als sich das nächste Motorengeräusch näherte, sprang ich auf die Straße. Vor das Auto, in die Lichtkegel seiner Scheinwerfer. Es war verrückt, es war eine Tat der Verzweiflung, ich hörte die Bremsen des Autos quietschen, ich hörte jemanden fluchen, ich hörte Faly aufschreien.

Das Auto kam genau vor mir zum Stillstand. Ich stand da, geblendet, bemühte mich, aufrecht und gerade zu stehen und schön zu sein, und als ich hörte, wie sich die Autotür öffnete, sagte ich das, was wir geübt hatten. »Nehmen Sie mich mit. Es ist nicht teuer.«

Da stand Faly plötzlich da, und neben ihm ein älterer Junge, den ich vorher bei den anderen Mädchen gesehen hatte, einer mit einem verblichenen rosa Kapuzenpullover, auf den eine gelbe Ente aus Plüsch aufgenäht war. Eine Ente wie ein Spielzeug für ein Baby. An der Kapuze waren Ohren. Obwohl der Junge fast erwachsen war.

Er legte einen Arm um Faly und einen um mich, als würde er uns kennen, und sagte zu dem Mann, der im Auto saß: »Sie bekommen sie im Doppelpack. Zwillinge. Spezieller Deal. Finden Sie nicht alle Tage.«

Der Mann sah uns an, mit leicht zusammengekniffenen Augen. Es waren helle Augen, ich sah es im Licht der Armaturen, auch sein Haar war hell, hell wie seine Haut. Ein Vazaha. Er trug einen Anzug. Und ein Lächeln. Aber das Lächeln sah nicht aus, als gehörte es ihm, er hatte es gekauft und angezogen wie den Anzug.

»Wie alt seid ihr?«, fragte er. Auf Malagassi, er konnte Malagassi. Dies war einer, der schon lange im Land war, einer, der alle Tricks kannte. Und er würde nicht mehr bezahlen als die Madagassen.

»Wie alt?«

»Sechzehn«, sagte der Junge mit dem Entenpullover und lächelte den Vazaha an. »Kleinwüchsig.«

»Sechzehn?«, fragte der Vazaha. »Ich suche etwas Jüngeres.«

»Oh, sechzehn war natürlich nicht wahr«, sagte der Junge und wendete sein Lächeln um 360 Grad. »Sie sind acht.«

Und ich wollte protestieren und sagen, dass wir neun waren, aber Faly drückte meine Hand, und das hieß: still.

»Wie viel?«, fragte der Vazaha.

»Fünfzigtausend«, sagte der Junge mit dem Entenpullover. »Für jeden. Sie sind neu im Gewerbe, Sie verstehen. Ganz ... frisch.« Sein Lächeln wurde noch breiter, es sah aus wie das Lächeln der Ente auf dem Pullover. Es war gruselig.

»Fünfzigtausend für beide, und wir sind im Geschäft«, sagte der Vazaha.

»Aber das Geld bekommen wir«, sagte Faly.

Ente packte ihn am Kragen seines T-Shirts und hob ihn ein Stück hoch. »Wir teilen später, Kleiner«, flüsterte er. »Ich bin der, der hier in der Straße das Sagen hat, und ich nehme an, ihr seid froh, dass ihr unter meinem Schutz steht. Sonst wäre es nämlich äußerst gefährlich für euch beide hier, verstanden?« Dann stellte er Faly wieder auf die Beine und staubte sein Lächeln ab. »Achtzig.«

»Siebzig«, sagte der Vazaha, und Ente seufzte.

»Wir sind alle hungrig«, sagte er. »Sie können das natürlich nicht verstehen.« Damit strich er das Geld ein, er steckte es in die Kängurutasche unter der gelben Plüschente, öffnete die Hintertür des Autos und wollte uns hineinschieben, doch Faly schlug seine Hand weg. »Fass meine Schwester nicht an!«, fauchte er.

Wir kletterten allein ins Auto.

Und Ente lachte, er lachte so sehr, dass er fast erstickte, und er hob die Hände, gespielt hilflos. Dann schlug er die Autotür zu, schob sich die Ohrenkapuze über den Kopf und steckte die Hände in die Taschen. Ich sah aus dem Rückfenster und sah ihn dastehen, er sah uns nach, wie wir wegfuhren in dem schönen Auto.

Es hatte ganz glatte Ledersitze, ich konnte nicht aufhören, mit der Hand darüberzustreichen. Aber meine Hand zitterte.

»Ihr macht das zum ersten Mal, hm?«, fragte der Vazaha und

sah in den Rückspiegel. Er lächelte noch immer, aber das Lächeln löste sich an den Ecken schon ab.

Wir nickten. »Was ist mit dem Geld?«, fragte Faly. »Kriegen wir das von Ihnen?«

»Nein«, sagte der Vazaha. »Ihr müsst euch auszahlen lassen. Von eurem Vermittler. Hinterher.«

»Aber ...«, begann ich.

»Aber er wird euch nicht viel geben«, sagte der Vazaha. »Schon was gelernt am ersten Tag.«

Dann machte er die Musik in seinem Autoradio an, es war ein trauriger madagassischer Popsong, ein Liebeslied über eine verlassene Frau, und ich drückte Falys Hand und er drückte meine, und ich flüsterte: »Wir können rausspringen«, aber er schüttelte den Kopf. »Er fährt zu schnell.«

Das stimmte, nachts waren die Straßen leer, der Vazaha fuhr selbst, er hatte keinen Chauffeur, er fuhr durch ein Labyrinth aus Gassen und Gässchen, fast so, als wollte er, dass wir uns den Weg nicht merkten.

Wir hielten, und er öffnete die Tür und nahm uns an den Armen, jeden mit einer seiner großen, starken Hände. Und er führte uns im Dunkeln durch eine schmale Tür und eine Treppe hinauf, einen Flur entlang, in einen Raum, in dem ein schwaches rötliches Licht brannte. Dann schloss er die Tür ab. In dem Raum stand ein altes Bett mit nicht sehr sauberer Bettwäsche. Darüber hing ein Kalender mit Autos, auf denen nackte Frauen saßen und in die Kamera lächelten. Es waren Vazahafrauen, weiß wie der Mond, weiß wie Autoscheinwerfer, weiß wie Geister.

Neben dem Bett stand ein Eimer mit Wasser.

Der Vazaha packte uns und drückte uns auf das Bett, und da saßen wir, dicht aneinandergedrängt, und starrten ihn an, er hatte sich vor uns auf den Fußboden gekniet. Er war ein wirklich, wirklich großer Mann. »So«, sagte er. Er lächelte nicht mehr. »Guckt euch um. Ist es das, was ihr mit eurem Leben tun wollt? Ich habe bezahlt. Ich kann mit euch machen, was ich will.« Er kam auf den Knien ein wenig näher. Sehr nahe. Ich roch Zigarettenrauch in seinem Atem und Curry. Seine Augen waren so hell, so hell. »Ich kann zu euch sagen: Zieht euch aus. Wascht euch. Da ist der Eimer. Ihr seid mir zu dreckig«, flüsterte er. »Ich kann euch befehlen, alles zu tun. Mich alles tun zu lassen. Und am Ende fahre ich euch zurück in euer Viertel. Wenn ihr Glück habt. Oder nicht. Wenn ihr Pech habt, werfe ich euch einfach hinaus.«

Ich klammerte mich an Faly fest und schloss die Augen, aber ich wich nicht zurück, ich zwang mich, sitzen zu bleiben. »Wir tun, was Sie wollen«, wisperte ich. »Wir brauchen Geld. Unsere Mutter ist krank.«

Da spürte ich, wie der Vazaha zurückwich, und als ich die Augen öffnete, war er aufgestanden und nickte. »Eure Mutter«, wiederholte er. »Eure Mutter. Wo ist euer verdammter Vater?«, rief er dann plötzlich. »Wo ist er? Das wisst ihr nicht, was? Er hat sich davongeschlichen und ist nicht zurückgekommen.«

»Doch, das wissen wir«, sagte Faly. »Er ist in Mananjary.«

Der Mann schien einen Moment zu überlegen. »Zwillinge«, sagte er dann. Wir nickten beide. Und er begriff, ganz offenbar; er kannte sich aus in unserem Land.

Dann kniete er sich plötzlich wieder hin, er war ein nervöser Mensch, ich wünschte, er wäre einfach geblieben, wo er war. Ich wünschte, er hätte damit angefangen, schreckliche Dinge zu tun oder uns zu befehlen, damit es vorüber war.

»Ich will euch nicht«, sagte er, und ich erschrak, denn vielleicht würde er uns einfach töten und auf eine Müllhalde werfen. Aber

er sagte: »Nicht so. Klartext: Ich bin keiner von denen, die Kinder kaufen, um Sex zu haben. Euer Freund mit dem Entenpullover glaubt das, aber es ist nicht so. Ich komme von einer Organisation, die Kinder wie euch aufsammelt. Dies ist ein Haus für Kinder, die kein zu Hause haben. Und es ist eine Schule. Unten sind die Schulräume. Dieses Bett … ist nie benutzt worden. Ich will nur, dass ihr seht, was es ist, auf dass ihr euch beinahe eingelassen hättet.« Er holte tief Luft. »Wir können nicht alle Kinder rausholen. Wir holen manche. Heute Nacht wart ihr es.«

Er sah uns an, als erwarte er, dass wir ihm um den Hals fielen, aber keiner von uns rührte sich. Ich glaubte ihm nicht. Ich spürte, dass Faly es ebenso wenig tat.

»Ihr werdet hier wohnen und zur Schule gehen«, sage er. »Wir suchen Paten für alle Kinder, Paten in Europa, die für sie bezahlen. Morgen wird unser Arzt euch untersuchen.«

»Was … haben denn die Leute in Ihrem Land davon?«, flüsterte Faly. »Was … wollen sie von uns?«

»Eure Herzen«, sagte der Mann. »Wir wollen, dass ihr lesen und schreiben lernt. Dass gesunde, starke Menschen aus euch werden. Nur gesunde, starke Kinder haben offene Herzen für eine bessere, freiere Welt.«

»Ich … verstehe nicht …«, stammelte ich.

»Das musst du nicht«, sagte der Mann sanft. »Du musst nur hierbleiben und auf deinen Körper achten, statt ihn da draußen in der Straße wegzuwerfen. Sagt mir, wo eure kranke Mutter ist, und ich schicke jemanden, der sich um sie kümmert.«

»Sie … sie hat ihr Lager … gleich da um die Ecke, wo Sie uns gefunden haben«, sagte Faly rasch. »Sie schläft meistens im Eingang eines Supermarktes, mit unseren Geschwistern, neben den Mülltonnen. Sie hat eine rote Jacke an.«

Es war alles gelogen, von vorne bis hinten, und während wir dem Mann den Flur entlang folgten, wisperte ich Faly zu: »Warum hast du ihm das gesagt?«

Und er drückte, einmal mehr, meine Hand und wisperte zurück: »Damit er sie nicht findet.«

Er führte uns im Licht seiner Taschenlampe in einen Raum voller Doppelstockbetten, in dem eine Menge Kinder schliefen. Wir bekamen jeder einen Platz zugewiesen, Faly unten, ich oben, doch sobald der Vazaha fort war, kletterte Faly die Leiter hoch zu mir. Wir drängten uns dicht aneinander unter der Decke. Sie roch sauber und gut. Und fremd.

»Ich will zurück«, wisperte ich. »Zu unserer Mutter.«

»Sch, scht«, machte Faly und streichelte mein Haar, als wäre er der Ältere, obwohl wir doch gleich alt waren. »Lass uns erst sehen, was das hier ist. Wenn es gut ist, sage ich dem Vazaha, wo unsere Mutter wirklich ist. Nur dann.«

»Ich habe Angst«, wisperte ich.

Und er nickte. »Ich auch«, flüsterte er.

Am nächsten Morgen nahm uns eine strenge Frau mit in einen Waschraum, und sie schüttelte den Kopf darüber, wie dreckig wir waren, und schrubbte unsere Haut so lange, bis sie brannte. Sie wusch auch unsere Haare und sagte, es wäre ein Shampoo gegen Läuse, sie würden davon sterben, und wir lachten und glaubten ihr nicht, aber es stimmte, hinterher konnte man sie auskämmen. Ich hatte noch nie keine Läuse gehabt. Faly und ich haben sie uns immer gegenseitig aus den Haaren gesucht und sie mit den Fingernägeln zerknackt, so wie alle anderen.

Flöhe sind viel schwerer zu fangen, die verstecken sich in den Ritzen, aber die Frau sagte, in diesem Haus gäbe es auch keine

Flöhe, sie hätten ein Putzmittel, das giftig für die Flöhe wäre, und die Bettwäsche würden sie einmal in der Woche heiß waschen. Ich fragte mich, wer das alles bezahlte.

Wir bekamen saubere Unterwäsche und Schuluniformen, hellgelb mit weißen Krägen, und wir durften in eine Klasse gehen, die war für Kinder, sagten sie, die noch nicht viel schreiben konnten. Die anderen waren uns trotzdem voraus. Der Lehrer war ein alter Herr mit weißem Haar und leiser Stimme. Es war schön, wieder Buchstaben in ein Heft zu malen, wie damals, vor langer Zeit. Faly konnte es nicht so gut wie ich, ich musste ihm helfen, aber der alte Herr schimpfte gar nicht und schlug auch niemandem mit einem Stock auf die Finger.

Die anderen Kinder waren alle still und höflich.

Außer in der Pause, da spielten sie Fußball und waren laut wie alle Kinder. Die meisten von ihnen waren sehr gesund und sehr stark. Darauf achteten sie. Auch beim Essen. Man musste Vitamine aufessen, sagten sie, das waren Gurken und Tomaten, und ich hätte lieber nur den Reis gegessen. Wir bekamen auch jeder ein Viertelglas Milch, und Faly sagte, er sei doch kein Baby, aber er musste es austrinken.

Dieser erste Tag war schön, trotz der komischen Sitten an dieser Schule. Und ich dachte, vielleicht war dies wirklich eine Chance. Auch wenn ich die ganze Zeit an unsere Mutter denken musste und an Aina und Ando, die so weit weg waren.

Am Nachmittag wurden Faly und ich in einen Raum mit einer weißen Liege und einem Tisch voll Metallschalen und unerkennbarer Gegenstände gerufen, und dort wartete ein Arzt. Ein richtiger Arzt mit einem weißen Kittel. Ich sah ihn und sagte sofort: »Können Sie unserer Mutter helfen?«

Ich schaute Faly an, zweifelnd, und er nickte. »Sie ist sehr krank«, sagte ich und nahm die Hand des Arztes. »Bitte! Wir haben … Wir haben uns geirrt mit der Wegbeschreibung, und sie hat keine rote Jacke, sie ist ganz woanders, es ist in der Nähe von einer Kirche, am Kanal, Sie müssen nach Neniaina fragen, Aina ist unsere kleine Schwester, Ando und sie sind Zwillinge, jeder kennt die Frau mit den Zwillingen, Sie müssen ihr helfen!«

Der Arzt schüttelte verwirrt den Kopf. »Ich bin hier, um euch zu untersuchen«, sagte er.

»Aber kümmern Sie sich um unsere Mutter? Später? Der Vazaha mit den blauen Augen hat gesagt, jemand kümmert sich.«

Der Arzt nickte. »Ich werde tun, was ich kann«, sagte er. Und dann sah er in unsere Hälse und horchte lange an unserer Brust. Wir mussten in einen Plastikbecher urinieren, was mir peinlich war, obwohl wir dazu auf den Kloverschlag im Hof gehen durften, und er sagte, er bräuchte Blut von uns und stach uns mit einer Nadel in den Arm. Es tat weh, aber wir schrien nicht. Der Arzt füllte mehrere Glasröhrchen mit unserem Blut, und am Ende schrieb er etwas in eine große Akte und wir durften gehen.

Zwei Tage später rief er uns wieder zu sich und sagte uns, wir müssten Medikamente nehmen gegen etwas, dessen Namen ich vergessen habe, etwas mit Bila- am Anfang, er sagte, es wären kleine Würmer, die sich in Menschen festsetzten, es wäre nicht gut, wenn sie im Darm wären oder in den Blutgefäßen, das Herz könnte dann nicht mehr arbeiten. Er zwang uns, Pillen zu schlucken, und ich höre, wie er zu einer Frau, die ihm half, sagte: »Das sind die Zwillinge mit der ungewöhnlichen Blutgruppe, wir sollten sie im Auge behalten. Notfälle und all das. Manchmal brauchen wir schnell etwas …« Dann merkte er, dass ich zuhörte, und verstummte.

Und mir war seltsam kalt.

»Haben Sie unsere Mutter gefunden?«, fragte ich.

»Noch nicht«, sagte er.

An diesem Tag fragte ich das Mädchen, das beim Abendessen neben mir saß – es gab nämlich ein Mittagessen und ein Abendessen: »Warum wollen diese Leute uns hier haben? Warum wollen sie unbedingt, dass wir Vitamine essen und auf unsere Körper achten?«

Sie lächelte breit und sagte: »Na, damit wir eben gesund sind.«

Sie meinte es ehrlich. Sie war lieb, aber nicht sehr klug.

Ich fragte einen älteren Jungen, der mir gegenübersaß, aber er legte rasch den Finger auf den Mund und machte: »Sss! Beim Essen dürfen wir nicht sprechen.«

Die anderen senkten ihre Köpfe über die Teller. Keiner von ihnen würde meine Frage beantworten, so viel war klar, auch nach dem Essen nicht.

Also wartete ich auf die Frau, die in der Küche sauber machte. Ich half ihr, den Boden zu wischen, einen echten Fliesenboden, teuer. »Warum?«, flüsterte ich, als wir nebeneinander auf den Knien saßen und scheuerten. »Warum machen die das alles?«

»Freu dich doch, dass du hier sein darfst und etwas zu essen kriegst«, sagte die Frau.

»Aber ... wie lange bleibe ich hier?«

»Oh, je nachdem«, sagte die Frau. »Bis du ... ausgewachsen bist.« Sie musterte mich. »Wie alt bist du? Sieben?«

»Neun.«

»Kleinwüchsig. Wie die meisten. Unterernährung.« Sie zuckte die Schultern. »Dann bleibst du eben, bis du groß genug bist.«

»Groß genug für was?«

Sie sah sich in der Küche um. Eine andere Frau klapperte laut mit den riesigen Töpfen, aus denen sie Reisreste für die Hühner im

Hof schabte. »Groß genug, dass die Vazahas dich haben wollen«, wisperte sie.

»Aber ... sie wollen uns nicht für ... Sie wissen schon? Wie die Mädchen auf der Straße, die nachts auf Männer warten?«

»Oh nein.« Die Frau schüttelte den Kopf. »Sie haben Größeres mit euch vor.« Sie legte eine Hand auf ihre Brust. »Das ist es, was sie wollen.«

»Unsere Herzen.«

»Sch, still, mein Kind! Ich habe nichts gesagt ...« Und dann wisperte sie ganz, ganz leise: »In Europa gibt es Menschen, die zahlen gut. Die brauchen ...« Sie sah sich schon wieder um. »Organe. Sie brauchen sie frisch. Wenn einer von ihnen einen Unfall hat. Oder eine Krankheit. Das Herz ist das wertvollste Organ, denn jeder Mensch hat nur eines davon. Es heißt ... manchmal brauchen sie auch Organe für ... Versuche. Verstehst du, um ein neues Medikament zu finden. Das ihre Leben rettet. Und ihr seid Zwillinge, du und dein Bruder, was?« Sie musterte mich und schüttelte den Kopf. »Zwillinge, heißt es, sind Gold wert.« Dann richtete sie sich auf und lächelte mich an. »Und jetzt lauf und geh mit den anderen im Aufenthaltsraum den Film ansehen. Lauf und amüsier dich, mein Mädchen.«

Fy sah mich eine Weile nur an, nachdenklich, und ich fragte mich, ob sie spüren konnte, wie rasch mein Herz schlug. Es war mein Herz, mein eigenes, niemand hatte es ausgetauscht, sagte ich mir, du kennst alle Schritte der Fallot-Operation, niemand hat je von einem Transplantat gesprochen.

Und doch hatte ich auf einmal ein komisches Gefühl.

»Ihr seid weggerannt«, sagte ich.

Fy nickte.

Zwei Tage später. Nachts. Wir sind durch ein geschlossenes Glasfenster geklettert, im zweiten Stock. Ich meine, es war verschlossen, mit einem Schlüssel. Ehe Faly es eingeschlagen hat. Oben gab es keine Gitter vor den Fenstern wie unten. Man konnte direkt auf die Hofmauer und von da aus auf die Straße klettern. Offenbar versuchten nicht oft Kinder, zu fliehen. Die meisten der anderen waren irgendwie ergeben in ihr Schicksal. Wir sind gesprungen und gerannt, und Faly ist umgeknickt. Ich habe ihn den ganzen Weg zurück in unser Viertel gestützt, und es war weit. Ich musste immerzu an den alten Lehrer denken mit dem weißen Haar. Es war so schön gewesen, in seiner Klasse zu sitzen, mit den hellen Möbeln und den gelb gestrichenen Wänden …« Sie seufzte. »Wir … haben mehrere Tage gebraucht, um zurückzukommen, dorthin, wo unsere Mutter war. Irgendwie haben wir uns durchgefragt. Auf dem Weg haben wir die Schulranzen und die Schuhe verkauft, die wir mitgenommen hatten. Immerhin brachten wir also Geld nach Hause.

Unsere Mutter hat geweint, als sie uns wiedersah. Sie sah schlimm aus, ihr Gesicht war ganz gelb. Wir haben etwas zu essen für Ando und Aina gekauft und sind mit dem Rest des Geldes zum Arzt gegangen. Zwei nette, ältere Jungen von der Straße haben uns geholfen, sie zu tragen. Wir haben lange gewartet beim Arzt, und sie hat die ganze Zeit über gestöhnt. Der Arzt hat den Kopf geschüttelt und gesagt, es ist möglicherweise diese Krankheit mit B, genau die, gegen die wir Pillen geschluckt hatten. Dass ihre Leber kaputt ist und ihr Herz nicht mehr mitmacht, hat er gesagt, das Wasser staut sich in ihr. Ich stellte mir das Meer vor, das Meer in meiner Mutter, und ich musste auch an den Herzensammler denken.

Den Vazaha mit dem abnehmbaren Lächeln.

Der Arzt hat unserer Mutter eine Spritze gegeben, die sehr teuer war, und ein paar Tabletten. Danach waren ihre Schmerzen für ein paar Stunden weg.

In der Nacht hat sie sich erbrochen, und diesmal war es mehr Blut als Flüssigkeit, es war hellrot, viel heller als das Blut, das sie uns abgenommen hatten. Sie hörte nicht auf, zu erbrechen, wir hielten sie fest, und dann verließ die Kraft sie und sie lag nur noch so da.

So ist sie gestorben. Ohne letzte Worte. Sie sah furchtbar aus, ihr Gesicht verzerrt, wir haben versucht, ihre Augen zu schließen, aber wir haben es nicht geschafft und ihr ein Tuch übers Gesicht gelegt. Aina und Ando schliefen noch, es war früh am Morgen. Wir wollten nicht, dass sie sie so sehen. Wir haben Leute gefunden, die uns geholfen haben, sie auf einem Karren wegzuschaffen, und Faly hat sich darum gekümmert, dass sie begraben wird, ich bin bei den Kleinen geblieben.

Ich habe ihnen gesagt, ein Engel hätte unsere Mutter geholt, und dass er weiß war mit goldenen Flügeln, wie die gemalten Engel in der Kirche. »Garten«, hat Aina gesagt und irgendwohin gezeigt. »Sie ist im Garten.« Da wusste ich, sie meinte den Paradiesgarten mit dem Springbrunnen, und ich sagte: »Ja. Da ist sie.«

»Und dann?«, fragte ich.

»Dann sind wir hingegangen. Um sie zu besuchen. Und das war der Ort, an dem ich Arbeit fand. Aber erst zwei Jahre später.«

»Warte. Der Garten war das Paradies? Aus dem du weggelaufen bist? Aber –«

»Da kommt die alte Dame mit Onja«, sagte Fy. Und sie sprang auf, obwohl sie dabei husten musste.

Elise befreite Onja aus dem Tuch und gab sie Fy, und ich sah, wie erleichtert Fy war, ihr Kind wiederzuhaben.

»Wir hatten einen sehr schönen Spaziergang«, sagte Elise. »Sie hat mir alles über ihr Leben erzählt. Sie sagt, sie hat eine gute Mutter. Und dass sie jetzt hungrig ist.«

Und nun sitze ich hier auf meinem Bett und schreibe wieder, es ist Nacht, Elise schläft unten in unserer Hütte, die ein Palast ist. Verglichen mit dem, worin Fy und Onja hausen.

Wo hat sie nur so viel Französisch gelernt? Ich habe Elise nach der Krankheit mit »Bila« am Anfang gefragt.

Bilharziose, hat sie gesagt. Auf Deutsch: Pärchenegel. Parasiten, die im Wasser in den Reisfeldern leben, ihr Hauptwirt ist eine Wasserschnecke, die sich in stehenden Gewässern vermehrt. Die Leute benutzen die Reisfelder als Klo, so gerät der Parasit vom Mensch wieder ins Wasser, es ist ein Kreislauf. Die Larven der Erreger bohren sich durch die Haut, wenn man in ein Reisfeld oder einen See hineinwatet, und dann entwickeln sich die erwachsenen Formen im Körper und schädigen sämtliche Organe: Darm, Leber, Lunge. Herz. Sie verstopfen quasi die Kanäle.

Und das Blut sucht sich Umgehungskreisläufe, wenn eine Stelle verschlossen ist, all das kannte ich aus der Herzmedizin, so kam es, dass der Kreis um den Nabel von Fys Mutter entstanden war; das Blut hatte die kleinen Venen dort genutzt und sie aufgedehnt. Das Blut nimmt auch Umgehungsstraßen durch die Gefäße der Speiseröhre, und wenn so ein überdehntes Gefäß platzt, spuckt man Blut. Sagt Elise.

Die Bilharziosedurchseuchung in Madagaskar, so steht es im Internet, beträgt annähernd 100 Prozent. Die Leute müssten mit Gummistiefeln in die Reisfelder gehen. Richtige Toiletten haben. Aber Gummistiefel und Toiletten kosten Geld.

Elise hat lange mit Fy gesprochen, sie sind zusammen am Strand entlanggegangen, mit Onja. Ich habe Bilder von ihnen gemacht. Nur wem schicke ich sie? Nicht Mama, Mama bekommt Bilder von Blüten und vom Essen und von Sonnenuntergängen. Und nicht Papa, der ungefähr täglich eine kurze Mail schickt mit dem Satz »Wie geht es dir?« Papa bekommt Mails ohne Bilder mit der Antwort »Gut.« Er liest sie vermutlich nicht, er hat zu viel zu tun in seinem wichtigen, wichtigen Leben, in dem es ein Problem ist, wenn der Zug Verspätung hat.

Mistzug, komme zu spät zu meinem Meeting, nichts funktioniert in diesem Land, weißt du, Emma.

Er hat nicht gesehen, wie ich gelacht habe.

Eigentlich ist Elise die Einzige, der ich die Bilder von Elise schicken könnte mit Fy und Onja.

Aber von dem, was Fy mir erzählt hat, habe ich auch Elise nichts erzählt. Ich weiß nicht, ob es Fy recht wäre. Ich habe Angst, dass der Vanilletyp recht hat. Dass Fys Geschichte mit etwas Schrecklichem endet, etwas, das niemand erfahren darf.

Ich sehne mich nach Luc.

Danach, dass er einfach vom Meer redet und nichts fragt.

Fische gucken.

7

Ich weiß jetzt, wie die Fische aussehen. Gelb mit weißen Streifen und schwarz. Meine Hand zittert. Die Schrift ist ganz krakelig.

Elise ist sauer, nie habe ich sie so sauer erlebt.

Ich höre sie die Seiten ihres Romans umblättern. Ich liege in ihrem Bett und sie oben in meinem. Sie wagt nicht, zu schlafen, solange ich wach bin, sie passt auf. Ich frage mich, ob sie die dunkle Tür unserer Hütte abgeschlossen hat.

Er kam gegen Mittag vorbei.

Ich war mit Piuk-Piuk auf der Schulter im Garten der Lodge und filmte ein Chamäleon, das sich langsam einen Ast entlangschob, vor und zurückschaukelnd, ein Bein in der Luft wie in einem seltsamen Tanz. Da stand er plötzlich vor mir und grinste.

»Emma. Wollen wir?«

»Luc«, sagte ich. In mir zerplatzte ein kleines Feuerwerk. Er trug Badeshorts und ein T-Shirt, und in seinem Haar war Sand.

»Hast du einen Badeanzug?

Ich hob mein T-Shirt und nickte. »Darunter.«

Er legte eine Hand auf meinen Bauch, auf dem ein hellblauer Fisch in einem dunkelblauen Meer schwamm, Kindergröße 164, aber ich mag blaue Fische. Ich fühlte, wie mein Magen einen Satz machte.

»Dieser Fisch sollte seine Kollegen kennenlernen, meinst du nicht?«, fragte Luc. »Komm.« Damit drehte er sich um und ging einfach, durch die blühenden Büsche in Richtung Meer.

»Warte!«, rief ich. »Ich …«

Doch er wartete nicht, war mit den Gedanken schon draußen auf dem Meer.

»Piuk-Piuk«, sagte ich, »sag Elise, es geht mir gut und ich bin in ein paar Stunden wieder da, ja?«

Ich pflückte ihn von meiner Schulter, er gab ein entrüstetes Grunzen von sich und lief einen Baum hoch, um mich von dort aus vorwurfsvoll anzusehen.

Elise ging wieder mit Onja spazieren, während Fy arbeitete.

Sie hatte Onja am Morgen untersucht und gesagt, die Lunge würde sich schon besser anhören, aber sie müsste die Medikamente eine ganze Woche lang nehmen, genau wie ihre Mutter, und dann hatten Onja und Elise lange gespielt, was bedeutete, dass Elise ihre Finger bewegte und mit Onja sprach und Onja gluckste, und nun waren sie also irgendwo zusammen unterwegs.

Es war gut, dass Elise nicht sah, wie ich mit Luc ging. Dass sie nicht sah, was in dem Boot lag, das auf uns wartete: Tauchausrüstung für drei Personen. Flaschen, Helme, neonfarbene Anzüge, abgenutzt, stockfleckig, aber noch immer fröhlich bunt, wie die Fische unter Wasser. Wie die Korallen. Wie die Welt.

»Ich ... komme nicht mit runter«, sagte ich und lächelte die beiden jungen Madagassen im Boot an, Bob-Marley-Stil, sehr cool. »Ich fahre nur mit. Raus. Ich kann nicht tauchen.«

Luc lachte und legte einen Arm um mich. »Jeder kann tauchen. Wir erklären dir alles.«

»Ich dachte ... man lernt so was zuerst in einem Schwimmbad und übt tagelang, mit dem Zeug umzugehen«, murmelte ich.

»Ja, wenn man einen offiziellen Schein machen will«, sagte Luc. »Auf Sainte-Marie haben sie so ein Center. Aber hier sehen sie das lockerer. Falls es dich beruhigt: Ich hab einen Schein. Sogar einen Rettungsschein. Ich mache das seit Ewigkeiten. Die beiden Jungs da auch. Komm einfach mit. Wenn wir draußen sind, zeige ich dir, wie man das Zeug anzieht.«

Er grinste. Dann watete er durchs Wasser und streckte seine Hand aus, und ich watete ihm nach und nahm die Hand und ließ mich aufs Boot ziehen.

Es war ein modernes Boot, weiß, mit Motor und Sonnendach und richtigen Sitzen.

Der Himmel war blau, der Regen und der Sturm vorüber, die Sonne fast zu heiß auf meiner Haut. Ich setzte mich neben Luc, er legte wieder den Arm um meine Schultern, ich war so klein und er so groß und völlig selbstsicher, es war das absolute Gender-Klischee, und ich ließ mich in das Klischee fallen wie in eine warme Badewanne.

Luc klopfte auf sein Fernglas. »Für die Wale.«

Er würde auf mich aufpassen. Mir konnte nichts passieren.

Mein Gott, dachte ich, theoretisch darf man auch nicht ohne Helm Fahrrad fahren. Theoretisch darf man keine Fremden küssen, ohne sie zu fragen, ob sie EBV haben, die sogenannte *Kissing Disease*, die die meisten Menschen durch Küssen bekommen und die die Leber ziemlich krank machen kann.

Theoretisch ist es verboten zu tauchen, bei einem nicht komplikationslos operierten Fallot. Und bei jeder Art von Rhythmusstörungen. Auch bei supraventrikulärer Tachykardie.

Aber wir leben in der Praxis. Nicht in der Theorie.

Wir *leben*. Und dies ist die Mitte. Von da unten, aus der Tiefe, kommt alles Leben, hier im Meer hat die erste Zelle beschlossen zu sein.

Das Boot fuhr eine weite Kurve, am Hotel Robinsonade vorbei ... Moment. Da war etwas Buntes in dem Pavillon am Ende des langen Stegs der Robinsonade. Etwas Rot-Gelbes, eine Art Vorhang, den jemand aus einem Tuch gebastelt hatte, den Vorhang, der den Pavillon abschirmte, sodass man vom Steg aus nicht sehen konnte, was darin geschah. Vom Meer aus schon. Durch die Fenster des runden Holzgebäudes. Ich nahm Lucs Fernglas, und dann sah ich den Pavillon von Nahem. Und ich sah, wer dort war.

Fy. Sie war also fertig mit ihrer Arbeit in der Lodge, aber sie hatte Elise in dem Glauben gelassen, sie wäre es nicht. Sie war stattdessen hierhergekommen. Sie musste gewatet sein, damit niemand von der Robinsonade sie sah, sie, die solche Angst vor dem Meer hatte, und dann musste sie hochgeklettert sein bis zum Pavillon; ihr nasses T-Shirt trocknete über einer Bank.

Sie war nicht allein. Und das Bild, das ich im Fernglas sah, für Sekunden, war zutiefst beunruhigend. Der alte Engländer war bei Fy, sie saßen auf dem Holzboden des Pavillons, vor dem Hintergrund des großen rot-gelben Tuchs, das sonst als Rock und jetzt als Vorhang zum Steg hin diente, sie saßen im Schneidersitz, nackt, ein fein hingepinseltes Bild des Kamasutras, und ich sah, wie sie sich zusammen bewegten, es war auf surreale Weise ästhetisch, und dann waren wir vorüber und ich ließ das Fernglas sinken und gab es Luc zurück.

»Was ist?«, fragte er.

»Nichts«, sagte ich und schluckte. Und ballte die Fäuste. Und schwor mir, diesen alten Mann zu erschlagen. Mein Gott, und ich hatte ihr das Öl geschenkt, das angeblich die Kraft besaß, einen Mann zu binden. Sie war sechzehn, und dieser Typ? Ende fünfzig? Er benutzte sie, und dann würde er sie wegwerfen, sie war ein Souvenir, aber eines, das man nicht mitnahm.

Ich legte meinen Kopf an Lucs Schulter, mir war nach Heulen zumute, und er strich mir durchs Haar und lächelte, ein wenig abwesend wie stets. Ich wünschte, ich hätte einen zweiten Luc finden können, für Fy, ich wollte so gerne, dass sie glücklich war. Glücklich wie ich.

Das Boot hatte seinen Bug dem offenen Meer zugewandt, wir ließen alles hinter uns, die Insel, die anderen Touristen, den Steg der Robinsonade –

Und dann drosselte einer der Jungs den Motor und zeigte nach vorn.

»Tatsächlich«, sagte Luc. »Sie sind gekommen, um

Emma zu begrüßen.« Er drehte meinen Kopf ganz leicht mit seinen großen Händen. »Schau genau hin. Nicht alle Wellen sind Wellen.«

Und da sah ich sie. Zwei Schwanzflossen von der Farbe des dunkelblauen Wassers, die kurz auftauchten und wieder verschwanden, eine kleine und ein sehr, sehr große. »Wale«, wisperte ich.

Luc nickte. »Eine Mutter mit ihrem Kalb.«

Die Flossen waren wieder verschwunden, und ich starrte auf die Stelle, wo sie gewesen waren, bis meine Augen tränten. Und dann, ganz plötzlich, waren sie wieder da: Sie sprangen. Beide. Hoch hinauf in die Luft, aus reiner Lebensfreude, in einer Fontäne aus Tropfen, das Muttertier drehte sich in der Luft wie in einem seltsamen Ballett, warf sich herum und klatschte wieder aufs Wasser, tauchte ein, war verschwunden.

Doch das Bild blieb eingebrannt in mein Gedächtnis.

Und ich stand da in dem schwankenden Boot und keuchte vor Überraschung.

»Das machen sie nicht für jeden«, sagte Luc. »Sie mögen dich. Willkommen hier draußen in ihrer Welt.«

Dann reichte er mir einen Neoprenanzug, türkisblau und schwarz, und ich zog meine Sachen bis auf den Badeanzug aus und den Neoprenanzug über, erstaunt, dass er passte. »Kindergröße«, sagte Luc und lächelte. »Guck nicht so böse. Es gibt eine Menge kleine Menschen, die tauchen wollen.«

Die Bob Marleys nickten beide und grinsten, der eine kümmerte sich um den Anker, der andere half mir mit den Reißverschlüssen.

Die Sauerstoffflaschen waren gelb. Der Himmel war hellblau. Die Tauchermaske war neonpink. Ich fühlte mich so bunt, als wäre ich selbst ein Fisch, während Luc und Bob Marley 1 mir alles erklärten: die Handzeichen der Taucher unter Wasser: Winken für Hilfe – nur im absoluten Notfall. Ein O aus Daumen und Zeigefinger für Okay. Das Benutzen des Mundstücks, die Atmung: langsam, ruhig. Es war leicht, ich hatte kompliziertere Atemübungen machen müssen in meinem Leben an komplizierteren Geräten.

»Beim Tauchen steigt der Druck, alle 10 Meter um 1 bar«, sagte Luc, ganz der Lehrer. »Das bedeutet, dass sich die Lunge eigentlich verkleinern müsste, sie wird quasi zusammengepresst. Aber das Gas aus der Flasche hält den Druck in der Lunge konstant, das Gas drückt quasi von innen dagegen. Ich erkläre dir das, weil es beim Auftauchen wichtig ist, die Lunge dehnt sich aus, wenn du auftauchst, und wenn du währenddessen nicht langsam weiter atmest, geschieht das zu plötzlich ... verstanden?« Er legte eine Hand auf meine Schulter. »Man kann alles lernen.«

Wo seine Hand auf dem kalten Neopren lag, glühte meine Haut darunter. Und die Hitze breitete sich aus, erreichte all meine Körperteile, und plötzlich dachte ich an Fy und den Engländer und war zu abgelenkt, um alles richtig zu wiederholen.

Wie es wohl wäre. Mit Luc. Man kann alles lernen ...

Und als ich die orangefarbenen Flossen über meine Füße streifte, ich, der bunte Fisch – als ich einen Fuß auf die Bordwand stellte, kam mir das Ganze vollkommen unwirklich vor.

War ich tatsächlich hier? Ich, Emma, sechzehn Jahre alt,

klein für mein Alter, Herzpatientin. Emma, die nie ins Skilager mitgefahren war? Nie auf Partys gegangen? War ich wirklich im Begriff, in die Tiefe des indischen Ozeans hinabzutauchen? Mit einem Weltreisenden, der mich geküsst hatte? Ich hatte das Mundstück schon im Mund, genau wie Luc das seine.

Er zeigte mit der Hand Zahlen wie bei einem Raketenstart: Drei. Zwei. Eins.

Und wir sprangen.

Und um mich herum bestand die Welt eine Weile nur aus Luftblasen, weißen Glitzerblasen im blaudurchsichtigen Ozean. Dann sah ich Luc hinter dem Blasenvorhang, und er bedeutete mir, ihm und Bob Marley 1 zu folgen, der mit ihm schwamm. Marley 2 war auf dem Boot geblieben.

Ich atmete. Gleichmäßig. Ein und aus. Es ging schwerer als gewöhnlich, ich spürte, wie mein Herz klopfte, und ich sagte mir: keine Panik, das hier ist normal.

Dann sah ich das Riff, direkt unter uns, und wir tauchten tiefer. Tiefer, tiefer. Es war ein unglaubliches Gefühl, hier unten zu schweben, schwerelos. Da war ein Wald aus blassgelben Korallenfächern, die in der Meeresströmung leise hin und her wogten, da waren winzige silberne Fische mit runden gelben Augen wie aus Glas, violette Seespinnen auf Felsen, dunkle Höhlen. Luc leuchtete mit seiner Lampe in eine der Höhlen hinein, und ich sah, dass ein Krake sich darin verkrochen hatte; als das Licht ihn zu sehr störte, entfaltete er seine vielen Arme, kam aus seiner Höhle geschossen – und war verschwunden. Luc drehte sich um und grinste mir zu. Und fragte, mit einem Rund aus Daumen und Zeigefinger: *Alles okay?* Ich wiederhole das Zeichen: *Alles okay.*

Wir glitten weiter, Marley 1 führte Luc, und Luc führte mich, und da waren mehr Fische, rote und blaue, schillernde und gefleckte Fische, weiß-schwarz gestreifte mit zitronengelben Flossen, Muscheln, die ihre gewellten Münder öffneten und schlossen, wirklich, wie in einem Disneyfilm, ich erwartete beinahe, dass sie sangen.

Das Riff war ein Labyrinth, und dahinter ging es weiter hinunter, in eine dunklere Tiefe.

Und ich sah ganz unten, weit weg, etwas glitzern. Vielleicht war es ein Sonnenreflex, ein verirrtes Stück Licht, das sich irgendwo spiegelte. In einer Muschel, einer Scherbe. Vielleicht war es etwas Unerklärliches. Marley 1 zeigte aufs Riff, bedeutete mir, dorthin zu sehen, nicht in den Abgrund. Er war wie Fy, dachte ich, er glaubte an die Ahnengeister unter den Wellen. Ich konnte ihn verstehen.

Luc tippte mich an und zeigte hinunter. *Wollen wir? Wir könnten.*

Ich schüttelte den Kopf.

Er hielt die Hand mit der Lampe hoch. *Ich habe Licht.*

Bob Marley schüttelte ebenfalls den Kopf, aber Luc lächelte, machte ein Handbewegung, damit ich ihm folgte, und tauchte hinein in die Schwärze. Seine Lampe war stark, er leuchtete den Felsen entlang, der hier steil abfiel: Dies hier war ein Graben. Sehr, sehr, sehr tief. Wir folgten dem Gestein abwärts, sahen mehr Korallen, rote jetzt, und dann keine mehr, auch weniger Fische, es wurde stiller und stiller, und ich hätte gerne Lucs Hand genommen, doch Luc hielt in der einen Hand die Lampe und brauchte die andere zum Schwimmen.

Durchsichtige, blumenartige Quallen schwebten an uns

vorbei aufwärts, ich sah ihre Innereien pulsieren wie schlagende Herzen. Nein. Quallen haben kein Herz. Woher kamen sie? Was war dort unten?

Ich fühlte mich seltsam, mein Kopf leicht, wie betrunken. Sauerstoffmangel. In der Flasche auf meinem Rücken war doch Sauerstoff! Ich konnte durch den Schlauch atmen, alles war gut. Ruhig, sagte ich mir, schwimm weiter, atme gleichmäßig. Beim Tauchen steigt der Druck. Tausende von Litern Wasser lasten auf uns, natürlich steigt der Druck. Aber die Sauerstoffflasche hält den Druck in meiner Lunge trotzdem konstant.

Warte …

Pumpte mein Herz noch genug Blut durch die Lunge? Zwischen Herz und Lunge arbeitete die künstliche Pulmonalklappe, hielt das Blut vom Zurückströmen ab … Was, wenn sie es nicht mehr schaffte?

Dann würde nicht ausreichend Blut durch die Lunge fließen. Dann gäbe es nicht mehr genug sauerstoffgesättigtes Blut in meinem Kopf. Bingo. Und deshalb ist mir schwindelig.

Es war, sagte ich mir, also alles ganz normal.

Zwei Fische schwammen durch den Strahl von Lucs Lampe. Urzeitlich anmutende, große, farblose Geschöpfe, ich war mir nicht einmal sicher, dass sie Augen hatten, sie schwebten vorbei wie Geisterschatten. Tiefer … tiefer …

Hinter mir schwamm Bob Marley 1, ich drehte mich um, und er war also da, er fragte mich mit den Händen: Alles okay?

Ich zeigte ihm mit Daumen und Zeigefinger einen Kreis: Okay. Nur mein Herz ist ein bisschen erschöpft … Dafür gab es kein Handzeichen, also sagte ich es nicht. Und dann ist da all dieses Narbengewebe der Operationen, auch das sagte ich nicht. Narbengewebe im Reizleitungsbereich. Die Telefonleitungen meines Herzens, verstehst du, setzen manchmal aus oder melden Fehler und …

Noch ein Fisch.

Und da waren sie: die Extrasystolen, die ich so hasste. Dieses spürbare Stolpern des Herzens. Keine Panik. Du kennst das. Es bedeutet nichts. Ich ließ mich reglos im Wasser hängen, versuchte, gleichmäßig zu atmen. KEINE. PANIK. Mein verdammtes geflicktes Herz stolperte wie ein Kind über seine eigenen Füße, pumpte zu einem Zeitpunkt, zu dem es nicht pumpen sollte, kam durcheinander … Ich schloss die Augen. Zählte bis fünfzig. Öffnete die Augen.

Und da sah ich die Wale wieder.

Sie schwebten über uns, schwebten dort oben im Licht wie Zeppeline: ein riesiger und ein kleiner Zeppelin. Es war seltsam.

Bob Marley schwamm an mir vorbei zu Luc, tippte ihn an, holte ihn zurück, und auf einmal war er wieder neben mir, und wir sahen zu dritt in Richtung der Wale. Luc strahlte, ich sah es durch die Maske. Hier unten wollte er sein, hier, wo er Dinge sehen konnte, die sonst niemand sah, er war ein Mensch der Extreme.

Er nickte mir zu. Komm, komm. Und er begann, auf die Wale zuzuschwimmen.

Zurück. Aufwärts. Ich dankte den Walen im Stillen.

Schwamm Luc nach. Aufwärts, aufwärts! Ich musste hinauf, ich musste an die Oberfläche … Ich sagte mir, dass ich nicht zu schnell nach oben durfte, aber die Panik war zu groß.

Und jetzt war da ein Stolpern in meiner Brust, machte mir Angst ... Am liebsten hätte ich das verflixte Mundstück des Schlauchs ausgespuckt, es war wie damals, vor der OP, ich spürte, wie meine Mutter meine Hand hielt, ich hörte den Arzt sagen: »Und jetzt zählst du langsam von zehn rückwärts, du wirst sehen, bei drei schläfst du. Zehn, neun, acht ...«

Dann war alles schwarz.

Entschuldigung. Entschuldigung, Luc. Ich hab's vermasselt.

Ich weiß nicht, wie er mich hinaufgeschafft hat, ob er es war oder Bob Marley 1, aber ich stelle mir vor, dass er es war. Ich war wieder auf dem Boot, als ich zu mir kam, sie hatten mich von Maske und Flasche befreit und waren dabei, mich aus dem Neoprenanzug zu schälen, ich sehe Lucs Gesicht noch über mir. Panisch.

»Emma? Emma, hörst du mich?«

Ich sagte nichts. Ich hob nur die Hand und zeigte ihm ein O mit Daumen und Zeigefinder.

O für okay. Ich bin okay.

»Emma? Emma, mein Gott –«

Elise wurde nur in Ausnahmefällen fromm, sie stand da und sah aus, als wäre sie bereit, zu einem siebenstündigen Gottesdienst zu gehen – oder jemanden zu erschlagen. Mich, vermutlich. Oder Luc. Oder einen der Bob Marleys. Wie lange hatte sie uns beobachtet? Hat sie ein Fernglas in ihrer Arzttasche, neben dem Stethoskop und all dem anderen Kram, den sie natürlich nicht für zufällig auftauchende kranke Babys mitgenommen hat, sondern aus einem ganz anderen Grund, einem blassen, sechzehnjährigen Grund mit Sommersprossen –

Fy stand neben ihr, ihre Kleider waren seltsamerweise nass, aber Onja auf ihrem Arm schien trocken. »Es ist alles gut«, sagte ich, als Luc mir vom Boot half. »Mir war nur … schwindelig.« Die Worte kamen stockend, und meine Hände, die sich an die Bootsreling klammerten, zitterten.

»Sie …«, begann Luc, und ich schaffte es, den Kopf zu drehen, ohne zu stürzen, was mir in meinem Zustand vorkam wie ein Zirkuskunststück, und ihm einen Blick zuzuwerfen.

Sag nicht, dass ich bewusstlos war.

Elise zog mich in ihre Arme. »Fy hatte also recht«, sagte sie. »Du bist getaucht.«

Fy legte eine Hand auf meine Schulter und sah mich an, fast entschuldigend. Woher hatte sie gewusst …? Hatte sie nicht eben noch mit dem Engländer …? Nein, es musste Stunden her sein, wir waren lange hinausgefahren bis zum Riff … Elise musste gewartet haben, sich Sorgen gemacht …

»Wir haben einen Wal gesehen«, sagte ich schwach. »Mit seinem Kind.«

Elise hielt mich an sich gedrückt, auch sie zitterte. Der Blick, den sie Luc zuwarf, versprühte Blitze.

»Emma ist ein sehr krankes junges Mädchen«, sagte Elise. »Und wenn Sie Ihnen das nicht gesagt hat, tue ich das jetzt. Sie hat striktes Verbot zu tauchen. Sie …« Ich hörte nicht mehr zu, sah zum blauen Himmel, den Palmen, der Schaukel, auf der ein paar Kinder in abgerissenen Kleidern herumkletterten, es war wie ein Kaleidoskop, alles drehte sich. Und mein Herz stolperte noch immer, als fiele es alle paar Sekunden von einer Bürgersteigkante, oder bildete ich mir das nur ein? Egal, wen kümmerten Bürgersteige? Ich hatte die Wale gesehen.

»... nehme ich an, Sie verstehen, dass ich Sie nicht mehr hier erwischen will«, sagte Elise.

Luc nickte, grinste verlegen, zuckte die Schultern und wandte sich ab, um wieder ins Boot zu den Marleys zu klettern. Vermutlich würden sie das Boot zu seinem Ankerplatz zurückbringen.

»Luc!«, rief ich, leise nur, und er drehte sich um.

Und ich hob die Hand und wollte winken. Aber Winken, es fiel mir ein, ist ein Notfallzeichen.

Ich winkte nicht.

Und dann all die Diskussionen, all die Telefonate, all das verflixte Abhorchen, das ich über mich ergehen lassen musste. Elise hatte Fy weggeschickt, freundlich aber bestimmt. »Wir sehen uns morgen«, hatte Fy gesagt.

Etwas, das Luc nicht gesagt hatte. Vermutlich war er sauer. Sauer, dass ich ihn angelogen hatte, sauer, dass ich nur ein kaputtes Kind war und keine abenteuerlustige junge Frau, sauer, dass ich ihn dem Zorn einer alten Dame ausgesetzt hatte, die ihn ausschimpfte wie einen Grundschüler.

Elise telefonierte mit dem Flughafen und der Versicherung und dem Reisebüro und versuchte, zum Krankenhaus in der Hauptstadt durchzukommen –

»Wir fliegen«, sagte sie zwischen zwei Telefonaten. »Wir fliegen nach Hause, Emma.«

»Nach Hause?«, flüsterte ich. »Nur, weil mir schwindelig war?«

»Dir war nicht nur schwindelig, so blöd bin ich nicht«, sagte Elise. »Kein Mensch weiß, was du deinem Herzen da unter Wasser angetan hast. Was mit der Klappe ist. Ich pfeife auf die Extrasystolen, die mechanische Belastung bei dem Druck ist so hoch, dass sie ausgerissen sein kann, und ich bin unsicher, ob das Rückstromgeräusch stärker geworden ist über dieser Scheißklappe, Verzeihung.«

»Nach Hause.« Ich merkte, wie sich meine Hände ganz von selbst zu Fäusten ballten. Nach Hause, damit ich wieder die Patientin von Zimmer dreizehn werden konnte, wo ich immer lag, wenn sie mich durchcheckten, in der Kinderklinik, weil ich noch nicht achtzehn war. Wo die Schwestern mir auf dem Flur winkten, weil sie mich von klein auf kannten.

Winken, ich musste es ihnen sagen, sollte man nie ohne guten Grund.

Vielleicht auch deshalb, weil es ein Zeichen des Abschieds ist. Eines, das die Worte »Wir sehen uns morgen« nicht enthält.

Aber ich gehe nicht nach Hause. Ich habe eine Freundin, zum ersten Mal in meinem Leben, und obgleich sie mir ihre Geschichte noch nicht zu Ende erzählt hat, glaube ich, sie braucht meine Hilfe.

Oh, Onja! Was, wenn wir sie verloren hätten?

Ich habe sie nicht gesehen, ich habe sie gespürt. In meinem Rücken. Und ich habe mich umgedreht, und da war das Boot. »Was ist?«, hat er geflüstert, das kann er auch auf

Französisch, ich glaube fast, er lernt jetzt Französisch, und ich habe gesagt: »Da ist ein Boot.«

Es war ein weißes Motorboot, das, mit dem sie zum Tauchen hinausfahren, aber ich konnte nicht sehen, ob Emma wirklich an Bord war. Und ich habe versucht, es zu vergessen. Mich auf den Satz konzentriert, den ich auf Englisch geübt hatte.

Ich sagte ihn, als wir außer Atem nebeneinandersaßen, nackt über dem Meer, in dem Pavillon:

I love you.

Wir baumelten mit den Beinen wie Kinder. *I love you.* Er legte seine weiße Hand auf mein Bein, eine Hand, auf der das Alter die Blutgefäße hervortreten lässt. *I love you.*

»In der Lodge bereiten sie alles für ein Pärchen vor«, sagte ich. »Sie wollen hier heiraten, auf Madagassisch. Mit einem Priester, der natürlich gar keiner ist, ein echter würde das nie tun. Die ganze Zeremonie ist ausgedacht. Für die Touristen. Aber es ist schön. Ich habe das schon gesehen, das Pärchen muss unter einem Bogen aus Palmwedeln und Blüten stehen und sich küssen, und dann gehen sie am Strand entlang, Hand in Hand, und jemand filmt sie.«

Harry sah mich an und lächelte. Er hatte kein Wort verstanden. Er nickte.

»Stell dir vor ...«, sagte ich und nahm seine Hände. »Stell dir vor ...«

Dann stand ich auf und zog mich an, ich musste zurück zu dir, Onja, doch als ich am Strand entlang zurücklief, dachte ich wieder an das Boot. Es war nicht mehr zu sehen.

Und endlich war ich bei der Lodge, wo sie den Palmwedelbogen für die Hochzeit gerade aufstellten. Die Tür der

Hütte, die das Pärchen bekommen würde, war mit Blumen geschmückt. Aber ich sah nicht den Schmuck an, ich sah das Meer an. Und ich spürte es wieder.

Ich spürte Emma.

Ich watete ins Wasser hinein, und je weiter ich watete, desto deutlicher spürte ich es: Sie rief nach mir, schickte ihre Verzweiflung durch die Wellen. Es ist nicht erklärbar.

Und du fragst nicht nach Erklärungen, Onja. Du warst bei Elise, lagst in ihrer Hütte und hast geschlafen, gut behütet. Niemand behütete Emma. Sie war da draußen im Meer, dem unheimlichen und viel zu großen Meer, und sie brauchte Hilfe.

Was ich dir jetzt erzählen werde, Onja, werde ich nie irgendjemand anderem erzählen, vor allem den Vazahas nicht, denn sie können es nicht begreifen.

Denn dann ging ich ins Meer. Ich hatte schreckliche Angst, aber ich ging. Dabei war es nicht einmal tief. Als mir das Wasser bis zu den Hüften reichte, ließ ich mich ganz hineinsinken, ich wusste, ich musste unter der Oberfläche verschwinden. Ich spürte, wie das Meer meine Haare nahm und um mich treiben ließ ... Und dann verwandelte ich mich.

Ich wurde etwas, das Emma helfen konnte.

Ich wurde ein Wal.

Natürlich war es nur ein Traum, Onja, eine Vision, denn auf einmal warst auch du da. Ganz nahe bei mir. Ein Walkind. Wir schwammen jetzt weit, weit draußen im Meer, und ich sah Emma unter uns, in bunter Taucherkleidung, mit Flossen und Maske. Ihr Haar trieb um sie, gelöster, eine hellrote Wolke wie Blut im Meer.

Neben ihr schwamm der Geisterjunge, er wollte tiefer hinunter, wollte Emma mit nach dort unten in die Schwärze nehmen. Und ich wusste, dies war ein Kampf zwischen uns, ihm und mir.

Um Emma.

Ich rief sie. Und sie kam. Schwamm auf mich zu. Nach oben.

Und dann sah ich, wie sie aufhörte, zu schwimmen. Sie war plötzlich wie eine Puppe, leblos, und der Geisterjunge und der andere nahmen sie zwischen sich und schwammen mit ihr hinauf. *Hinauf.* Zum Glück. War er also doch nicht böse? Hatte ich ihn falsch eingeschätzt?

Oder war es meine Kraft, die ihn zwang, Emma nach oben zu bringen?

Ich konnte die Luft nicht mehr anhalten, meine Brust schmerzte, mein Kopf schmerzte, alles schmerzte ... Und ich riss den Kopf hoch und atmete gierig, war wieder ein Mensch im flachen Wasser. Als ich mich umdrehte, sah ich, wie die steinerne Frau auf dem Steg mir zunickte.

Dann watete ich an Land.

Und dort stand Elise, mit dir im Arm.

Natürlich warst du nicht bei mir gewesen, natürlich war das alles nicht geschehen, wie konnte es.

Ich stolperte zu ihr, ich fühlte mich völlig entkräftet, und sie sagte: »Was hast du gemacht, da im Wasser?«

Aber das konnte ich nicht beantworten.

»Emma«, flüsterte ich. »Sie ist da draußen. Mit dem Jungen. Sie taucht. Und es geht ihr nicht gut.«

Elise starrte mich an. »Woher weißt du das? Hast du sie gesehen?«

»Ich … habe sie gespürt«, sagte ich. »Ich … Sie bringen sie wieder rauf. Sie ist auf dem Weg zurück.«

»Oh Gott«, sagte Elise, »oh mein Gott. Wenn das stimmt …« Ich nahm dich, und sie begann, am Strand auf und ab zu gehen, nervös. Ich ging neben ihr her, ich, nass wie ein Fisch, was dir nicht gefiel. Die Sonne begann, meinen Rücken zu trocknen.

»Oh Gott«, sagte Elise nur immer wieder, »oh verdammte Scheiße, mein Gott.«

Ich zuckte zusammen, und sie blieb stehen und sah aufs Meer hinaus und sagte. »Da! Da ist etwas Weißes! War das Boot weiß?«

»Ja«, sagte ich.

»Fy«, sagte Elise und legte eine Hand auf meine Schulter. »Emma ist krank. Sie hat dir das nicht gesagt, oder?«

Ich schüttelte den Kopf. Dann nickte ich. »Krank?«

»Sie hat ein krankes Herz. Sie ist damit geboren worden. Das Herz hatte … es war … stell es dir vor wie einen Motor mit Schläuchen und allem, und es war … falsch zusammengesetzt. Es ist etwas, das manche Kinder haben. Manche nur ganz leicht, manche in einer schweren Form. Emma hatte die schwere. Sie haben sie operiert, als sie noch ganz klein war. Sie war zu früh geboren worden, das kam dazu, sie war die ersten Wochen ihres Lebens in einem Brutkasten, so einem Ding, das die Babys warmhält, angeschlossen an alle möglichen Geräte …«

»Ganz allein?«, fragte ich. »Ohne ihre Mutter?« Und drückte dich an meine Brust, obwohl du protestiertest, weil ich so nass war.

»Nein«, sagte Elise. »Ihre Mutter durfte sie besuchen

und sie ab und zu vorsichtig auf ihren Bauch legen, obwohl all diese Schläuche an Emma angeschlossen waren, sie lächelte jedes Mal, und gleichzeitig liefen ihr die Tränen übers Gesicht, die ganze Zeit über, bis die Ärzte Emma wieder in den Brutkasten legten. Sie liebt ihre Tochter, aber … Es ist schwierig.«

»Fady«, flüsterte ich. »Emmas Geburt war auch fady. Wie meine. Sie hätte sterben sollen.«

»Sollen?« Elise machte ihre Augen schmal.

»Die Ahnen«, sagte ich. »Sie bestimmen diese Dinge. Die Menschen haben sich dagegen gewandt. Bei Emma, und bei mir. Ich war ein Zwilling. Meine Mutter hätte uns aussetzen müssen. Aber sie hat uns behalten. Fady. Es ist etwas, das sich rächt. Die Geister finden einen immer.«

»Nein«, sagte Elise fest.

»Nein?«

»Nein, das tun sie nicht. Wir haben einen freien Willen. Und wir sind stark. Stärker als die Geister. Die Geister sind tot, sie haben überhaupt nichts zu sagen.«

»Aber …«, begann ich. Es war ein so verbotener Satz; ich hoffe wirklich, die Ahnen haben ihn nicht gehört.

»Emma ist operiert worden, und ihr Herz funktioniert«, sagte Elise. »Wir haben uns den Geistern entgegengestellt, und wir haben gewonnen. Es war nicht ganz einfach, vor allem in Emmas Fall nicht … sie … Letztes Jahr …« Sie schüttelte den Kopf. »Sie darf nicht tauchen. Und sich nicht zu sehr belasten. Sie darf nur Sportarten machen, die etwas mit Ausdauer zu tun haben. Laufen. Schwimmen unter Aufsicht. Ihr Herz hat Narben, es wird nie so sein, wie ein normales Herz. Es …«

»Meines auch«, wollte ich sagen, aber es war eine andere Sorte von Narben, und ich sagte es nicht. Im Grunde, dachte ich, hatte ich ein perfektes Herz, es funktionierte so gut, dass der Herzensammler es hatte haben wollen, zusammen mit dem von Faly.

Wenn wir in dem freundlichen, gelben Haus mit der Schule und dem guten Essen geblieben wären, hätte er mich eines Tages zu sich gerufen, und ich wäre operiert worden, in einer Klinik irgendwo im Nichts, er hätte mein Herz vorsichtig aus meinem Körper gelöst, mit all seinen Nerven und Blutgefäßen, und es in einen Eisbeutel gesteckt und nach Europa geflogen, zu einem Menschen, der ein neues Herz brauchte. Wie Emma.

»Kann man ein Herz ... einfach so austauschen?«, flüsterte ich.

Elise schüttelte den Kopf. »Es ist nichts, was man in Emmas Fall tun würde«, sagte sie. »Es funktioniert, verstehst du. Emmas Herz. Auch wenn ... Nein. Es gäbe gar nicht so viele Herztransplantate. Und sie hat ... einen HLA-Typ – das ist so was wie eine Blutgruppe –, der selten ist in Europa. So ein Transplantat zu finden, ist aussichtslos.« Sie schüttelte den Kopf.

Dann war das Boot da, es schoss in einer Fontäne aus Gischt auf uns zu, Emma saß auf einem der Sitze, in ihrem hübschen blauen Badeanzug, der ihr Haar noch goldener macht; der Geisterjunge hielt sie – und dann war Emma an Land.

Sie war weiß wie die Gischt.

»Ich habe einen Wal gesehen«, sagte sie. »Und sein Kind.«

Ich sah sie an, suchte nach einem Zeichen des Erkennens, aber ich glaube, sie hat nicht gesehen, dass wir es waren. Sie sieht so vieles nicht. Ich beginne, zu begreifen, dass auch ich eine Menge Dinge nicht sehe.

Ich dachte, Emma würde ein perfektes Leben leben.

Es stimmt nicht. Ich glaube, sie braucht meine Hilfe.

Schläfst du, kleine Onja?

Ich werde noch einmal hinausgehen. *Er* ist unten am Strand. Er wartet auf mich.

Seltsam, immer wenn ich zu *ihm* gehe, sehe ich irgendwo in meinem Hinterkopf Falys Gesicht, ernst und schweigend, und ich will ihn fragen, was er von meinem Plan hält, aber er ist zu weit weg. Ich werde ihn niemals wiedersehen.

8

Als ich am nächsten Morgen aufwachte, war Elise schon fort. Ich zog mich langsam an.

Ich spürte mein Herz nicht. Das hieß, es benahm sich normal. Anständig von ihm.

Was Elise gestern entworfen hatte, waren nichts als Horrorszenarien gewesen, dachte ich, von wegen ausgerissener Klappe und all dem. Sie hatte übertrieben, um mich zu erschrecken.

Zum ersten Mal bemerkte ich, dass der Handtuchhalter im Bad ein geschnitzter Wal war. Neben ihm schwamm sein Kalb.

Ich streichelte ihre glatten Oberflächen.

»Danke«, sagte ich. »Danke, dass ihr mich nach oben geholt habt.«

Die anderen Holzfiguren sahen mir zu, als ich in meine Sandalen schlüpfte und nach draußen ging, ich spürte ihre Blicke im Rücken.

Ich fand Elise im Restaurant, mitten in einer Hochzeit. Sie war hineingeraten wie andere Leute in den Regen geraten, sie saß an einem Tisch, sah verwundert aus und trank Kaffee, während eine junge Frau in weißem Kleid einen Mann in einem hellen Anzug unter einem Torbogen aus Palmwedeln küsste. Der Kokosnusspolierer, zur Abwechslung ohne Kokosnuss, filmte.

Neben dem Pärchen stand im Sand ein kleines Orchester aus vier einheimischen Musikern, Bob Marley 2 war dabei und trommelte, und als ich mich zu Elise setzte, wickelte ein Priester in einem weiten Umhang ein weißes Stoffband um die Handgelenke der Liebenden und murmelte unverständliche Worte.

»Gibt es Kaffee?«, flüsterte ich, und Elise nickte. »Sehr schwachen, gut für dich«, flüsterte sie und schob mir die Porzellankanne hinüber. »Aber der Zucker ist aus.«

»Das Wasser nicht?«, flüsterte ich zurück, und wir lachten. Leise, um die Zeremonie nicht zu stören.

Elise war nicht länger sauer.

»Guck dir das an«, wisperte sie und biss in ein Stück Frühstücksbaguette, auf dem die Butter fehlte, sie war offenbar auch aus. »Alles nur Show!« Da war ein zweites Pärchen, das das erste fotografierte. Dann waren sie selbst an der Reihe, wurden mit einem Band gefesselt und gesegnet. Der Priester steckte Blumen in die Fessel, roten Hibiskus.

Ich wusste, wer die Hibiskusblüten gesammelt hatte. Fy. Es war verrückt, dachte ich, all diese wunderschönen filigranen Blüten einfach abzupflücken, zu töten, nur um ein Bett oder eine symbolische Handfessel damit zu schmücken.

»Stell dir vor«, flüsterte jemand neben mir. »Stell dir bloß mal vor.«

Ich fuhr herum. Und da stand sie, Fy, außer Atem, im Arm

den Korb mit der Wäsche, Seifenkrümel im dunklen Haar, den Blick auf die beiden Pärchen gerichtet. Sie gab Onja an Elise weiter, ohne den Blick von ihnen zu wenden.

»Stell dir vor, ich stünde dort«, wisperte sie. »In so einem Kleid.«

»Oder ich.« Ich lachte.

»Oder du.« Sie griff nach meiner Hand. »Wir beide. Schau, sie tauschen Ringe … Eheringe sind magisch.«

»Hm«, sagte ich.

Da griff sie in den Ausschnitt ihres verblassten T-Shirts und drückte mir etwas in die Hand, das sie an einer Raffiaschnur darum getragen hatte. Es war ein kleiner, kühler Gegenstand. Sie schloss meine Finger darum. »Spürst du es?«, wisperte sie.

Ich öffnete die Finger.

Ein Ring. In meiner Hand lag ein Ring. Silbern. Ich hielt ihn vor die Augen. 925er Silber. Und ein kleiner, meerblauer Halbedelstein. Sie hatte die Schnur mit dem Ring gestern noch nicht getragen, ich war mir sicher.

»Woher?«, fragte ich.

Fy lächelte geheimnisvoll. »Von dem Engländer.«

»Was bedeutet …?«

»Das weiß ich auch nicht genau«, flüsterte sie. »Wir waren essen, gestern Abend. Zusammen. Nicht heimlich. In Les Lemuriens. Da waren Kerzen. Und er hat meine Hand genommen und mich angesehen und mir diesen Ring gegeben. Und viele, viele Sätze in seiner Sprache gesagt.« Sie ließ den Ring wieder unter ihrem T-Shirt verschwinden. Ein Geheimnis.

»Warum trägst du ihn nicht an der Hand?«

»Zu viele Blicke. Zu viel Neid. Was meinst du, was ist er wert?«

Ich zuckte die Schultern. »Fünfzig Euro?«

Sie rechnete. »200.000 Ariary. Mein Gott.«

»Aber du willst ihn doch nicht verkaufen?«

Sie lächelte. »Ich will schon, aber ich darf nicht. *Er* hat ihn mir geschenkt. Emma, ich dachte, du ... Kannst du ihn fragen, was er gesagt hat, gestern Nacht? Du kannst Englisch, oder? Kannst du ihn fragen, ob er damit meint, dass er mich ...« Und kaum hörbar: »... mitnehmen wird?«

»Mitnehmen?«

»Pssst!«, machte sie und sah sich nervös um. »Ja. In sein Land.«

»Du würdest mit ihm nach *England* gehen? Da regnet es quasi immer! Es gibt keine Palmen und keine Hibiskusblüten und ...«

»Es gibt unendlich lange Plastikrutschen«, sagte Fy ernst. »Aber stell dir vor, *du* würdest da stehen. Bei dem Priester. Mit dem Geisterjungen.«

»Mit dem was?«

Sie lächelte. »Mit dem Jungen.«

»Aber Fy. Du bist sechzehn. Du kannst gar nicht heiraten, du ...«

»Oh, es gibt Möglichkeiten, achtzehn zu sein.« Sie lächelte. »Pässe kann man ... so und so ausstellen. Es kommt immer darauf an, wem man was bezahlt. Wenn Harry mich wirklich mitnehmen will, wäre das möglich. Ich kenne Mädchen, die solche Dinge gemacht haben.«

»Du kannst doch nicht heiraten, nur ... nur, weil er dich dann mitnimmt!«, sagte ich. »Der Mann könnte dein Großvater sein! Du solltest zur Schule gehen, etwas lernen, einen richtigen Beruf … etwas, was du wirklich gerne machen würdest, was … was würdest du wirklich gerne machen?«

»Was würdest du denn gerne tun?«, fragte sie. »Später?«

»Ich …«, begann ich. »Ich würde gerne … Leuten die Wahrheit zeigen. Hinter den Dingen. Vielleicht würde ich gerne Filmregisseurin sein.«

»Das wirst du«, sagte Fy zuversichtlich. »Und ich werde diese Rutschen sehen. Wir können uns in deinem Land wiedertreffen.«

»Wenn du deinen Engländer geheiratet hast«, sagte ich. Die Worte schmeckten bitter wie Galle.

Sie nickte. »Und du? Hast du vor, den Geisterjungen zu heiraten?«

»Den … Geisterjungen?« Ich merke, wie ich unwillkürlich grinste. »Luc?«

»Vielleicht Luc. Ich nehme an, er hat viele Namen. Er ist nicht wirklich.«

»Ich bin mir ziemlich sicher, dass er aus Fleisch und Blut ist. Ich habe ihn geküsst.«

»Siehst du«, sagte sie, trotzig wie ein Kind, und stand auf. »Ich wasche zu Hause und hole Onja nachher ab«, sagte sie, und ich sah mich nach Elise um, die Onja auf ihre Knie gelegt hatte, vertieft in ein Fingerspiel, sie hatte nichts von unserer gewisperten Diskussion mitbekommen.

»Frag ihn«, sagte Fy. »Wegen des Rings. Bitte.« Sie streifte die Schnur ab und gab sie mir, samt dem Silberring mit dem blauen Stein. »Er wohnt in der Robinsonade. Frag nach Harry Larson.« Dann hievte sie den Korb mit der Schmutzwäsche auf ihren Kopf und ging.

Ich sah zu dem französischen Piraten hinüber. Die pummelige, fröhliche junge Frau, die immer die Tabletts trug, hatte ihm gerade eine Tasse Kaffee gebracht, nun stand sie hinter ihm, hatte ihre Arme um ihn gelegt. Zum ersten Mal fiel mir der goldene Ring an ihrem Finger auf – und der Ring an seinem Finger, fast identisch.

Wie alt war er? Siebzig?

Er war eines Tages hierhergekommen, hatte eine schöne junge Frau geheiratet, die ihn bediente, und war geblieben. Hatte ein Restaurant eröffnet. Lebte einen Luxus, den er sich in Frankreich nie hätte leisten können. Gab Menschen Arbeit.

Ich fragte mein Herz, ob ich ihn verabscheute oder ihn bewunderte. Aber mein Herz hatte damit zu tun, sich normal zu verhalten. Keine Extrasystolen heute Morgen.

»Elise«, sagte ich. »Ich gehe spazieren, ja?«

Die Hochzeiter waren auch spazieren gegangen, Hand in Hand, zwei und zwei: mehr Selfies machen, diesmal ohne Videokamera. Ich fragte mich, ob sie nur geheiratet hatten, um ihren Freunden im Internet die Bilder zu zeigen. Vielleicht war jeder Partner eigentlich nur eine Entschuldigung für eine erweiterte Selfieproduktion, eine perfektere Selbstdarstellung.

Ich würde nie so sein.

Ich war nicht schön.

»Ich gehe mit«, erklärte Elise. »Ich wollte sowieso mit Onja ...«

»Nein«, sagte ich. »Danke, aber nein. Ich muss ein bisschen nachdenken.«

Elise seufzte. »Emma, nach dem, was du gestern getan hast … Wer sagt mir denn, dass du nicht ins Wasser springst und rausschwimmst und auf den Grund tauchst? Wer sagt mir, dass du nicht plötzlich Stabhochsprung machst, um einen Jungen zu beeindrucken?« Sie seufzte noch einmal. Und dann wedelte sie mit den Armen in Richtung Strand. »Geh schon.«

Ich stand auf. »Diese ganze Telefoniererei gestern … Du hast sogar mit dem Krankenhaus in der Hauptstadt telefoniert …«

Sie schnaubte. »Das Krankenhaus in Antana-schlag-mich-tot ist keine wirkliche Option, wie es sich anhört. Chaotische Verhältnisse. Selbst die reichen Madagassen lassen sich ausfliegen zur Herzdiagnostik, das haben sie mir gestern ganz freimütig gesagt. Wahrscheinlich kriegst du hier auf diesem Bett die beste Diagnostik in Madagaskar. Von mir.«

»Also bleiben wir«, sagte ich.

Sie schüttelte den Kopf. »Ich warte auf den Rückruf der Fluggesellschaft. Es ist unwahrscheinlich, dass wir so schnell einen früheren Flug bekommen. Einen, bei dem man nicht fünfmal umsteigen muss. Was mehr Strapaze für dich wäre als Nutzen. Aber ich warte. Ich wüsste gerne, wie das da im Ultraschall aussieht.« Sie klopfte mit dem Zeigefinger auf meine Brust.

»Hast du Mama gesagt, dass …?«

»Nein«, sagte Elise. »Wenn ich deiner Mutter erzähle, dass ihre herzkranke Tochter beschlossen hat, Scuba Diving zu lernen, bekommt *sie* den Herzinfarkt.«

»Elise, bitte, ich will nicht zurückfliegen. Wir haben noch eine ganze Woche. Ich …«

Sie schwieg. »Du willst auch, dass es keinen Flug gibt, was?«, flüsterte ich, und dann nahm ich sie in die Arme, obwohl sie Onja auf dem Schoß hatte, und atmete ihren vertrauten Geruch ein, den ganz speziellen Elise-Geruch, der mich mein ganzes Leben lang begleitet hatte, eine Mischung aus Frühlingsparfum und Föhndauerwelle und Zigaretten und Kaugummis, mit denen sie den Zigarettengeruch zu kaschieren versucht. Dann ging ich.

Den Strand entlang, in Richtung Hotel Robinsonade. In meiner Hand lag der Ring.

Ich kam mir vor wie in einem Märchen. Eine junge, schöne Prinzessin bekommt einen Ring von einem geheimnisvollen Fremden, und sie schickt ihre Freundin los, um mehr herauszufinden … Vielleicht war ich immer noch ein Kind, das allein mit einem Märchenbuch in der Leseecke saß, während die anderen draußen einem Ball nachjagten.

Vielleicht hatte alles andere nie stattgefunden.

»Harry? Harry Larson?« Die Rezeption der Robinsonade befand sich in einem absurden Holzturm, zum Glück unten. Der Typ, der zuständig war, blätterte in einem großen Buch und tat so, als könnte er keinen Harry Larson finden, weil es zu viele Gäste gab.

Es gab, ich war mir sicher, gar keine Gäste. Bis auf Harry. Die Wiese war leer, die Liegen waren leer, die Hütten waren leer.

»Warum?«, fragte ich. »Warum ist niemand hier?«

»Oh, es ist nur *zurzeit* niemand hier. Wir bieten exklusiven Abenteuerurlaub für Gruppen. Nachtwanderungen im Dschungel, Katamaransegeln bei Starkwind, Hochseeangeln … Empfehlen Sie uns weiter.«

Ich nickte, und er sagte: »Hütte vier«, und während ich über den Rasen ging, dachte ich, dass die Leute keine Abenteuer erleben wollten. Nicht die Leute, die Geld hatten.

Luc hätte Katamaransegeln bei Starkwind wunderbar gefunden. Aber Luc schlief in einer Hängematte auf einem Berg in einer Billigabsteige. Es tat weh, an ihn zu denken. Wo war er jetzt? Wieder draußen, auf dem Wasser?

Und dann stand ich vor der Hütte, einer Blockhütte wie im Wilden Westen, unpassend für Madagaskar, und klopfte. Mir war übel vor Nervosität. Ich dachte daran, was ich durchs offene Fenster des Pavillons gesehen hatte. Wie konnte ich mit diesem Mann sprechen, den ich so verabscheute? Ich stellte ihn mir vor, einen blassen alten Mann in einer Hütte mit einem zerwühlten Bett, den Geruch nach Bier … Niemand antwortete auf mein Klopfen. Er schlief noch. Bestimmt. Keine Chance. Ich atmete auf und wollte gehen, als sich die Tür doch noch öffnete.

Und da stand er und sah mich an. Erstaunt. Er sah nicht verschlafen aus, sondern sehr wach, und er hielt ein Hemd in der Hand, das er offenbar gerade ausgewrungen hatte, und verbreitete eine Wolke von Seifengeruch. Er war barfuß, seine Trekkinghose hochgekrempelt; in seinem grauen Haar hingen ein paar weiße Schaumflocken. »Kann ich Ihnen helfen?«

Ich schüttelte den Kopf, dann nickte ich, und fühlte mich aus der Bahn geworfen, auf einmal schüchtern. Hinter Harry im Dunklen lag, so viel ich sehen konnte, ein sehr ordentliches Zimmer, wenngleich nasse Spuren ins Bad führten.

»Ich war dabei, Wäsche zu waschen«, sagte er entschuldigend. »Es ist ... etwas nass. Möchten Sie hereinkommen?«

Die Hütte war dunkel wie unsere eigene, es gab keine Glasfenster, nur Fensterläden, und sie waren geschlossen. Betritt niemals die Hütte eines fremden älteren Mannes, von dem du weißt, was er mit jungen Mädchen tut.

Ich ließ die Tür offen und folgte ihm, und er ging in ein winziges Bad und hängte das nasse Hemd an die Duschstange. Dann fuhr er damit fort, Wäsche aus einem Eimer zu nehmen und auszuwringen, während ich in der Tür lehnte.

»Sie haben nicht genug Platz auf der Duschstange für all diese Sachen«, sagte ich. »Die Madagassen legen die Wäsche aufs Gras zum Trocknen. Fy tut es auch. Obwohl es da, wo sie wohnt, kein Gras gibt.«

Er hielt mitten in der Bewegung inne. »Fy?«

»Ja, Fy«, sagte ich. Und ich dachte: Jetzt sagt er, er kennt keine Fy und ich soll mich zum Teufel scheren.

Aber er sagte: »Dann ... sollte ich das wohl auch tun. Mit der Wäsche.« Und er nahm den Eimer mit den restlichen nassen Sachen, ging durch den Raum und öffnete eine zweite Tür, die auf eine Art winzige Veranda führte. Es gab zwei Stühle und einen Tisch auf einer betonierten Fläche, dahinter begann der Rasen.

Harry begann, die Wäschestücke dort ordentlich auszubreiten.

»Kann man in der Robinsonade die Wäsche nicht abgeben?«, fragte ich. »Bei uns kann man das.«

»Ich wasche gern«, sagte er und lächelte. Dann richtete

er sich auf und streckte sich, offenbar hatte er Probleme mit dem Rücken.

»Buchen Sie ... irgendwelche Abenteuer hier?«

»Abenteuer? Nein«, sagte er. »Ich ... ich dachte erst. Dass es mir guttäte. Mal rauskommen. Etwas erleben. Weg vom Schreibtisch. Aber dann ... der Strand ist so schön, und das Wasser ... Ich gehe spazieren. Sind Sie gekommen, um mit mir über ... Abenteuer und Wäsche zu sprechen?«

Die Frage klang nicht sarkastisch, nur ratlos.

»Es geht um Fy«, sagte ich und setzte mich auf einen der Stühle. »Ich bin ihre Freundin. Sie kann kein Englisch. Deshalb bin ich hier.«

»Meinen Sie, dass sie es lernen könnte?«, fragte er ernst.

»Sie kann alles lernen«, sagte ich. »Sie ist klug. Aber ich glaube, es hat ihr nie jemand die Chance gegeben, etwas mit ihrer Klugheit anzufangen.«

Ich streckte die Hand aus und legte den Ring auf den Tisch, den Ring mit der Schnur daran. »Sie hat ihn um den Hals getragen, unter dem T-Shirt«, sagte ich. »Sie hat mich gebeten, Sie zu fragen, was er bedeutet. Was *genau*.«

Da setzte er sich auf den zweiten Stuhl, mir gegenüber, und seufzte.

Ich sah ihm in die Augen, sie waren blau, hellblau, umrahmt von einer Menge kleiner Fältchen. Man sah seine Tränensäcke auch jetzt, als sei er ständig müde. Ein Leben im Büro. Die Haut auf seiner Nase schälte sich: Erinnerung an einen Sonnenbrand. Er war die Sorte Mensch, die gewöhnlich eher blass ist, typisch englisch, ein paar Sommersprossen liefen ganz oben über seine Wangen wie verirrte Ameisen. Er war nicht schön. Auch nicht hässlich. Er hätte gut zwanzig Kilo abnehmen können ohne gesundheitlichen Schaden.

»Ich möchte, dass Sie mit mir kommt«, sagte er. »Der Ring ist ein Verlobungsring. Ich habe sie gefragt, ob sie meine Frau werden will. Sie hat genickt.« Er seufzte wieder. »Ich dachte mir fast, dass sie mich nicht verstanden hat.«

»*Ihre Frau?* Das ist … verrückt.«

»Ja. Aber es ist eine zweite Chance. Für mich. Als würde jemand die Uhr zurückdrehen, verstehen Sie? Nein, das verstehen Sie nicht, Sie sind jung. Sie haben ihr ganzes Leben vor sich. Aber ich … vieles in meinem Leben ist nicht so gelaufen, wie ich es mir gewünscht hätte. Zu viel Arbeit. Zu viel Stress. Zu wenig Zeit. Zu wenig Musik. Manchmal habe ich in einem kleinen Club aufgelegt, das waren die Momente, die am schönsten waren … So wie in der Pizzeria, Sie waren da, nicht wahr? Sie haben getanzt.« Auf einmal lächelte er. »Ich dachte, ich könnte zusammen mit Fy einen richtigen Tanzkurs besuchen. Standardtanz. Es ist etwas, für das ich nie Zeit hatte. Es wäre wunderbar, sie beim Tanzen in den Armen zu halten.«

»Oh, wäre es das«, sagte ich bitter. »Wäre es wunderbar, ein sechzehnjähriges Mädchen in den Armen zu halten? Jeden Tag? Eine Sklavin zu haben, die jung und schön ist, mit der man sich schmücken kann, und wenn man zweimal klatscht, hüpft sie zu einem ins Bett? Ja, das wäre sicher wunderbar. Und so … praktisch.«

Er blinzelte mit seinen meerblauen Augen, einmal, zweimal, und ich sah ihn schlucken, ich sah, wie sein Adamsapfel sich dabei bewegte. »Sechzehn«, sagte er leise. »Sie hat mir gesagt, sie wäre zwanzig.«

»Natürlich hat sie das gesagt. Sechzehn, zwanzig. Macht es einen Unterschied? Sie könnten ihr Vater sein.«

»Aber ich bin es nicht.« Er lachte, und ich hasste ihn dafür, doch dann merkte ich, dass es ein trauriges Lachen war. »Ich habe keine Kinder. Ich habe nie die Person gefunden, mit der ich … für immer leben wollte. Also habe ich mich in meiner Arbeit vergraben. Ich …« Er hörte auf zu lachen und schwieg eine Weile. »Ich habe sie jetzt gefunden«, sagte er schließlich. Nahm den Ring, hielt ihn gegen das Sonnenlicht. Der blaue Halbedelstein leuchtete. Wie ein Wunderstein in einem Märchen. Und der alte Fremde hob den magischen Ring … und er sagte zur Freundin der Prinzessin … »Ich liebe sie.«

Ich glaube, ich starrte ihn an. »*Wie bitte?*«

Er legte den Ring zurück auf den Tisch und sah mich ernst an. »Ich liebe sie. Fy. Das ist es, was der Ring bedeutet.«

»Und Onja?« Jetzt würde er fragen, wer Onja war.

Er fragte nicht. Er sagte: »Ich könnte sie adoptieren. Sie hätte ein besseres Leben als jetzt. Aber … sie will das alles nicht, nein? Ist es das, was Sie mir sagen möchten? Sie will gar nicht weg, in dieses graue England?«

»Oh, sie will«, flüsterte ich, auf einmal heiser, da war ein schrecklicher, schmerzhafter Kloß in meinem Hals. »Sie will weg von hier … Sie träumt von unendlich langen bunten Plastikrutschen auf Spielplätzen. Sie will, dass für Onja alles besser wird, als es für sie war. Dass sie zur Schule geht. Dass sie lernt, die Welt zu verstehen. Fy war nie für länger in der Schule.«

»Wo hat sie Französisch gelernt?«

»Ich weiß es nicht«, sagte ich. »Noch nicht. Sie hat mir

ihre Geschichte nicht zu Ende erzählt. Es muss ... etwas Schreckliches passiert sein, damals. Sie kommt nicht von hier, sie kommt aus der Hauptstadt, das wissen Sie? Sie ist geflohen. Hierher, auf diese Insel. Das Madagaskar, von dem Fy mir erzählt hat, ist ganz anders als alles, was wir sehen. Wir ... Wir sehen nur die Oberfläche. Das, was wir sehen sollen, als Touristen.« Ich holte tief Luft, ich hatte immer schneller gesprochen, und er hörte mir aufmerksam zu, dieser Mann mit den Meeraugen. »Wir werden nie alles sehen. Nie alles verstehen. Die Ahnengeister ... all das ... Sie können nicht einfach jemanden aus dieser Kultur herausreißen, verstehen Sie? Es wäre, als würde man eine Blume ausreißen und die Wurzeln durchtrennen. Sie stirbt. Ich meine, lieben Sie Fy wirklich?«

Er nickte. Ganz langsam.

»Dann bitte ich Sie: Lassen Sie sie frei«, sagte ich leise. »Nehmen Sie sie nicht mit.«

Wir schwiegen wieder eine Weile. Schmetterlinge gaukelten über das Gras, auf der Suche nach Blumen, die sie nicht fanden, weil jemand sie abgepflückt hatte, um sie auf die Betten der Touristen zu legen.

»Ich könnte Onjas Schulbildung finanzieren«, sagte er leise. »Später.«

Ich nickte. Aber ich wusste nicht, was er damit meinte. Dass er sie in England finanzieren würde? Oder ... hier?

Er räusperte sich. »Es war mutig von Ihnen, herzukommen«, sagte er schließlich, und damit hatte ich am allerwenigsten gerechnet. »Wie kommt es, dass Sie über so etwas nachdenken wie ... Wurzeln? Dass Sie unter die Oberfläche sehen? Sie sind anders als andere.«

Ich stand auf. Vielleicht versuchte er nur, sich einzuschmeicheln. »Ich hatte in meinem Leben eine Menge *Zeit*, nachzudenken«, sagte ich etwas steif. »Ich habe eine Menge in weißen Betten herumgelegen in meinem Leben. Oder in Leseecken gesessen. Ich bin krank.«

»Sie sehen gar nicht krank aus.«

»Das ist die Oberfläche«, sagte ich knapp.

»Oh«, sagt er. Dann streckte er mir den Ring entgegen. »Bitte, geben Sie ihn ihr wieder.«

Ich nickte. Und wieder wusste ich nicht, was er sagen wollte. Hieß es, dass er sie doch mitnehmen und heiraten würde? Oder wollte er nur, dass sie den Ring hatte, weil er etwas wert war? Vielleicht musste er erst darüber nachdenken. Niemand ändert von jetzt auf gleich seinen Lebensplan, weil ein sechzehnjähriges Mädchen ihn darum bittet. Natürlich würde er Fy mitnehmen, er hatte die Macht, er hatte das Geld, ihr die Papiere zur Ausreise zu beschaffen, er hatte alles … Er hatte ein sehr ernstes Lächeln.

»Goodbye«, sagte er.

Und ich nickte. »Goodbye.«

Es hieß, dachte ich, als ich über die Wiese zum Meer ging, »Ade.« Nicht »Auf Wiedersehen.«

Ich ging nicht direkt zurück. Ich wanderte weiter über die Insel, allein mit ihrer Schönheit, ihren grünen Hecken, ihren Palmen, ihren Papayabäumen und Zeburindern.

Und als ich schließlich das letzte Stück am Strand entlangwanderte, dachte ich, dass es Unsinn war, was ich gesagt hatte. Angeberei. Ich dachte überhaupt nicht mehr nach als andere Leute.

Ich hatte nur das Glück gehabt, dass Fy mir Dinge erzählt hatte.

Oder das Pech. Sonst wäre ich für immer blind geblieben.

Sonst wäre der weiße Sand, in dem meine Zehen einsanken, für immer nur schön geblieben. Sonst hätte ich nicht geahnt, dass die Kinder, die mir mit Eimern voller Krabben entgegenkamen, nicht spielten, sondern arbeiteten. Dass sie die Krabben an Restaurants verkauften, statt zur Schule zu gehen. Sonst hätte ich beim Geruch von Vanille weiter an Pudding gedacht.

Elise saß auf dem Betonsteg neben der steinernen Frau. Ich setzte mich neben sie.

Onja war nicht mehr bei ihr. Sie hielt ihr Telefon in der Hand, offenbar seit einer Weile. »Emma«, sagte sie. Sie sah ernst aus.

Ich hatte keine Lust mehr auf ernste Menschen an diesem Tag. »Was ist?«, fragte ich. »Jemand gestorben?«

»Jede Menge Leute«, sagte Elise. »Seit dem Anbeginn der Menschheit 93 Milliarden Menschen. Habe ich mal gelesen.« Jetzt grinste sie doch. »Aber nicht hier und nicht jetzt.« Sie legte einen Arm um mich, und ich lehnte mich an sie, wie ich es als Kind getan hatte. »Es ist schön hier«, sagte sie. »Dieses Meer. Die verrückten blau-weiß-geringelten Holzpfosten mit den Lampen. Der Horizont … Aber ich habe noch keinen einzigen Wal gesehen.«

»Dann fahren wir raus und sehen einen«, sagte ich. »Man muss dazu nicht tauchen. Wir können ein Boot für morgen buchen, mein Handy behauptet, das Wetter wird gut. Man muss es einen Tag im Voraus …«

»Nein«, sagte Elise sanft. »Emma. Die Fluggesellschaft hat sich gemeldet. Sie haben Plätze für uns. Ein Flug mit nur zweimal umsteigen. Morgen Nachmittag. Wir werden also nach dem Frühstück in ein Boot steigen. Nicht, um Wale zu sehen. Wir fahren nach Sainte-Marie.«

»Wir fliegen zurück«, sagte ich leise. Und meine Stimme klang flach und tonlos. Ertrunken.

Elise nickte.

»Wir fliegen zurück, weil wir verantwortungsbewusste Menschen sind und weil wir mein Herz durchchecken müssen und weil wir meiner Mutter keinen Kummer machen wollen, den sie aber sowieso haben wird. Wir fliegen zurück, obwohl wir beide wissen, dass das keinen Sinn ergibt. Ich will hier sein, Elise. Nirgendwo anders. Ich tue zum ersten Mal etwas, das sinnvoll ist, ich habe eine Freundin, deren Geschichte ich zu Ende hören muss. Der ich helfen muss. Ich ... habe mich in einen dummen älteren Jungen verliebt, und ... Elise ... warum kann ich das nicht einfach *haben*? Alles das? Dieses ... Leben?«

»Sch«, machte Elise und legte einen Finger auf meine Lippen. »Sch, sch.« Und sie zog mich an sich und drückte mein Gesicht in ihr T-Shirt, und ich merkte, dass ich weinte. »Ich hab dich lieb, Emma«, wisperte sie. »Kleine Emma. Hörst du. Ich habe dich lieb.«

»Ich bin ...«

»Nicht mehr klein. Ich weiß. Emma ... Wir haben deinen Eltern versprochen, zurückzukommen, wenn irgendetwas passiert. Du hast noch den ganzen Tag heute. Es ist erst Mittag. Geh zu Fy und lass dir das Ende ihrer Geschichte erzählen. Dir bleiben ...« Sie sah auf ihr Handy. »Zwanzig Stunden, um die Welt zu ändern.« Sie lächelte. »Aber versprich mir, dabei nicht zu tauchen.«

Zwanzig Stunden. Sie hatte die Nacht mitgezählt.

Oh, Elise. Ich liebe dich.

Ich war bei Fy. Ich bin sofort zu ihr gegangen. Am Strandabschnitt der Vanilleplantage vorbei, PRIVAT NICHT BETRETEN!, dann den schmalen Weg hinauf zur Siedlung der Fischer … Und dann stand ich da, vor dem türkis gestrichenen Bretterverschlag. Die Tür war verschlossen. Ich setzte mich auf die Erde, lehnte den Rücken an die alte Bretterwand und wartete.

Sie war irgendwo und würde wiederkommen. Fy. Meine erste und einzige Freundin.

Und dann würde sie mir den Rest ihrer Geschichte erzählen, das fehlende Puzzlestück. Die endgültige Wahrheit.

Lange, lange saß ich so da. Mein Magen knurrte, ich hatte nicht zu Mittag gegessen, aber ich hatte meine Tabletten zur Blutverdünnung morgens genommen, alles war gut. Irgendwann schlief ich ein. Und irgendwann wachte ich auf. Vier Uhr durch, sagte mein Handy. Nachmittag.

Da stand ich auf und drückte noch einmal gegen die türkisfarbene Tür. Sie war nicht verschlossen. Sie hatte gar kein Schloss. Sie klemmte nur. Und jetzt schwang sie nach innen auf, und ich machte einen Schritt in die Dunkelheit, wartete, dass meine Augen sich an das Zwielicht gewöhnten.

Die Hütte war leer.

Kein Bettzeug, kein Kohleofen in der Ecke. Als hätte nie jemand hier gewohnt.

Wenn ich mir, dachte ich ganz plötzlich, alles eingebildet hatte? Gab es gar keine Fy? Keine Fy und keine Onja und keine Geschichte, der ein Stück fehlte? War all das nur meiner überreizten, einsamen Fantasie entsprungen?

Eine Weile stand ich einfach nur so da, in der offenen Tür der Hütte, und starrte die Wände an. Nein, hier konnte man nicht wohnen; die Bretterwände hatten Löcher, das Dach war undicht, das Holz schimmelte. Der Boden bestand aus nichts als platt gestampfter Erde: feucht. Kühl. Unbehaglich.

Dann griff ich in meine Tasche. Da war er. Der Ring. Ich zog ihn heraus, trat aus der Hütte und hielt den Ring ins Licht, sodass das tiefe Blau des Steins leuchtete wie ein winziges Meer. Der Ring war der Beweis, dass es Fy gab.

War er das?

Ich wanderte durch das späte Nachmittagslicht den Pfad weiter hinauf und spürte Blicke im Rücken. Als ich mich umdrehte, sah ich, dass mir drei kleine Kinder folgten, eines davon trieb einen Fahrradreifen mit einem Stock vor sich her und hielt ihn jetzt fest.

»Wo ist sie?«, fragte ich. »Wo ist Fy?« Und ich zeigte hinunter zu ihrer Hütte.

Da zerstreuten sich die Kinder kreischend, flohen vor mir, der Fremden, die nicht hierhergehörte. Die so anders aussah als sie.

Vor der letzten Hütte ganz oben im Dorf hockte ein sehr alter Mann und flickte ein Fischernetz. Sein linkes Auge war blind und weiß, doch das rechte flink und wach wie seine Hände, die Knoten knüpften.

»Entschuldigung«, sagte ich. »Ich suche Fy«, sagte ich.

Er würde mich nicht verstehen, dachte ich. Wie konnte er? Doch er nickte.

»Lasa isy«, sagte er. Und dann, in ziemlich akzentfreiem Französisch: »Sie ist weg.«

»Sie … kennen sie?«

Er nickte, knotete, nickte wieder, spuckte aus. »Ich bin ihr Onkel. Großonkel. Na ja, wir kennen uns nicht, ehe sie kam, hab ich sie nie gesehen … Ich habe ihr die Hütte gegeben. War vielleicht ein Fehler … Gibt zu viel Gerede im Dorf seitdem. All diese nächtlichen Spaziergänge, die sie gemacht hat.« Er schüttelte den Kopf. »Heute war einer da, der ihr einen Brief gebracht hat. Kam von Sainte-Marie. Und sie hat den Brief gelesen. Sie kann lesen. Kluges Mädchen. Aber verrückt. Besessen von irgendeinem Geist. Ja, sie hat gelesen, und dann hat sie ihren Kram gepackt und ist los, hat einen Korb mit Wäsche dagelassen. Mich gebeten, ihn zurückzubringen, zu der Lodge mit dem Affen.«

»Wohin ist sie gegangen?«, fragte ich. »Was stand in dem Brief? War er … von einem Amt? Von der Polizei?«

Diesmal schüttelte er den Kopf, ehe er weiterknotete. »Nee. Gekritzel. Kein Stempel.« Er spuckte wieder zur Seite aus. »Sie hat gesagt, sie ist auf der Suche nach Geld. Na, wer ist das nicht.«

Aber sie hatte Geld, dachte ich. Ich hatte ihr vor ein paar Tagen ein ganzes Bündel Zwanzigerscheine gegeben. »Wozu?«, fragte ich. »Wozu brauchte sie Geld?«

Der Alte zuckte die Achseln. »Hatte was mit dem Brief zu tun.« Dann musterte er mich kurz. »Und wer sind Sie, Mademoiselle?«

»Eine Freundin von Fy«, sagte ich.

Er nickte. »Ach so, Freundin«, sagte er, und ich hörte, dass er das nicht glaubte. Vazahas und Madagassen waren keine Freunde.

Und dann stieg ich weiter den Pfad hinauf.

An der Weggabelung, wo man zum Leuchtturm abbiegen konnte, lag im Nachmittagslicht der Gewürzladen. Dort blieb ich stehen, keuchend, obwohl es eigentlich nicht all zu steil war. Ich blieb stehen, ließ die Arme nach unten baumeln wie nach dem Joggen. Und bemerkte zum ersten Mal, dass meine Knöchel angeschwollen waren. Nicht sehr, nur so, dass ich selbst es sah. Ich hasse solche Zeichen. Und ich sah weg und sagte mir, dass es jetzt nicht um mein dummes Herz ging, sondern um Fy.

»Sie ist weg«, sagte ich zu dem Herrn mit der Brille, der hinter den bunten Fläschchen stand. »Fy.«

»Was haben Sie da in der Hand?«

Ich sah meine Hand an. Ich hielt noch immer den Ring mit dem blauen Stein darin. »Verflixt!«, murmelte ich. »Fy! Sie war auf der Suche nach Geld. Sie hätte den Ring verkaufen können. Warum ist sie nicht zu mir gekommen? Warum ...?«

»Sie ist zu *mir* gekommen«, sagte er sanft. »Sie hat gesagt, sie muss aufs Festland. Und dass sie Geld braucht. Viel Geld. Sie hatte Geld, und wollte ein Pulver kaufen, dass die Macht besitzt, etwas geschehen zu lassen, das das Geld vermehrt.« Er lächelte, nahm seine Brille ab, polierte sie mit einem weißen Tuch und setzte sie wieder auf. »Ich konnte ihr nicht helfen. Ich habe ihr Wasser gegeben, eine Flasche Wasser für den Weg. Und eine Packung Kekse für das Baby.«

»Nachdem ich es dir gesagt habe«, sagte seine alte Mutter, die hinter ihm in der Dunkelheit aufgetaucht war. »Ich hoffe, dass sie jemanden gefunden hat, der ihr das Geld geben konnte«, sagte sie. »Armes Mädchen. Sie wollte nicht gehen. Aber sie hatte diesen Brief. Etwas stand darin, das sie gezwungen hat. Sie hatte Angst.« Sie streckte die Hand aus, über all die Flaschen und Fläschchen hinweg, und berührte meine Hand. »Armes Mädchen«, wiederholte sie, doch diesmal war ich mir nicht sicher, ob sie Fy meinte oder mich. »Gehen Sie und finden Sie sie.«

»Ich ...«, begann ich und schluckte. »Wir fahren morgen. Ich habe nicht mehr viel Zeit.«

Der letzte Satz hing eine Weile in der Luft wie ein unsichtbarer Luftballon, und am liebsten hätte ich meinen Finger hineingepikt, damit er platzte, denn ich wollte ihn nicht mehr ansehen.

»Haben Sie ... zufällig etwas gegen Rechtsherzinsuffizienz?«, flüsterte ich und kam mir selbst dumm vor dabei, ich glaubte nicht an diese magischen Pulver und Kräuter der Ahnen, ich brauchte auch gar nichts, es ging mir gut –

Aber die Emma, die sich jetzt über die Flaschen beugte, erzählte dem Herrn mit der Brille und seiner Mutter sehr schnell und hektisch alles, alles über den verflixten reparierten schadhaften Motor in ihrer Brust, ich sah die hektische Emma wie von außen, und am Ende fragte sie den Herrn mit der Brille: »Können Sie mir helfen?«

Und er sah sie lange, lange an. Schließlich sagte er: »Ich könnte Ihnen etwas verkaufen und Ihnen sagen, dass es alles heilen wird. Ein Wundermittel. Aber ich wäre ein Lügner. Sie müssen nach Hause fliegen. Dringend.«

»Nein. Ich muss Fy finden«, flüsterte ich.

Die Mutter des Herrn sah mich ebenfalls an, ihre Augen riesig hinter den Brillengläsern, und sagte: »Tun Sie, was Ihr Herz sagt.«

»Das Herz ist ja das Problem«, wisperte ich.

Und dann ging ich los, um Harry zu finden.

Ich fand ihn nicht. Seine Hütte war verschlossen, und der Mann an der Rezeption sagte, er wäre weggegangen. Es wurde bereits dunkel. Ich ging zurück zur Lodge. Zurück zu Elise.

»Du siehst erschöpft aus«, sagte sie. »Hast du mit Fy gesprochen? Ich hätte eigentlich gerne Onja Auf Wiedersehen gesagt.«

Ich nickte. »Ich auch«, murmelte ich. »Ich auch.«

Und ich aß meine Spaghetti schweigend und hungrig, es gab Salz, aber die Tomatensoße war aus. Zum ersten Mal in meinem Leben war ich so hungrig, dass mir die Frage nach Tomatensoße lächerlich vorkam. Elise fütterte Piuk-Piuk ab und zu mit kleinen Stückchen Brot; er hatte sich zu uns auf einen freien Stuhl gesetzt.

»Erzähl es mir«, bat Elise, als nur noch der flackernde Kerzenschein auf unseren Tellern lag. »Erzähl mir, was passiert ist.«

»Komm«, sagte ich. »Am Strand scheint der Mond heller.«

Wir gingen ein letztes Mal zur Schaukel hinunter, und ich setzte mich darauf, wie Luc noch vor Kurzem. Elise lehnte sich an den Balken, und die stumme Steinfrau auf dem Steg blieb stumm, obwohl Piuk-Piuk auf ihre Schulter gesprungen war.

Und ich erzähle Elise von dem Brief, den Fy bekommen hatte. Davon, was der alte Fischer gesagt hatte. »Sie hat gesagt, wenn sie mich holen kommen, springe ich ins Meer«, flüsterte ich. »Aber niemand hat sie geholt. Oder doch. Die Worte in einem Brief.« Ich zog den Ring aus der Tasche. »Vielleicht ist sie bei Harry. Vielleicht hat sie den Brief weggeworfen und sitzt mit Harry auf einem Boot nach Sainte-Marie, gerade jetzt. Mit Harry und mit Onja auf ihrem Schoß.«

»Wer ist ... Harry?«, fragte Elise vorsichtig.

Ich hielt den Ring hoch. »Der Mann, der Fy den hier geschenkt hat. Er wollte sie heiraten. Er ist Ende fünfzig. Ich ... ich habe ihm gesagt, er soll es nicht tun.«

»Und er hat dir zugehört?«

Ich zuckte die Schultern. »Vielleicht hat er auch nur so getan. Vielleicht tun alle Menschen immer nur so, als würden sie einander zuhören.«

Da kam Elise zu mir und nahm mich in die Arme, obwohl ich auf der Schaukel saß.

»Nicht wir«, sagte sie, »nicht wir beide, Emma.« Und sie flüsterte ganz leise in mein Haar: »Wenn ich eines Tages so weit weg von dir bin, dass ich dir nicht mehr zuhören kann, werde ich weinen.«

»Ich auch«, sagte ich. »Aber der Tag ist ja noch nicht da.«

»Nein«, sagte Elise. »Es ist Nacht.«

Und nun liege ich im Bett. Ich bin unsagbar müde.

Mein Rucksack ist gepackt. Morgen wird der Pirat uns zurück nach Sainte-Marie fahren, zu dem winzigen Flugplatz.

Und ich werde in ein Flugzeug steigen, und die grünen Inseln mit ihren Riesenmuscheln und ihren Walen und Piuk-Piuk werden für immer unter uns zurückbleiben.

Ich werde in Berlin ankommen, und sie werden mich direkt ins Krankenhaus fahren, um mich in eine Röhre oder unter ein Röntgengerät zu legen, und alles wird weiß oder silbern und steril sein, und meine Mutter wird da sein mit ihrem blassen besorgten Gesicht, und ich werde still liegen und lächeln, wie immer.

Nein. Ehrlich gesagt, das werde ich nicht.

Mein Rucksack ist gepackt.

Und diese Geschichte ist nicht zu Ende.

Ich habe noch eine Menge zu tun.

Wenn Elise eingeschlafen ist, werde ich gehen.

Ach, kleine Onja, was nun? Mein Plan ist gescheitert. Mein wunderbarer Plan.

Und jetzt sitze ich da mit dir, mitten im Wald, weil ich einen Ort brauchte, um zu denken, mitten im Wald, und höre die Geister singen. Aber Emma hat recht, es sind nur Affen.

Sie hat mit vielem recht.

Ich habe ihr den Ring gegeben, damit sie Harry fragt, was er bedeutet, doch dann war ich selbst bei ihm, ehe sie es mir sagen konnte, und jetzt weiß ich, er wird uns nicht mitnehmen. Er wird mich nicht heiraten. Unser Ausweg, unsere Fahrkarte nach Europa, in die Freiheit, ist zu Staub zerfallen. Oder sie hat nie existiert.

Harry Larson hat mir seine Hände auf die Schultern gelegt und mich angesehen und den Kopf geschüttelt. Er las mir etwas vor, auf Französisch, er sprach es so aus, dass man es kaum verstehen konnte: Er hatte sich das, was er mir sagen wollte, übersetzen lassen.

»Du musst hierbleiben«, las er. »Du bist sechzehn Jahre alt. Das ganze Leben liegt vor dir. Ich werde wieder in mein Land fahren, ein Land, in dem es oft regnet. Es würde dir nicht gefallen. Ich hätte dich gerne mitgenommen, ich hätte dich geheiratet, aber es ist falsch. Menschen sind keine Blumen, die man pflückt und als Andenken nach Hause trägt. Bleib hier und mach etwas aus deinem Leben. Du wirst eines Tages jemanden finden, der so alt ist wie du und der deine Sprache spricht. Ich werde abreisen, ich muss über vieles nachdenken. Ich habe die Adresse der Lodge, bei der du arbeitest. Ich werde dir schreiben, wenn ich zu Ende gedacht habe. Warte ein wenig.«

»Aber ich kann nicht warten!«, rief ich. »Ich muss hier weg. Es ist die letzte Chance! Ich habe einen Brief bekommen, der mich zurückholen soll, nach Tana, in die Hauptstadt. Wenn jemand mir einen Brief schicken kann, bedeutet das, sie wissen, wo ich bin. Sie werden mich holen. Bitte! Bitte nimm uns mit!«

Ich hatte ihn gepackt, doch er machte behutsam meine Hände los und schüttelte wieder den Kopf.

Und dann wandte er sich ab und begann, Dinge in seinen Koffer zu legen. Ich sah seine breiten Schultern zucken, während er das tat, ich versuchte, ihn zu mir umzudrehen, ich wollte ihn trösten, wollte ihm sagen, dass es das Beste war, wenn er mich mitnahm, für uns alle, aber er ließ mich nicht. Und schließlich ging ich. Mit dir.

Und nun sitzen wir hier, zwischen all dem Grün, dieser Wald ist schön, ich habe es früher nie gesehen. All diese Blätter. All dieses Leben.

Ich möchte auch leben. Ich will nicht zurück nach Tana. Mein Gewissen sagt, dass wir gehen müssen, Onja. Ich kann nicht vor dem weglaufen, was in dem Brief stand. Es wäre also ohnehin falsch gewesen, mit Harry zu gehen.

Wir werden jemanden suchen, der uns das Geld für die Reise und den Rest leiht, ich habe das Geld von Emma, aber für das, was ich in Tana tun muss, reicht es nicht aus.

Vielleicht werden sie mich erkennen und mich doch noch einsperren. Und was, Onja, was wird dann aus dir?

9

Ich schreibe dies in einem Bus, eingequetscht zwischen einer Menge Leute, und der Bus fährt über Schlaglöcher, also wird es krakelig werden. Ich weiß nicht, ob es jemals jemand lesen wird. Beginnen wir mit der Nacht, der unendlich langen letzten Nacht.

Jetzt ist sie vierundzwanzig Stunden her, und dies ist schon der dritte Bus …

Der Leuchtturm lag still in der Nacht, still und weiß.

So wie die Fischerhütten still und schwarz dalagen wie seltsam eckige Geister.

Der Vanilleverkäufer hatte mit einer Flasche vor einer der Hütten gesessen, und ich hatte kurz Angst gehabt, er würde mir nachkommen, doch er hatte sich nicht vom Fleck gerührt.

Jetzt war ich ganz oben, auf dem Platz vor dem Turm, und unter mir lag der Urwald: ein Meer aus Mondlichtbäumen.

Der Aufstieg hatte mich mehr Atem gekostet, als ich je zugegeben hätte.

»Es geht mir gut«, flüsterte ich dem Leuchtturm zu.

»Und wenn nicht … auch okay. Deshalb tue ich ja, was ich tue. Du verstehst mich, nicht wahr? Du bist alt und weise, du verstehst.«

Und ich rückte meinen Rucksack zurecht und ging zu dem hässlichen flachen Betonklotz: dem Gästehaus. Die beiden Hängematten davor schaukelten im Wind wie immer.

Nein. Eine von ihnen schaukelte, weil jemand darin lag, der sich eben bewegt hatte.

Ich ging auf die Hängematte zu. Atmete tief durch. Und legte meine Hand auf den blonden Kopf in der Hängematte, ganz sacht. »Luc«, flüsterte ich.

Er rollte sich herum und sah mich an, nicht erschrocken, nur ein wenig verschlafen. Dann kämpfte er sich hoch und setzte sich auf. »Emma«, sagte er, überrascht. Gähnte. Wischte sich einen Traum aus dem Gesicht. »Was tust du hier?«

»Ich haue ab«, sagte ich. »Nimmst du mich mit?«

»Warte, Moment«, sagte er. »Du bist krank. Du bist sechzehn Jahre alt. Und wohin genau willst du?«

Ich setzte mich neben ihn in die Hängematte. »Können wir darüber später sprechen?«

»Klar«, sagte er, immer noch überrascht, und legte einen Arm um mich. Vorsichtig. Man rutschte in der Hängematte ohnehin sehr nahe zusammen. Alles in mir kribbelte, Aufregung, Angst, Adrenalin. »Luc.«

»Ja?«

»Könntest du mich eventuell noch einmal küssen?«

»Wenn Küssen nicht so schlimm ist wie Tauchen«, sagte er, und ich sagte, »Küssen ist ungefährlich«, und dann küsste er mich.

Es war, ich weiß nicht, ein sehr langer Kuss oder sehr viele. Und irgendwann wanderte Lucs Hand unter mein T-Shirt, ich ließ sie wandern, denn das war der Grund, aus dem ich gekommen war.

»Deine Großmutter bringt mich um, oder?«, wisperte er, und ich sagte »Urgroßmutter«, und er lachte. Er fragte wieder nichts. Nicht, warum ich krank war. Oder warum ich mit meiner Urgroßmutter verreiste. Als seine Hände meinen BH öffneten, durchlief mich ein seltsames Zittern, und ich schüttelte mich unwillkürlich und stand auf.

»Lass uns auf den Leuchtturm steigen«, sagte ich. »Ich weiß, wo der Schlüssel ist. Von Fy. Meiner Freundin. Sie ist ... verschwunden. Hast du sie gesehen?«

»Nein. Tut mir leid.«

Er stand ebenfalls auf, folgte mir, und ich lief voraus, ich fühlte mich leicht wie einer der großen Schmetterlinge, die durch dieses Land gaukeln. Ich sagte mir, dass es Fy gut ging, dass ich mir zu viele Sorgen machte. Luc folgte mir, langsamer.

Ich fand den Schlüssel und schloss die Tür zum Leuchtturm auf, und dann lief ich voraus, die Treppen hinauf, lachend, und er folgte mir noch immer.

Das Geländer ganz oben war kühl unter meinen Händen, und ich spürte Luc neben mir, wir sahen gemeinsam hinunter. »Da liegt er, der Urwald«, flüsterte ich. »Er ist voller Geister, wusstest du das?«

»Nein«, sagte er. »Ich dachte, er wäre voller Bäume.«

Ich lachte. »Ja, und voller Affen, die singen wie Wale«, sagte ich. »Und voller Geschichten.«

Er zog mich zu sich heran, ich spürte seinen Atem, ich

roch seinen Geruch, Schweiß und Sonnencreme und Zigaretten, und er wollte mich noch einmal küssen.

»Warte«, sagte ich. »Wie lange bleibst du auf dieser Insel?«

»Ich weiß nicht«, sagte er. »Ich dachte, ein paar Tage noch.«

»Und wohin fährst du danach?«

Er lachte. »Du stellst Fragen! Ich fahre einfach drauflos. Okay, Nosy Be vielleicht, soll schön sein da, eine Menge Party, anders als hier, zur Abwechslung Musik und Leute ...«

»Und *da*nach?«

Er lachte. »Hör zu, ich kann dich nicht mitnehmen. Ich meine, du kannst mitkommen, aber ich kann nicht auf dich aufpassen.«

»Du musst nicht auf mich aufpassen«, sagte ich. »Ich werde nicht an deinem Rockzipfel hängen. Ich wollte nur die Richtung wissen.« Er küsste mich jetzt doch wieder, seine Hand war wieder unter meinem Shirt, und ich flüstere zwischen zwei Küsse hinein, atemlos: »Es ist so, meine Urgroßmutter ... sie fährt morgen früh. Nach Deutschland. Aber ich werde nicht mitfahren. Sie will das tun, was richtig ist. Sie wird versuchen, mich zum Mitkommen zu zwingen, sie wird mich suchen ...«

»Sch, sch«, sagte Luc und legte mir einen Finger auf die Lippen. »Vielleicht musst du morgen mit ihr zurückfliegen, aber jetzt ist jetzt. Schau dir die Sterne an.«

Wir ließen uns am Geländer hinabgleiten, bis wir auf der winzigen Plattform des Leuchtturms nebeneinanderlagen, und da waren sie: die Sterne, so klar und hell wie nie und so unendlich weit weg.

»Früher habe ich immer gedacht, dass ich eines Tages dort sein werde«, wisperte ich. »Zwischen all diesem Licht. Dass es eines Tages einen Stern geben wird, der Emma heißt.«

»Ja, hm«, sagte Luc, stützte sich auf einen Ellenbogen und sah mich an. Irgendwie hatte ich das Gefühl, dass er nicht wirklich zuhörte.

Er zog sein T-Shirt aus, und ich zog meines aus und verhedderte mich ein wenig darin, und dann lagen wir weiter so da, er auf einen Arm gestützt, ich auf dem Rücken, und er malte mit dem Zeigefinger Muster auf meine nackte Haut. Der BH war zur Seite gerutscht. Ich spürte den kühlen Nachtwind, doch Lucs Hand war warm.

»Schade, dass du dich nicht sehen kannst«, sagte er. »Du bist schön. So schön wie die Sterne. So schön wie der Augenblick. Es ist immer nur der Augenblick, der zählt.«

»Du bist auch schön«, sagte ich und streckte die Hand nach ihm aus, und er lachte wieder. »Quatsch.«

Dann tastete er mit seiner Hand weiter abwärts, ließ sie meinen Bauch hinabgleiten und unter den Gürtel meiner Jeans, zwischen meine Beine, und mir war furchtbar heiß; ich sagte mir, dass ich gekommen war, weil ich genau das gewollt hatte, aber jetzt war es merkwürdig, und mir kamen alle möglichen Gedanken dazwischen, ich dachte an Fy und an das rot-gelbe Tuch auf dem Steg und an Onja und daran, wie meine Eltern sich gestritten hatten, ehe mein Vater ausgezogen war, woran ich seit Jahren nicht gedacht hatte, und an Röntgenbilder von Beckenknochen, und Luc sagte: »Emma. Emma.«

Keine Ahnung, warum er das sagte.

Er zog meine Jeans herunter, und ich versuchte, ihm zu helfen, es war gar nicht so leicht, aber dann waren wir beide nackt, und mir war kalt, dort auf dem Leuchtturm. Ich schmiegte mich an Luc, um mich zu wärmen, er sagte wieder »Emma«, und sein Atem ging rascher als zuvor. Ich dachte das Wort »Lungenfunktion«, und Luc suchte etwas in der Tasche der Hose, die er nicht mehr trug. Ein Kondom. Natürlich.

»Vorbildlich«, sagte ich und lachte.

»Emma«, sagte er, zum x-ten Mal.

»Ja. Anwesend«, sagte ich.

»Ist es okay, wenn wir das tun? Ich meine, du weißt, was du tust? Ich muss dich das fragen, du bist sechzehn …«

»Und nicht fünf«, sagte ich. »Ja. Ich weiß, was ich tue. Ich bin deshalb gekommen.« Ich nahm seine Hand und legte sie auf mein Herz. »Spürst du das? Wie es schlägt? Es ist der Grund, warum ich hier bin. In diesem Land. In der Mitte des Lebens. Ich wollte die Mitte des Lebens sehen, weil … das Herz ist kaputt, verstehst du, es ist ein blödes kaputtes Ding, mehrfach repariert, aber es lässt mich nie tun, was ich möchte, und deshalb fliege ich nicht mit Elise zurück, ich will *einmal* entscheiden, ich will *einmal* leben, und … Luc …«

»Nur der Augenblick zählt«, sagte er noch einmal. »Nur das Jetzt.« Er küsste mich wieder, gleichzeitig war seine Hand immer noch zwischen meinen Beinen, und ich wolle sagen: »Hör doch zu! Hör doch zu, ich möchte dir etwas sagen!« Aber er versuchte, irgendwie in mich hineinzukommen, was nicht funktionierte, und ich begriff in diesem Moment, dass es gar nicht wichtig war. Ich hatte gedacht, es wäre wichtig, das hier zu tun, aber das war es nicht. Was ich wirklich wollte, war reden.

Er küsste meinen Hals, meine Brüste, meinen Bauch, er gab sich wirklich Mühe, aber mein Hals und meine Brüste und mein Bauch waren mir egal, ich wollte mit ihm über die Sterne reden und über den Urwald und das Universum, über die Zukunft und ihre Abwesenheit.

Lucs Atem war jetzt beunruhigend schnell, und dann schaffte er es, er drang in mich ein, und es tat kurz weh, aber abgesehen davon spürte ich nichts, nichts von all den in Filmen und Büchern versprochenen wunderbaren Dingen, nur eins: eine große Erleichterung, dass es vollbracht war. Fast hätte ich gelacht, und ich dachte: Deshalb bin ich hierhergekommen? Nur deshalb? Ich hätte mir in den Finger schneiden können, das hätte auch kurz wehgetan, aber es wäre weniger umständlich gewesen.

Und ich hätte besser Luft bekommen.

Ich bekam, ehrlich gesagt, wenig Luft.

Luc, auf mir, erschien mir plötzlich furchtbar schwer. Ich drückte ihn weg, um besser atmen zu können, und er hob seinen Oberkörper, stützte sich auf seine Arme seitlich von mir und bewegte sich so, auf und ab, sein Gesicht seltsam verzerrt, angestrengt fast, und ich dachte an Fy und an das Zimmer mit der roten Lampe und dem Bett, auf dem der Herzensammler gesessen hatte, ich sah sie vor mir, sie und Faly, wie sie da saßen, furchtsam wie Kaninchen.

Dann sah ich die beiden auf der Straße, mit ihren kleinen Geschwistern, ich sah sie im Dreck hocken und die Hände aufhalten, wenn jemand vorbeiging.

Und dann geschah etwas Merkwürdiges.

Fys Bruder, den ich gar nicht kannte und der ihr in meinem Traum sehr ähnelte, stand auf und kam auf mich zu, er streckte die Hand aus, und während er auf mich zu ging, wurde er älter, mit jedem Schritt, und dann war er bei mir und war so alt wie Fy jetzt, so alt wie ich, ein magerer Junge in einem zerrissenen Hemd, das Haar grau wie ein alter Mann, grau von Staub. Nichts an ihm war schön. Bis auf seine Augen.

Diese Augen waren das Schönste, was ich je gesehen hatte, es waren Fys Augen, aber sie waren doch anders, es lag etwas darin, das ich nicht verstehen konnte. Und der Junge, der gar nicht da war, nahm meine Hand, seine hageren Finger schlossen sich um meine, er zog mich zu sich – und genau in diesem Moment stöhnte Luc über mir auf, als täte ihm etwas weh, es war ein unangenehmer tierischer Laut, und dann ließ er sich auf mich sinken, erschöpft, und ich sagte: »Bitte … bitte, ich kann so nicht atmen«, und er murmelte eine Entschuldigung und rollte sich von mir herunter.

Setzte sich dann auf, schüttelte den Kopf. »Wow«, sagte er. »Emma. Wow.«

Ich spürte mein Herz. Es stolperte wieder.

Luc hatte die Augen geschlossen. »Können wir einfach hier schlafen?«, flüsterte er erschöpft.

»Nein«, sagte ich. »Zu kalt.« Und ich fand ein Taschentuch und wischte das Blut an meinen Oberschenkeln weg und zog mich wieder an.

In meiner Handfläche spürte ich noch immer die Berührung des Jungen, den ich gar nicht kannte.

Ich stellte mich ans Geländer des Leuchtturms und sah

hinab, zitternd vor Kälte, als sei ich in Fys Winter in der Großstadt geraten. Dann merkte ich, dass Luc hinter mir stand, er hatte sich ebenfalls angezogen und war ganz nah, groß und warm, doch diesmal lehnte ich mich nicht an ihn.

»Was tun wir jetzt?«, fragte er und gähnte. »Sorry, ich ... bin k.o.. Willst du in der anderen Hängematte schlafen? In einer ist es zu eng, du kriegst die zweite. Und morgen, wenn es hell wird, gehst du zurück zu eurer Lodge und fliegst mit deiner Großmutter nach Hause, ja? Ich hab keine Ahnung, Emma, was du hast, aber es ist besser, du wirst gesund. Und ein bisschen älter. Ehe du um die Welt reist. Ich geb dir meine Nummer.« Ich hörte ein leises Grinsen in seiner Stimme, freundlich, müde. »Ruf mich an, wenn du achtzehn bist.« Er stieß sich vom Geländer ab. »Also? Hängematte?«

»Nein, danke«, sagte ich. Über uns standen noch immer die Sterne. Seltsam, plötzlich wollte ich nicht mal mehr über sie reden. Es hatte keinen Sinn. »Viel Spaß noch beim Tauchen«, sagte ich. »Und beim Weltreisen. Ich glaube, ich muss los.«

Und ich drehte mich um, machte meine Taschenlampe an und rannte die Stufen des Leuchtturms hinunter, ehe er noch etwas sagen konnte. Aber das Schlimme war, ich glaube, er wollte gar nichts mehr sagen. Es war okay für ihn, wie es war.

Für ihn war alles okay. Die ganze beschissene Welt.

Am Fuß des Turms wartete mein Rucksack.

Ich merkte erst, als ich auf dem Weg hinunter vom Berg war, dass ich heulte.

Die Tränen rannen über meine Wangen wie Regen. Und dann war ich in der Fischersiedlung, zwischen den klobigen schwarzen Hütten. In einer von ihnen flackerte jetzt Licht durch die Ritzen zwischen den Brettern. Ich blieb stehen.

Es war Fys Hütte. Bildete ich mir wieder Dinge ein?

Die Geister, dachte ich, die Geiser der Ahnen. Sie sind in die leere Hütte gekommen und haben ein Feuer gemacht, Geister in Madagaskar tun solche Dinge, sie sind wie Menschen, sie sitzen dort und reden über Fys Verschwinden, tuscheln und wispern …

Ich atmete tief durch und stieß die Tür auf. Sie quietschte leise.

Drinnen, auf dem Bretterboden, lag das rot-gelbe Tuch, daneben stand eine Kerze, und auf dem Tuch saß Fy, neben sich eine Reisetasche, die schlafende Onja auf ihrem Schoß. Sie sah zu mir auf.

»Du … du warst nicht da«, keuchte ich.

»Nein«, sagte sie leise. »Aber jetzt bin ich da. Mach doch die Tür zu, sonst bringst du die halbe Nacht mit herein.«

Da duckte ich mich durch die Tür und schloss sie hinter mir, ich ließ mich neben Fy auf den Boden fallen und weinte einfach weiter, und sie legte ihre Arme um mich und zog mich an sich, und es ging, obwohl Onja im Weg war.

»Was ist passiert?«, wisperte sie schließlich.

»Ich … ich habe dich gesucht«, sagte ich. »Ich habe deinen Ring noch … du kannst ihn verkaufen … sie sagen, du brauchst Geld … da war ein Brief … Was …?«

»Später, später«, flüsterte Fy. »Was ist mit *dir* passiert? Es ist doch etwas passiert?«

»Ja«, wisperte ich. »Ich war bei Luc.«

Sie sog die Luft scharf durch den Mund ein. »Dem Geisterjungen.«

»Dem Arschloch«, flüsterte ich. »Ach, nein. Nicht mal. Er ist nur ... nicht so, wie ich dachte. Ich dachte, ich kann mit ihm weggehen. Ich wollte ihm alles erzählen ... die Wahrheit ... ich erzähle nie jemandem die Wahrheit, aber ich wollte ... Und er wollte nicht. Verstehst du? Er wollte sie nicht hören. Nur der Augenblick zählt ... hat er gesagt ... Wir waren auf dem Leuchtturm, und ...«

»Und du hast mit ihm geschlafen.«

»Ja. Und es war fürchterlich.«

Sie hielt mich immer noch fest, und ich hoffte wirklich, sie würde jetzt nicht »Emma« sagen, ich hatte meinen Namen in dieser Nacht zu oft gehört. Sie sagte nicht »Emma«. Sie sagte: »Es hat wehgetan, und das wusstest du nicht.«

»Ja, aber nicht so, wie du denkst«, sagte ich. »Was wehgetan hat, war, dass er nicht reden wollte. Alles andere ... es war so ... belanglos, fast unspektakulär. Selbst der Schmerz. Ich wollte das tun, verstehst du, ehe ich gehe, Elise hat unseren Flug verlegt, wir fliegen morgen. Ich dachte, es hat etwas mit Liebe zu tun. Ich dachte, wenn jemand dich küsst, bist du ihm wichtig. Ist nicht so, wie es aussieht. Ich meine, er war lieb, aber es ging ihm nur um den Sex.«

»Welche Wahrheit wolltest du ihm erzählen?«, fragte Fy.

Doch die Nacht war zu weit fortgeschritten für Wahrheiten. »Ein andermal«, sagte ich.

Sie nickte.

Und ich wischte mir die Tränen aus dem Gesicht. »Du bist hier«, sagte ich. »Das ist die Hauptsache. Vergiss die Männer. Liebe gibt es wahrscheinlich gar nicht.«

»Doch«, sagte Fy. »In Filmen. Menschen finden sich und lieben sich ihr ganzes Leben lang, sterben füreinander …«

»In Filmen gibt es auch fliegende Untertassen«, sagte ich.

Da lachten wir zusammen, und Onja wachte auf und sah uns mit großen verwunderten Augen an im Kerzenlicht. »Eigentlich kann er einem leidtun, dieser Luc«, sagte ich. »Er sieht nicht nur wenig, er sieht gar nichts, weiß du? Das Wichtigste für ihn sind Surfen und Tauchen und Segelfliegen. Er war in einer Menge Länder, aber er hat nicht in *einem* von ihnen das gesehen, was wirklich da ist. Die Menschen. Ihr Leid. Er wird sich im schönsten Ort niederlassen, den er findet, und dort einen Job suchen und am Strand liegen. Was für ein armseliges Leben. Es ist völlig verschenkt.«

»Ist es nicht angenehmer, wenn man nur das Schöne sieht?«, fragte Fy vorsichtig.

»Nein«, sagte ich fest. »Nicht die ganze Zeit. Es ist, als hätte man nur das Licht, ohne den Schatten, verstehst du? Und man kann nie etwas Sinnvolles tun. Man lebt für … nichts. Wie … ein Stein.«

»Dein Geisterjunge ist ein Stein«, sagte Fy, »ja, dann kann er einem leidtun.«

Und wir lachten wieder zusammen. »Aber die Liebe, Emma, die Liebe«, sagte sie leise und nahm meine Hand, »wirst du irgendwann finden. Du bist die Sorte Person, die sie findet.«

Ich lehnte mich an die Bretterwand der Hütte, sie rückte neben mich, und so saßen wir und sahen ins Kerzenlicht.

»Und du?«, fragte ich nach einer Weile. »Du warst auf der Suche nach … Geld?«

»Ja«, sagte Fy. »Um in die Hauptstadt zu kommen. Aber ich habe niemanden gefunden, der mir etwas gibt.«

»Warum bist du nicht zu mir gekommen?«

Sie zuckte die Achseln. »Du hast mir schon einmal Geld gegeben. Ich wollte dich nicht nach mehr fragen.«

Ich hielt die Schnur mit dem Ring hoch, und er glänzte im Kerzenlicht. »Du hättest doch das hier wenigstens zurückholen können, ich meine, wolltest du gehen, ohne dich zu verabschieden? Ohne mir den letzten Teil deiner Geschichte zu erzählen? Das fehlende Puzzlestück?«

Sie lächelte. »Ich war sehr aufgeregt, als ich den Brief bekommen habe. Verwirrt. Dumm. Jetzt bin ich ruhiger. Wenn du noch eine Weile bleibst, erzähle ich dir das fehlende Stück.« Sie sah meinen Rucksack an. »Aber du musst mir versprechen, dass du danach zurück zu Elise gehst und morgen mit ihr in ein Flugzeug nach Deutschland steigst, damit sie sich da um dein Herz kümmern. Elise hat gesagt, es ist krank.«

»Erzähl«, sagte ich. »Bitte.«

Nachdem unsere Mutter tot war, haben wir so ziemlich alles getan, um Geld zu verdienen. Aber wir sind nie wieder zu den Mädchen gegangen, die in den dunklen Straßen warten. Wir haben gebettelt und Kohle geschleppt und im Winter Steine. Die Kleinen haben mitgeschleppt. Es war, als hätten wir zwei Kinder, als wären wir ihre Eltern. Ich kenne viele Familien, in denen das so ist. Ein paarmal haben Erwachsene versucht, uns aufzunehmen. Der Grund war immer, dass sie jemanden haben wollten, der umsonst für sie arbeitet. Einmal war Aina furchtbar krank, sie hat ständig gespuckt, wir haben uns nächtelang abgewechselt und sie im Arm gehalten, wir dachten, sie stirbt. Wir haben gebetet, vielleicht hat Gott geholfen.

Die Winter waren das Schlimmste, ich will eigentlich nicht an die Winter denken, wir haben alte, zerrissene Säcke aus dem Müll gefischt, um uns nachts hineinzuwickeln, wir lagen ganz dicht beieinander bei den Kohlefeuern der Ziegelbrenner. Das Problem war, dass der Staub in die Lunge geriet und wir den ganzen Winter lang husteten, erfrieren oder husten, das waren die beiden Möglichkeiten, und wir haben gehustet. Trotzdem, ich mochte die Ziegel. Sie hatten eine eigene Schönheit. Das ist etwas, das auch nicht jeder sieht. Eine Menge Leute sehen nur das Schöne, und irgendwann sehen sie das Hässliche dahinter. Aber dann, dann kommt der Punkt, da siehst du wieder die Schönheit hinter dem Hässlichen. Das Rot der Ziegel war golden, wenn die Sonne darauf schien, und Aina, mit vier Jahren, trug das Gold auf dem Kopf wie eine Krone, sie ging so aufrecht, sie war so klein und so zerbrechlich und so schön, und die Fetzen, die sie trug, waren an manchen Tagen im Winterlicht ein Feenkleid. Und Ando war stark, war ein Prinz, er warf Faly die Ziegel zu und tat, als wögen sie nichts; manchmal beschmierte er sich sein Gesicht mit Erde und Ruß, sodass man nur noch die Augen sah, und erschreckte uns, und wir lachten. Im Frühling, in der Zeit des Hungers, wenn überall die letzte Ernte verbraucht war, badeten wir im ersten Regen und wuschen den Dreck des Winters ab, wir und die anderen Kinder, und auch das war schön.

Das Leben ist ein großes Wunder. Und die winzig kleinen weißen und rosa Blumen am Rand der Reisfelder waren schön, und der Reis, wenn er endlich wuchs und grün wurde, war das größte Wunder von allen.

Manchmal gingen wir noch zum Paradiesgarten und sahen

durchs Tor und stellten uns vor, unsere Mutter wäre dort; und wir erzählten ihr alles, was wir erlebten. Aina und Ando, die Prinzessin und der Prinz, wurden größer. Aber mein wahrer Prinz war Faly, natürlich, er war immer an meiner Seite, ich brauchte keinen Spiegel, ich sah ihn an. Mein Lachen spiegelte sich in seinem, meine Angst und mein Hunger genauso. Wir wuschen zusammen die Wäsche anderer Leute, schleppten das Wasser von den öffentlichen Wasserstellen in unserem Kanister, er war stark, mein Bruder, und manchmal verdienten wir so viel, dass wir uns einen Teller Reis leisten konnten. Wenn es Streit gab auf der Straße um einen Schlafplatz oder eine gefundene Plastikplane oder ein paar Schuhe, dann war Faly es, der sich für uns in den Kampf warf. Ich wusch am Abend seine Wunden. Wir haben so viel zusammen gesungen und gelacht.

Ich vermisse ihn. Nur eine Sache habe ich getan, in all den Jahren, die er nicht gut fand und die er mich allein tun ließ. Und das war die Sache mit dem gelben Haus. Ich bin zurückgegangen. Obwohl es weit war. Alle paar Wochen bin ich einen Tag lang gewandert, bis ich dort war, und habe mich unter die Fenster der Klassenzimmer gestellt und gelauscht, und ich fand die Stimme des alten, freundlichen Lehrers wieder, und irgendwann war er nicht mehr da, es gab jüngere Stimmen, die den Kindern Französisch und Mathematik beibrachten. Und ich hörte zu und versuchte, mir alles einzuprägen. Wenn jemand das Haus verließ oder hineinging, versteckte ich mich, es gab ein Gebüsch dort, Hibiskus, mit Blüten, rot wie Blut – ein duftender, geheimer Ort. Nachts schlief ich dort. Zu Hause brachte ich den anderen bei, was ich gelernt hatte. Auf der öffentlichen Toilette gab es Papier, herausgerissen aus alten Schulheften, eng beschrieben; manchmal stahl ich es von dort, um die Buchstaben zu lesen oder andere darüberzuschreiben, ich besaß eine ganze Weile einen schwarzen Kugelschreiber, der auf der Straße vor dem gelben Haus gelegen hatte. Ein paarmal sah ich den Herzensammler, der aus seinem Auto stieg, diesen riesigen Mann mit seinem hellen Gesicht, und ich dachte jedes Mal, ich müsste sterben vor Angst, doch er sah mich nie.

So lernten wir Französisch. Es war praktisch beim Betteln.

Und dann traf ich den Jungen mit dem Entenpullover. Drei Jahre später. Er trug den gleichen Pullover. Oder das, was davon übrig geblieben war.

Ich war dreizehn.

Er stand eines Tages plötzlich da, ich wusch Hemden in einer Wanne voll Seifenwasser, während Faly die trockenen Wäschestücke ausbreitete, und als ich aufsah, lehnte der Junge mit dem Entenpullover an einer Wand. »So sieht man sich wieder«, sagte er. »Ich schulde euch Geld. Aber ihr wart verschwunden.«

»Du ... wolltest uns tatsächlich damals Geld geben?«, fragte ich misstrauisch.

Faly kam herüber, er verschränkte die Arme und sah den Jungen an, er war nicht mehr viel kleiner als er. »Was willst du?«

»Meine Güte. Wäsche waschen! Als Kerl!« Der Junge mit dem Entenpullover schnaubte. »Hast du keine anständige Arbeit?«

»Das Geld, das wir verdienen, ist anständig«, sagte Faly. »Ich glaube nicht, dass du mit anständigen Dingen Geld verdienst.«

»Du kennst mich nicht«, sagte der Junge mit dem Entenpullover. »Es ist dumm, zu schnell zu urteilen.« Er griff in die Tasche seiner Hose, einer Jeans mit Leopardenmuster und ausgerissenen Gürtelschlaufen, aber immerhin eine Jeans – und zog ein Bündel Scheine heraus. »Und damals ... Ihr wart es, die sich in diese Straße gestellt haben. Es war eure Idee. Ich wollte nur helfen.« Er streckte das Bündel aus.

Faly nahm es, zögernd, und zählte. »Fünfzigtausend.« Es war ein Vermögen. Er sah die Scheine kurz an und gab sie zurück. »Behalt dein dreckiges Geld. Wir haben das damals nicht gemacht. Was du dachtest. Und es war auch nicht das, was der Typ wollte. Er handelt mit anderen Dingen, als du glaubst. Wir sind da abgehauen. Und du tätest besser daran, jetzt auch abzuhauen.«

Ente lachte. »Klar. Wenn ihr das Geld nicht wollt, klar. Aber ich hätte einen Job. Für sie.« Er nickte zu mir hin. »Einen, wie du sagst, anständigen. Sie kann doch ein bisschen Französisch? Und ihr hängt ab und zu am Tor rum, ihr wisst schon. Sie haben euch gesehen, und sie suchen ein Mädchen im Haushalt. Die Köchin hat mich gefragt, ob ich sie kenne.«

»Sie hat einen Namen. Fy. Und sie kann für sich selber sprechen«, sagte Faly.

Er gab mir die Hand und zog mich auf die Beine.

Der Junge mit dem Entenpullover musterte mich. »Du müsstest dich waschen«, sagte er und spuckte aus. »Dich. Nicht nur anderer Leute Wäsche. So kannst du da nicht aufkreuzen.«

Ich nickte nur. Die Worte waren in meinem Mund eingetrocknet. Ich? Hinter dem schmiedeeisernen Tor? Im Paradiesgarten? Ich versuchte, mir vorzustellen, wie ich über die Wiese ging. Wie ich am Rand des Springbrunnens saß. Und ich dachte: Es ist unsere Mutter. Ihr Geist, der dort wohnt. Er ruft mich.

Ich schwieg, und Faly stieß mich an, aber ich konnte nichts sagen.

»Was würde sie denn da tun?«, fragte Faly schließlich an meiner Stelle.

»Haushalt. Küchenhilfe. Solche Sachen. Sie haben eine ganze Menge Bedienstete, und ein Mädchen ist gegangen, ein Platz ist freigeworden. Da hat die Köchin eben an sie gedacht, so ein hüb-

sches Mädchen, hat sie gesagt, das ab und zu beim Tor auftaucht.« Er nickte zu mir hin, sprach wieder über mich statt mit mir, aber ich war froh darüber, am liebsten hätte ich mich vor lauter Verwirrung hinter Faly versteckt. »Wenn ihr nicht wollt, bitte, lebt weiter im Dreck«, sagte Ente mit einem Schulterzucken. Als wäre er sauberer als wir. »Könnt ja dabei zusehen, wie eure Kleinen verrecken nächsten Winter, mir ist das eins.« Er strich über den grau gewordenen Plüsch der Ente auf seinem Pullover, holte ohne Eile eine Zigarette aus der Hosentasche und zündete sie an, langsam, während er uns beide musterte. »Von dem Geld könnte sie die ganze Familie versorgen«, sagte er. »Es ist gutes Geld.« Dann drehte er sich um und ging.

»Mich«, flüsterte ich, atemlos. »Sie wollen mich. Als Küchenhilfe. Das ist leicht. Ich kann putzen und Gemüse schneiden und Kartoffeln schälen und ich kann ...« Ich lachte. »Ich kann sogar auf Französisch Kartoffeln schälen!«

»Ich frage mich nur, was für ihn dabei rausspringt«, sagte Faly.

Aina und Ando kamen herüber von da, wo sie ebenfalls Wäsche ausgebreitet hatten, und Aina schmiegte sich an mein Bein wie eine kleine Katze und sah zu mir auf. »Kartoffeln?«, fragte sie mit großen Augen. »Haben wir Kartoffeln?«

»Noch nicht«, sagte ich und strich über ihr verfilztes Haar. »Aber bald.« Ich kniete mich hin. »Ich werde im Paradies arbeiten, Aina. Ich muss mich nur waschen. Ist das nicht wunderbar?«

»Du gehst weg?«, sagte Ando und hängte sich an mein anderes Bein. »Das kannst du nicht! Du musst doch abends für uns singen! Und Reis kochen!«

Ich sah, wie Faly schluckte. »Ich werde singen«, sagte er. Obwohl er zu dieser Zeit mit seinem Stimmbruch kämpfte. »Ich werde singen und Reis kochen.«

Da umarmten wir uns alle, und mein Herz hüpfte, gleichzeitig tat es weh, weil ich sie verlassen musste. »Ab und zu komme ich und besuche euch und bringe wunderbare Dinge mit, und Geld«, sagte ich.

»Dann wasche dich jetzt gleich, damit du loskannst«, sagte Ando. »Ich will die wunderbaren Dinge sehen.«

Und er stemmte den Wasserbottich hoch, der jetzt keine Wäsche mehr enthielt, den Wasserbottich mit dem graubraunen Seifenwasser, und kippte ihn über mich, und ich stand da und war klitschnass und wir lachten. Ich weiß noch, wie das Seifenwasser über Falys Gesicht lief und helle Streifen im Dreck hinterließ.

Und auf einmal war ich gar nicht mehr sicher, dass es Seifenwasser war. Denn möglicherweise weinte er, mein tapferer, schmutziger, magerer, zerzauster, erwachsener, dreizehnjähriger Bruder, der so hart arbeiten und so schlecht singen konnte. Er wusste, dass es das Ende unserer gemeinsamen Zeit auf der Straße war. Das Ende unserer gemeinsamen Zeit im Leben.

Sie schwieg.

Und ich sah, dass Falys Tränen ihren Weg auf ihr Gesicht gefunden hatten. Onja auf ihrem Schoß war wieder eingeschlafen, die Kerze fast ganz heruntergebrannt.

»Und dann?«, fragte ich.

Dann zog ich ins Paradies. Gewaschen. Gekämmt. Ich hatte Angst, es wäre alles nicht wahr und sie würden mich davonjagen, als wir an der Tür der schönen weißen Villa klingelten. Da tauchte wie aus dem Nichts Ente auf, und als eine junge Bedienstete die Tür öffnete, zeigte er auf mich und sagte: »Das ist sie. Die sie wollten.«

Und die junge Frau vor mir, sauber und in dunkelblauer Uniform mit einer kleinen weißen Rüschenschürze, nickte und zog mich ins Haus.

»Warte!«, rief Faly. »Wann können wir sie sehen? Wann hat sie frei? Wer verhandelt ihr Gehalt? Was …?«

»Das alles geht dich nichts mehr an«, sagte die junge Frau. »Wenn sie hier arbeitet, wird sie auch hier wohnen, wie wir anderen. Einmal im Monat bekommt sie Geld. Es gibt kein Frei.«

»Es gibt kein … Frei? Wie kann sie dann zu uns kommen, um das Geld abzugeben?«

»Ihr werdet euch wohl herbequemen müssen«, sagte die junge Frau mit einem kleinen Lachen. »Kommt hinten ans Tor«, fügte sie dann leise hinzu. »Im Garten. Immer am zweiten des Monats. Der Herr sieht es nicht gern, wenn Leute wie ihr zur Vordertür kommen.« Und damit zog sie die Tür hinter mir zu. »So. Und jetzt waschen wir dich«, sagte sie.

»Ich habe mich gewaschen«, sagte ich. »Ich habe sogar mein Haar gekämmt. Lange.«

Die junge Frau seufzte. »Ich weiß, ich weiß. Das habe ich auch gesagt, als ich herkam. Aber jetzt wirst du zum ersten Mal in deinem Leben ein richtiges Badezimmer sehen. Und einen Entlausungskamm.«

Ich sagte ihr nicht, dass ich beides bereits kannte. Aus einem gelben Haus, in dem ich mein Herz nicht gelassen hatte. »Was werde ich tun?«, fragte ich. »Ist jemand hier … an meinem … Herzen interessiert?«

Sie schnaubte. »Oh, kleines Mädchen«, sagte sie. »Dein Herz interessiert hier niemand. Kannst du Karotten raspeln? Kannst du auf den Knien herumrutschen und Böden scheuern?«

Ich nickte.

»Das ist gut«, sagte sie. »Wir werden sehen, was du noch alles kannst.«

So begann ich mein Leben im Paradies.

In einem riesigen, weiß-golden dekorierten Badezimmer wurde ich ein anderer Mensch. Die junge Frau wusch mein Haar nicht nur, sie schnitt es in Form und flocht es zu lauter kleinen Zöpfchen und diese noch einmal zu einem dicken Zopf, den sie eindrehte und in einer komplizierten Frisur auf meinem Kopf auftürmte. Sie befahl mir, meine Nägel mit einer Bürste und viel Seife zu schrubben und steckte mich in neue Unterwäsche, reinweiß, und in eine Uniform wie die ihre, und als ich mich danach in dem großen Spiegel an der Wand ansah, glaubte ich kaum, dass ich es war.

Faly hätte mich nicht erkannt.

Ich wurde zum ersten Mal seit Langem satt. Jeden Tag. Wir aßen alle zusammen auf Reisstrohmatten im Dienstbotenraum: Es gab einen eigenen Trakt für die Bediensteten, eine umgebaute Scheune, in der auch die drei Autos des Herrn standen, zwei silbern und eines schwarz. Und sein Motorrad. Motorradfahren war sein Hobby, er hatte einen Helm und einen Anzug und Stiefel dafür, und manchmal fuhr er am Wochenende in die Berge.

Er – der Herr. Monsieur Rakotomahery Rahanjery Tierry. Er war einer der reichsten Männer der Stadt, er handelte mit Hölzern, der Sorte, die so kostbar ist wie Gold und die sie im Ausland für wertvolle Möbel verwenden. Es hieß, er hoffte darauf, der nächste Präsident zu werden, und er saß in verschiedenen Organisationen, die wichtig waren für die Kommunikation mit dem Ausland.

Er aß gerne gut, unser Herr, französische Küche, und er hatte gerne ein schönes, gepflegtes Haus, er empfing seine Gäste in einem großen Salon mit Kristalllüstern an der Decke und hohen

Fenstern mit dunkelroten Vorhängen, aus deren Stoff man Zelte für alle armen Menschen der Stadt hätte schneidern können. Die Vorhänge wurden nie vorgezogen, sondern von gedrehten goldenen Troddeln zurückgehalten.

Ich war satt, ich trug heile Kleider, ich putzte und half beim Gemüseschneiden, ich fütterte die Hunde in ihrem Zwinger, ich deckte den Tisch zusammen mit zwei anderen Mädchen für die Treffen der feinen Herren, ich bekam, wie alle Bediensteten im Haus, zweimal die Woche Unterricht in französischer Konversation und lernte schnell. Obwohl ich nicht wusste, wofür, denn wir sahen die wichtigen Herren in den Anzügen nur von Weitem.

Abends lag ich in meinem Bett, ich hatte zum ersten Mal im Leben ein eigenes Bett, und ich verbot mir, zu weinen. Ich sagte mir, dass ich glücklich sein sollte. Denn das Geld, was ich verdiente, war für Faly und Aina und Ando. Aber ich vermisste sie so.

Am meisten vermisste ich Faly. So sehr, dass ich glaubte, ich müsste sterben.

Der erste Monat ging vorbei, ich bekam mein Gehalt ausgezahlt, und abends stand ich am Tor hinten im Garten, aufgeregt, ich hatte auf diesen Moment hingefiebert … Aber es war niemand dort. Ich sah auch am nächsten und übernächsten Abend nach. Die Straße vor dem hinteren Tor blieb leer.

Und ich steckte mein Gehalt in einen Strumpf, denn ich besaß jetzt Strümpfe.

Ich lernte und arbeitete und verdiente Geld. Wenn ich hinauskam, dann nur mit der Köchin, auf den Markt zum Einkaufen, ich half ihr, Gemüse und Eier und Fleisch zu tragen, und ich sah mich nach bekannten Gesichtern um. Doch ich kannte keinen der Bettler, die zwischen den Marktständen im Dreck hockten, keines der Kinder, die die Hand aufhielten, dies war ein anderes Stadtviertel.

Dann sah ich Ente am Tor, und ich gab ihm Geld dafür, dass er Faly suchte, aber Ente fand ihn nicht. Sagte er.

»Geht es dir gut?«, fragte er, als er wiederkam. »Du bist doch satt, oder? Bist du mir wenigstens ein kleines bisschen dankbar?«

Ich nickte, doch ich mochte ihn noch immer nicht. Die Art, auf die er die dreckstarre Plüschente auf seinem Pullover streichelte. Auf die er sich Zigaretten anzündete. Auf die er mich ansah. Als wüssten er und die Ente etwas, das ich nicht wusste.

Aber natürlich ging es mir gut. Ich weinte nachts nicht mehr. Ich hatte mich eingewöhnt. Alles um mich war schön, betäubend schön wie ein berauschendes Getränk.

Es geschah ein halbes Jahr, nachdem ich ins Paradies gekommen war. In einer Nacht ohne Mond. Ich ging zum ersten Mal hinaus in den Garten allein, weil ich mit meiner Mutter sprechen wollte.

Ich tappte barfuß über das taufeuchte Gras, es war der Beginn der Regenzeit, Frühling, Hungerzeit in der Stadt. Wir, wir hatten zu essen, und alles da draußen im Garten wuchs und schob sich dem Licht entgegen, Knospen sprangen auf, Blüten drängten ins Leben.

Ich atmete den Duft des Gartens tief ein und ich setzte mich auf den Rand des Wasserbeckens mit den schlafenden Seerosenknospen, in deren Mitte die Fontäne tagsüber Wasser spie.

»Neni!«, wisperte ich. »Mama! Bist du hier? Du hast gesagt, du wirst hier sein, im Paradies … Komm zu mir! Bitte! Ich fange an, zu vergessen! Dein Gesicht. Deine Hände. Und Aino und Ando. Sogar Faly. Obwohl ich doch sein Gesicht jeden Tag im Spiegel sehen sollte, weil es auch meines ist … Aber das ist es gar nicht mehr.

Ich bin eine andere geworden. Neni, wo sind Faly und die Kleinen? Wollen sie nichts mehr von mir wissen? Ist ihnen etwas passiert?«

Da fühlte ich, wie sich ein Schatten auf mich legte, ein Schatten, der noch dunkler war als die dunkle, mondlose Nacht. Ich wagte nicht, mich umzudrehen. Ich saß ganz still.

Und eine Hand legte sich auf meine Schulter.

»Du bist schön geworden«, sagte eine Stimme. Es war nicht die Stimme meiner Mutter. Es war die Stimme unseres Herrn. Tierry. »Ich hatte also recht«, flüsterte er und lachte leise. »Du bist ein guter Ersatz für Fitiavana, die fortgegangen ist.«

»Sie … haben mich gesehen?«, fragte ich. »Es war nicht die Köchin? Die nach mir hat fragen lassen?«

»Die Köchin?« Er lachte. »Hat er das behauptet? Ente?«

Ich drehte mich um. Wollte ihn ansehen. Es war zu dunkel. »Sie nennen ihn auch Ente?«, flüsterte ich.

»Wegen des Pullovers«, wisperte er und lachte wieder, kaum hörbar. »Er scheint an dem Ding zu hängen. Er ist zuständig dafür, die Neuen zu rekrutieren. Die Auserwählten für das Paradies. Aber in deinem Fall habe ich gewählt, ganz persönlich. Und ich hatte recht, man kann etwas aus dir machen.« Er strich mit dem Zeigefinger meinen Hals entlang, fuhr plötzlich mit der Fingerspitze in meinen Mund, zwischen Lippen und Zahnfleisch, untersuchte tastend mein Gebiss, wie das eines Zebus, das er kaufen wollte. »Gute Zähne«, sagte er. »Selten hier.«

»Ich … bemühe mich, sie zu putzen«, flüsterte ich eingeschüchtert. »Früher hatten wir nie Zahnbürsten. Oder Zahnpasta. Nur Stöcke. Hier ist es besser.«

»Stöcke«, wiederholte er. »Natürlich.«

Und dann tastete er weiter, sah das Stück Vieh, das er gekauft hatte, mit den Händen an, weil es für ein Sehen mit den Augen zu dunkel war, und er knöpfte mein Nachthemd auf und streifte es von meinem Körper, um besser zu sehen mit diesen Händen, und ich begriff, ganz langsam, dass es dies war, wozu er mich in sein Haus geholt hatte. Dass ich nicht nur dafür zuständig war, zu putzen und Gemüse zu schneiden, nicht nur. Dass dies der Grund war, aus dem sie hier aus mir eine andere gemacht hatten. Aus dem ich mein Haar so wunderhübsch aufgetürmt trug und badete und meine Zähne putzte.

Ich war ein Dekorationsgegenstand, wie vermutlich viele andere, ein Dekorationsgegenstand, mit dem man auch spielen konnte. Tierry besaß mich, wie man eine hübsche Spieluhr besitzt, man zieht sie auf und lässt sie laufen, aber wenn man will, kann man sie auch auf dem Boden zerschmettern.

Er konnte mich zerschmettern, nicht nur symbolisch.

Er zeigte es mir in jener Nacht auf dem steinernen Beckenrand, er war stark, und ich war gar nichts, er beugte mich über das Wasser, als wollte er mich hineinstürzen, und hielt mich gleichzeitig fest, damit ich nicht fiel. Ich hatte Angst vor diesem schwarzen Wasser, Angst, darin zu ertrinken.

Ich fühlte unseren Herrn hinter mir und um mich herum und in mir, und ich hoffte, dass meine Mutter nicht da war, im Garten, dass ihr Geist weit weg war, denn ich wollte nicht, dass sie sah, was geschah.

Es war natürlich das, was Jahre früher schon in einem Zimmer mit einer roten Lampe hätte geschehen können, in dem gelben Haus, und in dem Moment am Wasser dachte ich, dass es vermutlich egal ist, wann es geschieht, es hatte also gar nichts genützt, damals zu entkommen.

Ich sträubte mich nicht. Und fast hatte ich das Gefühl, dass das den Herrn ein wenig enttäuschte. Er war grob. Wie einer, der Widerstand erwartet. Er wollte, dass ich kämpfte, doch ich kämpfte nicht, ich ließ ihn mir wehtun, es war egal. Ich spürte seine Hände an meinen Oberarmen, am nächsten Tag hatte ich dunkelblaue Abdrücke dort unter der Uniformbluse; ich spürte das Blut zwischen meinen Beinen, spürte seinen warmen Atem im Nacken, viel zu warm, am nächsten Tag hatte ich Verbrennungen dort, obwohl sie unsichtbar waren für die anderen.

Am Ende biss er zu, er biss mich in den Nacken wie Katzen oder Hunde es machen, wenn sie sich paaren, ich schrie auf, und er schrie auch, ein Schrei zwischen zubeißenden Zähnen, sehr wenig passend zu den Anzügen und gestärkten Hemden. Im Trakt der Bediensteten ging ein Licht an. Die Silhouette einer Frau erschien am Fenster. Sie blieb einen Augenblick lang dort stehen. Dann ging das Licht wieder aus. Und ich begriff, dass sie ohnehin alle Bescheid wussten.

Die Kerze flackerte, es war kaum mehr Wachs übrig, der Docht bis zum Bretterboden, auf dem er klebte, heruntergebrannt. Fy pustete die Kerze aus.

Wir saßen im Dunkeln.

»Und dann?«, flüsterte ich. »Dann bist du weggelaufen aus dem Paradies?«

»Nein«, sagte Fy. »Nein. Ich bin geblieben und habe getan, was man von mir verlangte. Das war es, wofür man mich bezahlte. Genau wie die anderen.«

Ich putzte und half der Köchin, aber sie schickten mich immer häufiger servieren, und ich begriff, wofür die französische Konversation gut war: für höfliche Gespräche mit den wichtigen Männern, die zu offiziellen Diners kamen. Diplomaten, Firmenchefs, Minister.

Ich war nicht nur für die Sauberkeit ihrer Teller zuständig oder dafür, den Wein aus Europa einzuschenken, den es nach dem Essen im Salon gab. Nicht nur für das Feuer im Kamin. Sondern auch für die anderen Bedürfnisse unserer Besucher. Ich habe nie herausgefunden, welche von den anderen ebenfalls taten, was ich tat. Es waren sicher ein paar. Wir trafen in Fluren oder leeren Zimmern mit den Diplomaten und Ministern und Millionären zusammen, in einer lauschigen Ecke im Garten, hinter den süß duftenden Rosenbüschen oder bei der Hollywoodschaukel. Manche der Herren aus dem Ausland übernachteten in der Villa, es gab so viele Gästezimmer … Ich kenne sie alle. Ich war, oder wir waren, verstehst du … im Service inbegriffen.

Der Herr selbst hatte eine Frau, die in Frankreich lebte. Manchmal besuchte sie ihn, aber es änderte nichts. Sie war eine schöne und sehr dicke Madame, und sie wedelte uns fort wie lästige Fliegen, wenn wir das Essen servierten. Ich nehme an, sie wusste, was in den dunklen Ecken für Spiele gespielt wurden. Sie interessierte sich genauso wenig dafür wie für Billard oder Rommé.

Ich hatte nie Freunde unter den anderen Bediensteten. Wenn wir miteinander sprachen, dann nur über Belanglosigkeiten. Und meistens waren wir abends zu müde, um uns zu unterhalten. Ich war die Jüngste von ihnen, und einmal stellte der Herr mich nackt vor den Spiegel im großen Bad, dem goldenen und weißen, und sagte: »Du bist die Schönste, du bist mein Juwel. Mein Diamant.«

Deshalb, nehme ich an, mochten die anderen mich nicht.

Diamanten sind sehr hart, wusstest du das? Sie zerbrechen nicht. Aber sie sind tot und kalt. Man kann mit ihnen Dinge zerschneiden. Hälse. Köpfe. Herzen.

Dann fand ich eines Tages eine der Frauen weinend am Tor, und das Tor war offen. Als sie sich umdrehte, sah ich, dass es die war, die mich hereingelassen hatte. Ich wollte sie trösten, doch sie schob mich weg. »Lass mich«, sagte sie. »Ich muss gehen.«

Und als sie durch das Tor ging, merkte ich, dass sie schwanger war. So sehr, dass man es nicht verbergen konnte. Sie ging deshalb. Der Gardien schloss das Tor hinter ihr.

Am selben Tag sah ich Faly wieder.

Es war ungefähr ein Jahr, nachdem ich ins Paradies gezogen war.

Am Abend. Ich hatte die Hunde gefüttert, und ich stand mit dem leeren Futtereimer einen Moment am Tor – da kam er die Straße entlang, draußen, und war auf einmal da.

Er sah schrecklich aus, dünn und schmutzig, das Haar verfilzt, und er streckte seine Hand durch die Stäbe und nahm meine und strahlte mich an. »Fy«, sagte er. »Fy! Es stimmt also nicht, was sie gesagt haben! Ich habe es mir gedacht, deshalb bin ich noch mal vorbeigekommen.«

Und ich dachte, wie viel magerer seine Hand war als meine. Wie zerrissen seine Kleider. Wie unglaublich dreckig seine bloßen Füße. Dann dachte ich, dass er wahrscheinlich immer so ausgesehen hatte, es war mir nur nie aufgefallen.

»Was haben sie gesagt?«, flüsterte ich.

»Dass du nicht mehr hier bist«, sagte Faly. »Dass sie dich gleich zu Beginn fortgeschickt haben, in eine andere Stadt, wo der Herr noch ein Haus hat. Ich nehme an, Ente hat das Gerücht in die Welt gesetzt. Wenn ich ihn erwische, breche ich ihm alle Knochen.« Er packte meine Hand fester. »Geht es dir gut?«

»Ja«, sagte ich. »Gut. Es geht mir gut. Das siehst du ja. Warte hier, ja?«

Und ich ließ den Eimer ins Gras fallen und rannte hinüber zum Bediensletengebäude, und dann rannte ich zurück mit all dem

Geld in der Hand, das ich gespart hatte, und drückte es Faly in die Hand.

»Kauf etwas zu essen davon«, wisperte ich. »Kauf dir ein neues T-Shirt, eines ohne Löcher. Ich muss jetzt hineingehen …«

»Warte«, sagte er und sah mir in die Augen. »Fy. Etwas stimmt nicht mit dir.«

Ich sah weg, damit er die Wahrheit in meinen Augen nicht sah. Ich schämte mich. Mein Bruder war schmutzig, schwarz vor Dreck, doch ich mit meinen sauberen Händen war schmutziger als er. Er wusste nicht, was ich tat in diesem Haus.

»Wo sind die Kleinen?«, fragte ich.

»An der Straße, die durch die Reisfelder führt«, sagte Faly. »Sie waschen Autos, mit dem Wasser aus den Feldern. Sie vermissen dich. Ich werde sie herbringen …«

»Nein«, sagte ich rasch. »Komm allein, ab und zu, dann gebe ich dir Geld, nur bring die Kleinen nicht her. Wenn ich irgendwann einen Tag freibekomme, finde ich euch.«

Und dann drehte ich mich um und nahm den Hundefuttereimer, der nach Blut und Innereien roch, und ging ins Haus, um ihn zu waschen, aber sosehr ich ihn auch schrubbte, ganz sauber wurde er nie.

10

Ich sitze am Busbahnhof, ich weiß nicht, wie die Stadt heißt. Sie ist heiß und staubig wie alle Städte. Wie sie mich alle ansehen, während ich in dieses Buch schreibe! Ich lächle ihnen zu.

Den dreckigen Kindern, den Reisenden mit ihren Taschen und Hühnern und Ziegen, den Verkäufern mit ihren Körben voller Schnürsenkel und Handykabel und Bonbons auf dem Kopf.

Es ist heiß, und ich würde mich am liebsten irgendwo in den Schatten legen, egal, wie dreckig es ist, es ist ohnehin überall dreckig. Ich bekomme schlecht Luft, ich sage mir, dass es am Staub liegt und an den Abgasen der uralten Autos. Ja, ich würde mich gerne hinlegen, aber ich warte auf den nächsten Bus, und wenn der Schaffner das richtige Ziel ausruft, werde ich hinstürzen und einen Platz ergattern zwischen all den anderen.

Ich bin jetzt seit zwei Tagen unterwegs. Ich, Emma Andermann, zum ersten Mal allein. Selbstständig.

Aber ich wollte eigentlich weitererzählen, davon erzählen, was Fy mir erzählt hat in jener unendlich langen Nacht.

»Als ich sechzehn war«, flüsterte sie, »merkte ich, dass mein Körper sich veränderte.«

Meine Brüste wuchsen, und mein Gesicht im Spiegel sah runder aus als sonst. Und ich wunderte mich jeden Tag über die neue Fy, die kein Mädchen mehr war, sondern eine Frau.

Ich hatte mir irgendeinen Keim eingefangen, ich musste morgens häufig spucken, und manchmal war mir schwindelig, sodass ich fürchtete, ich würde mit meinem Tablett voller Gläser hinfallen, wenn ich den wichtigen Herren Getränke servierte.

Ich aß kaum noch etwas, um mich nicht mitten am Tag übergeben zu müssen, ich nahm ab, doch mein Gesicht blieb rund und meine Brüste weiblich, ich dachte an Raupen und Schmetterlinge, vielleicht war ich dabei, eine wirkliche Verwandlung zu vollziehen, aber Schmetterlinge, die aus ihrer Puppe schlüpfen, sind frei und fliegen davon.

Ich konnte mir nicht vorstellen, dass ich davonfliegen würde.

»Du siehst krank aus«, sagte Faly, als ich ihn am Tor traf. »Blass.«

»Es geht mir gut«, sagte ich, wie immer, und gab ihm das Geld für die Kleinen. Er hatte ein Zimmer gemietet, in einer Hütte in einem billigen Viertel, nahe bei dem Ort, wo wir früher mit unserer Mutter gewohnt hatten. Und er schickte die Kleinen zur Schule. Zur staatlichen, in der es oft keinen Unterricht gab, ich erinnerte mich noch. Manchmal gab es doch Unterricht, und er erzählte mir, wie stolz sie waren auf ihre Schuluniformen und ihre Mappen. Er selbst hatte Arbeit gefunden als Kohleverkäufer, trug seinen Sack auf dem Kopf durch die Seitenstraßen und sang das Lied aller Kohleverkäufer, das nur aus einem Wort besteht: »Char-boooo-hooooon.«

Er war schwärzer denn je, und er hustete, aber die Kleinen wa-

ren jetzt besser dran, sagte er, und wenn ich ihn fragte, sagte auch er »Es geht mir gut«.

Es war vielleicht eine Art Begrüßung zwischen uns. Es geht mir gut. Und nichts anderes bedeutet Salama, was wir in diesem Land sagen. Es bedeutet: Ich bin gesund. Alle Madagassen begrüßen sich mit einer Lüge.

Das nächste Mal sah ich Faly erst drei Monate später, und er streckte eine Hand durch das Gitter und legte sie an meine Wange und sah mich eine ganze Weile nur an.

»Es geht mir gut«, sagte ich.

»Du bist schwanger«, sagte er.

»Was?« Ich glaube, ich habe ihn nie verblüffter angestarrt. Aber dann dachte ich nach. Ich hatte meine Tage seit vier Monaten nicht bekommen, ich hatte nicht weiter darauf geachtet, es war zu viel zu tun gewesen, an zu viel zu denken und zu viel zu vergessen, auch das aktive Vergessen von Dingen kann anstrengend sein –

»Oh nein«, flüsterte ich und hielt seine Hand fest. »Wenn sie das merken, schmeißen sie mich raus.«

»Dann wärst du frei«, sagte Faly.

Der Schmetterling, dachte ich, der Schmetterling, der fliegt.

»Aber dann haben wir kein Geld mehr«, wisperte ich. »Dann müssen die Kleinen wieder arbeiten, dann können sie nicht mehr zur Schule gehen, und ich will, dass sie hingehen, ich will, dass sie später mehr wissen als wir und einen besseren Beruf haben ...«

Faly trat ganz nah ans Gitter, sodass sich unsere Gesichter fast berührten. »Wer?«, flüsterte er. »Wer ist der Vater von deinem Kind? Einer der Gardiens? Ist er ein guter Mann? Wird er sein Kind anerkennen?«

Er fragte mich mit so viel Ernst, er wusste nichts, ich musste beinahe lachen.

»Nein«, wisperte ich. »Nein.« Und ich legte eine Hand auf meinen Bauch, der sich vielleicht ein klein wenig vorwölbte. »Ich weiß nicht, wer der Vater dieses Kindes ist.«

»Wie kannst du das nicht wissen?«, fragte Faly.

»Komm heute Nacht her und sieh durchs Gitter«, sagte ich. Und dann lachte ich. »Nein, Unsinn. Es passiert ja nicht jede Nacht. Und das Wasserbecken ist auch nur einer der Orte.«

»Fy«, sagte Faly. »Du …« Aber er sprach nicht weiter. Sein rußschwarzes Gesicht war immer noch nah an meinem, dazwischen nur die Gitterstäbe. Er hatte eine Platzwunde an der Schläfe, die hässlich und entzündet aussah, er hatte sich wieder mit irgendwem geprügelt.

Ich sah ihm in die Augen, und meine Augen erzählten ihm alles, haarklein, jedes Detail, auch die, die ich mit solcher Mühe vergessen hatte. Und er nahm meine Hände durch das Gitter hindurch und hielt sie fest. »Lass dich rausschmeißen«, sagte er. Und dann: »Ich bringe Ente um.«

»Nein«, sagte ich. »Nimm das Geld, wie immer, und geh zu den Kleinen und sag ihnen, es geht mir gut.«

Und dann machte ich, dass ich vom Tor wegkam, denn über den Rasen kamen jetzt drei Männer in Anzügen, lachend, sich unterhaltend, rauchend. Sie schlenderten zum Haus hinüber. Es war Zeit, den Tisch für das Diner zu decken.

Und so verbarg ich, dass ich schwanger war.

Ich hatte Glück, mein Bauch wuchs nur langsam. Und als er es tat, änderte ich die Uniform heimlich. Aber irgendwann dachte ich: Sie müssen es doch sehen! Ich spürte das Kind in mir, es strampelte, und ich hatte bereits begonnen, es zu lieben. Es war das Einzige, was nur mir gehörte, und es war frei, frei wie ein Schmetterling, dort in meinem Körper, niemand konnte ihm irgendetwas befehlen.

An dem Tag, an dem ich zum ersten Mal durch die Uniformbluse hindurch sah, wie sein kleiner Fuß gegen meine Bauchdecke trat, wusste ich, dass ich gehen würde. Wie Faly es gesagt hatte. Dass wir es irgendwie schaffen mussten, auch ohne das Geld.

Ich trug das Essen für die Besucher des Tages auf, es war eine ganz Runde an Herren, sechs oder sieben, und ich dachte, während ich das silberne Tablett trug: Ich werde nie mehr ein Tablett tragen. Ich werde ihnen sagen, was los ist, und der Herr wird mich an die Luft setzen und einen Ersatz für mich finden. Ich werde nach Hause gehen.

Zu Faly. Zu Aina und Ando. Zu den Müllbergen und notdürftigen Unterkünften, denn die Miete für das Zimmer konnten wir ohne mein Gehalt vergessen. Egal. Nach Hause.

Und da sah ich ihn. Er saß mit den anderen Herren am Tisch, in einem schönen, dunkelblauen Anzug, und er stieß eben mit den anderen an, ich hörte die Gläser klirren. Er sah auf, als ich den Raum betrat, sah mich an und lächelte.

Er erkannte mich. Sofort. Obwohl ich so anders aussah.

Und ich erkannte ihn. Er hatte sich kaum verändert, nur sein Haar war an den Schläfen ein wenig silberner geworden.

Der Herzensammler.

Ich ließ beinahe das Tablett fallen. Dann fing ich mich, servierte das Essen, von rechts, mit einer kleinen Verbeugung, wie immer. Als ich einen Teller vor den Herzensammler stellte, legte er seine Hand auf meinen Unterarm und sah zu mir auf.

Ich sah weg. Die Herren lachten, sie dachten, die Hand bedeutete etwas anderes. Ich spürte, wie er mir nachsah, als ich hinausging.

Ich bemühte mich, ihm nicht zu nahe zu kommen. Nach dem Essen saßen die Männer im Salon wie immer; ich bemühte mich, Gläser und Pralinen zu servieren, ohne eigentlich da zu sein, aber dann begegnete ich ihm plötzlich im Flur, und er öffnete eine Tür und drängte mich in den Raum dahinter: ein Gästezimmer, eines von vielen, mit einem riesigen Bett samt Moskitonetz-Baldachin.

Ich war oft in diesem Zimmer gewesen.

Der Herzensammler griff um die Ecke, als würde auch er dieses Zimmer gut kennen, er wusste, wo der Lichtschalter zu der kleinen Lampe am Bücherregal war, und in ihrem Licht fasste er mich an den Schultern und sah mir ins Gesicht. »Hier also bist du gelandet«, sagte er und schüttelte den Kopf, während er mich musterte. »Was für eine Verschwendung. Du warst bei uns ... mit deinem Zwillingsbruder. Ich habe euch nie vergessen. Ihr seid etwas Besonderes, das weißt du, oder?«

»Ich weiß gar nichts«, sagte ich und wand mich. »Lassen Sie mich los. Ich kenne Sie nicht.«

»Oh doch«, sagte er, »ich habe dich schon einmal aufgesammelt, um dich vor Schlimmerem zu bewahren, aber es ist zu spät. Du bist trotzdem etwas Besonderes. Noch immer. Und du gehörst mir. Ich habe für dich bezahlt.« Er lachte.

»Tierry ist jetzt mein Herr«, sagte ich. »Wenn er es will ... Ich tue alles.« Ich schluckte. »Alles, was Sie wollen. Aber ich werde nicht mit Ihnen gehen.«

»Alles?« Er sah zu dem Bett hin, schnaubte verärgert. »Das haben sie dir beigebracht, was? Du weißt, dass ich das nicht will. Mir geht es um das, was in dir steckt. Das, was in dir verborgen ist, viel tiefer.«

Da entschlüpfte ich ihm doch noch, ich sah seine Hände schon beinahe vor mir, seine Hände, die ein Messer hielten, die es hoben, um meinen Brustkorb aufzuschneiden und mein Herz herauszuheben, frisch und blutig, und es in einen Kühlbeutel zu legen.

Und ich rannte den Flur entlang, durch den Garten, zu den Quartieren der Bediensteten, und schloss mich im Klo ein. Zum ersten und einzigen Mal.

Ich hatte mich nie dort eingeschlossen, weil es ja doch nichts genutzt hätte.

Das Klo war ein Loch im Boden mit zwei Fußtritten rechts und links. Ich fragte mich kurz, ob man durch das Loch entkommen konnte. Aber natürlich war es zu klein.

So hockte ich da und wartete, doch niemand kam, und schließlich ging ich mir die Zähne putzen wie immer und kämmte mein Haar und legte mich ins Bett. In meinem Bauch tanzte mein Kind einen übermütigen Tanz mit seinen kleinen Füßen.

Tierry ließ mich in der Mitte der Nacht zu sich holen.

Er hatte mich lange nicht mehr für sich selbst holen lassen. Als er mich in dieser Nacht auszog, bemühte ich mich nicht, meinen Bauch zu verstecken.

»Ich bin schwanger«, sagte ich. »Ich habe es niemandem erzählt, aber das Kind wird bald kommen. Sie müssen mich vor die Tür setzen.«

Er lächelte, und er zog mich von hinten an sich auf dem weichen Teppich seines Schlafzimmers im flackernden Kerzenlicht, und tat, was er immer tat, ich spürte seine Tierzähne im Nacken, und erst, als fertig war, sagte er: »Da ist einer unter meinen Besuchern, der dich will. Nicht nur so, sondern … endgültig. Für sich. Er arbeitet für eine ausländische Organisation, die sehr wichtig ist. Sie fördern Unternehmen. Bringen Geld ins Land. Er ist jemand, den ich dringend an Bord brauche. Du wirst mit ihm gehen.«

»Nein«, flüsterte ich. »Bitte …«

»Keine Sorge, er weiß, dass du schwanger bist«, sagte Tierry. »Er will dich und das Kind.«

»Sein Herz«, flüsterte ich, ganz leise. »Er will das Herz meines Kindes. Vielleicht hat es die gleiche seltene Blutgruppe wie ich. Er wird es nicht bekommen.«

»Was?«, fragte Tierry, ich hatte zu leise gesprochen.

»Nichts«, sagte ich.

Er streichelte meinen nackten Rücken. »Er holt dich in einer Woche ab«, sagte er. »Er hat gutes Geld für dich bezahlt. Dich und noch ein anderes Mädchen.«

Als ich in dieser Nacht wieder in meinem Bett lag, eine Hand auf meinem gewölbten Bauch, ballte ich die andere Hand zur Faust. Ich würde, dachte ich, nie, niemals mit dem Herzensammler gehen. Ich musste einen Weg finden, zu fliehen, ehe er zurückkam.

Ich dachte an Faly. Ich musste ihm eine Nachricht schicken.

Ich fragte die Köchin. Sie ließen mich nicht mehr aus dem Haus, aber ich bat sie, nach Ente Ausschau zu halten, wenn sie auf den Markt ging, und ich gab ihr Geld für Ente und eine Notiz mit, auf der Falys Namen stand.

Zwei Tage später stand Faly in der kurzen Dämmerung zwischen Tag und Nacht am Tor.

»Ich komme zurück«, sagte ich. »Zu euch. Du musst mir helfen.« Und ich erzählte ihm, flüsternd, vom Herzensammler, der im Paradies aufgetaucht war. Von meiner Angst.

Er nahm meine Hand und drückte sie auf sein Herz. Ich spürte, wie es schlug, gleichmäßig, lebendig. »Wir sind etwas Besonderes«, sagte er.

»Etwas Besonderes«, sagte ich.

Und wir lächelten zusammen, lächelten uns an wie als Kinder. Ich würde wieder frei sein.

»Komm in vier Tagen, nachts«, flüsterte ich. »Wir werden eine ganze Menge Besucher haben, der Herr schmeißt eine Party, als Auftakt für seine Kandidatur bei der nächsten Präsidentschaftswahl. Sie werden alle bis spät in die Nacht hinein trinken, und eine Menge Gäste übernachten in der Villa. Komm morgens, gegen vier Uhr, um diese Zeit werden sie müde sein und in ihre Betten fallen. Wir müssen nur den Gardien loswerden.«

»Bring ihm eine Flasche Schnaps aus dem Haus«, sagte Faly und grinste. »Sie werden eine Menge davon haben.«

»Wein«, sagte ich. »Sie trinken Wein.« Und ich spürte, wie ich ebenfalls grinste. »Ich werde ihn gut bedienen, den Gardien. Und du wirst mir helfen, übers Tor zu klettern.«

»Und du bist hier«, sagte ich.

»Ja, ich bin hier«, sagte Fy.

Wir lagen noch immer nebeneinander im Dunkeln, und es war so dunkel, dass wir überall hätten sein können: in der Wüste, auf dem Meer, in einem Zimmer in Deutschland.

Ich tastete nach ihrer Hand. »Und dann?«

»Dann kam der Abend des Festes. Wir schmückten das ganze Haus, Tierry hatte die ersten Wahlplakate drucken lassen, wir hängten welche an jede Tür, es gab Luftballons und Luftschlangen.«

»Wie auf einem Kindergeburtstag«, sagte ich.

»Ihr feiert die Geburtstage von Kindern?«

»Ja«, sagte ich. »Und es gibt Kuchen und Spiele und man lädt Freunde ein und ... Vielleicht wird Onja eines Tages einen solchen Geburtstag haben, was meinst du?«

»Auf jeden Fall«, sagte Fy. »Ich lade dich ein. Und Elise.«

Ich schluckte. »Erzähl weiter«, bat ich. »Erzähl den Rest.«

Sie nickte und holte tief Luft, als müsste sie von einem sehr hohen Felsen ins Meer springen.

Ich sah aus dem Küchenfenster; ich sah die Gäste kommen, während wir das Festessen vorbereiteten, und da merkte ich, dass ein anderes Mädchen mit mir aus dem Fenster sah. Sie war ein paar Jahre älter, wir hatten nie viel miteinander gesprochen, sie war größer und etwas breiter als ich, sie hatte ein grobes, aber freundliches Gesicht und konnte sich die französischen Worte nie merken. Sie wusch und bügelte die Kleidung des Herrn, doch an diesem Festtag half sie in der Küche wie wir alle.

Wir sahen zusammen hinaus, und wir sahen den Herzensammler mit zwei anderen Männern durch den Garten kommen, in einem schönen hellblauen Anzug. Ich hörte das andere Mädchen die Luft scharf einsaugen. Da wusste ich, dass sie die zweite war, die er gekauft hatte.

Ich sagte nichts zu ihr, ich nahm kurz ihre Hand und drückte sie, und sie drückte zurück.

Und ich dachte: Ich kann sie mitnehmen, heute Nacht, ich werde es ihr sagen. Später.

Die Herren nahmen ihren ersten Drink auf dem Rasen zwischen den blühenden Büschen ein, es war ein schöner Abend, und ich war eine Weile damit beschäftigt, Anti-Mücken-Spiralen aufzustellen und Gläser hinauszutragen, und als ich wieder in den Salon ging, um den gedeckten Festtisch zu kontrollieren, war mein »später« sinnlos geworden.

Sie hing an einer der gedrehten goldenen Vorhangkordeln.

Sie hatte sie an einem Haken oben in der Wand festgemacht, der einen schönen Papierlampenschirm hielt, sie war auf einen Stuhl geklettert und hatte ihn umgestoßen, er lag unter ihr.

Ich löste den Knoten, schleifte sie in die Küche und ich sagte: »Aber sie war doch gar nicht lange weg«, und die Köchin, die Älteste im Raum, sagte: »Das geht schnell, wenn sie sich das Genick brechen, mit etwas Schwung geht das schnell«, und schüttelte den Kopf.

Eine Menge Mädchen weinten. Ich weinte nicht. Ich fühlte mich nur kalt und wütend, als wäre mein Herz, das der Herzensammler haben wollte, gefroren.

Das Herz des anderen Mädchens würde er nicht mehr bekommen, um es nach Europa zu schicken, es schlug nicht mehr.

Wir legten sie in eine Ecke und machten ihr ein Lager aus Tischdecken, auf dem sie weich und bequem lag, obwohl sie das nicht mehr spürte. Wir würden es Tierry erst am nächsten Morgen sagen, wenn die Feier vorbei war, die Köchin entschied das.

Während ich die Männer an der Festtafel bediente, hatte ich die ganze Zeit über schreckliche Angst, dass der Herzensammler einfach aufstehen und mich mitnehmen und gehen würde. Doch er lächelte mir nur zu.

Es war längst dunkel draußen.

Ich brachte dem Gardien ein Tablett mit einem Teller voll Reis und eine ganze Flasche Wein, und er sagte: »Danke, mein Liebling, aber ich trinke nicht im Dienst.«

»Du könntest eine Ausnahme machen«, sagte ich. »Heute wird niemand mehr durch das Tor gehen, das du bewachst.« Und das stimmte, denn ich würde klettern.

»Ich mache keine Ausnahmen«, sagte er. »Deshalb habe ich meine Arbeit so lange behalten. Geh wieder rein, es wird kühl.«

Ich fluchte innerlich. Und die Feier ging weiter.

Irgendwann in der unendlichen Nacht voller Luftballons zog mich ein reicher Inder, der oft zu Besuch war, zusammen mit einem anderen in eines der Zimmer, und er roch nach Alkohol, wie sie alle. Ich dachte die ganze Zeit nur an den Gardien und daran, was wir mit ihm tun sollten.

Ich würde versuchen, ihn zu bestechen. Wenn das nicht funktionierte, würde Faly ihn niederschlagen müssen.

Die Männer brauchten lange, sie waren zu betrunken, zu unkoordiniert, sie hatten akrobatische Ideen, über die ich fast lachen musste, aber im Grunde waren sie mir gleichgültig, und als ich endlich wieder hinaus in den Flur kam, stieß ich mit einem anderen Mann zusammen.

Er hielt mich fest. Der Herzensammler. »Dies ist deine letzte Nacht in diesem Haus, weißt du das?«, fragte er und lächelte wieder. Sein Atem roch nicht nach Alkohol, er war nüchtern, auch er war im Dienst: Er sammelte Herzen.

»Du wirst mit mir gehen, morgen früh, nach dem Frühstück«, sagte er. »Es ist alles arrangiert.«

Dann nickte er und ging zu den anderen zurück.

Und irgendwann war auch diese Feier vorüber, waren alle in irgendein Bett gefallen, waren die Reste des Festes weggeräumt. Es war vier Uhr.

Das tote Mädchen lag noch immer in der Küche.

Ich kniete mich vor sie und streichelte ihre kalte Wange und flüsterte ihr ein »Auf Wiedersehen« zu, eines Tages würden wir uns wiedersehen, in einem Paradies, das diesem hier nicht glich.

Ich holte mein Reservegeld und ging hinaus. Halb fünf. Nur im Haus des Gardiens brannte Licht. Er hörte Radio.

Ich fand Faly beim Tor, im Garten. Er hockte da, den Kopf auf den Knien; eingeschlafen. Als er den Kopf hob, erschrak ich. Sein eines Auge war zugeschwollen, seine Lippe aufgeplatzt, seine Wangen zerschrammt, er hatte sich einen notdürftigen Verband aus einem Stück Stoff um den Kopf gewickelt, der Stoff war stellenweise dunkel vor Dreck oder Blut.

»Was …?«, wisperte ich.

»Ente«, sagte Faly. »Ich habe dir doch gesagt, ich bringe ihn um. Er hat gekämpft wie ein Wolf.«

»Du hast ihn nicht wirklich … oh Gott«, flüsterte ich. »Bitte nicht!«

»Nein«, sagte Faly. »Ich konnte es nicht. Ich hatte ihn am Boden, und ich habe ein Messer, aber ich konnte es nicht. Ich habe ihn auf der Straße liegen lassen. Einer von seinen Kumpels wird ihn finden. Er kommt wieder auf die Beine, irgendwann.« Dann richtete er sich auf, ein wenig mühsam, schüttelte sich und kletterte über das Tor.

Vielleicht, dachte ich, schlief der Gardien. Er ließ das Radio immer an, es hielt die Geister nachts fern.

»Hilf mir über das Tor«, wisperte ich. »Es ist zu hoch …«

Und Faly bückte sich und bedeutete mir, auf seine Schultern zu klettern. Ich zögerte, denn sein Hemd war auf der linken Schulter zerrissen und ich sah Blut darunter. Ich zögerte einen Moment zu lang.

»Ee-o!« Ein Ruf, kurz und scharf, ich fuhr herum, und da stand er, der Gardien, eine dunkle Silhouette wie ein losgelassener Wachhund. »Wie ist er hier reingekommen?«

Ich war mit ein paar Schritten bei dem Mann und drückte ihm mein Geld in die Hand. »Lass mich gehen«, wisperte ich. »Bitte. Mach eine Ausnahme.«

»Ich mache keine Ausnahmen«, sagte der Gardien. »Das weißt du doch. Und du gehst nirgendwohin, ich habe meine Anweisungen.«

Ich machte einen Schritt rückwärts, das Geld immer noch in der Hand – er streckte den Arm aus, um mich zu packen, aber dann packte er mich nicht, er sah Faly an, und er griff nach dem Telefon in seiner Hemdtasche, wischte darüber, eine rasche, eingeübte Bewegung ... wen wollte er anrufen? Den Herzensammler? Die Polizei?

»Nicht!«, wisperte ich. »Bitte nicht!«

Und dann sah ich zum ersten Mal, wie Faly jemanden niederschlug. Ich war nie dabei gewesen, wenn er gekämpft hatte in den Straßen, für uns, ich hatte immer nur seine Wunden versorgt, aber jetzt sah ich, wie seine Faust durch die Luft zischte, blitzschnell, wie er den Gardien an der Schläfe traf, wie der Gardien zu Boden ging. Faly schlug noch einmal zu, der Kopf des Mannes sackte zur Seite, und er lag still.

Gut sichtbar, auf dem perfekt gemähten Rasen.

Einen Moment lang standen wir beide nur da und starrten. Faly sah so entsetzt aus wie ich.

»Schnell«, wisperte ich. »Wir müssen ihn wegschaffen, damit sie ihn morgens nicht sofort sehen, los, da rein!« Und ich nickte zu dem Wächterhäuschen hin. Faly packte den Gardien unter den Armen, ich nahm seine Beine, er war schwer. Und dann hatten wir ihn in dem Häuschen, lehnten ihn, sitzend, an die Wand, mehr Platz war nicht.

Ich sah, wie seine Brust sich hob und senkte, als schliefe er. Er lebte. Ich stellte die Flasche Wein neben ihn, was natürlich Unsinn war, sie war nicht geöffnet.

»Er wird wieder aufwachen«, wisperte ich. »Oder?«

Faly schluckte. »Klar«, sagte er. »Ich bringe doch niemanden um. Ich habe dir gesagt, dass ich das nicht kann. Gehen wir.«

»Nein«, sagte jemand hinter uns.

Ich fuhr herum. Eine Gestalt füllte den Torrahmen des Wächterhäuschens, blockierte den Ausgang. Es war Tierry. Der Herr selbst.

Ich versuchte, an ihm vorbei aus dem Häuschen zu schlüpfen, aber er packte mich, wir waren jetzt beide auf dem Rasen, und ich wand mich, kämpfte mit ihm, vielleicht war es das, was er immer gewollt hatte: Er lachte leise.

Ich sagte nichts, konzentrierte mich auf unseren Kampf. Für ihn war es ein Spiel.

Irgendwie landete ich auf dem Boden, und ich hörte, wie der Stoff meiner Uniformbluse riss, wie sie an mir hinabglitt, spürte das feuchte, kühle Nachtgras auf meiner Haut, und Tierry legte eine Hand auf meinen entblößten, sich wölbenden Bauch und schüttelte den Kopf.

»So was«, sagte er. »Einfach abzuhauen. Und wen hast du da überhaupt in den Garten gelassen? Was ist das für eine grausliche, abgerissene Gestalt aus der Hölle?«

Er drehte sich um, und da stand Faly in der Nacht, mein Bruder Faly, der schönste Mensch, den ich kenne, auch, wenn er abgerissen und verletzt und nie wirklich hübsch gewesen war.

»Wenn dies das Paradies ist, nehme ich Fy gerne mit zurück in meine Hölle«, sagte er.

»Du?«, fragte der Herr und lachte wieder. »Du kannst sie nicht bezahlen. Sie spricht fließend Französisch. Ich habe sie zu dem gemacht, was sie ist. Ich entscheide, mit wem sie geht. Nicht mit dir, Hundesohn.«

Doch während er all das sagte und seine Worte ganz offenbar genoss, wurde der Herr unaufmerksam, und ich rollte mich unter seiner Hand zur Seite weg, krabbelte auf allen vieren zum Tor hinüber, packte die Gitterstäbe ...

»Nein, ich glaube nicht, dass du sie mitnimmst«, sagte der Herr ganz ruhig.

Und als ich mich umdrehte, stand er wieder auf den Beinen und hielt eine Waffe in der Hand. Er zielte auf mich. Vielleicht war auch das ein Spiel. Aber ich wusste nicht, was zu den Spielregeln gehörte; Faly wusste es ebenso wenig, es konnte durchaus dazu gehören, mich zu erschießen.

Ich sah ihn springen.

Wie eine Katze, eine der mageren, räudigen, halb verhungerten Straßenkatzen. Er landete direkt neben dem Herrn und schlug ihm die Waffe aus der Hand, es war eine Sache von Millisekunden, und in der nächsten Millisekunde bückte Faly sich und hob sie auf.

»Nein!«, schrie ich.

»Ich habe die Polizei gerufen, als der Gardien mich alarmiert hat«, sagte der Herr. »Sie werden in ein paar Minuten hier sein. Gib besser die Waffe zurück. Mach dich nicht unglücklich, Junge.«

Faly zögerte nicht, nicht wie ich. Er hob die Pistole – und ließ sie mit aller Kraft auf den Kopf des Herrn hinuntersausen, ich hörte das Krachen des Schädelknochens, sah ihn stürzen, gefällt wir ein Baum.

Als er auf dem Boden ankam und in sich zusammensackte, sah ich keinen Atem mehr in seiner Brust. Und als ich die Hand auf sein Herz legte, spürte ich nichts. Gar nichts.

Blut lief aus einer Platzwunde an seiner Stirn, die Pistole hatte eine der Adern unmittelbar unter der Haut zum Platzen gebracht, und das Blut hörte nicht auf, zu laufen, lief und lief, wie Sand durch eine Sanduhr.

Mir war schlecht.

Faly ließ die Pistole fallen. »Ich bringe doch niemanden um«, flüsterte er.

Ich stand langsam auf, ganz langsam. Sah zum Haus hinüber. Irgendwo dort schlief der Herzensammler.

Und fast dachte ich, ich könnte zurückgehen und ihm beim Schlafen zusehen. Ich würde mit der Pistole an sein Bett treten, ganz leise, sein ernstes Gesicht ansehen, sein helles Haar – und dann würde ich abdrücken. Und niemand könnte mir je wieder das Kind wegnehmen, das in meinem Bauch strampelte.

»Komm«, sagte Faly.

»Vielleicht habe ich noch etwas zu erledigen«, flüsterte ich.

Ich bückte mich, streckte die Hand nach der Pistole aus – doch Faly hielt mich fest. Er las in meinen Augen, was ich vorhatte, und schüttelte den Kopf. »Möchtest du, dass dein Kind im Gefängnis geboren wird? Sie sagen, das Gefängnis von Tana ist eines der härtesten, die es gibt. Wer da rein kommt, kommt nicht mehr raus.«

Und so kletterte ich auf Falys Schultern, ohne die Pistole anzufassen.

Er sog die Luft scharf ein, als ich seine Wunden berührte. Ich packte die Eisenstangen und kletterte oben über die Spitzen, ich hatte Angst, sie könnten mich aufspießen wie ein Stück Fleisch, Angst, dass die Geister alles gesehen hatten und Rache nehmen würden –

Aber ich schaffte es. Ich sprang auf der anderen Seite hinunter. Einen Moment lang tat alles so weh, dass mir schwindelig war. Dann spürte ich, wie das Kind in mir strampelte, ihm war nichts passiert, und das machte mich froh.

Faly kletterte mir nach, und als er oben war, bog ein Auto in die Straße ein und hielt mit quietschenden Reifen. Drei Männer in Uni-

form sprangen heraus. Polizisten. Sie hatten kein Blaulicht, keine Sirene, vielleicht war sie kaputt, alles in dieser Stadt ist kaputt. Einer von ihnen schoss sofort. Und Faly fiel. Ich sah ihn fallen wie in Zeitlupe.

Er landete neben mir; ich sah das Blut, das aus seinem Arm floss, und ich atmete auf, sie hatten nur seinen Arm getroffen, wer braucht schon einen Arm –

Doch sie waren jetzt bei uns, und einer von ihnen packte mich und zog mich auf die Füße, sah mich an, mich mit meiner zerrissenen Uniformbluse, meinem runden Bauch und meinen bloßen Brüsten, sah mich an wie das Stück Fleisch, an das ich gedacht hatte.

Der neben ihm zeigte durch das Gitter, und ich wusste, auf was er zeigte. Auf einen Körper, der dort leblos im Gras lag.

Im grünen Gras. Im roten Gras.

Ehe einer von ihnen Faly packen konnte, war Faly auf den Beinen und bei mir, er holte zum dritten Mal aus in dieser Nacht, und seine Faust landete im Gesicht des Polizisten, der zurücktaumelte und mich losließ. Der Polizist blieb auf den Beinen, er hielt sich die Hände vors Gesicht, seine Nase blutete, aber er blieb auf den Beinen. Ich machte zwei Schritte zurück, zusammen mit Faly. Seite an Seite standen wir in der Nacht und sahen den beiden anderen Polizisten entgegen, die nur Schritte von uns entfernt waren. Einer von ihnen hatte seine Waffe auf uns gerichtet.

»Rennen«, flüsterte ich.

Doch Faly schüttelte den Kopf. Und er zog etwas aus der Tasche und drückte es mir in die Hand. Ein Stück Papier. »Fahr dort hin«, wisperte er. »Wir haben einen Großonkel da. Ich sorge dafür, dass Ando und Aina nachkommen.«

Dann machte er einen Satz auf die beiden Polizisten zu und schaffte es, beide für Sekunden aus dem Gleichgewicht zu brin-

gen, und ich rannte. Nach ein paar Metern hörte ich einen weiteren Schuss, und ich drehte mich um.

Doch der Schuss war ins Leere gegangen, Faly hatte dafür gesorgt.

Jetzt hielten die beiden Polizisten ihn fest, hatten ihm die Arme auf den Rücken gedreht, und er sah mich an, und ich sah ihn an, in unseren Augen standen alle Abschiedsworte der Welt, in unseren Augen stand unsere Liebe füreinander, sechzehn Jahre Leben.

»Fy!«, schrie er, heiser. »Lauf!«

Und ich lief.

Die Tränen rannen mir übers Gesicht, aber ich lief, bog ab, nahm winzige Seitengassen, um Verfolger abzuhängen, keuchte, konnte nicht mehr. Ich lief, bis ein dumpfer Schmerz meinen Körper durchzuckte, alles in mir zog sich zusammen, nie zuvor hatte ich einen solchen Schmerz gespürt. Ich blieb stehen, stützte mich an einer Wand ab, rang nach Atem. Der Schmerz kam in Wellen über mich, immer wieder, und ich dachte, jetzt holen sie mich ein, jetzt nehmen sie mich mit, und heute Nacht wird im härtesten Gefängnis der Welt ein Kind das Licht der Welt erblicken.

Aber sie kamen nicht.

Und schließlich ließ der Schmerz nach. Mein Kind, mein vernünftiges Kind hatte beschlossen, noch eine Weile zu warten.

Das Nächste, was ich weiß, ist, dass ich am Busbahnhof war, irgendwie war ich dorthin gekommen, es war Morgen, und ich kaufte von meinem letzten Geld zwei Dinge: ein heiles gebrauchtes T-Shirt und eine Fahrkarte.

Île aux Nattes, *stand auf dem Zettel, in Falys rührend krakeligen Buchstaben. Ich hatte ihm das Schreiben beigebracht. Ich dachte daran, wie wir geübt hatten, Schreiben und Rechnen und Französisch.*

Île aux Nattes, Fischersiedlung am Berg. Dadatoe Ranoelny.

Wir hatten also einen Onkel dort. Faly musste eine Menge organisiert haben in den letzten Tagen. Wir hätten zusammen hinfahren sollen, zusammen entkommen, aber ich stieg allein in den Bus. Ich hätte die Kleinen gerne gesucht, ich sehnte mich nach ihnen, ich hatte sie so lange nicht gesehen. Ich wusste nicht mal, wo sie waren. Und ich musste weg.

Weg, bevor sie mich fanden: die Polizei. Oder die Leute des Herrn. Ganz sicher würde jemand aus seiner Familie losgehen, um mich zu suchen. Um seinen Tod zu rächen. Ich saß eingequetscht im Bus, sah die Stadt in tausend morgendlichen Staus langsam vorbeiholpern, und schließlich, endlich, blieb sie hinter uns zurück.

Und ich dachte: Ich werde sie nie wiedersehen.

Ich werde meinen Bruder nie wiedersehen. Die Tore des Gefängnisses hatten sich für ihn geöffnet in dieser Nacht, die Tore zu einer anderen Welt.

Aber er ist ein Zwilling. Wenn ich in den Spiegel sehe, sehe ich ihn.

Fy schwieg.

»Der Brief!«, flüsterte ich. »Was stand in dem Brief? Warum wolltest du weg?«

»Ich ...«, begann sie. »Ich muss ...« Mehr sagte sie nicht. Ich tastete im Dunkeln nach ihr und spürte Tränen auf ihrem Gesicht. Und ich legte meinen Arm um sie und wollte große und sinnvolle Dinge sagen, tröstende Dinge, aber am Ende sagte ich gar nichts, und Sekunden später glitt ich in einen tiefen, erschöpften Schlaf.

Ich hatte alles, was Fy erzählt hatte, selbst erlebt, ich war dabei gewesen, ich war geklettert, ich war gerannt, ich bekam schlecht Luft, und ich wollte nichts als ausruhen.

Ich hätte das nicht tun dürfen. Oder? Onja, was denkst du?

Ich hätte ihre Sachen nicht durchsuchen dürfen, als sie schlief, hätte das Geld nicht nehmen dürfen.

Eines Tages wirst du mich fragen: Wie konntest du das Geld deiner einzigen Freundin nehmen und sie verlassen? Und ich werde dir antworten: Es war besser so, auch für sie.

Ohne das Geld, dachte ich, würde sie zurückgehen müssen zu ihrer Urgroßmutter, sie würde am nächsten Tag in ein Flugzeug steigen und sich mitnehmen lassen in eine Welt, in der jemand ihre Krankheit heilen konnte.

Nein. Das ist eine Lüge, Onja. Ich habe sie nicht bestohlen, um sie zu retten.

Ich habe sie bestohlen, weil ich gehen musste.

Dorthin, wohin der Brief mich rief.

Nach Tana.

11

Als ich aufwachte, war ich allein.

Ich blinzelte ins Dämmerlicht, müde, zerschlagen. Aber ich war auch über ein hohes Gittertor geklettert und hinuntergesprungen und vor der Polizei geflohen, also war es kein Wunder … Halt. Das war Fy gewesen.

Ich setzte mich auf. Wo war sie?

Die Hütte war leer.

In der Ecke lag mein Rucksack. Sonnenstrahlen stahlen sich durch die eine Ritze zwischen den Brettern. Wie lange hatte ich geschlafen?

Ich stieß die Tür auf. Das Licht war zaghaft, gelblich grün, der Himmel noch nicht ganz hell, es konnten nicht mehr als zwei oder drei Stunden gewesen sein. Ich zog das Handy aus dem Rucksack und erweckte es zum Leben. Halb sechs.

Und dann merkte ich, dass in der Vordertasche des Rucksacks, noch etwas steckte: ein Zettel. Kleine, ordentliche, schmale Schreibschrift mit verschnörkelten r. Französisch.

Fy.

Mein dummes altes Herz schlug schneller.

Liebe Emma, hatte sie geschrieben.

Ich muss gehen. Nach Tana zurück. Es tut mir leid, dass ich das Geld genommen habe.

Die Nachricht, die ich bekommen habe, war von Faly. Einer, der einen anderen besucht hat im Gefängnis, hat sie für ihn aufgeschrieben. Faly ist sehr krank. Er hätte ihm sonst nicht gesagt, wo ich bin. Ich muss zu ihm.

Emma. Er stirbt.

Daneben lag ein Foto, ein altes, abgegriffenes Foto, ich sah zuerst die Rückseite an, darauf stand:

Das ist das einzige Bild, das ich von unserer Familie habe. Wir haben damals lange gespart, um es machen zu lassen, und ich habe es immer bei mir getragen. Jetzt behalt du es, damit du uns nicht vergisst.

Ich drehte das Bild um. Mein Mund war seltsam trocken.

Man sah, verblichen, vier Menschen auf dem Bild: einen Jungen und ein Mädchen, etwa dreizehn Jahre alt, und vor ihnen zwei kleine Kinder, die sich an den Händen hielten. Das musste kurz vor Fys Umzug ins Paradies gewesen sein. Ich schluckte.

Ich erkannte sie sofort, und neben ihr stand er: ihr Bruder. Sein Gesicht war dasselbe wie ihres, nur härter, kantiger.

Ja, er sah aus wie der Junge aus meinem Tagtraum, der Junge, der meine Hand genommen hatte. Für das Foto hatte er sich gewaschen, nahm ich an, aber sein Haar war trotzdem staubig. Er war schön, ganz ohne schön zu sein.

Jetzt war er sechzehn, dachte ich, wie ich. Und er starb.

In einer Großstadt voll Müll und wunderschönen Gärten, in einem Gefängnis, in dem er saß, obwohl er nichts getan hatte. Woran starb er? Vielleicht, dachte ich, an etwas, das in meinem Land lächerlich heilbar gewesen wäre.

Wie die Bilharziose von Fys Mutter.

Ich steckte meine Hand ganz in die Vordertasche des Rucksacks. Darin war das Geld gewesen, das ich unter Elises Bett hervorgezogen hatte, um abzuhauen. Mit Luc. Was für eine haarsträubende Idee!

Das Geld war nicht mehr da. Aber ganz unten in der Tasche steckte noch etwas. Etwas Kleines, Flaches, Glattes. Elises Kreditkarte.

»Es tut mir leid, Elise«, flüsterte ich. Vielleicht schlief sie noch und träumte, wie ich mit ihr sprach. »Es tut mir leid, Elise. Ich gehe nicht zurück in Zimmer 13 der Kinderklinik. Ich reise zum ersten Mal im Leben allein. In die Hauptstadt eines Landes, das wunderschön ist und schrecklich. Ich nehme mein kaputtes Herz mit. Es wird das aushalten müssen.«

Welche Chancen hatte ich?

Welche Chancen, auf ein Boot nach Sainte-Marie zu kommen, auf ein weiteres Boot von Sainte-Marie zum Festland, und dann in einen Bus – ehe Elise mich suchen ließ und sie mich fanden?

Ich wanderte bis zur nördlichen Inselspitze, um Viertel vor sieben Uhr war ich dort. Das Pizzaboot schlief, der Strand lag verlassen, genau wie der Picknicktisch mit den Bänken, die Schaukeln waren.

Ich dachte daran, wie ich mit Luc hier gewesen war.

In dieser Nacht hatte er noch nicht gewusst, dass ich anders war als andere Menschen.

Später ja. Elise hatte es ihm gesagt, und verdammt, er

hatte mich nicht einmal gefragt, was nicht stimmte. Es war ihm einfach egal gewesen.

Hinter mir in den hohen Bäumen eines Hotelgartens erhob sich ein ohrenbetäubender Lärm, und ich zuckte zusammen – aber es waren nur ein paar schwarz-weiße Lemuren, die um eine Frucht stritten. Und ich schloss die Augen und brüllte mit ihnen, brüllte meine Wut auf Luc hinaus und meine Wut auf die Welt: Warum, Warum?

Warum sind die Dinge so, wie sie sind?

Warum sitzt der Junge auf dem Foto im Gefängnis?

Warum bin ich nicht gesund?

Warum ist alles so unfair?

Dann hatte ich keine Luft mehr zum Brüllen, die Luft bleibt mir zu oft weg in letzter Zeit, aber auch die schwarz-weißen Lemuren hatten mit dem Gebrüll aufgehört.

»Seid ihr auch alle ... herzinsuffizient, ihr blöden Viecher?«, keuchte ich und öffnete die Augen.

Vor mir stand ein junger Mann mit einem langen Paddel in der Hand. »Ehm, möchten Sie rüber nach Sainte-Marie?«, fragte er, etwas verunsichert. »Sie brauchen nicht so zu schreien, Mademoiselle, ich wäre auch so gekommen. Mein Boot liegt gleich hier.«

»Ich ... das war nur ein ... Test«, sagte ich. »Wie laut ich ... wegen der Affen ... ja. Danke. Nach Sainte-Marie. Und dann zum Festland.«

Es war merkwürdig, die Île aux Nattes hinter mir zu lassen.

Halb acht Uhr.

Ade.

Ich sah zurück: zu den Palmen, dem weißen Sand, den

bunten Einbäumen, die am Strand auf Gäste warteten. Als ich gekommen war, war ich ein anderer Mensch gewesen.

Und dann: eine Motorrikscha, quer über die Île Sainte-Marie. Schlaglöcher, Geholpere, Hütten, buntes Obst auf Verkaufsständen, winkende, lachende Kinder. Im Hauptort gab es einen Geldautomaten. Ich kannte Elises Geheimnummer seit Jahren. Es ist mein Geburtsdatum.

Verzeih mir, verzeih mir.

Und wieder saß ich auf einem Boot, eines mit Motor diesmal, auf das vierzig Leute passten.

Auf dem Weg hinüber sahen wir die Finnen zweier Wale: eine Mutter und ihr Kalb.

Aus irgendeinem Grund dachte ich an Onja in Fys Armen.

Und ich dachte: Für mich wird es nie so sein.

Ich werde niemals ein winziges Wesen in den Armen halten, das mir vertraut und dem ich meine ganze Liebe geben kann. Sechzehn ist kein Zeitpunkt für ein normales Mädchen, sich Gedanken darüber zu machen. Aber ich bin nicht normal. Und niemals ist ein großes Wort.

Eineinhalb Stunden Bootsfahrt. Mein Telefon klingelte. Elise. Natürlich.

Ich ging nicht dran.

Der Ort, in dem wir ankamen, war chaotisch.

Ein Gewirr aus Häusern, neben-, um- und ineinandergebaut, Stein, Wellblech, Bretter, Pappe. Die einzige Straße war vollgestopft mit Autos und Lastwagen, die auf die große Fähre warteten, die Luft war voller Ruß und Auspuffgase.

Ich schlängelte mich mit meinem Rucksack durchs Gedränge, die Straße schien zugleich ein Markt zu sein, überall am Rand saßen Leute auf dem Boden und verkauften Bananen, Gurken, Tomaten, bunte Plastikeimer, alte Kabel, rohes Fleisch und Innereien, staubige Elektrogeräte, Petersilie, Handys, Eier, Schulhefte, an den Füßen zusammengebundene magere schwarze Hühner, getrockneten Fisch.

Und alles war schmutzig, alles war staubig, die Bananen, die Petersilie, die Fische lagen auf schmuddeligen Tüchern im Dreck, und eine Schicht roter Staub bedeckte alles: Häuser, Menschen, Waren. Mütter stillten kleine Kinder, Hunde wühlten in Müllhaufen, Männer standen in Ecken und pinkelten gegen die Wände mit den abfallenden Reklameplakaten für die letzte Präsidentenwahl: ein lächelnder Herr auf schreiend orangefarbenem Hintergrund.

Mir war übel.

Ich hatte die Île aux Nattes verlassen, die Palmen, die Strände: die Oberfläche.

Mein Telefon klingelte wieder, und gleichzeitig kam eine Horde kleiner Kinder angerannt und scharte sich um mich, hielt die Hände auf: »Madame! Madame!«

Sie wollten Geld. Sie waren so dreckig wie nichts und niemand, den ich je gesehen hatte, ihre Haare staubig, ihre Kleider in Fetzen, sie standen mit bloßen Füßen im Schlamm. Ein größeres Kind, höchstens sieben, trug ein Baby auf den Rücken gebunden. Ich machte einen Schritt zurück.

Mein Herz schlug schneller. Ich hatte Angst. Angst vor diesen Kindern. Vor ihrer Aufdringlichkeit. Vor ihren verschmierten Gesichtern mit den hellen, bittenden Augen.

Fy hatte mir von all dem hier erzählt, und ich hatte gedacht, ich hätte etwas begriffen. Aber ich hatte gar nichts begriffen.

Dies hier, dachte ich, hätte sie sein können, sie und ihr Bruder, als Kinder.

Mein Gott.

Ich griff in meine Tasche und holte einen Geldschein heraus, einen Tausender, und ehe ich mich entschieden hatte, wen ich ihm geben würde, hatte eine rabiate kleine Hand schon danach gegriffen, eines der Kinder rannte weg, und die anderen riefen weiter: »Madame! Madame! Wir haben Hunger!« Sie konnten Französisch. Hier kamen Touristen durch.

»Ich suche den Bus«, sage ich und zeigte vom Meer weg. »Nach Antananarivo.«

»Tana«, wiederholten die Kinder, »Tana«, und dann nahmen mich zwei davon an den Händen und zogen mich die Straße hinauf durch das Gewühl an Verkäufern, Waren, Autos, Menschen mit Reisegepäck auf dem Kopf. Jetzt hatten die Kinder etwas zu tun, sie halfen mir, und sie liebten es, mir helfen zu können, ihre Augen strahlten.

Da war meine Angst verflogen. Wir waren Freunde.

Und als sie mich auf einen Platz aus Staub und Erde gebracht hatten, auf dem ein paar Kleinbusse warteten, jubelten sie, als wäre der Busplatz ein Schatz, den sie für mich gefunden hatten.

Ich jubelte mit ihnen.

Und ich ging zu einem der kleinen Stände und kaufte Bananen: Zwanzig Bananen für kein Geld, und jedes Kind bekam eine. Manche versteckten sie hinter dem Rücken, um noch eine zu bekommen. Und dann waren sie fort, in einer Wolke aus »Merci, merci, Madame!«. Und Lachen.

Ich kann das, dachte ich. Ich kann Kinder bändigen, mit Bananen, ich kann allein reisen.

Ich kramte nach Kleingeld und ging zu der öffentlichen Toilette hinüber, einem kleinen grauen Haus mit bröckelnden Betonwänden, der Boden darum herum war nass und glitschig, ich stieg über Plastikverpackungen und Bananenschalen, eine weggeworfene Windel.

Der alte Mann am Eingang nahm mein Geld, und gab mir eine Seite, die offenbar aus einem alten Schulheft gerissen worden war. Klopapier.

Drinnen gab es zwei Brettertüren, deren Riegel nicht schlossen, und dahinter Löcher im Boden mit je zwei Ziegelsteinen links und rechts, auf die man seine Füße stellen konnte. Ich versuchte, nicht zu atmen. Alles war feucht. Alles war dreckig. Überall waren Fliegen. Mir war übel.

Ich hatte seit dem letzten Abend nichts gegessen, aber mir war nicht nach Essen.

Es war zu heiß.

Und als ich nach dem Bus nach Tana fragte, sagten die Leute: »*Tsisy*. Gibt es nicht. Nicht von hier.«

Elise hatte inzwischen elf Mal angerufen.

Vielleicht bestellte sie jetzt gerade an dem wunderschönen Tresen des Restaurants ein Glas Rum, um sich zu beruhigen. Und während der Kokosnusstänzer den Boden zu französischer Musik polierte, sah sie aufs blaue Meer hinaus und überlegte, was zu tun war.

Sie würde die Polizei verständigen.

Und die Polizei würde mich finden.

Ich brauchte vermutlich nichts zu tun, als zu warten.

»Sie müssen umsteigen«, sagte jemand auf Französisch, und ich fuhr herum. Neben mir stand ein gut angezogener Herr mit einer schwarzen Laptoptasche und einem Huhn im Arm.

»Es ist nicht schwer. Dauert allerdings drei Tage. Kommen Sie, ich zeige Ihnen, welches TaxiBe Sie nehmen müssen.«

»TaxiBe?«, fragte ich.

»So heißen sie. Die Busse.« Er lächelte. »Alles in Ordnung mit Ihnen?«

»Ja«, sagte ich. »Danke. Ich ... dieser Ort ...«

»Oh, Hafenorte sind immer schrecklich«, sagte der Herr. »Sie werden sehen, Tana ist besser. In Tana finden Sie ein schönes, klimatisiertes Restaurant mit Internetanschluss und ein Guesthaus, es gibt alles in Tana, die jungen Leute tanzen nachts in den Discos, Tana ist New York.« Er lachte.

»Ich kenne ... bisher nur den Flugplatz von Tana«, sagte ich. »Auf dem Hinweg bin ich auf die Île Sainte-Marie geflogen.«

»Und warum fliegen Sie jetzt nicht?«

Weil ich kein Ticket habe. Weil ich noch nicht 18 bin. Weil ich mit einer gestohlenen Kreditkarte reise und höchstwahrscheinlich polizeilich gesucht werde. »Oh, ich ... dachte, ich spare Geld«, sagte ich, und er nickte.

»Steigen Sie in dieses TaxiBe hier. In Mahambo müssen Sie umsteigen, dann in Toamasina, und dann noch einmal, fragen Sie einfach, wenn Sie dort sind.«

»Danke«, sagte ich. »Vielen Dank.«

Er lächelte. »Wissen Sie, ich habe eine Tochter, die studiert in Europa. Ich hoffe, jemand hilft ihr auch, die richtigen Busse zu finden.«

Und ich kletterte in den Bus und setzte mich auf eine der winzigen Bänke, sie hatten in einen Kleinbus für ungefähr zwölf Leute Bänke für ungefähr fünfzig eingebaut.

Erst, als der Bus so voll mit Leuten war, dass wirklich niemand mehr hineinpasste, fuhr der Bus los.

Es kam Wind durch die Fenster, die nur noch teilweise Scheiben hatten. Frischer, kühler Wind.

Wundervoll.

Die unbefestigte Straße bestand aus Löchern, der Bus fuhr um sie herum, wenn sie sehr groß waren, aber manchmal musste er hineinfahren, langsam, mit jaulendem Motor und im Staub durchdrehenden Reifen.

Neben der Straße wuchs die grüne Palmen-Urwald-Vegetation der Küste, Papaya- und Mangobäume standen zwischen kleinen Hütten, Menschen winkten, und ich winkte zurück.

Was sahen sie?

Sahen sie ein ängstliches Mädchen, das einen Rucksack auf dem Schoß hielt, ein blasses Mädchen mit rotem Haar? Nein. Sie sahen eine junge Frau, die alles hatte und alles sein und alles tun konnte, weil sie eine Europäerin war.

Ich holte das Foto aus der Vordertasche des Rucksacks: das von Fy und Faly und Aina und Ando.

»Lassen wir sie in dem Glauben«, flüsterte ich Fy zu.

Und mir war, als nickte sie. Als lächelte sie mir Mut zu.

Dann sah ich Faly an, der neben ihr so ernst in die Kamera blickte, und ich hörte Fys Stimme ganz leise in meinem Kopf. »Er stirbt«, flüsterte sie. »Er stirbt, Emma.«

»Nein«, sagte ich lautlos zu ihr. »Nein, das tut er nicht. Ich werde dich finden, und wir werden zu einer Apotheke gehen und das richtige Medikament bezahlen, und ich werde jemanden auftreiben, der ihn aus dem Gefängnis herausholt. Es muss ja auch Vorteile haben, eine Vazaha zu sein.«

Und dann schlief ich ein.

Ich sah ihn. Im Traum.

Er stand hinter einem Gittertor, im Traum war es das Tor des Gefängnisses, er war älter als auf dem Foto, sechzehn Jahre alt, und hinter ihm standen eine Menge anderer Männer aller Altersgruppen. Er hielt sich an den Gitterstäben des Tors fest wie Leute auf Fotos und sah mich an. Er wartete auf mich.

Jetzt ist es Nacht.

Die zweite meiner Nächte auf der Reise. Die erste Nacht habe ich im Bus verbracht, einem anderen.

Diese Reise ist eine unendliche Kette von Bussen, vollgestopft mit Familien und Gepäck und Tieren und … mir.

Ich sitze irgendwo im Nichts neben der Straße, eine Stunde nach Toamasina, und warte mit einer Menge anderer Leute auf das nächste TaxiBe. Das, in dem wir alle zuletzt waren, hat seinen Geist aufgegeben. Vielleicht kommt der Ersatz heute Nacht noch. Vielleicht morgen früh.

Vielleicht nie.

Ich sitze auf dem Boden, im Staub, und es ist mir egal.

Es ist schön, zu sitzen und in mein Buch zu schreiben, es

ist schön, dass es nicht mehr heiß ist und ich nicht mehr hin und her geschaukelt werde.

Die Nacht ist schön, die Sterne, die leere dunkle Straße.

Ich habe mein Telefon ausgeschaltet.

Nicht weit weg schläft eine Familie, die mit einem Schwein reist: einem liebenswerten gefleckten Ferkel, schwarz und rosa, das sie mästen und später verkaufen wollen, vom Gewinn, den sie mit dem Schwein machen, wollen sie ihren ältesten Sohn zur Schule schicken. Und ich dachte, es ist gut, wenn er zur Schule kommt, er muss ungefähr sechs sein.

Dann habe ich gefragt. Er ist zehn.

Ein älterer Herr, der Französisch spricht, hat für uns übersetzt. Diese Familie! Sie haben ihr Essen mit mir geteilt, mitgebrachten Reis. Sie haben nicht mal Schuhe. Sie lachen nur, wenn man sie danach fragt. Sie lachen so viel, dass man weinen könnte.

Und ich lege mich auf den Rücken in den Staub und sehe in die Sterne, schreibe im Liegen weiter. Es geht mir gut. Ich habe meine Tabletten genommen, das Gerinnungszeug. Es liegt nur am Staub, dass ich schlecht Luft bekomme.

Es geht mir gut.

Entschuldigung.

Das ist eine Lüge.

Als der Bus angehalten hat, bin ich hinausgestürzt, aus der Hitze und der Enge und dem Dunst der Abgase, die wegen des kaputten Auspuffs nach innen geleitet werden, und habe mich übergeben.

Und ich habe das Essen, das die Familie mit dem Schwein mir angeboten hat, gar nicht gegessen. Warum habe ich das geschrieben? Als könnte ich mit diesem Tagebuch irgendwem irgendetwas weißmachen!

Mir ist immer noch schlecht.

Eine Banane habe ich heruntergewürgt, jemand kam vorbei und verkaufte Bananen. Die Banane ist nicht lange in mir geblieben, ich habe auch sie ausgespuckt, und ich renne ab und zu ins Gebüsch, ich kann nicht lange hier liegen, mein Darm rebelliert, ich weiß nicht, was ich Falsches gegessen habe. Wenn ich aufstehe, dreht sich die Welt.

Ich versuche, viel zu trinken, ich habe Wasser gekauft, Flaschenwasser, hundertprozentig keimfrei.

Ich werde jetzt aufhören zu schreiben.

Ich werde das Foto noch eine Weile ansehen und dann schlafen. Dieses Foto – Ich habe mich schon im Bus daran festgeklammert, als ich mit meiner Übelkeit kämpfte, der Hitze, dem Gestank.

Aber das andere, was ich geschrieben, habe, stimmt.

Dass die Nacht schön ist.

Es ist, wie Fy gesagt hat, du siehst irgendwann unter dem Schönen das Hässliche: die Landschaft hier, trostlos, Reisfeld an Reisfeld, das ganze entwaldete Land, das in der Hitze stöhnt. Die Armut. Den Schmutz. Die Bettler neben der Straße, den Müll.

Und dann siehst du dahinter und entdeckst wieder etwas Neues.

Die Schönheit der einfachen Dinge.

Ich liebe die Nacht und das Stückchen unbefestigter Straße, auf dem ich liege. Es ist die schönste Nacht und das schönste Stückchen Straße der Welt, denn es gehört in diesem Moment nur mir.

Später. Viel später.

Ich liege auf einem Bett mit einem weißen Laken, an mehreren Stellen geflickt.

Und endlich, endlich kann ich den Stift wieder halten, ohne zu zittern.

Die Wände sind seltsam türkisgrau gestrichen. Eine auch rosa, da war die andere Farbe vielleicht aus. An der Decke hängt eine kahle Energiesparbirne. Sie zittert. Rhythmisch.

Ich sehe weg. Ich wollte schreiben.

In jener Nacht erwachte ich davon, dass das Schulschwein an mir schnüffelte.

Ich schlug die Augen auf und merkte, dass die anderen Leute dabei waren, wieder einzusteigen, und ich stieg auch ein und ich dankte dem Schwein. So fuhren wir durch den beginnenden Morgen, der dunstig violett über den Feldern lag: Da fand ich die Schönheit wieder.

Aber mir war auch noch immer schlecht. Die Familie mit dem Schulschwein hatte eine Plastiktüte.

Ich weiß nicht, wie oft ich mich übergeben habe in den vierundzwanzig Stunden, die folgten, ich weiß nicht, wie oft ich, wenn wir hielten, hinausgerannt bin, um meinen rebellierenden Darm zu entleeren, zusammengekrümmt in den Büschen. Wenn es Büsche gab. Die freundliche Familie sagte: Trink, du musst viel trinken, und ich trank, und ich nahm meine Tabletten und übergab mich wieder.

Und mein Geist löste sich aus meinem Körper und

schwebte draußen über die kleinen Dörfer aus Lehmhäusern, über die Dächer aus Stroh und die kleinen Balkons, die man nur von außen über Leitern erreicht: blau oder grün oder rosa gestrichen: Häuser in einem Spielzeugland.

Mein Geist flog auch über die Straßen, über die Zebukarren, bunt gestrichen wie die Balkons, noch mehr Spielzeug. Die Karren waren beladen mit tonnenweise Ziegeln oder großen, gelben Wasserkanistern, die Zebus taten mir leid, das bunte Spielzeugland ist grausam.

Und die Spielzeughäuser haben keine Schornsteine, der Rauch der offenen Kohlefeuer drinnen entkommt aus den rußgeschwärzten Fenstern, oder gar nicht, und lässt die Menschen husten.

Mein Geist wanderte zwischen Menschen, die Lasten zogen wie Zebus, ebenfalls vor Karren gespannt, Menschen ohne Schuhe, Männern, auf dessen muskulösen Oberkörpern die Sonne glänzte – und solche, die ausgemergelt aussahen und krank.

Nimm eine Kiste buntes hölzernes Spielzeug, kipp es in einen Müllhaufen und rühre einmal um: Voilà, du hast Madagaskar.

Ja, während mein Körper dort im TaxiBe saß und litt, wanderte ich draußen schwerelos durch das Land, half den Leuten schieben und ziehen. Ich hielt den Wasserschlauch für das kleine Mädchen an der öffentlichen Wasserstelle, wo die Leute sich anstellen und für ihr Wasser zahlen, ich trug einen Kanister für einen winzigen Jungen.

Dann beeilte ich mich, dem Bus nachzulaufen, damit mein Körper nicht ohne mich weiterfuhr.

Und ich fand die andere Emma wieder, sie war zur Seite

gesackt und schlief an der Schulter ihres Sitznachbarn. Ich kehrte in meinen Körper zurück. War wieder ich.

Spürte, wie schwierig es war, die dicke, heiße, giftige Luft zu atmen.

Aber an wessen Schulter schlief ich? Ich drehte den Kopf, nur ein wenig, auch mein Kopf tat weh. Der Fremde, an den ich mich lehnte, war kein Fremder. Ich kannte ihn.

Ich kannte ihn von einem Foto, und von einer Vision auf der Insel. Er trug Fys Gesicht und doch nicht Fys Gesicht, seine Nase und Lippen waren ein wenig schmaler, die Wangenknochen hoch, die Augen groß und ein wenig mandelförmig. Das Haar, anders als bei Fy, beinahe brutal kurz geschnitten.

»Faly«, flüsterte ich.

Er nickte leicht. Und lächelte.

»Wie kommst du hierher?«, flüsterte ich. »Du bist in Tana. Im Gefängnis.«

»Mein wirklicher Körper ist dort«, sagte er leise. »Aber ich habe ihn für eine Weile verlassen, glaube ich. Es ging ihm nicht gut.«

»Ja«, sagte ich. »Deshalb bin ich ja auf dem Weg nach Tana. Du musst wieder zurück! Zurück in den Körper! Was, wenn der Geist irgendwo verloren geht?«

»Dies ist ein Land voller Geister«, sagte Faly und lächelte breiter. »Er wäre in bester Gesellschaft. Lass mich ein bisschen bleiben und ausruhen.«

»Ja«, sagte ich wieder, »ja.«

Und wir saßen einfach so nebeneinander, in dem engen Bus, und ich lehnte mich wieder an seine Schulter, und das Atmen ging leichter.

»Erzähl mir«, wisperte ich nach einer Weile. »Erzähl mir von dir. Damit ich dich verstehe. Erzähl mir ... von deinen Träumen. Davon, was du willst im Leben. Von deiner Lieblingsfarbe.«

Er überlegte eine Weile. »Grün«, sagte er dann. Und lachte leise. »Ich würde den Wald gerne sehen. Da, wo er noch so ist wie früher.«

»Auf der Insel ist es so«, sagte ich. »Auf der Insel, auf die du Fy geschickt hast.«

»Ich weiß«, sagte er. »Der Plan war, gemeinsam zu gehen.«

»Ihr könnt das noch tun. Später.«

Er lachte. »Nein. Aber wir können es träumen. Wir werden eine kleine Hütte dort haben, wir werden erwachsen sein, ich werde fischen, Onja wird mit mir hinausfahren. Wir werden die Wale sehen ... Onja wird schwimmen können, ihr Name bedeutet ›Welle‹, also wird sie ein Wasserkind werden, sie wird die Sprache der Wale verstehen. Ihren Gesang. Und wenn sie auftaucht, werde ich sie an Bord ziehen, und sie wird mir erzählen, was die Wale gesagt haben über die Welt unter Wasser. Ob die Menschen schon alles kaputt gemacht haben oder ob es noch Hoffnung gibt ...«

»Warte. Woher weißt du das? Dass die Menschen die Meere zerstören? Du warst nie in der Schule ...«

Er zuckte die Schultern. »Doch. Drei Tage lang. Aber ich kann eins und eins zusammenzählen. Glaubst du, nur, weil man auf der Straße lebt, kann man nicht denken? Nicht riechen? All diese Autos in Tana ... Es ist eine einzige Dunstglocke. Und all der Müll, dieses Abwasser. Am Ende landet es im Meer.«

Ich nickte. »Entschuldige. Ich wollte nicht sagen, dass du dumm bist, ich …«

Er lachte. »Schon gut«, sagte er. »Schon gut, Emma.« Und er drehte sich zu mir und sah mich an, von ganz Nahem.

»Du wirst uns besuchen«, wisperte er. »Dort, auf der Insel. Onja und ich werden einen Fisch mitbringen, und Fy wird ihn braten, und die Kleinen werden nicht mehr klein sein, sie werden groß sein und gesund und klug, denn in meinem Traum werden wir sie wieder zur Schule schicken. Du wirst mit uns Reis und Fisch essen, und du wirst nach dem Salz fragen, weil alle Vazahas nach dem Salz fragen.«

Ich lachte. »Nein. Ich werde meinen eigenen Salzstreuer haben. Wer zum zweiten Mal nach Madagaskar fährt, weiß, dass man einen braucht.«

Er schnaubte belustigt. »Und du wirst dein Kind bei dir haben, ein kleines Kind. Onja wird mit ihm spielen.« Er schloss die Augen. »Ich kann es sehen. Es ist ein Mädchen. Mit goldenem Haar, wie du. Und mit diesen dunklen Sternen im Gesicht.«

»Sommersprossen?«

Er nickte. »Aina wird ihm Zöpfchen flechten. Dir vielleicht auch. Sie liebt es, Zöpfe zu flechten.« Er öffnete die Augen wieder. »Ob sie sich noch jeden Morgen Zöpfe flicht? Ich weiß nicht einmal, wo sie ist. Sie sind nie gekommen, um mich zu besuchen. Ando und Aina. Ich nehme an, dass jemand ihnen gesagt hat, wo ich bin, aber sie sind nie gekommen. Vielleicht wollen sie nichts mehr von mir wissen. Vielleicht haben ihnen die Leute erzählt, dass ihr Bruder ein Mörder ist.«

»Das ist nicht wahr!«, flüsterte ich. »Das war … bei uns

würde man es ›Notwehr‹ nennen! Er hat auf Fy gezielt. Oder nicht?«

»Es spielt keine Rolle«, sagte Faly sanft, »für die, die entscheiden.«

Er sah auf seine Hände hinab, ein wenig verwundert, und da sah ich, dass ich eine von ihnen genommen hatte und festhielt, es war mir ein wenig peinlich, ich kannte ihn nicht, wie konnte ich seine Hand nehmen? Gleichzeitig fragte ich mich, ob es diese Hand war, die die Pistole geschwungen und Fys Herrn getötet hatte. Und möglicherweise den Gardien.

»Lass uns weiterträumen«, sagte er. »Ich meine ... du hast gefragt, was ich mir wünsche. Wohin ich will. Das ist es. Oder vielleicht ... vielleicht will ich noch weiter. In die Welt. Wie die Wale. Alles sehen, was jenseits des Meers liegt. Du könntest nach dem Fischessen sagen: »Besuch uns doch, in Europa, wir haben ein Gästezimmer.«

»Ja«, wisperte ich. »Das werde ich sagen. Und ich werde sagen: Ich habe im Lotto gewonnen, deshalb kann ich die Flüge bezahlen. Ich werde euch einen Spielplatz mit einer beinahe unendlich langen Rutsche zeigen, und wir können ein Picknick im Wald machen, es ist ein anderer Wald als bei euch, aber er ist auch schön, kommt im Frühjahr, dann blühen die kleinen weißen Blüten unter den Bäumen, es ist wie ein blühender Teppich. Oder im Winter, dann können wir auf einem zugefrorenen Fluss entlangschlittern ...«

»Wie schön«, flüsterte er, und ich legte meinen Kopf an seine Schulter, und er legte seinen Kopf auf meinen Kopf.

Und dann schlief ich, und als ich aufwachte, saß auf dem Platz neben mir eine Frau mit zwei kleinen Kindern.

Und natürlich war ich nie als Geist da draußen herumgelaufen, und natürlich hatte ich nie mit Faly gesprochen, es war alles ein Traum gewesen.

Von da an sah ich das Foto immer an, wenn ich wach war.

Und wenn ich Faly darauf ansah, lächelte ich unwillkürlich.

Unser Traum von der Zukunft war so schön gewesen.

Kann man sich in ein Bild verlieben?

Aber du dachtest auch, du wärst verliebt in Luc. Kann es sein, Emma, dass du verzweifelt nach jemandem suchst, in den du dich verlieben kannst?

Ich frage mich selbst.

Ich antworte mir nicht.

Und dann die Stadt.

Riesig, unermesslich, chaotisch. Sie ist, habe ich gelesen, auf sieben Hügeln erbaut, oder waren es elf? Ich würde sagen, es sind mindestens siebenundsiebzig.

Der Stau begann schon in den Außenbezirken, Blechschlangen zwischen alten und neuen Häusern, Hütten aus Wellblech und Pappe, Verkaufsstände, mittelalterlich, Händler, die die Fliegen vom rohen Fleisch wedeln, daneben prächtige Orangen, und wieder daneben Elektrogeräte in verschiedenen Stadien des Zerfalls. Zu enge Straßen, einspurig, aber zweispurig befahren, Busse, Fahrradrikschas, die sie hier *Pousse* nennen, Laufrikschas, gezogen von abgerissenen alten Männern, die zu schwere Kundschaft transportierten, hin und wieder ein protziger SUV, an dessen Fenster Horden von abgerissenen Kindern klopften, die Hände ausgestreckt.

Die meisten fuhren weiter.

Ich fühlte mich zerschlagen, schlimmer als nach dem Tauchgang mit Luc, und als das TaxiBe schließlich auf einem Busparkplatz inmitten von Essensständen, Fäkalien und Menschen hielt, fiel ich mehr oder weniger hinaus.

Es war kalt. Im Bus war es stickig und warm gewesen, von all den zusammengedrängten Körpern, aber hier war es kalt, anders als an der Küste. Natürlich. Wir hatten Winter, Winter in diesem Land.

Und Tana lag hoch.

Ich schlang die Arme um mich selbst, frierend.

Wie sollte ich Fy in dieser Stadt finden? Es war unmöglich.

Und dann ließ ich mich vom nächsten aufdringlichen Motorrikschafahrer abschleppen, Kabel hingen unter dem Lenkrad wie die Innereien an den Fleischständen. *Hotel, Hotel,* sagte der Fahrer, ich kenne ein wunderschönes Hotel für Madame, sehr günstig, und ich nickte nur.

Schlaf, dachte ich. Schlaf, Schlaf. Eine Toilette, eine Dusche. Schlaf.

Ich klammerte mich an das Foto, als könnte es mir helfen, und als ich die Augen schloss, saß Faly neben mir, der Geisterfaly aus dem TaxiBe, ich musste wieder eingeschlafen sein. Er legte einen Arm um meine Schultern und flüsterte: »Du wirst Fy finden. Gibt nicht auf, Emma, bitte, gibt nicht auf. Wir brauchen dich.«

Und dann waren wir bei dem Hotel.

Hotel?

Eine winzige Absteige in einem scheibenförmigen Haus, zwischen andere Gebäude geklemmt, mit einer wackeligen Außentreppe. Die Rezeption war ein alter Tisch. Es gab keine Dusche – das Wasser ist weg in Tana, das ist immer so zwischen zehn und siebzehn Uhr, sagten sie. Aber es gäbe doch noch etwas Wasser in dem Eimer im Bad. Klar sah es nicht aus.

Ich fiel auf das schmale Bett, wickelte das nicht sehr saubere Betttuch um mich und war einfach froh, zu liegen.

Eine große Küchenschabe ging über den Fußboden. Ich gab ihr einen Namen. Hugo. Sie sah aus, als suchte sie etwas. Vielleicht das Glück. »Es ist hier«, sagte ich. »Ganz in der Nähe. Es ist nett, dass du ein Zimmer mit mir teilst. Wir reden später.«

Und dann schlief ich ein; so tief, dass ich nicht sicher war, ob ich aufwachen würde.

In meinen Träumen lag ich nicht allein in dem schmalen Bett. Da war jemand, der mich hielt und wärmte und beschützte, jemand, der mir ins Ohr flüsterte »alles wird gut«, und er meinte es ehrlich.

Natürlich wusste ich, wer es war.

Und als ich schließlich aufwachte und er fort war, fühlte ich mich sehr allein.

Ich setzte mich auf und merkte, dass es mir besser ging. Ich war immer noch müde, aber mir war nicht mehr übel.

»Danke, dass du da warst«, flüsterte ich. »Faly.«

Ich habe übrigens, im Internet auf der Île aux Nattes, nachgesehen:

Faly bedeutet »glücklich«.

Ich schaltete mein Handy an, noch immer in das Betttuch gewickelt gegen die Kälte, und las alle Nachrichten von Elise.

- *Wo bist du? Melde dich.*
- *Komm zurück. Wir können das hier wieder einrenken, ehe deine Eltern es erfahren.*
- *Deine Mutter wird mir nie verzeihen, dass ich mit dir nach Madagaskar gefahren bin.*
- *Emma! Melde dich gefälligst! Du weißt, dass die Polizei dich sucht?*
- *Wie kannst du so was tun, verflucht noch mal, Emma, du hast keine Ahnung, wie gefährlich das ist, wenn du dich nicht sofort meldest, werde ich ... Okay, ich weiß nicht, was ich werde.*
- *Bitte, Emma. Sag mir wenigstens, wo du bist.*
- *Emma? Nur ein Lebenszeichen. Ich flehe dich an.*

Ich seufzte und legte das Handy mit dem Display aufs Bett. Atmete tief durch. Kramte die Tabletten hervor, nahm sie und trank die Wasserflasche leer.

»Ich bin vernünftig«, sagte ich zu Elise, die mich nicht hören konnte. »Ich werde jetzt Bananen kaufen und trockene Kekse und eine Apotheke finden. Cipro und Metronidazol, ein Rundumschlag gegen alles. Amoeben, Lamblien und Bakterien. Du hast es mich auswendig lernen lassen, ehe wir gefahren sind.«

Aber ich schrieb ihr nicht zurück.

»Es tut mir leid«, flüsterte ich. »Wirklich. Verzeih mir, Elise.«

Und dann duschte ich. Es war schon wieder kein Wasser da, ich hatte die Zeit, in der es da war, verschlafen. Also goss ich das Wasser aus dem Eimer über den Körper, biss die Zähne zusammen gegen die Kälte.

Als ich, in ein Strandtuch gewickelt, zitternd, zurück in mein winziges Zimmer kam, klingelte das Telefon, ich hatte vergessen, es auszuschalten. Ich kannte die Nummer nicht. Es war eine einheimische.

Ich starrte die Ziffern eine ganze Weile an, so lange, bis das Telefon aufhörte, zu klingeln.

Dann zog ich ein frisches T-Shirt an, ich hatte es vor Tagen in der Lodge zum Waschen abgegeben, und ich stellte mir vor, dass Fy es gewaschen hatte.

Und dann klingelte das Telefon schon wieder.

Die gleiche Nummer.

Die Polizei? Kann die madagassische Polizei Handys orten? Vermutlich nicht, wenn es nicht einmal Wasser in der Dusche gibt.

Ich nahm das Handy wie eine bissige Schlange. »Ja-a?«

»Emma? Emma, *c'est toi?*« Bist du das?

»Ich glaube schon«, sagte ich auf Französisch, vorsichtig.

»Wo bist du? Elise hat mir deine Nummer gegeben, noch damals auf der Insel, und ich dachte, ich melde mich … Ich wollte sagen: Es tut mir leid.«

»Fy«, sagte ich und ließ mich aufs Bett fallen, lag da mit dem Handy und hätte fast geweint. »Was tut dir leid?«, fragte ich verwirrt. »Fy, wo bist du?«

»In Tana«, sagte sie.

»Ich auch«, sagte ich.

»Was? Ich … ich habe dein Geld genommen, und …«

»Oh, das!«, sagte ich und musste plötzlich lachen. »Na

ja, *ich* habe *Elises* Geld genommen, das heißt, ihre Geldkarte, und ich müsste mich bei Elise entschuldigen, und Elise glaubt, sie müsste sich bei meiner Mutter entschuldigen, weil sie mich mitgenommen hat hierher … Fy, es ist so wunderbar, dich zu hören!«

»Ja«, sagte sie. »Ja. Dich auch.« Eine Weile schwieg sie, und dann fragte sie zaghaft: »Warum hast du Elises Karte? Ich verstehe nicht … Seid ihr am Flugplatz?«

»Nein«, sagte ich. »In einem Hotelzimmer. Und ich bin allein. Ich bin mit dem Bus nach Tana gekommen. Gestern Nacht.«

»Du … *Warum?*«

»Weil ich dringend drei Tage lang kotzen und mich elend fühlen wollte«, sagte ich und lachte schon wieder.

»Aber du müsstest in einem Flugzeug nach Hause sein!«

»Ich bin genau da, wo ich sein muss«, sagte ich fest. »Ich bin gekommen, um zu helfen. Ich werde mit zu Faly gehen. Zum Gefängnis. Vielleicht kann ich etwas tun, weil ich eine Vazaha bin. Du hast gesagt, es geht ihm nicht gut, ich denke, er braucht Medikamente. Und wir müssen zusehen, dass wir ihn aus diesem Gefängnis rauskriegen.«

»Emma«, sagte Fy, und ihre Stimme klang erstickt, ich glaube, sie kämpfte mit den Tränen. »Emma, stell dir das nicht so einfach vor.«

»Warst du bei ihm?«

»Nein. Noch nicht. Ich bin auch noch nicht sehr lange hier, du warst schnell …« Sie lachte, durch Tränen hindurch.

»Wo können wir uns treffen?«

»Nimm ein Taxi zum Saka Manga. Das ist ein Restaurant mitten in der Stadt, ein schickes, für Vazahas. Jeder Taxifahrer kennt es. Ich kann zu Fuß hinkommen. Wir treffen uns davor.«

»Warte«, sagte ich, ehe sie die Verbindung unterbrach. »Hat Elise deine Nummer?«

»Ich glaube nicht.«

»Falls doch. Falls sie dich anruft. Bitte, Fy. Sag ihr nicht, dass du weißt, wo ich bin.«

Und dann war ich es, die auflegte, damit sie nicht widersprechen konnte, denn sie war meine Freundin, und sie hätte gesagt: Es ist besser für dich, zurückzugehen. Aber vielleicht hätte sie das auch nicht gesagt, denn sie wusste nicht, wie gefährlich es wirklich war, was ich tat.

Ich weiß es. Machen wir uns nichts vor. Aber ich weiß auch, dass es nichts ändert, wenn ich mit Elise nach Hause fliege.

Und dies ist die Mitte des Lebens.

Nicht der Urwald auf der Île aux Nattes, wie ich dachte, nicht die Lemuren oder die Wale. Diese laute, schreckliche Stadt.

Ich sitze hier vor dem Saka Manga, in einem Flecken Sonne, wo es wärmer ist. Ich habe eine Plastiktüte voll Medikamente im Rucksack, ich bin eine wandelnde Klinik, ich schreibe und warte auf Fy, und dies ist die Mitte des Lebens.

Die höchste Kurve der Achterbahn, ehe sie in die Tiefe saust.

Ich möchte sie erleben.

Nicht in einem weißen Krankenhausbett am Boden der Achterbahn bleiben, ohne Höhen und Tiefen, denn wozu wäre ich dann eingestiegen?

Emma ist hier, hörst du, kleine Onja, sie ist hier, sie ist unseretwegen gekommen.

Noch eine halbe Stunde, zu Fuß an den Autoschlangen vorbei, und wir werden sie sehen.

Ich habe das Gefühl, ich hätte sie Wochen nicht gesehen. Jahre.

Vielleicht deshalb, weil ich dachte, ich würde sie nie wiedertreffen.

Und sie ist nicht böse wegen des Geldes.

Mein Herz singt.

Gestern Nacht hat es nicht gesungen. Gestern Nacht hast du zum ersten Mal in deinem winzigen Leben auf der Straße geschlafen, in einer windstillen Ecke, wir haben uns gegenseitig gewärmt, es war kühl. Ich habe von Ando und Aina geträumt. Sie streckten die Arme nach mir aus und riefen meinen Namen, aber eine unsichtbare Kraft zog sie fort von mir, zog sie in ein schwarzes Nichts, das sie verschluckte.

Ich habe so viele Leute nach ihnen gefragt. Dort, wo wir früher geschlafen haben, und dann bei der Adresse, von der Faly mir damals erzählt hatte: Doch in dem Zimmer, das er damals gemietet hatte, wohnt jetzt eine andere Familie darin. Sechs Kinder, das kleinste ein Baby, der älteste Junge dreizehn, und ihre Großeltern. Sie waren freundlich. Sie haben ihre Reissuppe mit mir geteilt, die nur aus Wasser bestand, und sie haben mir zugehört. Doch sie wussten nicht, wo Aina und Ando sind. Als sie eingezogen waren, hatte das Zimmer bereits leer gestanden. Und sie hatten ihre eigenen

Probleme, die Mutter der Kinder war verschwunden, der Vater sowieso lange fort, die Großeltern und der älteste Junge kratzten das Geld für die Miete gerade so zusammen.

»Wenn man Arbeit finden könnte, richtige Arbeit«, sagte er. »Diese verdammte Stadt frisst einen auf, sie schluckt Seelen wie Bonbons.«

»Ja«, sagte ich. »Es ist besser anderswo.«

»Es gibt so viele grüne Gärten in dieser Stadt, wunderschöne grüne Gärten«, meinte er. »Wenn man Arbeit finden könnte ... in einem dieser Gärten ... sie haben Gardiens und Bedienstete in den großen Häusern ...«

»Geh dort nicht hin«, sagte ich. »Hörst du? Niemals. Du willst nicht in einem solchen Haus arbeiten, nicht für alles Geld des Universums. Schon gar nicht als Gardien.«

Er sah mich irritiert an. »Was hast du gegen die Gardiens?«

»Gar nichts«, sagte ich. »Aber ich habe einen von ihnen sterben sehen. Und all diese Paradiese ... sind nur Paradiese, wenn du sie von der einen Seite siehst. Wenn du sie von der anderen Seite siehst, sind es Höllen.«

Dann drehte ich mich um und wollte gehen, doch die Großmutter der Familie hielt mich auf.

»Warte, mein Kind«, sagte sie. »Das hier ist das Einzige, was wir gefunden haben, als wir gekommen sind. Es lag unter dem Schrank.« Und sie drückte mir ein staubiges Blatt Papier in die Hand.

Ein Kinderbild, mit Kugelschreiber gezeichnet. Jemand hatte zwei Gestalten gemalt, mit zu großen Köpfen und zu vielen Fingern. Sie hielten sich an der Hand. Eine von ihnen hatte Zöpfe, die andere halblange Locken. Und es gab zwei Sprechblasen, in denen mit so winziger Schrift etwas geschrieben war, dass ich es kaum lesen konnte.

»Haben Sie das gelesen?«, fragte ich die alte Frau.

Sie schüttelte den Kopf.

Natürlich. Keiner von ihnen konnte lesen.

Aber ich wusste, wer die Figuren waren. Ich hielt das Blatt ganz nah an meine Augen.

Faly, wo bist ...?, sagte die eine Figur. Das Mädchen. Aina. Der Rest in der Blase war verblasst.

In Andos Sprechblase stand: *Sie haben gesagt, du bist tot.*

Und darunter, es passte nicht mehr in die Sprechblase: *Wir gehen jetzt, um ... will uns helfen ...* Danach war wieder alles zu blass.

Ich drückte das Papier an mich und dankte der alten Frau, und dann ging ich und fragte alle Nachbarn, doch niemand wusste, wohin die beiden gegangen waren. Einer hatte sie gehen sehen. Er sagte, sie hätten eine Tüte bei sich gehabt mit ihrem gesamten Besitz darin.

Sie haben einen Abschiedsbrief an einen Menschen geschrieben, von dem sie glaubten, er sei tot.

Wer hat ihnen erzählt, Faly sei tot?

In dem Brief, den ich bekommen habe, stand, dass es ihm schlecht geht. Das heißt, dass er noch gelebt hat, als der Brief geschrieben wurde. Und die Zwillinge sind viel früher fortgegangen, Monate zuvor.

Jemand hat sie belogen.

Und dann, abends, als wir allein waren in unserer windgeschützten Ecke, habe ich das Papier noch einmal genau angesehen. Da sah ich zwischen den rührend krakeligen

Bäumen und Blumen noch eine dritte Figur. Kleiner als die beiden anderen: weiter weg.

Sie trug einen Pullover mit einer Ente.

… *uns helfen* … schrie mir das Papier entgegen. Ando und Aina hatten geglaubt, sie würden irgendwo hingehen, wo jemand ihnen half.

Onja, ich habe Angst.

Gleich, gleich, am Ende dieser Straße werde ich Emma treffen, und ich werde sie umarmen und meine Angst mit ihr teilen, denn ich habe eine Freundin, und das ist das Beste, was man haben kann.

12

Und wieder ist alles anders. Ständig ändert sich die Welt.

Ich habe meine ganze Reise über darauf gewartet, jemanden zu sehen, den ich nicht kenne und von dem ich doch das Gefühl hatte, ich würde ihn besser kennen als irgendwen sonst.

Nun habe ich ihn gesehen.

Und ich liege hier und kann nicht einschlafen, obwohl ich so gerne schlafen würde, damit ich zurückkehre in die Träume, in denen ich ihn treffen kann, ohne dass zwei Lagen aus rostigem Gitter uns trennen.

Aber ich finde keinen Schlaf, und so schreibe ich, im Liegen, im Licht der letzten Taschenlampenbatterien. Den Akku des Handys spare ich besser auf, für Notfälle. Neben mir liegt Fy, ich spüre ihren atmenden Körper, sie schläft, die Arme um Onja gelegt. Die Kunststoffdecke, die wir über uns gebreitet haben, reicht für uns beide, ich habe sie aus dem Hotel mitgehen lassen, als ich meine Sachen geholt habe.

In dieser Nacht ist mein Bett ein schadhafter Bürgersteig.

Ich habe Hunger. Es ist das erste Mal, dass ich nicht einschlafen kann, weil ich Hunger habe. Doch das Ziehen in meinem Magen sagt mir auch, dass ich existiere, ich atme, noch bin ich da.

Ich kann die vielen kleinen goldenen Feuer um uns sehen, die in der langen, abschüssigen Straße brennen, winzige Kohlefeuer, an denen sich jemand wärmt; auf denen jemand spät noch Reis kocht. Ich kann die Sterne über uns sehen, silbern am weiten, samtdunklen Himmel, ich kann zwischen Abfall und Verwesung den süßen Duft der Rosen riechen, die nicht weit von uns an einem Bretterzaun emporklettern.

Wie schön es ist, zu leben!

Fy fiel mir um den Hals, als sie mich sah, sie kam mit Onja die kleine Straße hinunter, durch die Hitze, an stehenden und geparkten Autos vorbei, dann sah sie mich und rannte los und fiel mir um den Hals. Sie lachte und weinte gleichzeitig.

»Da bist du«, flüsterte ich in ihr dunkles Haar. »Endlich.«

»Ja, endlich«, sagte Fy und hielt mich ein wenig von sich ab. »Was stimmt nicht mit dir? Du siehst furchtbar aus.«

»Ach, ich war nur ein bisschen krank«, sagte ich leichthin. »Magen-Darm.« Ich deutete auf die dünne, blau-weißgestreifte Plastiktüte zu meinen Füßen, die Tüte von der Apotheke. »Ich habe eine Menge Zeug geschluckt. Noch mehr als das, was ich üblicherweise schlucke. Die anderen Medikamente sind für deinen Bruder. Falls er sie brauchen kann. Wo genau ...?«

Fy legte den Finger auf den Mund. Und dann flüsterte sie:

»Antanimora.« Es klang wie ein Zauberwort aus einem der Bücher meiner Kinderzeit, dunkel und geheimnisvoll.

»Antanimora«, wiederholte ich. »Ist das der Name des ...«

Sie nickte, den Finger wieder an den Lippen. Sie wollte nicht, dass ich das Wort »Gefängnis« aussprach. Als wäre es gefährlich, ein Wort wie eine Waffe.

»Wir können zu Fuß gehen, es ist eine knappe Stunde. Aber bist du sicher, dass du mitgehen willst? Es ... wird nicht schön sein.«

»Ich dachte nicht, dass wir auf einer Blumenwiese tanzen gehen«, sagte ich und lachte.

»Gut«, sagte Fy.

Und wir gingen los, erst abwärts und dann wieder aufwärts, diese Stadt ist eine Achterbahn voller Verkehr und voller Menschen. Ich legte einem Bettler, der keine Hände mehr hatte, einen Schein in seine Mütze. »Lepra«, sagte Fy.

Ich nickte. »Ich kenne Lepra nur aus der Bibel.«

»Bei uns gibt es sie«, sagte Fy. »Genau wie die Pest. Madagaskar ist der Zoo der beinahe ausgestorbenen Krankheiten.«

Wir lachten zusammen, aber dann mussten wir eine weitere steile Straße hinauf, und ich hatte keinen Atem mehr zum Lachen, der Schweiß lief mir in Strömen übers Gesicht, es gab nirgends Schatten, das heiße Metall der Autos vervielfachte die Hitze. Fy ging so leichtfüßig voraus, als balancierte sie im kühlen Schatten von Palmen über einen Baumstamm, hielt sich aufrecht wie eine Tänzerin, trotz Onja auf ihrem Rücken.

Mein Körper wog Tonnen, ich bin ein Mädchen aus Blei. Ich merkte, wie mein Puls raste. Wie mir schwindelig wurde. Und schließlich blieb Fy stehen und wartete auf mich.

Als ich bei ihr war, musterte sie mich prüfend, und dann schüttelte sie den Kopf. »Wir nehmen den Bus.«

Da nickte ich ergeben.

Fy hatte in der Straße, in der der Bus hielt, Reis mit Gemüse und Fleisch gekauft, in einer schwarzen Plastiktüte, die sie oben verknotete. Kurz darauf saßen wir auf einer schmalen Bank in einem Bus, eingequetscht zwischen Menschen, und sie balancierte die Plastiktüte auf den Knien wie einen Schatz. »Für Faly«, sagt sie.

Ein Schatz, dachte ich, den wir an den Ort mit dem Zauberwort schmuggeln würden. Und ich fühlte mich ein wenig wie ein Untergrundkämpfer, obwohl ich nur ein Mädchen war, das in einem Bus saß und nach Luft rang.

Und dann hielt der Bus und wir wanderten eine weitere steile Straße hinauf, eine Straße zwischen hohen Mauern. Zur Rechten ragten hinter den Mauern Gebäude auf, hohe, einstmals weiß gestrichene Hallen mit kleinen Fenstern weit, weit oben. Sie sahen aus wie Schlachthäuser.

»Antanimora«, wisperte Fy.

Ein Schauer lief mir über den Rücken.

Doch das Leben hier war laut und bunt und heiß und fröhlich wie überall, Verkaufsstände aller Art priesen Waren an, wilde Hunde jagten sich gegenseitig, kleine Kinder spielten in einem Müllberg.

In der Mauer gab es mehrere hohe Metalltore, und vor einem blieb Fy stehen.

»Block 4«, verkündete die gerade noch lesbare dunkle Schrift. »Jugendgefängnis.«

Ich lehnte mich gegen die Mauer und atmete einen Moment ganz langsam.

»Emma«, sagte Fy, »ich … mache mir Sorgen. Deine Lippen sind blau. Und du atmest zu schnell. Was genau hast du?«

Ich seufzte. »Zu wenig Sauerstoff im Blut«, flüsterte ich dann.

»Aber …? Wie …?« Sie sah mich an, fragend, verwirrt.

Ich seufzte. »Das ist das Herz. Die Klappe ist undicht. Es fließt Blut zurück statt in die Lunge. Es … arbeitet nicht richtig.«

»Das kann man … behandeln?«

»Ja, man kann alles behandeln«, sagte ich und versuchte, mit geschlossenen Augen, langsam und gleichmäßig zu atmen. »Nur nicht jetzt«, sagte ich. »Jetzt retten wir deinen Bruder.«

Und ich öffnete die Augen und lächelte sie an. »Gehen wir rein.«

So betraten wir den Block 4 des Gefängnisses Antanimora.

Männer in Tarnfleck bewachten es, sie wollten unsere Papiere sehen, und ich zeigte ihnen meinen Pass und sie sahen misstrauisch aus. »Foto?«, fragten sie. »Kein Foto.«

Ich schüttelte den Kopf. »Keine Fotos.«

Fy holte ein zerknittertes, mehrfach gefaltetes Stück Papier mit irgendwelchen Stempeln heraus. Irgendeine Art von Meldebescheid.

Die Uniformierten knurrten, dann winkten sie uns durch.

Das Büro, in das man uns führte, war klein und quadratisch, es gehörte einer ausländischen Hilfsorganisation. Es war schattig darin, und es gab eine Holzbank, auf die ich mich fallen ließ.

Ein kleiner, freundlicher Mann materialisierte sich von irgendwoher und lächelte.

»Dies ist unser Anmelderaum«, sagte er zu mir. »Und hier drin sprechen die Jugendlichen mit ihren Angehörigen. Wir arbeiten seit einigen Jahren hier, um das Leben der Jugendlichen erträglicher zu machen. Als wir herkamen, gab es nicht mal Matratzen, die Jungs schliefen auf dem Betonfußboden. Inzwischen bieten wir sogar Alphabetisierungskurse an, und manchmal Hip-Hop. Aber das wissen Sie sicher.«

Ich schüttelte den Kopf.

»Moment, Sie sind ... nicht die neue Volontärin?«, fragte der kleine Mann.

»Nein, ich bin nur eine ... eine Angehörige«, sagte ich, noch immer mit der Luft kämpfend. »Wir möchten ... Fys Bruder besuchen.«

Ich nickte zu Fy hinüber, die still und schüchtern mit Onja auf dem Rücken neben mir stand.

»Falisoa Ranavolana Rakotomanalalafy«, sagte Fy. »Er ist seit drei Monaten hier. Bitte ... man hat mir gesagt, es geht ihm nicht gut.«

»Faly?« Der kleine Mann runzelte die Stirn. Dann verschwand er in seinem Büro.

Wir warteten eine ganze Weile. Fy nahm Onja von ihrem Rücken, setzte sich auf die Bank und begann, sie zu stillen. Während sie gierig trank, öffneten und schlossen sich ihre kleinen Fäuste, als kämpfte sie einen unerklärlichen Kampf.

»Faly wird sie heute zum ersten Mal sehen«, flüsterte Fy. »Onja. Ich hoffe, es ist nicht zu spät ...«

»Alles wird gut«, sagte ich leise. »Du siehst doch, es ist nicht so schlimm hier. Alphabetisierungskurse. Hip-Hop. Sie tun etwas für die Jugendlichen. Und wenn er krank ist, behandeln sie ihn, ganz bestimmt.«

»Entschuldigung«, sage der kleine Mann und stand auf einmal wieder vor uns. »Ich bin alle Listen durchgegangen. Wir haben niemanden dieses Namens hier.«

Fy sah weg, kniff die Lippen aufeinander, und ich dachte, sie weint, aber sie saß nur ganz starr da. Dann drehte sie den Kopf und sah den kleinen Mann wieder an. »Ich bin zu spät gekommen, richtig?«

Der kleine Mann schüttelte langsam den Kopf. »Ich weiß es nicht«, sagte er schließlich. »Sagen Sie, wie alt ist Ihr Bruder?«

»So alt wie ich. Wir sind Zwillinge. Sechzehn.«

Ein langsames Nicken. »Ich hätte Sie für älter gehalten. Achtzehn sicherlich. Hatte Ihr Bruder Papiere bei sich, als er nach Antanimora kam?«

»Ich glaube nicht. Wir haben nur *eine* Geburtsurkunde. Und die habe ich. Ich brauchte sie für die Stelle, die ich damals hatte. Ich ...« Sie verstummte. Das also war das zerknitterte Papier mit den vielen Stempeln gewesen.

»Ich kann mir vorstellen, was passiert ist«, sagte der kleine Mann sanft. »Ihr Bruder wird ebenfalls für älter gehalten worden sein. Das passiert. Dann ist er drüben bei den Männern. Der Block 4 ist nur für die Jungs unter achtzehn ausgelegt, alle anderen ...«

»... gehen rüber in die Hölle«, sagte eine zierliche braunhaarige Frau, die neben ihm aufgetaucht war. Französin. Der Mann drehte sich zu ihr um und warf ihr einen Blick zu, und sie zuckte die Schultern. »So ist es doch. 300 Gramm Maniok am Tag, gekocht in nichts als Wasser, einzige andere Zutat: Würmer. *Ein* funktionierender Wasserhahn für 1200 Mann. Ein halber Quadratmeter Platz zum Schlafen auf dem Boden. Wer Geld hat, kann sich ein Bett mieten, Waschwasser kaufen, Kaffee, Reis. Wer nicht – tja.« Sie schüttelte den Kopf. Sie war vielleicht einmal hübsch gewesen, trug jetzt aber einen zu verbitterten Zug um den Mund. »Holt ihn da raus. Deinen Bruder.« Sie sah erst Fy an und dann mich. »Egal, was er gemacht hat. Die meisten Jungs da drüben sind noch gar nicht verurteilt. Letztes Jahr sind 24 Männer in Untersuchungshaft gestorben. Einen haben sie, der sitzt seit 38 Jahren und hat nie einen Richter gesehen.« Sie nickte wieder. »Besorgt einen Anwalt. Besticht den Richter. Du, du hast doch Geld, oder?« Sie sah mich an. »Du siehst nach Geld aus. Sieh zu, dass du den Jungen da rauskriegst.«

Ich stand auf, ein wenig mühsam. »Das werde ich«, sagte ich.

Der nächste Block, in dem wir es versuchten, war also der der Männer. Während wir vor dem Büro warteten, hörte ich von drüben, von jenseits der stacheldrahtgekrönten Mauer, helle Stimmen. Weinen. Und auch Lachen.

»Da sind die Frauen«, sagte Fy und drückte Onja fest an sich. »Da wären wir, wenn Faly die Polizisten nicht aufgehalten hätte.«

Und schließlich waren wir an der Reihe, und wieder suchte jemand in einer Liste, während wir uns einen Besuchersessel mit durchgesessenem Polster teilten, aus dem die Sprungfedern ragten. Akten stapelten sich in Regalen, einige davon mit einer dicken Staubschicht. Es gab keinen Computer. Nur eine große, klobige, uralte Schreibmaschine.

Dahinter saß ein pockennarbiger Mann und bellte Fragen. »Name? Adresse? Einlieferungstag?«

Fy hatte alle Antworten sofort parat, aber sie zitterte so stark, dass ich ihre Hände festhielt, damit es dem Pockennarbigen nicht auffiel.

Eine Ewigkeit lang blätterte er und sagte nichts. Dann knallte er einen Ordner zu und sah uns über den Tisch hinweg an, zwischen den Bergen von Akten hindurch. »Nächste Woche. Montag.«

»Was ... nächste Woche?«, fragte ich.

»Nächste Woche könnt ihr wiederkommen, um mit ihm zu sprechen. Diese Woche wird es nichts mehr. Es ist schon Mittwoch.«

»Wie bitte?« Ich ließ Fys Hände los und sprang auf, was ein Fehler war, weil mir wieder schwindelig wurde. »Wir müssen *jetzt* mit ihm sprechen! Er ist krank, wir haben Medikamente, und er ist überhaupt noch nicht achtzehn, er muss in Block 4 verlegt werden, zu den anderen Jugendlichen, sie ist seine Zwillingsschwester, sie hat die gemeinsame Geburtsurkunde und ...«

Der Mann schüttelte den Kopf. »Tut mir leid, so arbeiten wir nicht. Wir haben 1200 Insassen, und ich muss mich um die Interessen aller kümmern, um die Sicherheit, um das Personal.« Er seufzte plötzlich, und es stimmte, hinter uns stand eine Schlange von Leuten, die irgendetwas wollten. Fast tat er mir leid, in seinem staubigen, computerlosen

Büro zwischen den Aktenstapeln, die ihn irgendwann erschlagen würden.

Dann waren wir wieder draußen, und plötzlich legte sich ein Arm auf Fys Schulter, und ich erschrak. Es war einer der Männer in Tarnfleck. »Ihr wollt jemanden heute sehen? Dringend?«

Fy nickte.

»Was ist es euch wert?«, fragte der Wachmann knapp.

»Hunderttausend«, sagte ich.

Fy riss die Augen auf. »Emma, du kannst nicht …«

»Ich kann«, sagte ich. Und ich kramte in meiner Tasche und zog fünf nagelneu wirkende blaue Zwanzigtausender hervor, abgehoben von Elises Konto, gestern erst. Elise, dachte ich, wäre einverstanden. Auf einmal wünschte ich, sie wäre hier; ich hätte mich an sie gelehnt und die Verantwortung auf sie abgewälzt …

Nein. Ich stellte mich gerader hin. Ich würde das hier durchstehen.

Fy war weiß vor Angst vor diesem Gefängnis, vor den Uniformen, die sie um ein Haar in jener Nacht auch mitgenommen hätten: Es kam jetzt auf mich an.

»Wo können wir mit ihm reden?«, fragte ich.

»Kommt mit«, sagte der Tarnfleckmann, schob das Geld in seine Tasche und führte uns um das Bürogebäude herum zu einem Seiteneingang des Blocks 2: Dort warteten in einer engen Gasse zwischen hohen Backsteinmauern andere Angehörige. Zu unseren Füßen war die Erde bedeckt mit Plastikverpackungen, Papierfetzen, Bananenschalen.

Eine große braune Ratte lief ohne besondere Eile neben uns an der Mauer empor.

Ich schluckte. Ratten. Rattenflöhe. Pest. Dies war eines der letzten Länder der Welt, in dem es sie gab.

Fy wickelte Onja fester in ihr Tuch.

Vier Stunden später standen wir immer noch in der Schlange.

Ganz vorn jetzt.

Das heißt, Fy stand, ich konnte nicht mehr stehen, ich hatte einen Mauervorsprung gefunden und mich daraufgesetzt. Die Madagassen sahen mich seltsam an.

Und dann ging alles ganz schnell.

Plötzlich kam einer und sagte, sie hätten ihn gefunden.

Und ich sah ein Lächeln über Fys Gesicht gleiten, so schön, als ginge die Sonne auf. »Er ist hier«, wisperte sie. »Er lebt.«

Eine Viertelstunde später bellte jemand drinnen seinen Namen. »Falisoa Ranavolana Rakotomanalalafy! Ranavolana Rakotomanalalafy!«

Und jemand stieß uns in einen langen schmalen Raum, aus dem uns andere Angehörige entgegenkamen, zumeist Frauen, die ihre Männer besucht hatten, und dann waren wir im Schatten, und es war kalt, aber gleichzeitig stickig; der Geruch nach verschimmelten Wänden, Urin und Abfällen atemraubend.

In der Wand gab es eine ganze Reihe doppelt vergitterter Öffnungen. Einer, der keine Uniform trug, nur ein Armband mit einem Namen und einer Nummer, zog uns vor so ein Gitter.

Rot, das werde ich nie vergessen, das Gitter war rot wie getrocknetes Blut. Es waren eigentlich zwei: ein Gitter, dann zehn Zentimeter nichts und dann wieder ein Gitter. Auf diese Weise konnte man nichts hindurchstecken.

Und da war er. Auf der anderen Seite.

Faly.

Fy krallte sich mit einem Aufschrei ans Gitter, sie hätte Onja fallen gelassen, wenn ich sie nicht genommen hätte. Sie war nur noch für ihren Zwillingsbruder da, sie presste ihren Körper an das Gitter, als könnte sie sich hindurchquetschen.

Ich stand da, Onja im Arm, und sah ihn an. Sah seine Finger, die durch das Gitter griffen und Fy doch niemals berühren konnten. Und alles, was ich geträumt hatte, alle Vertrautheiten meiner Fantasien zerplatzten wie Seifenblasen. Ich kannte diesen Jungen nicht, sein Platz war an Fys Seite, er war Fys Zwilling, die zweite Hälfte ihrer Seele.

Er sah anders aus als in meinem Traum. Dünner. Blasser. Erwachsener. Nur entfernt dem Foto von Faly-mit-vierzehn ähnlich. Sein Haar war ganz abrasiert. Quer über den Schädel liefen mehrere lange Narben. Und da waren zwei Wunden, die noch nicht vernarbt aussahen. Neue Wunden. Sie hatten gekämpft, da drin, jemand hatte ihm einen schweren Gegenstand über den Kopf gezogen. Er war, das hatte Fy gesagt, immer ein Kämpfer gewesen.

Seine Nase war schmal wie auf dem Bild, nur noch spitzer, seine Augen lagen tief in den Höhlen, doch sie blickten wach und warm in die von Fy. Diese Augen waren das Einzige, was genau so war wie in meinen Fieberträumen. Sie waren so voller Leben. *Die Mitte des Lebens.* Aber sie waren auch müde, unendlich müde. Sie waren das einzig Schöne in seinem zu mageren Gesicht.

Ich sah die Einziehungen unter seinen Schlüsselbeinen; klinische Merkmale des chronisch Luftnötigen. Er bekam nicht genug Sauerstoff. Wie ich. Er hustete, während er mit Fy sprach, und ich sah, wie der Husten ihn schüttelte.

Nein. Er war nicht wie ich. In seinen Augen stand das Fieber, sie waren hinter all ihrer Wärme glasig.

Ich streckte eine Hand aus, um sie ihm auf die Stirn zu legen, ein dummer Reflex, denn natürlich stieß ich an das Gitter.

Ein Gitter wie in einem Zoo.

Fy und er sprachen schnell und leise: Erzählungen, Informationen, Erklärungen von drei Monaten in drei Minuten. Zehn, hatte der Gardien gesagt. Zehn Minuten hatten wir.

Hinter uns warteten mehr Angehörige, neben uns in der Reihe der Fenster sprachen andere Menschen verzweifelte leise Worte durch andere Gitter. Faly und Fy teilten ihr Schicksal mit Tausenden.

Ich sah, wie Faly Onja ansah, sah ihn lächeln, Fy musste von ihr erzählt haben, ihrer Geburt, ihrem winzigen Leben.

Und dann zog sie mich auf einmal nach vorn. »Jetzt du!«, wisperte sie, ihr Gesicht tränenüberströmt. »Sprich du auch mit ihm!«

»Ich?«, fragte ich. Diese Minuten waren zu wertvoll, sie gehörten Fy, ich hatte hier nichts zu suchen …

Doch Fy wischte sich mit dem Handrücken die Tränen weg und lächelte mich an. »Los! Er will wissen, wer das Mädchen ist, von dem ich gerade so viel erzählt habe!«

All diese hektisch gewisperten Worte – sie hatte Platz darin gefunden, um von *mir* zu erzählen?

Ich gab ihr Onja und trat näher ans Gitter, sah dem fremden Jungen in die Augen. Er lächelte mich an, und in diesem Lächeln lag die Welt.

»Ich kann Französisch«, sagte er. »Ein bisschen. Du bist ihre Freundin?«

Ich nickte. »Ich bin hier, um zu helfen. Ich meine, ich versuche es. Wir holen dich raus. Wie lange hast du diesen Husten? Hustest du Blut?«

Und ich dachte: Mein Gott, Emma, du bist größenwahnsinnig, kommst und denkst, du kannst alles lösen, wie viel Ahnung hast du denn wirklich?

»Zwei Monate, Frau Doktor«, sagte er und grinste doch tatsächlich. »Ja, Frau Doktor. Hier drinnen husten eine Menge Leute Blut. Es liegt an der Luft.«

Er sprach gutes Französisch, wenngleich mit einem Akzent, der klang, als täten die Worte weh in seinem Mund, als hasste er die Sprache, die er sprach. Und dennoch grinste er.

»Nein«, sagte ich. »Du hast Gewicht verloren, richtig?«

»Ja, Frau Doktor«, sagte Faly wieder. »Wie soll man kein Gewicht verlieren, bei nichts als einer halben Schale Maniok am Tag?« Und auf einmal war er irgendwie näher. »Sie haben Rattenfallen aufgestellt, wegen der Pest«, flüsterte er. »Mit Obst und getrocknetem Fisch als Köder. Sie haben sie abends aufgestellt, nachdem sie uns für die Nacht eingeschlossen hatten. Damit wir die Köder nicht stehlen. Ich habe es durch ein Loch in der Tür beobachtet. Am Morgen haben sie die Ratten ertränkt und verbrannt. Aber ein paar der Körper haben wir gerettet. Ihr Fleisch hat nicht für alle gereicht.« Er grinste wieder. »So ist das hier drin, Frau Doktor.« Er hustete, und ein Zittern lief durch seinen Körper, doch er fing sich schnell wieder. »So jung und schon Doktor, ja?«

»Ich habe ein kaputtes Herz«, sagte ich und beschloss, meinen Größenwahn beizubehalten, vorübergehend, weil er meine einzige Chance war. »Ich habe viel Zeit mit Ärzten verbracht. Pest ist es nicht?«

Er schüttelte den Kopf. »Dann hätten sie mich rausgeholt. Nein. Sie glauben nicht, dass es Pest ist.«

»Du warst also beim Arzt.«

»Er hat mich untersucht und wieder zurückgeschickt. Der Arzt kann nichts tun. Er hat in seiner Station drüben gar keine Medikamente. Nicht mal warme Decken. Er hat mir leidgetan.« Er grinste jetzt nicht mehr, sah plötzlich traurig aus. »Er sah so verzweifelt aus.«

»Okay, pass auf, wir haben Medikamente und Essen«, sagte ich. »Ich schreibe einen Zettel dazu, was du nehmen sollst. Du kannst …?«

»Lesen. Ja. Geht so«, sagte er. »Aber diese Medikamente … Emma … du heißt Emma, ja?«

»Ja.«

»Emma, mach dir nicht zu viel Mühe damit. Es ist zu spät. Es ist nett, dass du denkst, du kannst alles lösen, weil du von draußen kommst, nur …« Er lachte wieder, nur ein wenig. »Ich habe andere hier drin gesehen wie mich. Und sie sind nicht mehr da.«

»Nichts ist zu spät! Unsinn!« Fast schrie ich ihn an, diesen Fremden hinter dem Gitter. »Du nimmst das Zeug und wir holen dich raus! Fy hat eure Geburtsurkunde, du gehörst hier gar nicht rein, du gehörst nach drüben, zu den Jugendlichen, da ist alles besser …«

»Sch, sch«, machte Faly. »Zu riskant. Wenn sich jemand daran erinnert, was war, in dieser Nacht … dann wissen sie, dass Fy die Zweite ist, die sie einlochen wollten. Möchtest du, dass sie das tun? Im Trakt der Frauen? Bitte. Hilf Fy, die Kleinen zu finden. Ando und Aina. Hilf ihr, sie mitzunehmen … weit weg. Bis hinter den Mond. Sie sagen, der Herzensammler ist wieder in der Stadt.« Er klammerte sich an die Gitterstäbe, als könnte er sie zerbrechen. »Und heute Nacht, wenn es dunkel ist, guck die Sterne für mich an«, wisperte er. »Machst du das, Emma? Ich würde die Sterne so gerne noch einmal sehen. Sie schließen uns um fünf Uhr nachmittags ein, und erst um vier Uhr morgens öffnen sie die Türen wieder. Wir liegen so dicht beieinander, dass sie einen Befehl geben müssen, damit alle sich gleichzeitig umdrehen … da sind keine Sterne bei uns. Und keine Träume. Und schrecklich Dinge passieren in der Nacht. Guck die Sterne draußen für mich an und sag ihnen, Faly lässt sie grüßen.«

»Aber du wirst …«, begann ich.

Da ertönte ein durchdringender Pfiff; auf der anderen Seite zog jemand Faly weg, und ein kleiner, schmächtiger Mann trat an seine Stelle. Ich taumelte rückwärts. Auch wir wurden ersetzt: die nächste Frau, die mit ihrem Mann sprechen wollte, der nächste hoffnungslose Fall.

Und dann saßen wir wieder draußen, auf einem Stück kaputter Mauer vor dem Büro, und ich sortierte die Medikamente. Ich sah nur die Blisterstreifen an, die man hier einzeln kauft; ich wusste, wenn ich Fys Blick auffing, würde ich heulen.

»Wir müssen alles zusammen in die Tüte tun«, sagte Fy,

leise, sachlich. »Und außen mit Namen beschriften. Dann geben wir es einem der Laufjungen und bezahlen ihn dafür, dass er es reinbringt. Sie verkaufen auch Zettel und Gummibänder, um sie an den Tüten zu befestigen. Sie …« Sie brach ab. »Sie verdienen an jeder winzigen Kleinigkeit. Sie verkaufen sogar das Wasser zum Waschen da drin.«

»Ich stecke Geld in die Tüte«, sagte ich.

»Tu das«, sagte Fy. Sie verstummte und legte ihr Gesicht an Onjas kleines Gesicht mit den wachen, immer erstaunten Augen.

Die kleinen Hände griffen nach Fys Haar, und Onja lachte hell. Hätten wir ihr Lachen in die Tüte packen können, wäre es ein Stückchen heller geworden in Antanimora.

»Tuberkulose«, sagte ich. »Verdammt. Das ist das Wahrscheinlichste. Ich habe die Medikamente dagegen nicht. Paracetamol habe ich, gegen das Fieber, das geben wir ihm jetzt. Und er braucht Vitamine. Eiweiß. Wir kommen wieder. Mit Früchten und Milch und den richtigen Tabletten. Wir gehen jetzt einkaufen und kommen wieder, aber zuerst schicken wir ihm das hier …« Und ich steckte ein Bündel schöner blauer Zwanziger-Scheine zwischen die mit Gummiband zusammengehaltenen Blisterstreifen Paracetamol. Dann fand ich einen Stift in meiner Tasche und kritzelte WIR KOMMEN WIEDER auf die Hälfte des Zettels, den Fy gekauft hatte, um Falys Namen zu notieren. UND WIR BRINGEN DIE STERNE MIT.

Schließlich gaben wir unsere Tüte ab und sahen sie durch eine Nebentür im Inneren des Blocks 2 verschwinden.

»Komm«, sagte ich. Und ich nahm sie an der Hand und zog sie sanft mit mir weg. »Komm.«

Schließlich landeten wir in einem kleinen Hotely, einem offenen Restaurant neben der Straße, und tranken Fanta aus Glasflaschen, nostalgisch irgendwie. Für Fy war es eher zu modern.

»Mein Gott, weißt du, was Fanta kostet?«, fragte sie, und ich nickte und sagte: »Ich habe Elises Karte.«

»Kohlensäure«, sagte Fy und schüttelte sich. »Geht das nicht in die Milch?«

»Klar, die Luftbläschen wandern durch den Magen ins Blut und dann in die Brüste«, sagte ich. »Und dann zischt es, wenn Onja saugt, wie beim Öffnen einer Flasche. Nein, Quatsch.«

Da mussten wir beide lachen. Es tat so gut, hier im Schatten in der Kühle zu sitzen und zu trinken und zu lachen. Ich hatte eine ganze Weile Angst gehabt, es nicht zu schaffen. Dort zwischen den brütend heißen Backsteinmauern von Antanimora einfach umzukippen und irgendwo viel später in einem Krankenhaus zu erwachen, an tausend Schläuche gefesselt, unfähig, noch etwas für Faly zu tun.

»Durch den Magen ins Blut«, murmelte Fy. »Du weißt so viel über die Dinge, die in unserem Körper passieren.«

Ich schüttelte den Kopf. »Ich habe zu lange in Krankenhäusern verbracht, um es nicht zu wissen. Ich ... habe eine Zeit lang wirklich geglaubt, ich könnte selbst Ärztin werden.«

Ich konnte die Vierfach-Therapie gegen Tb herunterleiern, ich hatte mich eine Weile fast zwanghaft mit Antibiotika beschäftigt, um meiner Mutter zu beweisen, dass ich das Prinzip der verdammten Endokarditisprophylaxe begriffen hatte und sie mich ruhig auf die Menschheit loslassen konnte, auch wenn ich aus der Schule möglicherweise ab und zu einen Schnupfen mitbrachte.

»Rifampicin, Isoniazid, Ethambutol, Pyrazinamid. Zwei Monate. Danach Rifa und Iso allein weitere vier Monate oder länger.«

»Mein Gott, was für Worte«, sagte Fy und lächelte. »Und das, meinst du, kann ihn retten?«

Ich sah weg.

»Ich weiß es nicht«, sagte ich leise. »Es gibt Tuberkuloseerreger, die nicht darauf ansprechen. Und sein Körper hat keine Kraft. Wir müssten ihn in ein richtiges Krankenhaus bringen. Wir bräuchten ein Röntgenbild, einen Aidstest, wir bräuchten ...« Ich legte die kühle, leere Flasche an meine Stirn.

»Er hat gesagt, wir sollen die Sterne für ihn ansehen.«

»Hat er das?« Fy legte Onja auf die schmale Bank und hielt sie mit einer Hand dort fest, damit sie nicht fiel, sie war eingeschlafen. Vielleicht träumte sie von Falys Sternen.

»Mit mir hat er nur über Ando und Aina geredet. Darüber, dass ich sie finden muss. Und dass ich versuchen soll, einen Job zu bekommen wie auf der Île aux Nattes, aber anderswo an der Küste, wo uns niemand kennt. Untertauchen, unsere Namen ändern. Faly glaubt, dass der Herzensammler weiß, wo wir sind. Dass der Mann, der den Brief transportiert hat, nicht dichtgehalten hat. Er hat gesagt, er versucht mit einem der Männer da drinnen alles zu regeln, was ... was passiert, wenn er stirbt. Vielleicht kümmert sich die Familie dieses Mannes um das Begräbnis, wenn wir Geld für ihn finden. Das hat er gesagt. Und wir sollen lieber machen, dass wir wegkommen aus der Stadt ... Er hat so schnell gesprochen.« Sie schüttelte den Kopf. »Und nur über praktische Dinge.« Sie sah mich an. »Und dir hat er gesagt, wir sollen die Sterne für ihn ansehen?«

Ich nickte.

Und, dass ich nicht glauben soll, ich kann helfen, nur weil ich von draußen komme.

Das sagte ich nicht.

Fy legte eine Hand auf meine. »Faly hat noch nie mit einem Mädchen über die Sterne gesprochen.«

Ich lachte. »Das weißt du doch gar nicht.«

»Doch«, sagte sie ernst. »Sonst hätte er es mir erzählt.«

Ich drückte ihre Hand. Unsinn, sagte ich mir. Ich kenne ihn nicht.

»Das Komische ist ... wir haben uns schon einmal unterhalten«, flüsterte ich. »Über die Sterne. Und alles. Im Bus. Er war nicht da, aber er war da. Sein Geist.« Ich schüttelte den Kopf. »Ich habe natürlich nur geträumt.«

Dann schüttelte ich alles ab, was tiefer ging als Sachlichkeit, und setzte mich aufrechter hin. »Wir müssen zur Apotheke. Apotheke, Obst, Milch, das ist die Reihenfolge. Und danach ... wie findet man einen Anwalt?«

»Sie haben Schilder an ihren Büros«, sagte Fy. »Es gibt sie überall. Es wird nur teuer. Und man muss den Richter bestechen. Wenn man es schafft, dass es zu einer Verhandlung kommt. Alle da drinnen haben über Geld gesprochen. Wenn man Geld hat, kriegt man alles. Der Anwalt wird sofort etwas verlangen. Ehe er mit uns spricht.«

»Was für ein Scheißland«, sagte ich. »Entschuldige. Ändern wir die Reihenfolge. Apotheke, Obst, Milch, Geldautomat, Anwalt.« Ich folgte ihrem Blick zu den anderen

Leuten, die an den wackeligen Tischen saßen und Reis von Plastiktellern löffelten. »Nein. Erst kaufst du Reis. Du bist auch hungrig.«

»Und du?«

»Ich trinke noch eine Fanta«, sagte ich. »Und schlucke ein paar Tabletten.«

»Vazahas sind komisch«, sagte Fy und lachte.

Es ist unglaublich, was man hier alles einfach so in der Apotheke kaufen kann, niemand verlangt ein Rezept. Ich drückte zwei Tabletten aus einem Blisterstreifen: Betablocker.

Ich hatte noch nie Betablocker mit Fanta genommen, ich hoffte, dass die Säure nichts mit dem Wirkstoff tat, ich wünschte, ich hätte Netz gehabt, um zu googeln. Damals hatten sie mir Betablocker gegeben, und ich wusste, dass sie die zu hohe Frequenz senkten, dass sie gegen die Herzinsuffizienz halfen und Rhythmusstörungen vorbeugten; diese verdammte, geschwächte Pumpe in mir brauchte Hilfe.

Ich würde eine Apotheke finden müssen, die etwas hatte, um das Wasser aus meinem Körper zu ziehen, das Wasser, das sich staute, weil die verdammte Klappe zu viel Blut zurückfließen ließ, statt es weiter in die Lunge zu schicken. Furosemid. Die beiden Apotheken, bei denen wir gewesen waren, hatten nichts gehabt.

Ich schloss meine Augen und sah meine Mutter vor mir. Elise. Meinen Vater. Sie saßen mir alle drei gegenüber und schüttelten die Köpfe.

»Emma, du kannst das nicht«, sagte meine Mutter. »Du kannst dich nicht selbst therapieren.«

»Ruf mich an«, sagte Elise. »Ich komme und nehme das in die Hand.«

»Du gehörst in die Klinik«, sagte mein Vater. »Du hast da draußen nichts zu suchen.«

»Ihr habt alle recht, und ihr habt keine Ahnung«, sagte ich zu ihnen.

»Pardon? Emma?«

Ich öffnete die Augen. Vor mir saß nur Fy: Fy hinter einem Berg von weißem Reis.

Sie sah für den Moment glücklich aus, erschöpft und kaputt, aber glücklich mit dem Reis.

Man kann über sehr einfache Dinge glücklich sein.

Allein für diese Erfahrung lohnt es sich, dass ich hergekommen bin.

Die vierte Apotheke hatte Furosemid. In den chaotischen, vollgestopften Regalen, zwischen Babywindeln und Verbandsmaterial. Sie hatten auch Rifampicin und Ethambutol. Es war eine gute Apotheke, die anderen beiden hatten gar nichts gegen Tb gehabt. Mir fehlten nur noch zwei von vier Medikamenten.

»Strepto?«, fragte ich, denn ich erinnerte mich vage, dass man irgendein Medikament mit Streptomycin ersetzen konnte, aber nicht welches.

Streptomycin war da.

Wir kauften Orangen und Bananen und Milch und packten alles wieder in eine Tüte, und Fy ließ mich in einer modernen, schattigen Straße voller Hotels und Banken zurück, um noch einmal zum Gefängnis hinauszufahren.

Große, neue Autos schoben sich vorbei. Hier gab es keinen Abfall, keine offenen Abwasserkanäle. Vor den Türen zu den Banken und Hotels stand uniformiertes Wachpersonal. Menschen in Anzügen und weißen Hemden eilten vorbei. Dann eine Frau mit einem kleinen Mädchen an der Hand, das einen Rucksack, eine adrette Schuluniform und weiße Lackschuhe trug: eine andere Welt.

Zwischen den parkenden Wagen verkaufte eine magere Frau in einem löcherigen Rock Blumen: Sträuße mit Tausenden kleiner weißen und rosa Blütensterne. *Sterne.* Für Faly.

Ich kaufte ihr einen Strauß ab und bezahlte zu viel, und sie lächelte.

Die Blüten rochen wie eine Wiese weit entfernt an einem Waldrand. In Deutschland.

Und dann holte ich tief Luft und ging mit meinen Sternblumen zum nächsten Bankautomaten, um Geld abzuheben: Genug Geld für den Anwalt und die Bestechung aller weiteren Gefängniswärter. Und für die Nacht, denn in dieser Nacht würden Fy und Onja mit mir in einem Hotelzimmer schlafen, nicht irgendwo draußen auf dem Boden.

Ich steckte Elises Kreditkarte in den Schlitz. Gab die Geheimnummer ein: meinen Geburtstag. Der siebzehnte war nur noch ein halbes Jahr entfernt.

Karte gesperrt, sagte der Automat.

Ich starrte ihn an. Ungläubig.

Und dann zog er die Kreditkarte ein, sie verschwand einfach in dem Schlitz, er fraß sie auf, spuckte nur Text auf seinen Bildschirm: *Bitte kontaktieren Sie umgehend Ihre Bank.*

»Elise«, flüsterte ich. »Elise, das ... das hast du nicht wirklich getan, oder?«

Aber der Automat war nicht Elise, und er antwortete nicht.

Und ich setzte mich auf die Stufen vor dem Automaten, mit meinen dummen Blumen in der Hand, und fühlte mich sehr, sehr leer. Vermutlich gab ich ein furchtbares Bild ab, ich, dreckig, verschwitzt, zerzaust, blass.

In meiner Tasche steckten noch fünfunddreißigtausend Ariary und ein paar labberige, schmutzige kleine Hunderter. Das war alles. Zusammen nicht einmal zehn Euro.

Als ich Emma fand, saß sie in sich zusammengesunken auf den Stufen vor einem Geldautomaten.

Es war die Stunde, in der das Licht golden wird und die Hitze nachlässt, jene wundervolle Stunde, in der alles schön ist, die Straßen, die Menschen, die Häuser.

Die Stunde, ehe die Sonne sinkt.

Ehe die Dunkelheit mit ihren Schatten und ihrem Gewisper kommt und die Welt verschlingt.

Da saß sie, Emma, und ihr rotgoldenes Haar leuchtete im rotgoldenen Licht wie eine Krone. Sie hatte den Kopf auf die Knie gelegt und die Arme um die Knie geschlungen, und in einer Hand hielt sie einen Strauß Blumen, ein paar kleine weiße Blüten hatten sich gelöst und hingen in ihrem Goldhaar wie Edelsteine.

Als ich mich vor sie kniete und ihren Namen sagte, sah sie auf, und ich erschrak, denn ihre grünen Augen schwammen in Tränen. »Wir haben kein Geld mehr«, sagte sie. »Elise hat die Karte gesperrt. Damit ich aufgebe. Damit ich sie anrufe.«

»Vielleicht ist es besser«, sagte ich.

Emma schüttelte den Kopf. »Auf keinen Fall. Hast du ihn noch einmal gesehen?«

»Nein«, sagte ich. »Ich habe nur die Tüte abgegeben.« Und ich nahm meine Freundin, die Königin mit der goldenen Krone und den Blumen, die Königin mit den Tränen in den Augen, an den Händen und zog sie hoch. »Was würdest du jetzt tun, wenn du zu Hause wärst? In deinem Land?«, fragte ich. »Und furchtbar traurig? Wir brauchen Aufmunterung, damit wir weitermachen können.«

Emma befreite ihre Hände, putzte sich die Nase und nickte. »Ich würde ... ein Eis essen gehen. Irgendwo in der Straße. Chocolate Fudge, Keksteig, Rumrosine ohne Rum.« Sie lachte leise.

»Das machen wir«, sagte ich. »Allerdings gibt es nur Vanille.«

»Wir ... wir haben doch gar kein Geld und ...«, begann Emma.

»Ein Eis kostet hundert Ariary«, sagte ich. Und zog sie mit.

Ich zog sie aus der Schlucht der schattigen Bankenstraße auf den kleinen Platz mit den Platanen und den Andenkenständen, von dem aus die breite, alte Treppe nach unten führt in die Stadt. Die Verkäufer legen ihre Waren auf den Stufen aus: Taschen, Schlüsselanhänger, handgeschnitzte Stempel, und ich sah, dass sie alle Emma anstarrten, weil Emma eine Vazaha ist, und dass sie zu uns kommen und sie überreden wollten, etwas zu kaufen, aber ich brachte sie mit meinem Blick davon ab, ich machte meinen Blick zu einer Waffe.

Nur einem kauften wir etwas ab: dem Eismann, der mit

seinem kleinen bunten Wagen oberhalb der Treppenstufen stand, dem Eismann mit den Türmen von winzigen Waffeln, die in seinem Wagen stecken. Wir sahen zu, wie er das Eis mit einem langen Metallspatel aus dem Topf holte, der im Wagen eingelassen war.

Als er Emma ihre Eistüte reichte, lächelte sie. »Ich habe noch nie ein so winziges Eis gesehen«, sagte sie. »Die Waffel ist ziemlich genau so lang wie mein Ringfinger. Weißt du was? Das hier ist genau die richtige Menge. Und es ist genau die richtige Sorte Eis. Ich möchte diesen Wagen mitsamt dem alten Mann mitnehmen, sie sehen aus wie ein wunderhübsches altmodisches Spielzeug.«

Aber der Eismann war schon mit seiner Blechklingel weitergezogen, und wir setzten uns ganz oben auf die Treppe und sahen gemeinsam über die Stadt mit ihren Tälern und Hügeln.

Unterhalb der Treppe breitete sich ein breiter Strom aus bunten Sonnenschirmen und Stoffdächern aus.

»Dort ist der Markt«, sagte ich. »Da bekommt man alles. Vielleicht die fehlenden Medikamente.«

»Vielleicht das Glück«, sagte Emma. »Wie viel es wohl kostet? Und ob es so klein ist wie das Eis, in diesem Land?«

Wir lachten, und ich dachte: Wenn sie lacht, haben wir noch eine Chance.

Wir hatten kein Geld für einen Anwalt und kein Geld, um Leute im Gefängnis zu bestechen, aber wir hatten unser Lachen.

Irgendetwas würde passieren. Gott würde irgendeine Art von Hilfe vom Himmel werfen, ja, das dachte ich, Onja, genau so.

Und da passierte etwas.

Jemand schob sich zwischen uns und die Stadt, in das goldene Licht wie ein Schatten.

»Mir ist zu Ohren gekommen, dass du jemanden suchst«, sagte der Schatten. Ich blinzelte und sah zu ihm auf. Und mir wurde kalt.

Wir hatten uns lange nicht mehr gesehen. Er hatte seine Haare seitlich ganz kurz geschnitten und Muster hineinrasiert und trug einen kleinen goldenen Ohrring.

Aber ich hätte ihn immer und überall erkannt.

Er trug eine enge Jeans mit schwarz-weißem Zackenmuster und die Reste von etwas, das einmal ein schwarzer Pullover mit einer gelben Plüschente gewesen war. Das Auge der Ente war ausgefallen, Fäden hingen an der Stelle aus dem Pullover wie blutleere Blutgefäße.

Die Ente, dachte ich, war tot. Er hatte sie umgebracht.

»Mörder«, murmelte ich, so leise, dass er es nicht hörte.

»Du hast also den Brief bekommen, das ist schön«, sagte Ente und hakte die Daumen in die Gürtelschlaufen der Jeans. Ich spürte, wie Emma sich neben mir versteifte, sie wusste, wer er war.

»*Du* … hast den Brief …?«, fragte ich. Ich wollte nicht fragen, ich wollte gar nichts zu ihm sagen, doch die Worte sagten sich wie von selbst.

»Man tut, was man kann«, sagte Ente und zuckte die Schultern. »Ich bin der Einzige, der Mittel und Wege kennt, einen Brief so weit zu transportieren. Ich kenne eine Menge Leute. Es kann sein … dass dein Bruder nicht weiß, dass ich es war. Er wäre mir wahrscheinlich ungern zu Dank verpflichtet. Aber das braucht er nicht zu sein. Er hat bezahlt.«

»Wie?«, fragte ich. »Er hat kein Geld.«

»Oh, das ist eine andere Geschichte, es gibt auch in Antanimora Dienstleistungen«, sagte Ente und zuckte die Schultern. »Es war ihm wichtig, dich noch einmal zu sehen, und was man so hört, hat er das getan.« Ich fragte mich, wie es kam, dass er die Dinge so schnell erfuhr, er hatte seine Ohren überall in der Stadt, er war mir unheimlich, und ich drängte mich enger an Emma.

Sie hatte kein Wort von dem verstanden, was Ente gesagt hatte, er sprach Malagassi, doch sie nahm meine Hand und drückte sie.

»Du weißt, wo Ando und Aina sind«, sagte ich. »Einer von ihnen hat dich gemalt. Du hast mit ihnen gesprochen, ehe sie weggegangen sind.«

»Man tut, was man kann«, sagte Ente wieder.

Und da schnellte Emmas Arm nach vorne, ihr blasser, dünner Arm, so wenig muskulös, und sie packte Ente am Kragen des zerfetzten Pullovers, so fest, dass er keuchte.

»Wo sind sie?«, fragte sie, sie hatte die Namen von Ando und Aina gehört. »Wo?«

Ich war selbst so erstaunt, dass ich kein Wort herausbekam. Ente sah Emma an, sah ihre blasse Hand mit den hellrosa Nägeln an wie die Hand eines Geists. »Guckt doch mal im Paradies nach«, sagte er. »Die brauchten da Ersatz. Und deine kleinen Geschwister haben jetzt ein Dach über dem Kopf, kannst dich bedanken.« Damit riss er sich los und lief die breite Treppe hinunter, verschwand in der Menge.

Emma rang nach Luft.

Ich ballte die Fäuste. »Er hat sie dorthin geführt, wo

ich war«, flüsterte ich, ganz leise, kaum hörbar. »Und ich wette, er hat ordentlich Geld dafür kassiert. Sie ... sie sind der Ersatz. Für mich. Sie sind im Paradies.«

»Wir gehen hin«, sagte Emma. »Jetzt sofort.«

Sie war blasser als zuvor, ihre Lippen wieder bläulich. Und als ich sie festhielt, stützte sie sich auf mich.

Über dem Markt flackerten die ersten Öllichter auf und die wenigen Straßenlaternen, die funktionierten.

»Es wird dunkel«, sagte ich.

»Aber .... Wir können sie doch nicht dort lassen!«, flüsterte Emma. »Nicht nachts!«

Ich setzte mich neben sie, lehnte mich an sie, es war wärmer zu zweit. »Wie viele Nächte haben drei Monate?«, wisperte ich.

»Einundneunzig einhalb«, sagte Emma.

»Sie waren einundneunzig Nächte dort«, sagte ich. »Einundneunzig Nächte in der Villa im Paradies. Was macht es für einen Unterschied.«

Es war schlimm, das zu sagen, doch es war wahr.

Ein Windstoß fegte durch die Zweige der Bäume auf den kleinen Platz.

Es war jetzt beinahe völlig dunkel. Die Verkäufer packten ihre Sachen zusammen. Leute, die sich in Decken oder Fetzen gehüllt hatten, huschten vorüber. Eine Gruppe Betrunkener stritt auf der Treppe um einen Schlafplatz. Zwei wilde Hunde kämpften um ein Stück Abfall.

»Es wundert mich ... jedes Mal, wie schnell das mit der Nacht geht«, sagte Emma. »Bei uns ... dauert es Stunden, bis es ganz dunkel ist.« Sie sprach abgehackt, schien sich ganz auf etwas in ihrem Körper zu konzentrieren.

»Du brauchst Ruhe«, sagte ich. »Hier können wir nicht bleiben. Komm.«

In dieser Nacht schliefen wir neben dem See, wo die Bäume blühen, wärmten uns gegenseitig. Dem großen See, von dem sie sagen, er hätte die Form eines Herzens. Dem See, in dessen Mitte auf einer kleinen Insel ein goldener Engel steht.

Man kann ihn über einen Damm erreichen, eine schmale Straße führt hinaus.

Der Engel ließ uns zu sich kommen. Wir brauchen ihn. Ich habe das zu ihm gesagt, in jener Nacht, ich habe mich auf die steinernen Stufen seines Denkmals gekniet und zu ihm gebetet, zu ihm, dort hoch oben auf seiner Säule.

Er blieb stumm. Stumm und schön.

Aber auch wenn die Ufer des Sees ein Ort für Stricher und Drogenverkäufer sind, hatte ich das Gefühl, dass wir dort draußen sicher waren im Windschatten des Denkmals, im Herzen des Herzens von Antananarivo, der Stadt der Tausend.

Nachdem das letzte Pärchen gegangen war, wurde es ruhig, keiner der anderen wohnungslosen schlief auf der winzigen Insel. Vielleicht gab es Geister hier, von denen ich nichts wusste. Vielleicht hatten die Menschen Angst vor dem Engel selbst.

Doch in dieser Nacht wachte er über uns.

Und ich legte dich an meine Brust, kleine Onja, und du sahst zu dem Engel auf und strecktest deine Arme nach ihm aus.

»Als ich ein Baby war, war alles ganz anders«, flüsterte Emma.

Und dann begann sie, zu erzählen – sie erzählte mir ihre Geschichte, wie ich ihr meine erzählt hatte, sie erzählte von einem Baby, das zu früh geboren wurde, einem Baby, das in diesem Land sofort gestorben wäre und das in einem Kasten lag, in dem man es wärmte und überwachte. Einem Glaskasten wie Schneewittchens Sarg, sagte Emma. »Nur kam kein Prinz. Aber ab und zu kam meine Mutter und durfte mich herausnehmen und hatte Angst, mich kaputt zu machen. Sie ... hat das auch heute, sie hat Albträume davon, dass mir etwas passiert. Ich glaube, diese Angst, ihr Kind kaputt zu machen, hat sie kaputt gemacht. Sie ist ein Haufen Scherben. Nur sieht sie das nicht.«

Wir lagen dicht nebeneinander, du, Onja, zwischen uns, behütet und warm. Unsere Decke gehörte einem Hotel, oder hatte einem Hotel gehört. Aus dem winzigen Baby im Glaskasten war eine gewiefte Diebin geworden, dachte ich und lachte darüber.

»Ich habe mein Dasein auf der Erde in einem Wald aus Schläuchen angefangen«, sagte Emma. »Und die Vermutung liegt nahe, dass ich es auch in einem Wald aus Schläuchen beende. Die Schläuche sind wie die Fäden einer Marionette. Als könnte ich nur tun, was die anderen wollten. Die Ärzte. Meine Eltern.«

»Aber sie haben dich gerettet«, sagte ich. »Bist du ihnen nicht dankbar?«

»Ich sollte«, sagte Emma. »Es fällt schwer. Manchmal habe ich mir einfach gewünscht, sie würden mich in Ruhe lassen. Und mein Herz würde einfach aufhören zu schlagen, bäm, und das wäre es gewesen. Kannst du das verstehen?«

»Nein«, sagte ich. »Das Leben ist das Einzige, was wir geschenkt kriegen.«

»Sie haben mich operiert, so wie alle Fallot-Kinder«, sagte Emma. »Dreimal. Fallot-Kinder haben eine gute Chance, zu überleben. Sozusagen geheilt zu werden. Ein normales Leben zu führen.«

Sie schwieg eine Weile.

»Aber?«, flüsterte ich, denn das Aber stand in der Luft.

»Aber nicht ich«, sagte Emma sanft und streichelte dir über den weichen Kopf, Onja. »Es gab Komplikationen. Probleme. Von Anfang an. Es ist kompliziert zu erklären, sie ... sie mussten mich mehrfach nachoperieren. Schon im ersten Jahr. Mit zwei Jahren lag ich lange in der Klinik, weil ich eine blöde Infektion hatte, die aufs Herz gegangen war, trotz all der Vorsorge. Und als ich endlich in den Kindergarten gehen konnte, wollte niemand mit mir spielen. Oder das dachte ich. Ich dachte, sie könnten mich nicht leiden. Bis ich herausfand, dass meine Eltern allen gesagt hatten, man müsste mich mit Vorsicht behandeln. Die anderen Kinder hatten Angst, dass man mit ihnen schimpfen würde, wenn sie mir zu nahe kamen. Der Kindergärtnerin tat ich leid, glaube ich. Wenn ich weinte, weil ich nicht aufs Klettergerüst durfte, gab sie mir Bonbons. Natürlich gefiel das den anderen nicht. Dabei habe ich die Bonbons nicht mal gegessen. Ich hätte sie geteilt, wenn jemand zu mir gekommen wäre. So habe ich sie hinter den Büchern im Regal versteckt. Meistens saß ich da und habe Bücher angesehen ... Als ich in die Grundschule kam, dachte ich, alles könnte anders werden. Ich habe niemandem erzählt, was mit mir los war, und ich habe der Lehrerin erklärt, falls sie es wüsste, dürfte sie es keinem sagen. Es war eine nette Lehrerin. In der zweiten Klasse machten wir einen Klassenausflug ins Freibad, weil es unerträglich heiß war, und meine Mutter bekam Wind davon und fuhr uns nach und holte mich ab. Dabei hätte ich nichts Gefährliches getan. Oder ... wahrscheinlich nicht. Sie ist zum Trost mit mir Eis essen gegangen. Ich wollte kein Eis. Ich wollte sein wie die anderen. Im Winter darauf wurde ich immer schwächer und bekam schwer Luft, wir fuhren kurz vor Weihnachten in die Klinik, und ich weiß noch, ich schrie alle an, es wäre nur ein gewöhnlicher Husten, alle Kinder hätten mal eine Erkältung. Sie stellten fest, dass die operierte Klappe ausgerissen war. Sie hatten mir eine neue Klappe eingesetzt, als ich drei gewesen war, und nun war die Klappe hinüber, das Herz konnte nicht mehr richtig pumpen, und ich brauchte wieder eine neue Klappe. Sie haben mich direkt dabehalten. Weihnachten im Krankenhaus. Alle haben sich solche Mühe gegeben ... Es gab einen Baum mit Zuckerkringeln und bunten Lichtern daran, und ein Chor kam und sang für uns, da waren andere Kinder, ein paar hatten Krebs und starben so vor sich hin, sie hatten keine Haare, ich erinnere mich, dass ich sie gruselig fand und dass das nicht nett von mir war, und eine Menge Eltern kamen, und wir feierten zusammen und hatten Geschenke und ein Buffet ... Ich war frisch operiert, ich habe nichts von all den Sachen angerührt, mir war die ganze Zeit schlecht und ich war müde.« Sie zuckte die Schultern, und ich stellte mir den geschmückten Baum mit den bunten Lichtern vor und all das Essen, und ich wollte sagen: »Was für ein Glück du hattest!« Aber ich schluckte den Satz hinunter.

Ich stellte mir dich vor, Onja, und Ärzte, die deinen Brustkorb aufschnitten und hineingriffen, um deinem Herzen eine neue Klappe einzunähen. Dich in einem Bett, hilflos, mit Schläuchen, durch die Medikamente liefen. Und da dankte ich Gott und dem Engel auf der Säule dafür, dass du mit einem gesunden Herzen geboren worden bist.

Ich dachte an den Herzensammler. Und dass er dein Herz niemals bekommen wird.

»Als ich nach Weihnachten nach Hause kam, war mein Vater nicht mehr da«, sagte Emma leise. »Es war ihm alles zu viel geworden. Er sagte, er könnte das nicht mehr. Meine Mutter tobte und schrie ihn am Telefon an. Arschloch war noch das Netteste, was sie sagte. ›Ich‹, sagte sie, ›ich kann das alles, und du nicht? Du musst *was genau* tun? Deine Karriere verfolgen? Du kannst das ständige Bangen um Emma nicht aushalten? Hahaha, aber ich, oder wie? Ich kann mich hier in der Wohnung einschließen und sie bewachen und meine Arbeit an den Nagel hängen. Natürlich liebe ich Emma. Was ist mit dir? Du liebst nur dich selbst.‹ Dann legte sie auf und sah, dass ich in einem Sessel kauerte und sie anstarrte, und sie brach in Tränen aus, und sie sagte, es täte ihr leid, nur manchmal wäre sie so müde … ›Du musst mich nicht bewachen‹, sagte ich zu ihr. ›Ich kann weggehen, wenn du willst. Ich nehme meinen Rucksack mit. Du kannst zur Arbeit gehen. Vielleicht kann ich im Spielplatzhäuschen schlafen.‹ Da weinte meine Mutter noch mehr und sagte, ich dürfte nie, nie irgendwo hin allein gehen. Für eine Weile zog dann Elise ein, bis meine Mutter alles mit ihrem Chef geregelt hatte, weil jetzt mein Vater nicht mehr da war, um sich mit ihr abzuwechseln. Elise war sowieso immer meine liebste Verwandte gewesen. In dieser Zeit wurde sie meine engste Vertraute. Mein Vater kam nicht wieder, ich besuchte ihn ab und zu, und er war nett und ging mit mir ins Kino und fragte mich über die Schule aus, er erlaubte mehr als meine Mutter, aber ich spürte jedes Mal eine gewisse Erleichterung an ihm, wenn ich wieder ging. Ein Es-ist-alles-gut-gegangen, es-ist-nichts-passiert.«

Sie verstummte. »Es ist nie alles gut gegangen. Diese Klappen aus Homograft ... aus menschlichem Gewebe ... sie sind eigentlich wirklich gut, weil du nicht ständig Blutverdünner nehmen musst.«

Sie sah, wie ich zusammenzuckte. »Sie gewinnen sie aus ... Spenderherzen«, sagte sie. »Leuten, die ... verfügen, dass sie nach ihrem Tod ihr Herz spenden. Freiwillig. Wenn sie sowieso sterben, verstehst du? Bloß verkalken alle biologischen Klappen irgendwann. Auch meine zweite Ersatzklappe war irgendwann komplett zu, das war knapp. Da war ich zwölf und wieder verdammt lange drinnen. In der Klinik, meine ich.« Sie seufzte. »Es war keine schöne Zeit.«

Wir lagen eine Weile still zu Füßen des Engels, um uns die Stadt und die Nacht.

»Alle menschlichen Herzen hören früher oder später auf zu schlagen«, sagte Emma schließlich sanft. »Es ist eine Frage des Zeitpunkts.« Sie nahm meine Hand in der Dunkelheit. »Schau!«, wisperte sie. »Die Sterne! Manche von ihnen sind längst verglüht, nur ihr Licht kommt noch bei uns an. Und andere werden gerade erst geboren. Mit den

Planeten ist es dasselbe. Eines Tages wird unsere Erde von der Sonne anzogen und eingesaugt. Und das ist das Ende allen Lebens. Es ist also eigentlich egal, wann man geht, irgendwann kommt der Rest der Menschheit nach.«

Ich drückte ihre Hand. »Aber heute sehen wir uns die Sterne an, und wir leben«, flüsterte ich.

»Ja«, flüsterte Emma. »Wir sehen sie für Faly an. Wenn wir stark genug an ihn denken, sieht er, was wir sehen.«

»Du magst ihn sehr«, sagte ich.

»Ich mag euch beide«, sagte Emma »Euch drei.«

Und sie strich dir noch einmal über den Kopf, Onja, dann schlief sie ein. Von einem Moment auf den anderen, direkt neben mir, ohne Vorwarnung. Ich erschrak. Sie lag so still da, viel zu still. Aber dann hörte ich sie atmen, und ich dankte dem Engel.

»Morgen«, flüstere ich ihm zu. »Morgen werden wir Ando und Aina finden, morgen werden wir die richtigen Tabletten für Faly finden, morgen wird alles gut.«

13

Wir wachten auf, als die Sonne über dem See aufging, beide gleichzeitig, und wir saßen da, in die eine Decke gewickelt, und drängten uns frierend aneinander und sahen zu, wie das Licht den See eroberte. Wie es die glatte Wasserfläche rot und dann violett und dann golden färbte. Ein weißer Reiher breitete seine Flügel aus und strich über das Wasser.

Der Engel über uns glänzte im Licht.

Und an den Ufern erwachte die Stadt zum Leben, hupten und dröhnten die ersten Autos.

»Heute«, sagte Fy, »werden wir Aina und Ando holen. Es wird ganz leicht sein.«

»Wird es das?«, fragte ich.

»Nein«, sagte sie. »Aber es ist doch besser, ich sage es, damit wir es glauben.«

Wir lachten, ein Lachen im frühen Morgen, und ich war dankbarer denn je, dass sie da war.

»Wie geht es dir?«, fragte sie und sah mich an und meinte es ernst, und ich lauschte in mich hinein und sagte »besser« und meinte es auch ernst. Ich war nachts mehrfach unterwegs gewesen, um meine Blase zu entleeren, die

Entwässerung funktionierte. Ich schluckte die Betablocker und das Furosemid und öffnete die kleine bunte Metalldose, in der ich meine gewöhnlichen Drogen aufbewahrte, die Blutverdünner. Es lag noch genau eine Tablette darin. Zwei pro Tag musste ich nehmen.

Und wir hatten kein Geld.

»Ist das schlimm?«, fragte Fy.

»Ach ...«, sagte ich nur und ließ die Dose zuschnappen.

Ein Tag ist egal. Oder nicht? Ein Tag mehr oder weniger. Ich hab die Dinger sowieso drei Tage lang ausgespuckt, auf der Busfahrt, und hier bin ich, *alive and kicking.*

Ich fühlte mich lebendiger denn je.

Wir hatten kaum Geld, wir hatten kein Dach über dem Kopf, wir hatten vor, zwei Kinder aus einem verschlossenen Paradies zu retten, meine Medikamente waren aus – und dennoch fühlte ich mich so leicht, als könnte ich über das Wasser gehen.

Als könnte ich fliegen.

Zum ersten Mal in meinem Leben aß ich an diesem Tag Reis zum Frühstück, in einem kleinen Hotely am Straßenrand, Reis ohne Salz aus einer Plastikschüssel, denn dazu reichte unser Geld noch. Ich war so hungrig, dass ich alles gegessen hätte.

Man trank heißes Wasser dazu, das Wasser, mit dem sie die Reste des am Topfboden angesetzten Reis abgelöst hatten. Es war abgekocht, immerhin keimfrei. Es wärmte von innen. Es war wunderbar.

Und irgendwie war alles gut.

Ich dachte an Faly. Ich dachte an Ando und Aina. Ich

dachte daran, dass mein Leben einen Unterschied machte, vielleicht. Und dass ich eine Freundin hatte, die mir gegenübersaß.

Ich war hier, weil ich gedacht hatte, ich könnte alle retten, ganz leicht, nur weil ich aus Europa kam, aber im Grunde, dachte ich, im Grunde hatten sie mich gerettet. Diese Menschen. Sie hatten etwas bewirkt, was kein Medikament bewirken kann. Etwas in mir ausgelöst. Ein Gefühl von Glück.

Ein kleiner dünner Junge in einem viel zu großen T-Shirt fegte den Boden, während seine kleine Schwester auf der Straße mit einer alten Flasche spielte, und ich ertappte mich bei dem Gedanken: Dieser Junge hat Glück, er hat Arbeit. Er wird etwas zu essen bekommen. Es war ein komischer Gedanke, denn noch vor Kurzem hätte ich gedacht: Dieser Junge hat Pech, er muss arbeiten.

Draußen in der Straße verstopfte der Verkehr schon wieder alles, Menschen drängten sich vorbei, eine Frau in dreckstarren Lumpen mit einem Baby, so alt wie Onja, sah zu uns herein und machte Gesten, führte die Hand zum Mund, wollte Geld für Essen. Doch die wenigen übrigen Scheine verwahrte Fy, und ich sah die Frau an und drehte meine Taschen nach außen, damit sie sah, dass sie leer waren. Dann stand ich auf, quetschte mich zwischen den vielen Tischen durch und gab ihr meine Schüssel mit dem Rest Reis.

Aber sie wollte ihn nicht. Sie zeigte auf mich und lächelte.

»Sie sagt, du sollst essen«, sagte Fy. »Sie sagt, du siehst zu dünn aus und zu blass.«

Die Frau legte mir eine Hand an die Wange, eine schwielige, dreckige Hand, und sah mir einen Moment in die Augen. Es war wie ein Zauber. Als würde sie mir etwas mit auf den Weg geben. Dann drehte sie sich um und verschwand im Gewimmel.

»Wir werden eine Weile laufen müssen«, sagte Fy. »Aber wir laufen langsam. Mit Pausen im Schatten. Einer Menge Pausen. Okay? Wir können uns kein Fahrzeug mehr leisten.«

Ich nickte. »Ich bin fit heute. Und ... Es ist komisch. Ich wiege nichts. Es ist, als würde ich schweben.«

So begannen wir unsere Wanderung durch die riesige Stadt. Fy zwang mich, langsamer zu gehen, als ich wollte, was gut war. Immer wieder blieben wir stehen und tranken etwas von dem Wasser, das sie im Hotely abgefüllt hatte, abgekochtes Wasser, schal, lauwarm – wundervoll.

Die Stadt ist endlos. Ein Krake mit tausend Armen.

Alles ist in- und um- und aufeinander gebaut, Altes und Neues, Kaputtes und Heiles, Modernes und Altmodisches, und überall sind Menschen, Menschen wie Ameisen in einem Ameisenhaufen.

Ganz oben thront der Rova, der Palast der alten Könige. Fy zeigte ihn mir, und er schien uns zu beobachten auf unserer Wanderung.

»Der Präsident«, sagte Fy, »wohnt anderswo. Aber es ist kein Unterschied. Er ist auch ein König. Er kann alles tun.« Und dann zeigte sie auf eine Reihe von Plakaten an der Mauer hinter einer Müllkippe. Dort strahlte, nagelneu und sauber, über dem schwarzen, halb verbrannten Müll und den darin herumsuchenden Menschen ein Gesicht auf orangefarbenem Grund. »Sie fangen an mit der Propaganda. Für die nächsten Wahlen. Das ist er.«

»Der Präsident?«

Wir waren stehen geblieben, winselnde Hunde mit dreckstarrem Fell scharten sich um uns, aus dem Müll entschlüpft wie schwarze Urtiere. »Nein. Mein Herr. Aus dem Paradies«, sagte Fy. »Ich habe dir doch erzählt, dass er kandidiert?«

Ich nickte.

»Warte«, sagte Fy dann plötzlich. »Die Plakate. Hätten sie die Plakate aufgehängt, wenn …«

»Wenn er tot wäre?«, fragte ich.

Wir sahen uns an. Sahen die Plakate an. Das Lächeln des Mannes darauf. Seinen makellosen Anzugkragen.

»Er ist nicht tot. Faly hat ihn nicht umgebracht«, sagte Fy ganz leise.

»Nein«, sagte ich.

Das hier änderte alles. *Alles.*

Oder – nichts. Denn Faly saß in Antanimora. Hinter einer doppelten Reihe von Gittern.

Faly oder das, was von ihm übrig war.

»Er hat nicht einmal den Anstand besessen, zu sterben«, fauchte Fy und nickte zu dem Hochglanzplakat hin. Ihre Augen sprühten Funken, fast hatte ich einen Moment lang Angst vor ihr. »Ich sollte froh sein«, sagte sie. »Ich weiß, ich sollte froh sein, aber ich bin es nicht, Gott vergib mir.«

Damit bückte sie sich und griff in den Müll, holte eine Handvoll Asche und Bananenschalen heraus und schleuderte sie auf die Wand, traf den Lächelnden mitten ins Gesicht: schwarzer, feuchter Dreck rutschte über seinen Kragen hinunter. Ich nickte und bückte mich ebenfalls, obwohl ich Angst vor den Hunden hatte. Griff an ihren Schnauzen vorbei in das, was zu unseren Füßen lag, halb zu Erde geworden, mit Plastikfetzen durchsetzt.

Ich griff für Fy hinein. Für ihre Geschwister. Für das Mädchen, das sich an der Vorhangkordel erhängt hatte. Und für alle anderen.

Und ich warf und traf das zweite Plakat in der Reihe.

Es war ein gutes Gefühl, den schwarzen Dreck auf dem hellen Plakat kleben zu sehen.

»Gut«, sagte Fy. Und schließlich wischten wir uns die Hände an unseren Hosen ab, was wenig nützte, und wanderten weiter.

Und dann waren wir da. Dann sah ich das Paradies, zum ersten Mal.

Wir standen am Tor, wie Fy und Faly so oft, an dem schmalen, schwarzen, gusseisernen hinteren Tor, das einen Einblick in kühles Grün gewährte wie ein Fenster in eine andere Welt.

Der Springbrunnen katapultierte silberblaues Wasser in den Himmel, die Seerosen schaukelten zartrosa am Rand des steinernen Beckens, die weiß und rot blühenden Büsche dufteten: Der Garten war ein Versprechen von Kühle und Erholung, einer Pause vom hektischen Alltag der heißen, lauten, abgasgeschwängerten Stadt.

»Es ist immer noch schön«, wisperte Fy. »Wie kann ich es immer noch schön finden?«

Sie hatte sich das rot-gelbe Tuch über den Kopf gezogen, damit niemand ihr Gesicht sah, aber der Gardien war ohnehin weiter hinten im Garten dabei, welkes Laub zusammenzufegen, er sah nicht zum Tor.

Ich sah eine junge Frau über den Rasen gehen, eine Plastikwanne mit Wäsche auf dem Kopf, und ich dachte daran, wie ich Fy kennengelernt hatte, an einem Strand voller Muscheln und Horizonte.

Zwei ältere Frauen gingen von der Villa zu dem lang gestreckten Gebäude der Angestellten hinüber, steckten die Köpfe zusammen und lachten. Ein paar leuchtend blaue Schmetterlinge flogen vor ihnen aus einem Busch auf. Es roch nach gebratenen Zwiebeln, Paprika, Gewürzen – nicht nach madagassischer Küche, eher nach französischer, durchmischt mit dem Duft von tausend Blumen.

Und dann sah ich einen kleinen Jungen, vielleicht sieben Jahre alt, in der gleichen Uniform wie die anderen Bediensteten; er trug einen Lappen und einen Eimer voll Wasser, er war schlank und nicht unbedingt muskulös, und der Eimer war schwer, doch das war es nicht, was mir auffiel an dem Jungen. Es war die Art, auf die er zur Villa ging. Er ging mit den Füßen zuerst und dem Kopf zuletzt, seine Füße wussten, dass er ins Haus gehen musste, aber sein Kopf wollte nicht.

Sein Kopf hatte Angst.

Mein Herz zog sich zusammen bei dem Anblick. Und ich wusste, der Junge war nicht sieben, er war neun, nur klein für sein Alter. Es war Ando. Fys Bruder.

Sie packte meine Hand und drückte sie ganz fest. »Wir müssen ihn da rausholen. Jetzt.«

In ihren Augen standen Tränen. In diesem Moment betrat der Junge das Gebäude durch eine Seitentür, eine Dienstbotentür; er sah uns nicht. »Wie?«, flüsterte ich.

Fy öffnete den Mund, um zu antworten, doch da stand der

Gardien auf, er ging über die Wiese davon, und Fy starrte ihn an.

»Er ist es«, sagte sie dann. »Der, den Faly niedergeschlagen hat. Er ist genauso wenig tot wie der Herr. Und darüber bin ich tatsächlich froh, Emma.« Sie lächelte plötzlich, und dann zog sie mich neben das Gittertor, sodass uns niemand von drinnen sehen konnte, und sagte leise und eindringlich: »Hör zu. Du musst da reingehen. Ohne mich. Mich würden sie erkennen. Du musst da reingehen und Ando und Aina rausholen. Du wirst durch das vordere Tor gehen, wenn das nächste Auto durchfährt: Sie werden das Tor für das Auto öffnen. Du musst mit ihm hindurchschlüpfen, gebückt, damit dich niemand sieht, drinnen musst du dich nach rechts wenden. In der Garage ist ein Stapel aus Holz und Reifen und anderem Kram, dahinter kannst du dich verstecken, bis das Tor wieder geschlossen ist. Dann musst du die Tür in der Garage finden, seitlich. Von da aus kommst du in einen Flur, der direkt zur Villa führt. Aber du darfst nicht Emma sein, du musst ein Schatten bleiben. Wenn sie dich erwischen, sagst du, du suchst jemanden. Du hättest diese Adresse von einem Freund bekommen und wärst durch die Tür gegangen, die zufällig offen stand, es muss wohl die falsche Adresse gewesen sein ... Einer Vazaha wird niemand etwas tun. Trotzdem ist es besser, sie erwischen dich nicht.« Sie holte tief Luft, jetzt war sie es, die außer Atem war, so schnell hatte sie gesprochen. »Meinst du ... du kannst das?«

»Keine Ahnung«, sagte ich. »Es klingt wie aus einem Film.«

Fy sah mich an, abwartend, schweigend.

Ich seufzte. »Okay«, hörte ich mich sagen, »ich versuche es.«

Das Ganze kam mir unwirklich vor, wie ein Traum, wie eine Geschichte, die ich las.

»Wie soll ich Aina erkennen?«, fragte ich. »Ando habe ich gesehen, aber Aina?«

»Oh, das ist einfach, sie sieht aus wie er«, sagte Fy und lächelte. »Nur, dass sie langes Haar hat. So viele neunjährige Mädchen werden da drin nicht herumlaufen.«

»Da wäre ich nicht sicher«, sagte ich und lachte bitter. »Okay. Und was tue ich, wenn ich die beiden gefunden habe? Nehme ich sie an der Hand und marschiere mit ihnen zur Vordertür hinaus?«

Fy sah mich eine Weile stumm und konzentriert an. Ich sah, wie es in ihr arbeitete.

Schließlich sagte sie. »Genau das. Du bist eine Vazaha. Du sagst, du würdest sie abholen. Und der Herr wüsste Bescheid. Wenn jemand nachfragt ... sag, du wärst von einer französischen Organisation, die die Gesundheit von Hausangestellten unter 16 Jahren jährlich prüft, in Zusammenarbeit mit der Regierung. Sie werden alle Angst bekommen, dass es illegal ist, was sie tun. Sie wissen es im Grunde.«

»Und wenn ich *ihm* begegne? *Ihm selbst*? Er wird wissen, dass es so etwas nicht gibt.«

»Dann ...«, begann Fy und verstummte. »Er ist nicht da«, sagte sie. »Er ist um diese Zeit nie da.«

Der Plan war kindisch. Der Plan konnte nicht glattgehen.

Er war wie ein Plan aus einem Märchen, in dem eine Fee zwei Kinder aus einem schwarzen Haus rettet.

Aber es war der einzige Plan, den wir hatten.

Und deshalb wurde ich an jenem Tag eine Fee. Eine Fee mit roten Haaren und Sommersprossen, die unter Luftnot litt und mehr Angst hatte als Verstand.

Wir warteten neben dem vorderen Tor, im Schatten zweier großer Agaven, trutzige stachelbewehrte Wächter. Wenn sie gewusst hätten, dass sie den Eindringlingen halfen, statt sie abzuschrecken!

Sie erinnerten mich an Kraken, Urzeitgeschöpfe tief unten im Meer, dort, wohin Luc vielleicht in diesem Moment tauchte. Er hatte mich vermutlich längst vergessen, lebte in den Tag hinein, wie immer. Was für ein leeres Leben.

Ich, ich war hier; mein Leben hatte einen Sinn.

Und irgendwo in dieser Stadt saß ein anderer, sehr viel nachdenklicherer und sehr viel traurigerer Junge und wartete darauf, dass ich wiederkam und ihm half.

»Jetzt«, sagte Fy.

Da schob ich den Gedanken an Faly beiseite, sah den SUV vorbeifahren, duckte mich und wurde ein Schatten.

In der Garage war es halbdunkel. Ich tat, was Fy gesagt hatte, huschte mit dem Auto hinein und warf mich drinnen hinter einen Stapel Feuerholz, kauerte einen Augenblick lang auf dem Boden und atmete nur.

Mein Herz stolperte wieder, ich verfluchte es im Stillen, ganz ruhig, sagte ich mir, Panik ist gefährlich, ruhig … Ich dachte, sie müssten mich hören, meinen Herzschlag, mein zu rasches Atmen, doch sie hörten nichts.

Zwei Männer stiegen aus dem Wagen, ich hörte Türen schlagen. Dann verließen Schritte die Garage, eine Tür wurde geöffnet. Die Seitentür zu dem Korridor, dachte ich, der zum Haus führte.

Das Garagentor schloss sich automatisch.

Ich saß in absoluter Dunkelheit.

Ich stand auf und tastete mich am Wagen entlang wie eine Blinde, fühlte kaltes Metall unter meinen Fingern, Scheiben ... die Wand der Garage, Regale ... und fand endlich die Tür.

Jetzt. Jetzt würde ich die Villa betreten, die ich nicht ohne zwei Kinder wieder verlassen durfte.

Emma, Rächerin der Witwen und Waisen. Haha.

Meine Hände zitterten, als ich die Tür öffnete. Dahinter lag ein nichtssagender Flur, durch zwei kleine Fenster drang Licht aus dem Garten herein, und am Ende betrat ich durch eine weitere Tür eine Eingangshalle. Ich wurde wieder zum Schatten, huschte hinter einen altmodischen Mantelständer, ignorierte mein stolperndes Herz, sah mich um.

Mein Gott, diese Eingangshalle! Sie war riesig, mit einer Freitreppe in der Mitte, die Vorhänge aus dunkelblauem Samt, und an der Decke hing ein elektrischer Kristalllüster. Es gab dunkle, fein gearbeitete Kommoden, mit riesigen chinesischen Vasen voller Blumen darauf, es gab orientalische Teppiche auf dem Parkettboden und Bilder in Goldrahmen, eine Sammlung von gemusterten madagassischen Strohhüten an der Wand und kleine Statuen von Bäumen und Lemuren und Zeburindern aus Silber oder Aluminium, es gab sogar eine alte Standuhr, und direkt daneben hing, riesig, kreischend orangefarben, gerahmt, eines der Wahlplakate, von dem der Herr wohlwollend auf sein Reich herablächelte.

Es war so absurd, dass ich beinahe gelacht hätte.

Eine junge Frau mit einem Besen kam durch eine andere Tür in die Halle und begann zu fegen, ihre Uniform war hübsch, ihre Bewegungen perfekt, sie war vielleicht so alt wie ich. Sie hatte ihre Haare zu tausend kleinen Zöpfchen geflochten und oben auf ihrem Kopf aufgetürmt, sodass ihr Nacken und ihre Ohren frei blieben.

Als sie endlich fort war, folgte ich ihr lautlos in einen neuen Korridor, einen Korridor voller Türen.

An seinem Ende, hinter einer weiteren Tür, klapperte jemand mit Töpfen. Und dann flog die Küchentür auf und jemand kam durch den Korridor in meine Richtung. Einen Moment lang erstarrte ich. Es war der kleine Junge aus dem Garten mit seinem Putzeimer.

Ando.

Er sah mich an, und ich sah ihn an, aber hinter ihm öffnete sich die Küchentür noch einmal, und eine ältere Frau erschien. Ich riss eine der Seitentüren auf und schlüpfte in den Raum dahinter.

Der Raum war leer, ein großer Raum mit einem langen, glänzend polierten dunklen Holztisch in der Mitte und vier bodentiefen Fenstern. Mit einem Satz war ich bei den Fenstern, stand hinter einem der langen dunkelblauen Vorhänge.

Einen Moment lang geschah nichts.

Machte ich alles verkehrt? Hätte ich den Jungen ansprechen sollen? Im Beisein der anderen Frau? Hätte ich sagen können: »Komm mit, deine Schwester wartet draußen«?

Er hatte gesehen, dass ich in diesen Raum geschlüpft war. Würde er es jemandem sagen?

Schritte näherten sich, und ich schloss die Augen und

versuchte, noch leiser zu atmen. Die Schritte umrundeten den Tisch, etwas klirrte leise. Dann gingen sie wieder fort.

Als ich die Augen wieder zu öffnen wagte, standen auf dem Tisch Kaffeetassen und eine Schale mit Erdnüssen. Die Tassen waren aus dünnem weißem Porzellan, die Nussschale silbern, und in einer zierlichen goldenen Vase stand jetzt eine langstielige violett-blaue Blüte: ein Stillleben. Dann näherten sich wieder Schritte, und diesmal schloss ich die Augen nicht und sah, wie zwei Männer den Raum betraten. Nein, keine Männer. Herren.

Der eine trug einen crèmefarbenen Anzug und ein weißes Hemd, dessen oberste Knöpfe er nicht geschlossen hatte, leger, entspannt. Keine Krawatte. Ich erkannte ihn sofort, er war es: der Herr des Paradieses, der Herr der Plakate. In Wirklichkeit sah sein Gesicht weniger künstlich und glänzend aus, es war einfach ein Gesicht.

Der andere war größer, trug keinen Anzug, sondern nur ein helles Hemd und Jeans.

Ein Vazaha.

Sein helles, gewelltes Haar wurde an den Schläfen schon silbern, und ich dachte: Was für helle Augen er hat, und wie seltsam, dass er Turnschuhe trägt, keine schwarzen polierten Schuhe wie sein Gastgeber, sondern Turnschuhe wie ein Jugendlicher.

Aber dann erinnerte ich mich daran, dass eine Menge Leute, die Geld haben, in Europa Jeans und Turnschuhe tragen, angefangen mit Popstars, und ich lachte fast, denn ich hatte begonnen zu denken wie Fy.

Das Mädchen mit dem hochgesteckten Haar kam herein und brachte Kaffee und zog Stühle zurück, und die Männer setzten sich und begannen, sich leise zu unterhalten, sie fragten einander nach ihren Familien und wie es ihnen ging, sie sprachen über das Wetter, über die Wahlen, sie tranken Kaffee und unterhielten sich, und durch die großen Fenster fielen Sonnenstrahlen auf die Blütenblätter der blauvioletten Blume. Es war so ein friedliches Bild.

Dann ging die Tür wieder auf, und das Mädchen mit den hochgesteckten Haaren schob jemanden herein: Ando. Jetzt trug er keinen Eimer mehr, er trug gar nichts und hatte die Hände ineinandergekrallt. Ich sah seine Angst.

»Da bist du«, sagte der Herr, Monsieur Tierry, und er stand auf und ging zur Tür, legte einen Arm um den kleinen Jungen und nickte dem Mädchen zu. »Du kannst gehen. Und dich ...« Er wandte sich Ando zu. »... möchte ich jemandem vorstellen. Du wirst vielleicht mit ihm gehen. Wir verhandeln noch.«

Ando ließ sich widerstrebend an den Tisch schieben und stand dann mit gesenktem Kopf da, vor dem Mann mit dem hellen Haar. Zum ersten Mal sah ich ihn von Nahem. Er hatte klare, wache Augen und winzige dunkle Sommersprossen über den Wangenknochen, wie manche Madagassen es haben, Sprenkel des Universums. Ich möchte die Sterne noch einmal sehen ...

Monsieur Tierry hob mit zwei Fingern Andos Kinn und sah ihn an. »Hab keine Angst«, sagte er. »Du wirst es gut haben bei dem Monsieur. Er hat ... ein ganzes Haus voller Kinder.« Er lächelte dem Hellhaarigen zu und zwinkerte. »Er ist ein großer Kinderfreund.«

Der Monsieur lächelte nicht. »Was mich vor allem interessiert«, sagte er, »ist die Gesundheit der Kinder. Sie scheint mir etwas angegriffen zu sein. Das hat Auswirkungen auf die Gesamtsumme.«

»Angegriffen?«, rief Monsieur Tierry, griff nach den Knöpfen des Uniformhemdes und riss es mit einem Ruck auf, sodass zwei Knöpfe abplatzten und man die magere Brust des Jungen darunter sah. »Angegriffen! Ich bitte Sie! Der Junge ist völlig gesund! Und noch weiter kann ich im Preis nicht runtergehen. Wenn Sie ihn und seine Schwester haben wollen, müssen sie auch für beide bezahlen. Zwillinge haben ihren Wert.« Er schüttelte den Kopf. »Sie können sich selbst von der Gesundheit des Kindes überzeugen. Er wird sich für Sie ausziehen. Aber dafür haben wir behaglichere Zimmer.« Er lächelte und nickte zu einer weiteren Tür hin, die dieses Zimmer mit dem nächsten verband. »Das Mädchen ist noch oben. Möchten Sie, dass ich es holen lasse?«

»Vielleicht«, sagte der Hellhaarige. »Ja. Ich würde sie mir gerne ansehen.«

Er stand auf, nahm Ando am Arm und führte ihn mit sich in den Nebenraum, und Ando ging wieder mit den Füßen zuerst und dem Kopf zuletzt.

»Monsieur Tierry, ich möchte hierbleiben«, flüsterte er. »Bitte. Ich ...«

Und dann schloss sich die Tür des nächsten Zimmers. Und Monsieur Tierry leerte seine Kaffeetasse und ging in die Küche, wo er mit ein paar Frauen sprach, mit ihnen lachte, scherzte, dann hörte ich eine Tür zuschlagen, hörte, wie sich seine Schritte jenseits der Küche irgendwo entfernten.

Ich war allein. Ein Spion mit rasendem Herzen und geballten Fäusten.

Da drüben. Da drüben im Zimmer nebenan passierte

vielleicht gerade jetzt etwas Schreckliches, ich musste die Tür öffnen und etwas tun.

Okay. Gleichmäßig atmen.

Ach, entschuldigen Sie, ich wusste nicht, dass jemand hier ist. Ich habe vorgestern mit meinen Eltern hier übernachtet, sie sind Diplomaten, und ich muss in diesem Zimmer mein Silberkettchen verloren haben, darf ich kurz unter dem Bett nachsehen?

Und dann? Würde ich den Jungen, der mit den Füßen zuerst ging, packen und rennen? Würde er mitkommen?

Ich verließ mein Versteck hinter dem Vorhang, achtete darauf, die dicke goldene Kordel nicht zu berühren, und ging zur Tür. Öffnete sie lautlos.

Und tat gar nichts. Blieb einfach stehen, an den Türrahmen gedrückt, und sah durch den Spalt, gelähmt vor Angst.

Mitten im Raum stand ein wunderschönes großes Himmelbett mit einer glänzenden hellblauen Seidendecke, das Moskitonetz war kunstvoll um die vier Pfosten aus Riesenbambus geschlungen, und in den Knoten steckten rote Hibiskusblüten. Jemand musste sie im Garten gepflückt haben. Und ich sah Fy wieder vor mir, Fy auf der Insel, die Arme voll rotem Hibiskus ...

Der hellhaarige Man saß auf der Bettkante, und vor ihm stand Ando in seinem zerrissenen Hemd, zitternd. »Hör zu, ich will dir nichts tun«, sagte der Mann. »Behalt deine Kleider an. Ich versuche nur, den Preis zu drücken, damit ich auch deine Schwester mitnehmen kann.« Er seufzte. »Wenn wir den Preis geregelt haben, werdet ihr umziehen. Verstanden?«

»Ich will hierbleiben«, wiederholte Ando, kaum hörbar.

»Ist es so schön hier?«, fragte der Mann, fast ärgerlich.

Ando nickte und sah weg.

»Und es passieren nie schlimme Dinge?«

Ando sah immer noch weg.

»Ich weiß, wie es ist«, sagte der hellhaarige Mann sanft. »Ich weiß, was passiert. Und ich weiß, dass eure Schwester hier war. Ich habe versucht, sie zu holen. Wo ist sie?«

»Ich habe keine Ahnung«, wisperte Ando.

»Vielleicht überlegst du dir das noch«, sagte der Mann. »Ob du es nicht doch weißt.« Er sprach immer noch sanft, aber ich ahnte eine gewisse Gefährlichkeit zwischen seinen Worten.

»Ihr Haus ist so eines wie das hier, oder?«, flüsterte Ando. »Kann ich dann nicht hierbleiben? Hier kenne ich wenigstens alles.«

Der hellhaarige Mann lächelte. »Mein Haus ist anders«, sagte er. »Es ist ein Haus, in dem Kinder lernen. Es gibt Ärzte dort. Und etwas zu essen. Sie nennen es das gelbe Haus der tausend Herzen. Wir haben sogar so ein Lied, wir singen es jeden Montag. Die Kinder lernen dort und warten darauf, eines Tages … vielleicht in die Welt hinauszureisen. Um anderen Kindern zu helfen.«

Ich hielt mich am Rahmen fest. Mir war schwindelig.

Der Herzensammler.

Da war er, im Raum vor mir, und hätte ich nicht Fys Erzählung gekannt, hätte ich nur einen Mann gesehen, der ein Kind retten will. Aber ich sah mehr. Hörte mehr. All die Wahrheiten zwischen seinen Sätzen. … *warten darauf, eines Tages vielleicht in die Welt hinauszureisen.*

So ein schöner Satz. Und so ein grausamer. Denn sie würden reisen. Oder: ein Teil von ihnen.

Ihre gesunden, wohlbehüteten, gleichmäßig schlagenden Herzen.

Sie würden da draußen andere Kinder retten, Kinder, die ein Transplantat brauchten.

Ein Leben für ein Leben.

Ich sah Andos mageren, zitternden Körper an, und ich dachte, dass er Faly einmal ähnlich sehen würde. Später. Falls es ein Später gab.

»Ich muss jetzt gehen«, wisperte Ando leise. »Ich habe noch Arbeit in der Küche.«

»Ja, geh nur, ich werde warten, bis Monsieur Tierry deine Schwester gefunden hat«, sagte der hellhaarige Mann, und jetzt lächelte er. »In ein paar Tagen sehen wir uns wieder.«

Ando nickte, versuchte, das Hemd zuzuknöpfen, das sich nicht mehr zuknöpfen ließ, und rannte – auf die Tür zu, hinter der ich stand. Er riss sie auf, ich drückte mich flach gegen die Wand, und er sah mich nicht, seine dünnen Beine flogen, quer durch den Raum, er riss die Tür zur Küche auf und war fort.

Da war nur noch die dumme Spionin, allein, nutzlos, die kranke Fee, die ihre Zaubersprüche vergessen hatte.

Einen Moment lang stand ich einfach da und versuchte, mich zu sammeln, und dann schlich ich in den Flur zurück. Ich musste Aina finden.

Vielleicht brachte jemand sie eben jetzt zu dem Mann mit dem hellen Haar, vielleicht würde sie an mir vorbeigehen und ich konnte irgendwo im Verborgenen warten und ihr etwas zuflüstern, damit wenigstens sie wusste, dass sie nie mit diesem Mann mitgehen würde. Nur ein paar Worte. *Deine Schwester ist hier,* würde ich flüstern. *Wir holen dich.*

Niemand kam an mir vorbei. Ich huschte von Vorhang zu Vorhang, lauschte, wartete, und schließlich war ich wieder in der Eingangshalle. Ich legte eine Hand auf das glatte rote Holz des Treppengeländers, Tropenholz. Irgendwo in diesem Land, jenseits der trockenen Felder und der verstopften Straßen, gab es Urwald und Vögel und Hoffnung. War es das gleiche Land? Ich stieg die Treppenstufen im Rhythmus meines Herzens hoch.

Es war rhythmisch, es schlug gleichmäßig, es stolperte nicht mehr.

Alles war in Ordnung.

Dann hörte ich, dass oben eine helle Frauenstimme nach Aina rief. Sie schien schon seit einer Weile zu rufen, sie klang ungeduldig.

Oben, in einem weiteren Flur, kauerte ich mich in den klobigen Schatten einer alten Truhe. Es war nicht mal ein richtiges Versteck. Doch die Frau, die jetzt den Flur entlangkam, eine ältere Frau in der Uniform der Bediensteten, sah mich nicht. Wir sehen nur das, was wir erwarten.

Sie ging die Treppe hinunter, kopfschüttelnd, sie würde denen da unten wohl sagen müssen, dass sie das Kind nicht gefunden hatte.

Und ich stand auf und ging den Flur entlang. Alle Türen hier standen offen. Auch die Fenster waren gekippt, es wurde gelüftet, und alles war so sauber! Ich sah in Schlafzimmer mit weichen Betten und Bücherregalen. Was für ein behagliches Haus.

Aber dann bemerkte ich etwas, und ich blieb stehen: In den Schlafzimmern lagen rote Hibiskusblüten auf den frisch bezogenen Betten. Und dann kam ich zu einem, in dem keine Blüten lagen. Die Person, die die Blüten verteilte, war bis zu dem Zimmer gekommen, nicht weiter.

Also war sie noch hier. In diesem Raum.

Ich betrat ihn auf Zehenspitzen.

Denn unter uns, auf einem anderen Bett, saß einer, der Herzen sammelte und auf ein Kind wartete.

Ein Kind mit einer höchstwahrscheinlich seltenen Blutgruppe, wie seine ältere Schwester.

Goldwert.

Ich stand mitten im Raum und sah mich um: ein Doppelbett, ein Kleiderschrank, dessen Türen offen standen, weil jemand darin schon gesucht und niemanden gefunden hatte. Eine Frisierkommode. Ein großer Spiegel, aus dem mir ein Mädchen entgegensah, das blass war wie der Mond.

Es sah furchtbar aus. Dreckig, staubig, verschrammt, genau wie die anderen Leute in den Straßen. Es hatte Ringe unter den Augen, und seine Lippen wirkten bläulich.

Aber es lächelte.

Und dann sah ich hinter dem Mädchen im Spiegel eine Bewegung.

Da war eine Hand. Eine kleine, dunkle Hand, die unter dem Schrank hervorkam. Sie hielt etwas Rotes. Eine Hibiskusblüte.

Ich ging zur Tür hinüber, in der ein Schlüssel steckte, und drehte ihn von innen um.

Dann setzte ich mich auf die Bettkante und beobachtete – im Spiegel – den Schrank. Und da kam die Hand wieder. Nach einer Weile noch eine Hand. Dann ein Kopf. Fy hatte recht gehabt, Aina sah fast genauso aus wie Ando, dieselbe Augenpartie, dieselben winzigen dunklen Sommersprossen.

Und dann saß das ganze Kind vor dem Schrank.

»Ich geh nicht zu dem Mann da unten«, sagte es leise.

»Nein«, sagte ich. »Das dachte ich mir.«

»Wer bist du?« Sie musterte mich im Spiegel, und ich drehte mich um und sah sie an. Sie zuckte ein wenig zurück, aber nicht wie jemand, der schüchtern ist, sondern wie ein Raubtier, das mir notfalls das Gesicht zerkratzen würde.

»Bist du wie die anderen, die herkommen? Mit denen er spricht, damit sie ihm helfen, Präsident zu werden? Oder noch reicher?« Sie schüttelte den Kopf. »Du bist kein Mann.«

»Nein«, sagte ich.

»Du willst nicht, dass ich mich ausziehe.« Es war eine Feststellung.

»Du hast doch eine hübsche Uniform«, sagte ich. »Lass sie besser an.«

Sie sah an sich hinunter. »Findest du sie hübsch?«, fragte sie und runzelte die Stirn, wobei sich ihre Nase krauszog, was niedlich aussah, wie bei einem viel kleineren Kind. »Ich fand sie erst auch hübsch. Ich dachte, hier ist es gut. Es stimmt nicht.«

Ihr Französisch war gut. Sie war ein kluges Mädchen.

»Der Mann da unten«, sagte ich. »Für den sie dich holen wollten. Weißt du, wer das ist?«

»Ja«, sagte sie. »Nenifara hat es mir gesagt. Sie hat es

mir gesagt und mir dann gesagt, ich soll mich verstecken, und so getan, als wenn sie mich ruft und sucht. Aber sie hatte mir gleich gesagt, dass sie mich nicht finden wird. Der Mann ist …« Sie flüsterte jetzt, kaum hörbar: »Der Herzensammler.«

»Und wenn es ein anderer gewesen wäre? Wärst du zu ihm gegangen, wenn man dich gerufen hätte?«

Aina nickte. »Ich muss«, sagte sie.

Es lag so viel Traurigkeit in diesen beiden Worten, dass meine Kehle ganz eng wurde.

»Wer bist du?«, fragte sie noch einmal.

»Emma«, sagte ich. Und ich dachte: Wenn ich ihr jetzt sage, dass ich hier bin, um ihr zu helfen, warum sollte sie mir glauben? Auch der Junge mit dem Entenpullover hatte gesagt, er würde ihr helfen.

Und dann fiel mir etwas ein, und ich schob die Hand in die Tasche meiner Jeans: das Foto. Das abgegriffene Foto von Faly und Fy und Ando und Aina steckte immer noch darin. Ich hielt es ihr hin. »Ich bin eine Freundin von Fy«, sagte ich. »Sie hat mir das Bild gegeben. Und ich kenne auch euren Bruder, Faly. Ich bin hier, um …«

»Faly?« Sie starrte mich an. »Faly ist tot. Sie haben ihn erschossen. Und Fy ist weggelaufen.«

»Was hat Ente euch erzählt?«, fragte ich.

»Er hat gesagt, es war ein Überfall. Sie waren zusammen in der Straße unterwegs, Fy hatte frei bekommen und wollte uns besuchen, und dann … Ente sagt, er hat es gesehen. Irgendwelche *Dahalos,* irgendwelche Banditen haben Fys Geld genommen, Faly wollte sie daran hindern, aber einer hatte eine Waffe. Es war das Geld für uns … es war also irgendwie unsere Schuld.« Sie sah die rote Blüte in ihren Händen an, die vollkommen zerquetscht war.

»Aina!« Ich hätte sie gerne am Arm gepackt, doch vielleicht war es keine gute Idee, ein Mädchen am Arm zu fassen, das ständig von fremden Leuten angefasst wurde. »Faly ist nicht tot! Die ganze Geschichte ist erfunden.«

»Das habe ich mir ... fast gedacht«, sagte Aina.

»Faly hat Fy geholfen, von *hier* abzuhauen«, flüsterte ich. »Dabei ist es passiert. Monsieur Tierry hat sie erwischt. Er hat geschossen. Aber er hat Faly nicht getötet. Faly hat ihn niedergeschlagen, mit dem Griff seiner eigenen Pistole.«

Ainas Augen waren groß und rund geworden. »Und wo ...?«

»Im Gefängnis«, sagte ich und wünschte, ich hätte etwas anderes antworten können. »Er hat dafür gesorgt, dass Fy fliehen konnte. Sie war weit weg. Auf der Île aux Nattes. Am Meer. Da hat sie ihr Kind bekommen. Du bist jetzt Tante. Aber sie ist zurückgekommen.«

»Tante«, wiederholte sie. »Komisch.«

»Wir müssen einen Weg finden«, sagte ich, »euch hier rauszubringen.«

Ich stand auf, und sie stand ebenfalls auf, sie war winzig für neun und unglaublich schmal.

»Raus«, sagte sie. »Das habe ich schon ein paarmal versucht. Aber sie haben mich immer eingefangen.« Sie drehte sich um und hob ihre Bluse hoch, und da sah ich die roten Striemen auf ihrem Rücken und schnappte nach Luft.

»Der Herr hat eine Peitsche«, sagte sie. »So eine für Zebus. Ich glaube, er freut sich jedes Mal, wenn ich versuche, abzuhauen. Dann kann er sie benutzen.«

Ich sagte nichts. Mir war schlecht.

Dies war das einundzwanzigste Jahrhundert. Oder nicht? Aber warum sollte das einundzwanzigste Jahrhundert eigentlich besser sein als andere Jahrhunderte?

»Das Problem ist, wenn ich abhaue, muss ich irgendwohin. Wenn ich nirgendwohin kann, wie die letzten Male, finden sie mich wieder.«

Ich trat ans Fenster, es war eine Art Gaubenfenster, ins Metall geschnitten, sie haben diese europäischen Disneyhaus-Gauben an vielen Villen. Darunter lag ein Stück steiles, glühend heißes Dach. Und dann die Straße. Eine Seitenstraße, leicht abschüssig, still. Zwei Bananenverkäuferinnen trugen ihre geflochtenen Körbe auf dem Kopf vorbei. Abenteuerlich alte Autos parkten dicht an dicht zu beiden Seiten der Straße, ein Kind trieb mit einem Stock einen Fahrradreifen vor sich her.

Und auf der anderen Seite dieser ruhigen, schattigen Straße stand Fy mit Onja im Tuch.

Sie stand einfach da und wartete geduldig, niemand ist besser im Warten als die Madagassen, sie könnten eine Olympiadisziplin daraus machen.

»Deine Schwester ist da draußen«, sagte ich. »Unten, in der Straße. Sie …«

Aina trat neben mich ans Fenster und sah hinaus. »Fy«, flüsterte sie. »Sie ist wirklich da.«

Und dann ging alles viel zu schnell.

Aina war mit einem Satz auf dem Schreibtisch unter dem Fenster, hob ihre magere Faust und schlug die Scheibe ein. Einfach so.

Und ehe ich etwas tun oder sagen konnte, war sie hinausgeklettert. Ich sah, wie sie über das glühend heiße Dach hinunterschlitterte, ich sah ihre Uniform reißen, und dann sah ich, wie sie fiel, vom Dachüberhang über die Mauer hinunter in die Straße. Sie fiel nicht mit den Füßen voraus, sondern mit dem Kopf, als wollte sie ins Wasser springen, vielleicht in das Meer, an dem ihre Schwester, so weit weg, gelebt hatte.

Sie schrie nicht.

Ich presste eine Hand auf meinen Mund, um meinen eigenen Schrei zu ersticken.

Ich sah, wie sie unten aufkam, auf dem harten Asphalt der Straße. Wie sie dalag, auf der Seite, ganz still. Wie Fy zu ihr stürzte, sich neben sie kniete, Ainas Kopf in ihren Schoß bettete. Ich musste ihr nach, irgendwie, und es war verrückt, aber ich kletterte ebenfalls aus dem kleinen Fenster, durch die zerstörte Scheibe. Dann war ich auf dem Dach. Setzte Fuß vor Fuß, Knie vor Knie, kroch, unelegant, vorsichtig, Zentimeter für Zentimeter, und die Hitze fraß sich durch meine Hosenbeine, versengte meine Handflächen, wieder musste ich die Zähne zusammenbeißen, um nicht aufzuschreien.

Schließlich war ich an der Dachkante, und ich wusste, ich musste springen. Es war eigentlich nicht gefährlich. Wenn man nicht mit dem Kopf voran fiel. Drei Meter vielleicht.

Fy sah zu mir auf. In ihren weit aufgerissenen Augen standen Tränen.

Ich ließ meinen Körper über die Dachrinne gleiten, die Beine baumeln ... spürte, wie sich die Dachrinne löste – rutschte mit den Fingern ab und ließ mich fallen.

Ich landete auf den Füßen, und es tat weh in den Knien

und Fußsohlen, aber das war egal, und dann kniete ich ebenfalls neben Aina.

Blut rann aus einer Platzwunde seitlich an ihrer Stirn, Blut rann durch das schwarze, seidig glatt gekämmte Haar. »Aina«, sagte Fy. »Aina. Aina!«

Ich legte meine Hand an ihren Hals. »Alles gut«, sagte ich. »Puls ist da.«

Da schlug Aina die Augen auf und blinzelte, sie sah Fy an, und ein Strahlen breitete sich über ihr Gesicht. »Ich wollte zu dir«, flüsterte sie. »Ich glaube, ich bin etwas zu schnell ... gefallen.« Sie versuchte, sich aufzusetzen und schüttelte den Kopf. Dann übergab sie sich. Und dann schloss sie die Augen wieder und sank zurück.

Fy löste den Knoten ihres Tuchs. »Kannst du Onja nehmen?«

Ich nickte, und sie band mir Onja auf den Rücken, es war ein komisches Gefühl, ein so lebendiges, winziges, zerbrechliches Wesen zu tragen. Fy trug meinen Rucksack, ich hatte ihn bei ihr gelassen. Sie nahm den Rucksack nach vorne und hievte sich Aina auf den Rücken. »Weg«, sagte sie. »Wir müssen weg. Wir holen Ando später.«

Ich sah zum Dach der Villa hinauf. Zu dem zerstörten Fenster.

Niemand war dort. Das Zimmer war noch immer abgeschlossen, kein Mensch in der Villa wusste, dass wir in diesem Moment ein Kind stahlen.

»*Andao,* los«, sagte Fy, und wir gingen, nein, wir rannten, Fy konnte auch mit Aina auf dem Rücken rennen. Als wir am Ende der Gasse waren, hörte ich einen Ruf hinter uns und drehte mich um.

An der Stelle, wo wir eben noch gestanden hatten, stand jetzt jemand anders.

»Ee-ho!«, rief er und hob den Arm zu einem Winken. »Stehen bleiben!«

Aber das hatten wir nicht vor. Wir liefen schneller.

Es war Ente.

Und da rannten wir noch schneller.

Bogen ab. Rannten weiter.

Ich konzentrierte mich ganz auf Onja, die jetzt weinte, und darauf, ihren Kopf nicht zu hart gegen meinen Rücken schlagen zu lassen, ich konzentrierte mich auf Onja, weil alles andere zu beängstigend war: der fehlende Sauerstoff in meinem Körper. Das Stolpern in meiner Brust, wo sich mein Herz schon wieder nicht an Regeln hielt. Die Schritte hinter uns.

Es waren nicht nur die Schritte einer einzigen Person, es waren die von mehreren, Ente hatte Helfer, und dann drehte ich mich um und sah sie: junge Männer wie er, abgerissen, schmutzig, barfuß, Möchtegernraver, möchtegernmodern, mit schwarzen Kapuzenpullovern, der eine hatte eine schwarze Wollmütze über beide Ohren gezogen. Auf dem Kapuzenpullover des anderen stand in weißen Lettern auf schwarzem Grund WHITE PRIDE, und wenn ich gekonnt hätte, hätte ich gelacht, er hatte keine Ahnung, wenn er gewusst hätte, dass das ein Symbol von Menschen war, die Leute mit seiner Hautfarbe gerne tot sahen, hätte er sich gewundert.

»Wo...hin?«, keuchte ich. Doch selbst dieses kurze Wort bekam ich kaum heraus.

Und Fy sah mich an und hatte keine Antwort.

Die Jungs hinter uns holten auf.

Wenn wir ein Ziel gehabt hätten, irgendeines, ein Versteck!

Wir waren jetzt an einer größeren Straße, mehrspurig, Fy schlängelte sich mit Aina voraus durch den Verkehr, und ich dachte, wir werden alle überfahren, doch es geschah nicht, und da sah ich, was sie vorhatte: Eine der Autokolonnen hatte bis eben gestanden, setzte sich jetzt allerdings in Bewegung, und in dieser Kolonne stand ein Bus. Klapperig, überfüllt, mit offener Tür hinten wie alle Busse in diesem Land, und jetzt kletterte Fy einfach in den Bus.

»Emma!«

Aber ich konnte nicht mehr. Ich stand mitten zwischen den Spuren der großen Straße und konnte nicht mehr, keinen Schritt, mir war zu schwindelig, und ich sah, wie der Bus anfuhr, und Fy schrie noch einmal: »Emma!« Sie hatte Aina von ihrem Rücken gleiten lassen, und ich dachte, so werde ich sie davonfahren sehen, so werde ich sie zum letzten Mal sehen: in einem Bus, der sie mitnimmt ins Chaos des Verkehrs.

Und dann werde ich mich hinsetzen, mitten auf der Straße, und einfach gar nichts mehr tun.

Da weinte ein Baby, ganz nah, und zwischen Luftnot und Schwindel begriff ich, dass es Onja war, Onja im Tuch auf meinem Rücken, und es war keine Option, aufzugeben.

Ich sammelte den letzten Rest meiner Kraft und rannte zwischen den Autos auf den Bus zu, oder vielleicht rannte ich nicht wirklich, ich kam irgendwie vorwärts, der Bus wartete, jemand musste mit dem Schaffner gesprochen haben, und dann streckten sich mir helfende Hände entgegen.

Ich sank neben Aina auf den Boden und sah, dass Ente

und die anderen beiden versuchten, sich ebenfalls durch den Verkehr zu kämpfen, aber unser Bus beschleunigte, sie hatten keine Chance.

In mir zerplatzte eine kleine Seifenblase des Glücks: Wir hatten es geschafft.

Ich schloss die Augen. Onja weinte nicht mehr.

Wir hatten die zweihundert Ariary für den Bus noch. Zehn Cent. Busse sind wunderbar.

Die Abgase benebelten mich, und es war heiß, alles drehte sich.

»Wohin?«, flüsterte ich.

»Ich weiß nicht«, sagte Fy.

Und dann sahen wir die Jungen, sie rannten am Straßenrand entlang, Ente voran. Der verflixte Bus fuhr wieder langsamer. Blieb stehen. Leute drängten sich an uns vorbei, stiegen aus, stiegen ein, und Fy sagte: »Er wird zu lange stehen. Komm.«

»Ich kann nicht«, sagte ich, und Fy, die Aina wieder auf dem Rücken hatte, nahm meine Hand und zog mich aus dem Bus, und ich konnte. Ich musste können.

Wir bogen in eine kleine, abschüssige Seitengasse ein, rannten wieder, stolperten vorwärts, über marodes Kopfsteinpflaster, zwischen kleinen Holztischen vorbei, auf denen Kohlenstücke zum Verkauf lagen, leere Flaschen, Teile von Fahrrädern. Die Gasse war grau, alles war grau, selbst die Menschen, ihr Haar und ihre Haut bedeckt von einer Schicht Kohlenstaub, und wir stolperten weiter, es war völlig klar: Ente würde uns einholen und uns packen und Aina und Fy zurückbringen.

Diese Geschichte ging nicht gut aus.

Nie geht irgendeine verdammte blöde Geschichte in der Realität gut aus.

Und dann war plötzlich jemand neben uns, ein kleiner Junge mit einem selbst gebauten Auto an einer Schnur, er rannte neben uns her, und das Auto hüpfte mit seinem Plastikflaschenkörper auf seinen gelben Deckelrädern hinter ihm her, und er rief uns etwas zu, auf Malagassi.

Fy nickte im Laufen.

Auf einmal war der Junge vor uns, bog aus der schmalen schwarzen Gasse in eine noch schmalere, und Fy folgte ihm und ich folgte Fy, der Junge führte uns durch ein ganzes Labyrinth aus Abbiegungen und dann zu einem weiteren Kanal, an dessen Seite sich Wellblechhütte an Wellblechhütte lehnte, Hütten, die auf Stelzen halb über den Kanal ragten, darunter Berge von Abfall, in dem Menschen damit beschäftigt waren, zu sortieren, was noch brauchbar schien. Ich nahm das alles nur flüchtig wahr, das Wasser des Kanals war schwarz wie alles hier; der Junge führte uns über eine schmale Leiter in eine der Hütten, und dort fielen wir auf den rauen Bretterboden und taten gar nichts mehr.

Hinter uns flatterte ein Vorhang aus fadenscheinigem Stoff im Wind: die Tür der Hütte. Wir waren gerettet, dachte ich, diese Hütte war wie eine Höhle, sie verbarg uns. Der Junge stand an dem kleinen Fenster, das auf den Kanal hinaussah, erst jetzt stieg mir der überwältigend faulige Geruch des Wassers in die Nase, und er lachte und sagte etwas.

»Er sagt, hier finden sie uns nie«, übersetzte Fy. »Er sagt, wir dürfen bleiben, solange wir wollen. Seine Mutter und seine Geschwister sind draußen und sammeln Flaschen, aber sie werden nichts dagegen haben.«

»Warum?«, flüsterte ich. »Warum hat er uns gerettet?«

Fy gab die Frage weiter, und der Junge lachte wieder und erklärte etwas.

»Er kennt Ente«, sagte Fy.

»Warte ... das ist ... die Erklärung?«, fragte ich, noch immer außer Atem. »Deshalb ... versteckt er uns?«

Fy zuckte die Schultern. »Sie kennen Ente alle. Er ist von hier. Aus einer dieser Hütten.«

»Und ...?«

»Und ich glaube, sie wissen genau, was er tut. Du hast es gesehen. Er sagt, er würde den Leuten helfen, Arbeit für sie zu finden. Für die Kinder. Aber er verkauft sie weiter.«

Sie legte Aina auf den Fußboden, und der Junge fand eine Flasche mit trübem Wasser und einen Lappen, mit dem Fy die Wunde an Ainas Stirn säubern konnte.

Dann löste sie das Tuch, nahm mir Onja ab und stillte sie. Sie saß im Schneidersitz auf dem Boden dieser Hütte aus Pappe und alten Brettern, zwischen Schmutz und Armut, neben sich die bewusstlose Aina und den kleinen Jungen, und es war wie ein Marienbild. Maria mit dem Kind, und um sie ein heller Schein aus Hoffnung.

»Wir holen Ando«, flüsterte Fy. »Heute Nacht holen wir Ando. Solange wir hierbleiben können, ist alles gut.«

Ich lehnte mich an die Bretterwand, vorsichtig, falls sie nicht hielt. Aber sie hielt.

Und ich lauschte nach innen, auf mein Herz. Es rannte noch immer, obwohl ich saß, ich spürte es deutlich. Es war viel zu schnell und unregelmäßig. Verdammt.

Fy kramte in ihrer Tasche, zählte den Rest unseres Geldes.

»Was tun wir, wenn es aus ist?«, flüsterte ich.

»Dann finden wir irgendwo neues«, sagte Fy. »Ich kann arbeiten. Und solange wir nichts haben, werden die Leute hier ihren Reis mit uns teilen.«

Ich griff in den Rucksack, der neben Aina auf dem Boden lag, drückte Tabletten aus Blisterstreifen und nahm dankbar die Blechtasse voll trübem Wasser, die der kleine Junge mir reichte, um die Tabletten zu schlucken. Die Betablocker und das Furosemid. Natürlich war es nicht das Richtige, um einen falschen Rhythmus wieder einzurenken, aber es war alles, was ich hatte. Und theoretisch ist Vorhofflimmern nicht gefährlich, man kann damit leben. Wenn es Vorhofflimmern war.

Die verdammte Reizleitung war vollkommen durcheinander, und ich wusste, dass ich selbst schuld war, es zählte definitiv zu Extremsport, was ich in den letzten Tagen getan hatte.

Aber auf dem Boden lag ein Mädchen mit einer Wunde an der Stirn. Ein Mädchen, das ich aus einem Haus geholt hatte, in dem es schlimmere Dinge gab als Wunden an der Stirn.

»Sie hat eine Gehirnerschütterung«, sagte ich. »Wenn wir Glück haben. Es gibt ... innere Blutungen, im Schädel, das ist gefährlich, dann sammelt sich das Blut zwischen den Hirnhäuten ... Dann muss sie in die Klinik.«

Fy nickte ernst. »Gut.«

»Wir können keine Klinik bezahlen.«

»Egal«, sagte sie. »Wenn es sein muss, finde ich Geld. Auch für die Klinik.«

Wir sahen uns an, und sie wusste, dass ich wusste, was sie meinte. Dass sie sich wieder an die Straße stellen würde, um auf Kunden zu warten. Dass sie wieder tun würde, was sie in der Villa getan hatte, wenn es Ainas Leben rettete. Und auf einmal dachte ich an Harry, den freundlichen älteren Engländer. Ich war eine Idiotin gewesen. Er hatte Geld gehabt. Er war nett gewesen. Er hätte sie heiraten und mitnehmen können in sein Land, zu den unendlich langen Rutschen und einer Zukunft, in der Onja in eine Schule ging. Was machte es aus, wenn ihr Vater so alt war wie ein Großvater? Was machte es aus, solange er ein guter Mensch war? Was machte es aus, ob Fy ihn liebte, solange sie bei ihm in Sicherheit war?

»Es tut mir leid«, sagte ich ganz leise. »*Ich* habe mit deinem Mann auf der Île aux Nattes gesprochen. Ich dachte, es wäre besser.«

»Ich weiß«, sagte Fy. »Ich weiß, Emma.« Und sie streckte eine Hand aus und streichelte meine Wange, die feucht war von Tränen. »Und sieh es mal so, wenn er mich mitgenommen hätte, wer hätte Aina gerettet? Wer hätte Faly Medikamente gebracht? Es ist alles richtig, wie es ist.«

»Faly«, murmelte ich. »Jemand muss zu Faly.«

Und dann legte ich mich neben Aina auf den Boden und schlief einfach ein.

Als ich erwachte, musste ich dringend auf die Toilette, das Furosemid ließ grüßen, aber es gab keine Toiletten, und um mich herum waren plötzlich eine Menge Leute damit beschäftigt, ein Essen zuzubereiten. Fy zeigte mir draußen, wie die anderen Menschen aus dem Slum es machten: Sie hockten sich einfach neben den Kanal, zwischen den Müll. Es gab keine Privatsphäre. Es gab nichts. Ich hatte keine Wahl, ich machte es wie sie, und ein paar Kinder zeigten auf mich und sagten: »Vazaha.« Eine Menge Leute sahen zu mir herüber, weil ich anders war, aber es stimmte gar nicht. Jetzt war ich wie sie.

Und irgendwann gingen die Kinder weiter und die Leute sahen weg, und alles war normal geworden.

In der Hütte saßen sie jetzt auf dem Boden und löffelten Reis aus tiefen Plastiktellern. Da stand auch ein Teller für mich, ein Teller mit einem Berg von Reis und einem kleinen Stückchen Fisch. Die Mutter des Jungen, der uns hergeholt hatte, lächelte mir zu, und ich lächelte zurück. Und ich aß den Reis und aß den Fisch, der fast nur aus Gräten bestand, und ich begann, mich besser zu fühlen.

Wir aßen schweigend, darauf konzentriert, jedes Reiskorn sorgfältig aus den leeren Schüsseln zu sammeln. Eine junge Frau stillte ein Baby, wie Fy. Drei kleine Kinder untersuchten das Flaschenauto, das ein kaputtes Rad hatte.

Und dann blinzelte Aina, die am Rand der Hütte lag, und schlug die Augen auf.

Sie sah mich an, nachdenklich. »Emma«, sagte sie leise.

»Ja«, sagte ich. »Ich bin Emma. Und du bist aus dem Fenster gesprungen.«

»Mein Kopf tut weh«, sagte Aina.

»Ja«, sagte ich wieder. »Aber wir haben keine Tabletten dagegen. Es tut mir leid.«

Fy streichelte Ainas Haar und sprach leise mit ihr, und Aina nickte, und dann stellte sie eine Frage, in der der Name Ando vorkam.

»Morgen Nacht«, sagte Fy. »Ich denke, morgen Nacht ist es besser. Heute werden sie gut aufpassen, weil Aina verschwunden ist. Morgen Nacht werde ich über das hintere Tor klettern und Ando holen.«

»Und wenn der Herzensammler morgen schon kommt, um ihn mitzunehmen?«, fragte ich.

»Wir werden beten, dass er nicht kommt«, sagte Fy.

»Sonst gehe ich in ein gelbes Haus voller Kinder und springe mal wieder mit einem von ihnen aus dem Fenster«, sagte ich und lachte, und Fy lachte auch. Doch wir wussten, dass ich das nicht tun würde. Dass ich es nicht mehr konnte.

»Jemand muss zu Faly«, sagte ich. »Wir haben die richtigen Medikamente immer noch nicht, ich wünschte, ich könnte sie stehlen, aber jemand muss zu ihm und nach ihm sehen.«

»Ich kann Aina nicht allein lassen«, sagte Fy leise. Ich sah, wie zerrissen sie war.

»Ich gehe«, sagte ich. »Es ist okay. Ich schaffe es allein. Mit … mit dem Bus. Der Bus kostet fast nichts.«

»Bist du sicher? Willst du das wirklich tun?«

»Ich habe vielleicht nicht mehr viel Zeit, um mit ihm zu sprechen«, sagte ich. »Und … jemand muss ihm sagen, dass er niemanden umgebracht hat.«

Sie erklärte mir dreimal, wie ich umsteigen musste, und als sie es ein viertes Mal erklären wollte, sagte ich: »Ich werde es schaffen, Fy. Ich kann fragen, irgendwer spricht immer französisch. Und jeder kennt Antanimora.«

»Ich habe Angst«, sagte sie.

Ich nickte. »Ich auch.«

Und wir wussten beide, dass es nicht die Angst war, ich

könnte den falschen Bus nehmen. Wir hatten Angst, dass es schon zu spät war. Dass ich Faly nicht mehr finden würde.

Es war später Nachmittag, als ich in Antanimora ankam, die Stunde des goldenen Lichts.

Ich würde im Dunkeln zurückfahren müssen.

Nichts war mir gleichgültiger.

Das Gold tauchte alles in flüssige Erwartung, die Leute ließen mich ein und waren höflich, wie sie höflich zu Vazahas sind, obwohl ich vermutlich schrecklich aussah, zerzaust, dreckig, am Ende.

Ich umklammerte das Dokument, das ich bei mir hatte: Fys und Falys gemeinsam ausgestellte Geburtsurkunde. Jetzt, wo Fy nicht bei mir war, wo niemand sie direkt einsperren konnte, konnte ich die Urkunde vorzeigen. Um ihnen zu beweisen, dass Faly erst sechzehn war.

Dass sie ihn nach drüben ins Jugendgefängnis verlegen mussten, wo es eine europäische Organisation gab, die half. Eine Sozialarbeiterin. Mehr Platz.

Ich war so voll Hoffnung, oh, nie war ich mehr voller Hoffnung gewesen!

Ich würde warten, egal, wie lange es dauerte, ich würde das hier schaffen.

Und dann war die Wartezeit gar nicht so lang. Sie winkten mich in ein Büro, und dort saß ein Mann mit Brille hinter einem Schreibtisch, militärisch uniformiert samt Kappe, musterte mich, schüttelte den Kopf, seufzte. »Was führt eine junge Dame wie Sie hierher?«

»Ein ... Bekannter von mir ist hier in Untersuchungshaft«, sagte ich und versuchte, das Zittern aus meiner

Stimme zu verbannen. Diesmal musste ich es ganz allein schaffen, ohne Fy, ohne Übersetzung.

»Es gab … Missverständnisse. Er wurde nachts … in einen Kampf verwickelt, als er versucht hat, einer … jungen Frau zu helfen. Er hat sich gegen den Angriff zweier Männer gewehrt und sie dabei verletzt, aber es ist niemand ernsthaft verwundet worden. Und er …«

»Das können Sie alles mit dem Richter klären«, sagte der Mann knapp.

»Wann ist der Gerichtstermin?«, fragte ich und kannte die Antwort. Und sie kam.

»Dazu bräuchte ich Namen und die Anschrift Ihres Bekannten und …«

»Falisoa Ranavolana Rakotomanalalafaly.« Ich hatte es auswendig gelernt.

Er seufzte. »Wie lange ist Ihr Freund hier?«

»Seit drei Monaten.«

Der Beamte lachte trocken. »Dann hat er noch keinen Termin. Junge Frau, wir arbeiten hier gegen eine Flut an Fällen an, im Grunde ist es unmöglich, das alles überhaupt irgendwann aufzuarbeiten. Wir haben nicht die Mittel, mehr Leute einzustellen oder ein Computersystem anzuschaffen. Gedulden Sie sich. Wir haben Zeit. Zeit ist alles, was diese Männer da drinnen haben.«

»Nein«, sagte ich und sah ihm in die Augen und versuchte, nicht zu merken, dass mein Herz wieder stolperte. »Jemand, der stirbt, hat keine Zeit.«

Er starrte mich an, öffnete den Mund, schloss ihn wieder. Wartete.

»Der Junge, von dem ich spreche, ist sechzehn«, sagte

ich. »Er gehört nicht in Block 2, wo er ist, sondern ins Jugendgefängnis in Block 4. Ich war dort. Ich habe es gesehen. Und ich habe seine Geburtsurkunde.« Ich legte sie auf den Schreibtisch, auf einen Stapel aus halb zerfallenen Papphef-tern.

»Er braucht Medikamente«, sagte ich. »Er braucht einen Tuberkulosetest. Er braucht Essen, in dem irgendetwas enthalten ist … außer Wasser.«

»Wir kochen, was wir vom Staat zugeteilt bekommen«, sagte der Mann. »Cassava. Maniok. Etwas anderes haben wir nicht. Es ist nicht meine Schuld, Madame.«

Ich nickte. »Aber es wird Ihre Schuld sein, wenn der Junge stirbt. Verlegen Sie ihn.«

Er betrachtete die Geburtsurkunde eine Weile, schien zu lesen, die Stempel zu prüfen, und ein goldener Lichtstrahl fiel durchs Fenster auf das Papier.

»Madame«, sagte der Mann hinter dem Schreibtisch schließlich. »Ich bedaure. Aber wie soll ich einen Häftling einem Dokument zuordnen, das kein Foto trägt? Was beweist, dass dies hier die Geburtsurkunde Ihres Bekannten ist?«

»Der Name …«, begann ich, doch er schnitt mir das Wort ab. »Der Name? Ich habe hier 1200 Häftlinge, von denen vermutlich 1100 behaupten würden, sie wären Falisoa Ranavolana Rakotomanalalafaly, wenn sie wüssten, dass er in Block 4 verlegt wird.«

In diesem Moment kam ein anderer Mann in Uniform herein, jünger, einen Schlagstock im Gürtel, das war seine einzige Waffe. Warum rannten denn die 1200 Männer solche wie ihn nicht einfach nieder, um in die Freiheit zu gelangen?

»Rakotomanalalafaly«, sagte der neue. »Einen mit diesem Namen *haben* sie heute rausgeholt. Schmaler Junge, Kampfspuren am Kopf. Er hatte es nicht leicht hier drinnen, aber draußen auch nicht, nehme ich an.« Er lächelte mir zu, doch mir war nicht nach Lächeln, es war, als sackte alles in mir nach unten, als fiele ich in mich zusammen.

»Sie haben ihn … *rausgeholt*?«, fragte ich, plötzlich heiser.

»Krank«, sagte der Mann mit dem Schlagstock knapp. »Mittags, in der Hitze, bei der Essensausgabe, ist er umgefallen.«

»Wo … ist er jetzt?« Die Frage war so leise, dass ich meine Worte selbst kaum hörte. Und eigentlich wollte ich keine Antwort. Wirklich nicht.

Der junge Mann zuckte die Schultern. »In der Krankenstation.«

Ich musste mich einen Moment lang am Schreibtisch festhalten, der Schwindel riss mich mit. »Er ist in der Krankenstation«, keuchte ich. »Er ist nicht … Ich dachte, er wäre …« Ich sah den Mann hinter dem Schreibtisch wieder an. »Ich muss zu ihm. Jetzt sofort.«

»Ich fürchte, das kann ich ihnen nicht erlauben, Madame«, sagte der hinter dem Schreibtisch. »Es gibt ansteckende Keime dort.«

»Das ist doch mein Problem!«, sagte ich verzweifelt. »Ich unterschreibe alles, was Sie wollen.«

»Tut mir leid.« Er schüttelte den Kopf.

Der andere, jüngere, zwinkerte mir zu und schnippte lautlos mit Daumen und Zeigefinger. Geld. Natürlich. Das war es, was sein Vorgesetzter wollte.

Ich kramte in meiner Tasche und legte einen roten Fünftausender auf den Tisch. Umgerechnet 1 Euro 25. Es erschien mir ein Vermögen. Es war der letzte Schein mit drei Nullen, den ich besaß.

»*Das?*«, fragte der Mann hinter dem Schreibtisch und betrachtete den Fünftausender wie ein Insekt, das auf seinem Tisch herumkroch.

Ich holte tief Luft. »Mehr habe ich nicht. Aber ich tue alles, was Sie wollen, wenn sie mich zu ihm lassen«, sagte ich leise. »Alles.« Es ist nur ein Theaterstück, sagte ich mir, das ganze Leben ist ein Theaterstück. Und ich trat näher an den Schreibtisch und ließ den Ausschnitt meines T-Shirts verrutschen, als ich mich über den Tisch beugte, um die Geburtsurkunde wieder an mich zu nehmen – sodass der Beamte hinter dem Tisch einen guten Blick auf meinen BH und zwei kaum erwähnenswerten Brüste hatte.

Für Sekunden hatte ich zugleich schreckliche Angst davor, dass er »Ja« sagte, »Ja, kommen Sie mit ins Hinterzimmer« – und davor, dass ihn dies kaltließ.

Ich musste zu Faly. Ich *musste.*

»Mein Gott, bringen Sie die junge Frau schon hin«, sagte der Beamte zu seinem Kollegen. Er sah zur Seite, sah mich nicht an. Vielleicht hatte er Angst vor mir. Vor meiner krankhaften Blässe. Meiner Luftnot. Oder davor, in Versuchung zu geraten und etwas zu tun, das ihm später Ärger einbrockte, ich war immer noch eine Vazaha.

Oder vielleicht – und das war eine gewagte These – hatte er Mitleid.

Aber der Fünftausender lag nicht mehr auf dem Tisch, als ich wieder hinsah.

Der junge Beamte mit dem Schlagstock winkte mir, ihm zu folgen. Das Licht draußen war beinahe verschwunden, nur noch ein paar letzte goldene Fäden hingen am Himmel. Sie mussten reichen.

Die Krankenstation: Sechs eiserne Betten in einem schmalen Raum. Fliegen auf dem Boden. Nachttöpfe. Ein betäubender Geruch nach Exkrement und Desinfektionsalkohol.

Ein Tisch. Und dahinter eine hübsche junge Schwester in einem weißen Kittel, der Arzt, sagte sie, sei schon nach Hause gegangen. »Röntgen?«, sagte sie, als ich sie fragte. »Madame! Wir haben seit vier Monaten nicht einmal Medikamente!«

Dann ließ uns der Beamte allein, und die Schwester führte mich zum hintersten Bett.

Ja, und da lag er: ohne Decke, ohne Laken, in seinen dreckigen Kleidern auf der Matratze, die Augen geschlossen. Aber ich sah ihn atmen. Er schlief.

Es war fast dunkel im Raum, niemand hatte Licht gemacht, alles wirkte unwirklich, die stillen Gestalten auf den Betten – in einem lagen zwei, eine Mutter mit ihrem Kleinkind, – die leise summenden Fliegen, und der Junge dort vor mir auf der Matratze.

Ich kniete mich vor ihn hin und sah ihn eine Weile nur an.

»Hatte er Medikamente bei sich?«, wisperte ich schließlich. »Wir haben ihm gestern welche … geschickt. Wissen Sie, ob er sie genommen hat?«

Die Schwester nickte. Und zeigte auf Falys Arme. Er hielt etwas an sich gepresst. Wie ein Kind ein Stofftier. Es war die Tüte, die wir für ihn gepackt hatten.

Ich löste sie behutsam aus seinem Griff und holte die Blisterstreifen heraus.

Er hatte die Medikamente genommen. Allerdings in einer wilden Dosis, nicht in der, die ich für ihn notiert hatte. Es fehlten neun Rifampicintabletten und eine Isoniazid.

Ich sah mich nach der Schwester um, und sie zuckte nur hilflos die Schultern.

»Er hat hohes Fieber«, sagte sie. »Wir haben es mit kalten Wickeln versucht.«

Ich fand die Paracetamolpackung, drückte zwei Tabletten aus dem Streifen. »Haben Sie ein Glas Wasser?«

Sie holte ein Metallgefäß, goss eine winzige Menge Wasser in einen weißen Plastikbecher und reichte ihn mir. »Mehr geht nicht«, sagte sie. »Tut mir leid. Wir müssen das Wasser kaufen für die Patienten. Und es sind ja noch mehr da.«

»Ja«, sagte ich. »Ja, natürlich.«

Ich hätte sie eigentlich gerne angeschrien, aber es war nicht ihre Schuld. Komisch, nichts schien jemals irgendjemandes Schuld zu sein in diesem Land.

Und dann schlug Faly die Augen auf, ich sah es nur so gerade im allerletzten Licht, das jetzt dunkelblau war, nicht mehr golden. Und er sah mich an.

Ich dachte, er würde sich nicht erinnern. Er würde fragen, wer ich war. Wo Fy war.

Er öffnete die Lippen, suchte einen Moment in sich und sagte dann leise. »Emma.«

Da wusste ich, es gab zwei Möglichkeiten, entweder ich heulte und umarmte ihn und alles wurde sehr kitschig, oder ich blieb vernünftig. Ich blieb vernünftig. Ich sagte: »Paracetamol. Gegen das Fieber. Du musst das nehmen.« Und ich zeigte ihm die beiden weißen Tabletten auf meiner Hand.

Er kämpfte, um sich aufzusetzen, und ich fasste ihn unter den Achseln und hievte ihn hoch; ich war nicht gut darin, Patienten herumzuhieven, ich war immer selbst Patient gewesen.

Die Krankenschwester hatte sich hinter ihren Schreibtisch zurückgezogen und war dabei, im Licht ihres Handydisplays genau abgemessene Wasserrationen in mehr kleine weiße Plastikbecher abzufüllen.

Ich gab Faly seinen Becher und die Tabletten, und er schluckte sie und hustete, er krümmte sich beim Husten nach vorn, es tat ihm weh, zu husten, ich fing den Becher mit dem Rest Wasser gerade noch auf, und ich sah das Blut, das er hustete, als Spritzer auf seinen Händen und der Matratze.

Schließlich sank er nach hinten, und ich gab ihm den Becher und zwei Iso-Tabletten, aber er schüttelte den Kopf. »Vergiss es«, flüsterte er mit einem leisen Lachen. »Das schaffe ich nicht.«

»Du musst«, sagte ich.

Es tat mir leid, ihn zu quälen, ich wünschte, ich hätte mit den Fingern schnippen und ihn in ein deutsches Krankenhaus befördern können, in *irgendein* Krankenhaus, wo jemand ihm einen Zugang legte und ihm die Medikamente mit einer Menge Flüssigkeit über den Tropf gab, wo er schlafen konnte, wo sich andere um seinen Körper kümmerten und den Keim vernichteten, der ihn zerstörte. Es wäre nicht schwierig. Wenn ich recht hatte und es Tb war. Es wäre langwierig, aber nicht schwierig, und alles konnte gut werden, für immer gut.

»Mund auf.« Ich nahm ihm die Tabletten wieder weg, bereit, sie selbst auf seine Zunge zu legen.

»Bitte. Das nützt doch nichts«, flüsterte er.

»Du bist so stur!«, zischte ich. »Mach! Den! Mund! Auf!«

Mein verzweifeltes geflüstertes *Bitte!* hörte er vermutlich nicht mehr.

»Du bist genauso stur«, sagte er und lachte wieder und hustete wieder, diesmal war es nicht ganz so schlimm, und dann schluckte er die beiden Tabletten mit dem winzigen letzten Schluck Wasser und sah mich an. Triumphierend. Erschöpft.

»Gut«, sagte ich.

»Wie geht es den Sternen?«, flüsterte er. »Hast du mir welche mitgebracht?«

»Warte«, sagte ich. Und dann schob ich mit aller Kraft das Eisenbett von seinem Platz, ignorierte den Blick der Krankenschwester, schob weiter. In Richtung des kleinen, vergitterten Fensters.

Ich stemmte mich dagegen, keuchte … und da war die Krankenschwester plötzlich neben mir

»Die … Sterne«, keuchte ich. »Vielleicht machen sie ihn eher gesund als … Medizin.«

Sie nickte. Und half mir schieben. »Tabletten haben wir nicht«, sagte sie mit einem Lächeln. »Aber Sterne haben wir jede Menge. Vor allem im Moment, wo wieder der Strom weg ist.«

Dann stand das Bett unter dem Fenster, es war jetzt ganz

dunkel draußen, und Faly sah in den Himmel hinauf, den das Gitter zerschnitt, und flüsterte: »Da sind sie ja.«

Beruhigt. Als hätte er daran gezweifelt.

»Wir haben Aina gefunden«, sagte ich, und er drehte den Kopf, mühsam, als täte ihm auch das Kopfdrehen weh, und sah mich an. »Wo?«

»Sie war … Sie ist jetzt bei Fy«, sagte ich. »Morgen holen wir Ando. Aina ist ein bisschen krank, deshalb ist Fy bei ihr geblieben. Sie sind bei Freunden untergekommen. Wir haben beschlossen, dass es besser ist, wenn ich allein komme. Ich habe ihnen die Geburtsurkunde gezeigt, ohne dass Fy dabei war. Sie … sie sind noch dabei, das zu prüfen. Wenn du wieder gesund bist, verlegen sie dich in Block 4. Bestimmt. Und die Leute da kümmern sich. Es gibt diese Hilfsorganisation. Sie besorgen dir einen Anwalt, ganz bestimmt.« Ich hatte keine Ahnung, ob sie das taten, ich redete mich um Kopf und Kragen, ich konnte nicht aufhören. »Und Monsieur Tierry … Er lebt, Faly. Der Gardien auch. Überhaupt, das war alles nur Notwehr, das würde ein Anwalt genauso sehen, oder der Richter, den wir natürlich bestechen müssten, aber das … das können wir tun.«

Nein, dachte ich, wir konnten es nicht.

Wir hatten *nichts*.

»Ich wünschte, wir könnten Monsieur Tierry hinter Gitter bringen«, flüsterte ich.

»Oh!« Er lachte, und diesmal packte der Husten ihn wieder. »Unmöglich«, wisperte er, als es vorbei war. »Die Großen gehen nie hinter Gitter in diesem Land.«

»In den Reiseblogs besteht es aus riesigen bunten Seeschnecken und weißem Sand und Palmen«, flüsterte ich.

»Und es ist voller seltener Halbaffen und Chamäleons und Wale. Ich habe den Bloggern geglaubt. Ich denke, ich *wollte* ihnen glauben.«

»Sie lügen ja nicht«, flüsterte Faly. »Es kommt nur darauf an, was man sieht. Reden wir nicht von Wahrheit, Wahrheit ist so … relativ. Lass uns lieber die Sterne ansehen. Sterne sind absolut.«

Ich setzte mich auf seine Bettkante, und draußen leuchteten alle Bilder der südlichen Hemisphäre. »Du solltest Philosophie studieren«, sagte ich leise. »Wenn du irgendwann die Schule nachgemacht hast. Wenn du …«

Faly legte eine Hand auf meine. »Sch!«, machte er sanft. »Schau dir an, wie schön sie sind! Schule …« Er hustete wieder. Grinste. »Na ja, nächstes Leben. Dann möchte ich etwas über sie lernen. Über die Planeten und die Sterne und diesen ganzen unendlichen Raum.«

Aber die Madagassen glauben gar nicht an ein nächstes Leben.

Die Krankenschwester war wieder zu ihrem Handydisplay zurückgekehrt, die Nacht lag schwer und schwarz um uns wie ein Mantel.

»Ich habe ihn also nicht umgebracht«, flüsterte Faly. »Ich habe niemanden umgebracht. Dann ist es gut. Alles ist gut. Aina ist bei euch, ihr werdet Ando holen, und ihr werdet zurückkehren zu den Muscheln und den weißen Straßen. Und Fy … Sag ihr … Nein, sag ihr nichts.« Er sah mich an, ich spürte es. »Du bist furchtbar müde«, wisperte er. »Komm.«

Er rückte ein Stück, und ich ließ mich neben ihn auf das schmale eiserne Bett fallen. Es war für den Moment eine Erleichterung, einfach zu liegen, in der Stille, und die Sterne anzusehen. Der Körper neben mir glühte vor Fieber, noch hatten die Tabletten nicht gewirkt, oder vielleicht war die Dosis zu gering.

»Es kommt mir vor, als würden wir uns seit Ewigkeiten kennen, weißt du das?«, flüsterte ich. »Fy sollte bei dir sein, nicht ich. Aber du sprichst mit mir. Warum? Warum bin ich hier?«

»Weil wir beide verzweifelt sind. Deshalb.« Er hob eine Hand und legte sie auf meine Brust. Auf die Stelle, unter der mein Herz schlug. Schien eine Weile dem Herzschlag nachzufühlen, spürte die Unregelmäßigkeit. Er wusste es. »Wir haben mehr Gemeinsamkeiten«, wisperte er dann, »als du vielleicht wahrhaben willst.«

»Oh, ich bin nicht die, die es nicht wahrhaben will«, sagte ich. »Das sind die anderen.«

Er nickte, ich spürte es neben mir. »Weißt du ... manchmal träume ich ... dass ich schon nicht mehr hier bin. Dass ich ein *Matoto* bin, ein Geist. Dass ich frei bin. Ich träume es seit dem Tag, an dem ich nach Antanimora gekommen bin.«

»Ja«, flüsterte ich. »Ja. Das träume ich auch.«

Und dann wandte er mir den Kopf zu und legte eine Hand an meine Wange, eine glühende Hand. Ich konnte sein Gesicht im Dunkeln nicht sehen. Da legte ich meine Hand an seine Wange, um mit der Hand zu sehen.

»Ich wünschte, alles wäre anders«, flüsterte ich.

»Oh, ich ... ich finde es eigentlich gerade ganz gut so, wie es ist«, wisperte er.

Und da küsste ich ihn.

Ich küsste im Dunkeln in einer Krankenstation ohne

Medikamente, im Zentralgefängnis von Madagaskar, einen Jungen, der höchstwahrscheinlich eine offene Tuberkulose hatte.

Es war verrückt.

Er schob mich sanft weg, und für einen Augenblick dachte ich, dass ich alles falsch gemacht hatte, aber er wisperte nur: »Du weißt, dass ich dich anstecke?«

»Ja«, wisperte ich. »Und wir wissen beide, dass es egal ist.«

Da küsste er mich zurück. Diesmal war es ein richtiger Kuss.

Und ich machte die Augen nicht zu, wie Leute das beim Küssen tun, ich sah an Faly vorbei durch das Gitter zu den Sternen, die ganze Zeit über, und die Sterne sahen zu mir.

Ich dachte an Fy.

Ich dachte: Vielleicht sieht sie dieselben Sterne. Ich werde ihr alles erzählen. Ich werde ihr erzählen, dass es ganz anders war als mit ... doch ich hatte im Moment den Namen des Franzosen vergessen. Ja, ich küsste in einer Krankenstation ohne Medikamente einen Jungen mit offener Tuberkulose, und mein Herz schlug in einem verkehrten Rhythmus, und wir hielten uns aneinander fest, zwei Verzweifelte in der Nacht.

Oder zwei Glückliche.

Irgendwo in dieser Nacht wartete eine Freundin auf mich, der ich alles erzählen konnte.

Und dann dachte ich mitten in dem Kuss an Elise, und das tat weh, denn es tat mir alles so leid für sie. Irgendwo in meinem Hinterkopf waren meine Eltern, für sie tat es mir auch leid, aber mehr, weil ich wusste, dass es mir leidtun sollte, und ich dachte, ich bin grausam, und dann dachte ich nur noch: Ich bin glücklich.

Man hat doch vielleicht das Recht auf fünf Minuten Glück.

Faly hielt meine Hände lange fest in dieser Nacht. Wir sagten nichts mehr, hielten einander nur fest. Und manchmal hustete er. Und mir war schwindelig. Und die Krankenschwester tippte etwas auf ihrem Handy und tat, als sähe sie uns nicht.

Und dann ging ich.

»Wir sehen uns«, sagte ich, und er nickte, etwas mühsam. »Wir sehen uns.«

In mir sang alles.

Und ich dachte, dass ich hätte Angst haben müssen, da draußen in den dunklen Straßen, aber ich hatte keine Angst, es war kein Platz in mir für Angst, ich dachte nur an Fy und daran, was ich ihr erzählen würde, und ich wartete eine Ewigkeit auf den richtigen Bus und fragte eine Menge Leute, doch ich machte mir keine Sekunde lang Sorgen, dass ich nicht nach Hause käme. Nach Hause, zu Fy. Und in den Straßen gab es tausend kleine orangerote Feuer, über denen die Leute kochten, die Nacht hatte die Hässlichkeit der Stadt verschluckt, alles war unwirklich, als wäre ich im ewigen Mittelalter der Märchen angekommen. Bis auf den dröhnenden Bus vielleicht, dessen Abgase nach innen geleitet wurden.

Onja? Schläfst du?

Schlaf nur, ich wispere dir meine Worte ins Ohr, leise, leise, sie schlafen ja alle: zwölf Menschen in dieser winzigen Hütte, auf dem Boden, nah beieinander, und das ist gut, denn sie wärmen sich gegenseitig. Ich will sie nicht wecken. Vor allem Aina nicht. Sie spuckt jetzt nicht mehr, aber sie ist vollkommen erschöpft, und im Schlaf kann sie die Schmerzen in ihrem Kopf vergessen.

Onja. Ich habe etwas Schreckliches getan. Ich habe meine Freundin verraten. Meine einzige Freundin.

Sie hat ihr Telefon bei mir gelassen, als sie zu Faly gefahren ist; ich kenne den Code, ich habe ihr einmal zugesehen, wie sie ihn eingegeben hat. Ich habe das Telefon entsperrt, sie hatte noch ein Guthaben, sie hat es die ganze Zeit nicht an gehabt, dennoch kam es mir vor wie ein Wunder, dass es noch ging. Fast hätte ich gewünscht, es ginge nicht.

Ich habe die alte Dame angerufen. Elise.

Sie hat geweint am Telefon. Sie wusste sofort, wer ich bin. Sie hat tausend Dinge gesagt und gefragt, ich habe nicht alles verstanden. Ich habe ihr gesagt, dass Emma hier ist, bei mir. Ich habe versucht, ihr zu beschreiben, wo wir sind.

Ich musste es tun.

Ich weiß nicht viel über das, was mit Emmas Herzen nicht stimmt, doch eines habe ich verstanden, Onja, und das ist, dass sie dringend Hilfe braucht. Sie will keine Hilfe, sie ist stur wie ein Zebu, aber ich kann nicht zusehen, wie meine einzige Freundin vor die Hunde geht, nur weil sie stur ist.

Ich habe meine Mutter sterben sehen. Ich habe andere sterben sehen, die mit uns auf der Straße lebten. Ich habe Faly gesehen in Antanimora, und ich weiß, dass er geht, auch wenn Emma es nicht wahrhaben will.

Ich bin kein Arzt, doch ich kenne die Zeichen. Diese graue Haut, das Glasige in den Augen.

Der Tod in dieser Stadt braucht nicht noch mehr Futter, er ist satt, ist überfressen, sein Bauch gebläht wie die Bäuche der verwesenden Hunde auf der Straße.

Elise nimmt den nächsten Flug, hat sie gesagt. Sie ist noch immer auf der Île Sainte-Marie.

Morgen Nacht werde ich Ando holen, allein. Ich werde über das Tor klettern. Und wenn sie mich erwischen, erwischen sie mich. Emma wird irgendwo in einem weißen sauberen Bett liegen, inmitten von Schläuchen und Ärzten, und Elise wird an ihrem Bett sitzen. Und Emma wird mich hassen, weil sie genau das nie wieder wollte.

Aber sie wird gesund werden.

Man darf nicht so leichtfertig mit seinem Leben umgehen, wenn man die Möglichkeit hat, es zu retten. Und man darf seine Familie nicht so quälen, wie sie es getan hat, indem sie verschwunden ist.

Und doch verstehe ich sie, ich verstehe sie ja ... Wann wird Elise da sein? Noch in dieser Nacht? Morgen früh? Sie wird uns finden, ganz bestimmt, das Handy kann die Koordinaten orten.

Emma war so glücklich, als sie zurückkam, sie strahlte. Sie glaubt, sie würde Faly lieben. Und Faly sie. Vielleicht. Vielleicht ist es so. Sie wollte so dringend jemanden lieben.

Und von mir aus – ich wünsche es ihm. Nichts kann besser sein, als kurz vor dem Ende jemanden zu finden, der dich liebt. Aber ich weiß nicht, ob Emma weiß, was Liebe ist. Wenn ich dich ansehe, Onja, dann weiß ich es. Vorher wusste ich es nicht.

Wohin führt unser Weg? Wohin werden wir gehen, wenn

Elise Emma abgeholt hat? Werden wir es schaffen, zurückzukehren an die Küste, wo es selbst jetzt im Winter warm ist? Zu den grünen Schatten, zu den Walen?

Oder endet unser Weg hier?

Irgendwo da draußen wartet der Herzensammler.

Manchmal denke ich, Onja, es wäre sogar besser, mit ihm zu gehen. Eine Weile satt zu sein und dann – dann wäre alles zu Ende. Ein weiß gestrichener, sauberer Raum. Ein OP-Tisch. Eine Betäubungsmaske auf dem Mund. Vielleicht ist es besser, sein Herz jemandem zu geben, der ein schöneres Leben haben wird als wir hier. Besser, kurz froh zu sein und dann ohne Schmerzen zu sterben.

Besser für mich, für Aina, für Ando. Und auch für dich.

Du würdest uns vermutlich als Erstes verlassen, sie würden dein Herz bald brauchen, so kleine Transplantate sind selten. Du würdest deinen Körper verlassen und für immer als Erinnerung in meinen Armen liegen, für immer winzig, bis auch ich nur noch Erinnerung wäre. Aber du müsstest niemals ein Haus betreten wie die Villa im Paradiesgarten.

Du würdest nicht leiden.

14

In der Nacht träumte ich von Faly.

Ich wurde ein Geist, ein Matoto, ich verließ meinen hinderlichen Körper und ging an dem schwarzen Kanal entlang über schwarze Wege durch die schwarze Nacht.

Und dort traf ich ihn, er kam übers Wasser, auch er ein Matoto, und er lachte und sagte: »Du kannst auf dem Wasser gehen! Wie ich!«

Da betrat ich den Kanal. Wir trafen uns in der Mitte, wanderten Hand in Hand den Kanal entlang, wie eine glänzende Straße im Mondlicht.

»Die Flüsse in meinem Land sind so, wenn sie im Winter gefrieren«, sagte ich zu Faly. »Man kann auf ihnen gehen. Oder Schlittschuh fahren. Es kommt in Bilderbüchern vor, aber ich habe es noch nie getan.«

»Führ mich hin«, sagte Faly.

Und ich lachte. »Du wirst bis zum Januar warten müssen, dann ist Winter in meinem Land.«

»In Ordnung«, sagte er, »ich warte.«

Und dann war er fort, und ich stand allein auf dem schwarzen Wasser. Und auf einmal begann ich, zu versinken. Langsam, wie in einem Sumpf. Ich schlug um mich und kämpfte und schrie – und da wachte ich auf.

Fy saß über mich gebeugt im ersten Morgenlicht und legte mir eine Hand auf die Stirn. »Fieber hat sie nicht«, sagte sie.

Neben ihr tauchte Ainas Gesicht auf, blass, mit zerwühltem Haar. »Hallo«, sagte sie.

»Hallo«, sagte ich, etwas heiser. »Ich ... habe nur geträumt.« Und ich setzte mich auf. »Fy ... wenn jemand ein Geist ist, wie kann er dann im Wasser versinken? Plötzlich?«

Sie legte ihre Stirn in Falten. »Dafür gibt es nur eine Möglichkeit. Derjenige ist doch kein Geist. Oder nicht ganz. Jemand hat ihn vom Tod zurückgeholt.«

An diesem Morgen aßen wir wieder Reis zum Frühstück, wir aßen die Reste vom Vortag, die ganze Familie saß auf dem Bretterboden, und dann gingen sie los zu ihren verschiedenen Beschäftigungen: die Mutter mit dem Baby ging auf den Markt, leere Flaschen aus dem Müll verkaufen, die größeren Kinder gingen Kohlestückchen aus dem Abfall sammeln, die kleinen liefen hinaus und spielten im Müll am Kanal.

Und dann saßen Fy und ich allein in der winzigen Hütte.

Ich nahm meine Medikamente und stellte fest, dass meine langjährigen Alltagsdrogen, die Blutverdünner, aus waren, der letzte Blisterstreifen leer. Ich verabschiedete mich mit einem Schulterzucken von ihnen. Mein Herz stolperte noch immer, ich spürte es.

Die Betablocker hätten etwas dagegen tun sollen.

Sie hatten nicht.

Ich nahm mehr davon.

Vielleicht schlug mein Herz zu schnell, weil mein Kopf sang.

Guten Morgen, Welt. Ich bin Emma, die letzte Nacht einen Jungen geküsst hat, der etwas bedeutet.

Ich bin Emma, die von innen leuchtet. Ich bin Emma, die die Sterne nie mehr auf die gleiche Weise ansehen wird. Emma, die auf dem Wasser gehen kann.

Wir wuschen Töpfe und Teller, da es sonst nichts zu tun gab, Aina half. Wir wuschen schmutzige Töpfe mit schmutzigem Wasser ab, und ich machte einen Witz darüber, aber Fy war nervös, sie sah immer wieder zur Türöffnung, als wartete sie auf jemanden. Sie fragte mich dreimal, was ich glaube, wie spät es sei. Dann suchte ich mir draußen am Kanal einen Klo-Platz, es war noch empfindlich kalt, alle Kinder trugen dicke Pullover und eine Menge Kleider übereinander, Morgennebel lag über dem Müll unter den Stelzenhütten, in dem schon die ersten Menschen brauchbare Dinge suchten.

Aber an diesem Morgen entdeckte ich zwischen den alten Dosen und Plastikfetzen eine kleine rote Blume, sie reckte sich der Sonne entgegen, zart und wunderschön, und vielleicht wuchs sie nur für mich dort.

Als ich zurück in die Hütte kam, hielt Fy mein Handy in der Hand und sah erschrocken auf. »Emma. Ich ...«

»Ja?«

»Ich muss dir ...«, sie holte tief Luft, »... etwas sagen.«

Ich nahm ihr das Handy weg, sah aufs Display. Erkannte die Nummer, die Fy gewählt hatte.

Elise.

»Hast du mit ihr gesprochen?«, flüsterte ich, meine Stimme plötzlich zitterig, kaum hörbar.

»Ich erreiche sie nicht«, sagte Fy. »Nicht heute Morgen.«

Und dann sah sie mich an und schien zu schlucken. »Emma. Es tut mir leid. Ich habe ihr gesagt, wo du bist. Sie hätte heute Morgen hier sein sollen. Ich weiß nicht, was schiefgegangen ist. Vielleicht gibt es ein Problem mit dem Flug von Sainte-Marie …« Sie brach ab. »Emma? … Hasst du mich jetzt?«

Ich betrachtete sie eine Weile, wie sie so dastand und auf meine Antwort wartete. Fy, meine Freundin. Sie hatte Onja auf dem Arm, die versuchte, einen von Fys Zöpfen in den Mund zu stecken. Ihr Gesicht war auch das von Faly, sie waren eins, und ich liebte sie beide.

Doch mein Plan, mein großer goldener Plan, der runde Abschluss einer Geschichte, zerbröckelte vor meinen Augen, und ich begriff, dass es kein heroisches Ende geben würde und keine Hollywood-Dramatik: Rettung aller Kinder, Tod der Heldin unter Rosenbüschen, alle weinen, Abspann.

Auf mich wartete ein Krankenhauszimmer, Ärzte, tausend Untersuchungen, meine Mutter, Panik, Vorwürfe, Zahlen auf Bildschirmen, das Piepen von Geräten.

Die Realität.

Wenn ich mich all diesen Dingen stellte, wenn ich meine Flucht aufgab – dann würde Elise bei mir sein. Und Elise hatte Geld.

Geld, um einen Anwalt zu bezahlen. Einen Richter zu bestechen. Geld, um Faly freizukaufen und die richtigen Medikamente zu besorgen. Und er würde leben. Ein langes und schönes und normales Leben voller Chancen. Genau wie Aina, sie würden auch Aina eine Weile in der Klinik behalten, aber dann wäre sie frei.

Opfer in Filmen sind so romantisch.

Opfer in der Realität riechen nach Desinfektionsmittel und Flugzeugsitzen. Meine Freiheit für Falys Freiheit. Sie würden mich mit nach Deutschland nehmen, und ich würde ihn nie wiedersehen, ihn nicht und Fy nicht und nicht dieses Land, meine Geschichte würde, wie so viele, im Boden versickern, unspektakulär.

Und ich schüttelte ganz langsam den Kopf. »Ich hasse dich nicht«, sagte ich. »Du hast recht. Elise muss herkommen. Sie kann deinem Bruder helfen. Sie kann allen helfen. Ich gehe mit ihr mit.«

»Ich ... dachte nicht an uns«, sagte Fy. »Ich dachte an dich. Sie soll *dir* helfen. Sie muss dich mitnehmen, damit du gesund wirst.«

Da umarmte ich sie, meine Freundin, mitsamt ihrem Baby, und ich sagte ihr die Wahrheit.

»Ich werde nicht gesund«, flüsterte ich. »Es gibt Dinge, die unmöglich sind.«

Und dann versuchte ich selbst, Elise zu erreichen. Auf einmal wollte ich dringend ihre Stimme hören. Aber ich kam nicht zu ihr durch. Vielleicht saß sie im Flugzeug. Vielleicht steckte sie irgendwo in dieser Höllenstadt im morgendlichen Stau. Ich hinterließ eine Nachricht.

»Elise? Elise, hier ist Emma. Es tut mir leid. Wir warten auf dich, wir sehen uns ... ganz bald ... ich hab dich lieb. Ich muss dir so viel erzählen. Die Wahrheit ist, es geht mir nicht gut, aber ich bin glücklich.«

Und dann gab das Handy seinen Geist auf.

Wir haben den ganzen Morgen gewartet. Elise kam nicht.

Aina scheint es besser zu gehen, sie spuckt nicht mehr, wenngleich die Platzwunde an ihrer Stirn nicht gut aussieht. Ich wünschte, ich hätte Desinfektionsmittel.

Mittags haben wir Reis gegessen mit der Familie hier. Und ein paar Karotten, Fy schnitt die Karotten, das Messer sah beunruhigend groß aus in ihren Händen.

Jetzt ist es Nachmittag.

Wenn es dunkel wird und Elise nicht da ist, werde ich mitgehen, um Ando zu holen.

Wir warten.

Und jetzt ist alles anders. Mein Gott.

Nicht einmal vierundzwanzig Stunden, und es ist alles anders.

Wir warten wieder. Auf etwas ganz anderes. Und ich versuche zu schreiben, doch meine Hand zittert, und das Blatt ist nass –

Aber ich werde da anfangen, wo ich aufgehört habe, wer immer dies hier liest, soll eine Chance haben zu verstehen, in welcher Reihenfolge die Dinge passiert sind. Wenn ich nicht mehr schreiben kann, wenn das hier abbricht, du, der du dies liest, dann mach dir keine Sorgen um mich.

Der Abend kam, und Elise war nicht da. Vielleicht irrte sie irgendwo durch die Straßen von Tana und fand uns nicht. Elise, dachte ich, war achtzig. Vielleicht war ihr etwas passiert.

»Bestimmt war nur etwas mit dem Flug«, sagte Fy und drückte meine Hände. »Ich werde jetzt gehen. Es ist dunkel genug. Ich werde über das Tor klettern und Ando suchen. Du wartest hier bei Aina. Wenn ich nicht zurückkomme ...«

»Du wirst zurückkommen«, sagte ich. »Und zwar mit mir zusammen. Aina kann ganz gut ohne uns hierbleiben, genau wie Onja. Es sind genügend Leute da, um auf sie aufzupassen, und außerdem schlafen sie beide.«

»Aber ...«

Doch ich stand schon in der Tür. »Wenn Elise nicht da ist, kann ich genauso gut mitgehen.«

»Aber dein Herz ...«

»Vergiss doch das blöde Herz, es ist einfach nur etwas schnell im Moment. Es gibt Leute, die leben ein halbes Leben lang mit Vorhofflimmern«, sagte ich. »Los jetzt.«

Ich muss sagen, ich war gut. Es klang so beruhigend, dass ich mir beinahe selbst glaubte.

Und dann standen wir im überfüllten Bus, der sich durch die Dunkelheit schob.

Ich hatte meine Taschenlampe in der Hosentasche, Fy schleppte ihre zu große Handtasche mit, in der nichts war als das bisschen Geld für die Busfahrt.

Es war schon wieder schneidend kalt draußen, aber im Bus, zwischen den Leuten, war es zu warm.

»Ich klettere«, sagte ich. »Über das hintere Tor. Wenn sie *dich* drinnen sehen ...«

»Nein. Du wartest draußen«, sagte Fy.

»Ja, lass uns ein bisschen streiten«, sagte ich, »denn wir haben ja keine anderen Sorgen.«

Ich lachte, und da lachte sie auch und sagte: »Okay. Du kletterst. Und ich rede mit dem Gardien, falls er auftaucht. Du musst zu dem langen Gebäude hinten im Garten gehen und Ando finden. Ihn wecken. Und mit ihm zurückklettern. Es wird nicht leicht.«

»Leicht wäre langweilig«, sagte ich, und wir lachten wieder. Ich fühlte mich wie betrunken, übermütig vor lauter Angst, mein Herz raste dem Bus voraus, und ich sagte mir: Es ist alles ein Spiel. Wenn es schiefgeht, leuchtet einfach nur ein rosa Schriftzug auf. *Game over.*

Ich wünschte, der Mond hätte nicht geschienen in jener Nacht. Er war groß und halb, ich wünschte mir Neumond, ich wünschte mir Wolken, doch der Himmel hört nicht auf Wünsche.

Das Tor glänzte im Mondlicht, als wären seine Stäbe aus Silber.

Die Blumen verbreiteten ihren betörenden Duft, das Paradies mit seinem Springbrunnen rief nach mir, und ich umarmte Fy noch einmal, zwang mich, gleichmäßig zu atmen, und kletterte.

Doch jede Bewegung, die ich machte, war eine Bewegung gegen das, was mein Körper wollte, mein Körper wollte still liegen und sich nicht rühren, meine Lungen schrien und protestierten, und ich verwünschte diesen Körper, aber ich musste ihn mitnehmen, um Ando zu holen.

Da war genug Adrenalin in mir, um es zu schaffen.

Als ich drüben auf dem Gras landete, rann der Schweiß trotz der Kälte in Strömen über mein Gesicht. Ich sah zu den Sternen auf, und ich dachte: Faly sieht auch zu den Sternen, gerade jetzt, und er denkt an uns. Dann ging ich über die feuchte Wiese hinüber zu dem lang gestreckten Gebäude auf der anderen Seite des Gartens.

Hinter mir hörte ich den Gardien etwas fragen, und alles in mir zog sich zusammen vor Schreck, aber ich blieb nicht stehen. Dann hörte ich noch etwas. Fys Stimme. Sie war es, der seine Frage gegolten hatte. Sie lenkte ihn ab.

Und ich fand eine offene Tür und schlüpfte hindurch.

Einen Moment stand ich in absoluter Dunkelheit, inmitten von Atemzügen: alten, jungen, mühsamen, leichten. Dann gewöhnten sich meine Augen an die Schwärze, und ich sah die Atmer, die Schläfer: Sie lagen auf dem Boden, jeder auf seiner Raffia-Matte, in Decken gewickelt gegen die Kälte der Nacht. Und ich ertappte mich bei dem Gedanken: Was für ein Luxus, so viel Platz für jeden, viel mehr Platz als in der Hütte am Kanal, viel mehr Platz als in Antanimora, wo die Männer sich nur auf Kommando umdrehen können, und diese Decken, sie sahen so warm aus: Ja, was für ein Luxus, hier zu arbeiten.

Bezahlt zu werden. Jeden Tag zu essen.

Dann dachte ich daran, was hinter den Türen der hochherrschaftlichen Schlafzimmer in der Villa geschah, ich dachte an die Vorhangkordel und an die Narben auf Ainas Rücken.

Ich machte die Taschenlampe nicht an, um niemanden zu wecken.

Und ich stieg über die Schläfer und suchte: Suchte einen kleinen, dünnen, neunjährigen Jungen.

Ich fand ihn nicht.

Ich ging zweimal die Reihe der Schläfer entlang, leise, leise, ich sah in jedes träumende Gesicht, Ando war nicht da.

Als ich wieder im Garten stand, den Rücken an die Tür gelehnt, drang die Kälte der Winternacht bis tief in meinen Körper.

Es war zu spät.

Der Herzensammler hatte ihn geholt. Ich sah es vor mir: Wie er in das Auto des hellhaarigen Mannes stieg, still, scheu, mit den Füßen zuerst, weil der Kopf nicht mitwollte. Aina hätte sich gewehrt. Ando nicht.

Er lag jetzt in einem schönen gelben Haus in einem Stockbett, zwischen anderen Kindern, er würde am Morgen in einem Klassenraum sitzen und mit ihnen lernen und mit ihnen essen. Aber in einem Raum neben dem Klassenraum würde es eine Akte geben mit seinem Namen und seiner Blutgruppe und allen möglichen Details, und irgendwo in einem Computersystem würden diese Daten darauf warten, dass jemand sie abrief, fern in Europa. Dass Andos Warten ein Ende hatte und er jemanden retten durfte.

Und er würde, mit den Füßen voran, in einen anderen Wagen steigen und in ein Krankenhaus gefahren werden, um sein Herz zu spenden.

Ein krankes Kind in Europa würde leben.

Und sehr viel Geld würde den Besitzer wechseln.

Ich zitterte. Es war so kalt.

Und dann hörte ich, wie jemand leise meinen Namen rief: »Emma! Emma!«

Und ich fuhr herum und sah, dass am Tor Fy stand und winkte. Neben ihr, innen vor dem Tor, stand der Gardien, der in dieser Nacht Dienst hatte, ein kleiner, alter Mann mit krummem Rücken, und er winkte mir ebenfalls. Ich ging über Mondscheinrasen zu ihnen und begriff überhaupt nichts.

»Emma«, flüsterte Fy. »Er ist nicht mehr da.«

»Nein«, wisperte ich. »Wir sind zu spät gekommen.«

Doch Fy schüttelte den Kopf, und auch der Gardien schüttelte den Kopf und lächelte mich an. Er besaß nicht mehr sehr viele Zähne. Er nahm seine Brille ab, putzte sie mit seinem Ärmel und sagte leise: »Madame. Ando. Er ist in der Villa.«

»In der Villa«, wiederholte ich.

»Ich bin alt«, sagte der Gardien. »Zu alt. Ich werde nicht mehr lange hier sein. Es ist gleich, ob der Herr mich hinauswirft. Der Mann, der die Herzen braucht, kommt morgen.«

»Morgen«, wiederholte ich. Und die Erleichterung zog

mir fast den Boden unter den Füßen weg, ich musste mich mit einer Hand am Gitter abstützen.

Ando war in der Villa. Bedeutete es ...

»Er hat ihn eingesperrt«, sagte der Gardien und schüttelte den Kopf. »Armer Junge. Er hat solche Angst. Der Monsieur hat ihn in das kleine Bad gesperrt, weil er dachte, dass er sonst wegläuft. Der Monsieur hat nicht auf uns gehört, er hat gesagt, er geht kein Risiko ein, er kann seinen Freund nicht noch mehr verärgern, nach der Sache mit dem Mädchen. Es ist das Bad im Erdgeschoss.« Er nickte mir zu. »Hat ein sehr kleines, sehr hohes Fenster. Direkt über einem weißen Rosenbusch. Allein kommt man da nicht hinaus, es ist sehr sicher. Nein, da müsste schon jemand von außen das Fenster einschlagen. Das Fenstergitter ist alt und rostig, aber ohne eine Zange wird man die Stäbe nicht auseinanderbiegen können.« Er schüttelte jetzt den Kopf. »Müde, ja, ich bin müde. Bitte verlassen Sie doch dieses Gelände bald, Madame, ich muss sie darauf aufmerksam machen, dass es sich um Privatbesitz handelt. Gehen Sie durch die Tür, wie es sich für anständige Besucher gehört.«

Und dann tat er etwas Unglaubliches. Er holte einen Schlüssel heraus und schloss das Gittertor auf. Er öffnete es nicht, löste nur den Riegel. »Und sagen Sie mir Bescheid«, sagte er, »denn ich würde gerne wieder abschließen. Die Dinge müssen ihre Ordnung haben.«

Dann setzte er sich in seinem winzigen Wächterhäuschen auf einen alten, wackeligen Hocker, den Rücken an die Wand gelehnt, legte die Beine hoch auf einen zweiten Hocker und schloss die Augen. Neben ihm hingen an Haken Werkzeuge: eine krumme, uralte Säge, eine Gartenschere – eine Zange.

»Emma«, flüsterte Fy.

Ihre Augen waren weit aufgerissen vor Staunen, und vermutlich sah ich sie mit demselben Staunen an. Dann nahm ich die Zange vom Haken. Und als ich mich umdrehte, stand Fy direkt hinter mir im Garten. Zu zweit würden wir mehr Kraft haben.

»Er ist ein guter Mensch«, wisperte sie und sah zum Häuschen des Gardien hin. »Ich werde ihm ewig dankbar sein. Ich werde für ihn beten.«

»Die weißen Rosen«, wisperte ich. »Weißt du, wo …?«

Natürlich wusste sie es. Sie hatte lange genug hier gelebt. Sie nahm meine Hand und zog mich mit sich, um das Haus herum, und da war er: ein riesiger, alter weißer Rosenbusch, hinter dessen Zweigen sich in ungefähr zwei Meter Höhe ein kleines Fenster verbarg: Hochparterre.

»Wir können nicht beide klettern«, flüsterte ich und zeigte ihr mit meinen Händen eine Räuberleiter. »Kannst du das für mich machen?«

Fy nickte, und ich stieg in ihre gefalteten Hände, stützte mich an ihrem Rücken ab, fühlte mich ein wenig emporgehoben – war ein Kind. Die Sorte Kind, die ich nie gewesen war. Ein Kind, das nachts zu einem Fenster hinaufklettert, während ein anderes Kind unten wartet, ein Kind, das großartige und wunderbare Abenteuer erlebt.

Ich streckte die Hand aus, griff in die Rose, um mich höher zu ziehen.

Fasste in Dornen, spürte einen stechenden Schmerz und warmes Blut auf meiner Hand. Ignorierte beides. Kletterte weiter, bis ich sicher unterhalb des Fensters in den verschlungenen dicken Ästen der Rose stand.

Hier war es, das Gitter, direkt vor mir, vier Stäbe vor dem Fensterglas.

Dahinter, drinnen, war alles dunkel.

Meine Hände waren feucht vom Blut, ich wischte sie an meinem T-Shirt ab und holte die kleine Stablampe aus meiner Jeans. Ließ ihr Licht, flackernd, durch die Stäbe fallen.

Und da sah ich ihn.

Ando.

Er lag zusammengerollt auf dem Fliesenboden zwischen Toilette und Waschbecken. Er zitterte im Schlaf. Er trug die Uniform, hatte aber keine Decke. Alles in mir zog sich zusammen, es schmerzte mehr als die Schnitte der Rosendornen.

»Emma?«

Ich sah nach unten. Fy streckte mir die Zange entgegen. Und ich klemmte mir die Stablampe zwischen die Zähne und nahm die Zange. Ich hatte noch nie ein Gitter mit einer Zange aufgebogen, ich versuchte es irgendwie, zog, drückte, hebelte, nichts tat sich, und dann rutschte mir die Zange weg, und fiel. Ich fluchte lautlos – und hörte drinnen ein Geräusch. Leuchtete wieder in das kleine Bad.

Ando war aufgewacht. Er stand jetzt aufrecht da und sah mit weit aufgerissenen Augen zu mir herauf. Und er verstand, dass jemand versuchte, das Fenster zu öffnen. Dass dies seine einzige Chance war. Und er machte einen Satz und hing innen am Fensterbrett, kurz nur, mit beiden Händen – verlor den Halt, fiel zurück auf den Fliesenboden.

Doch für Sekunden war er mir ganz nah gewesen. Ich hatte seine Augen gesehen, die blanke Angst darin. Und die

Hoffnung. Und ich sah zu den Sternen hinauf und dachte an Faly.

An das Gitterfenster, durch das er den Himmel sah.

An die Krankenstation ohne Medikamente.

An alle Ungerechtigkeiten der Welt.

Da griff ich mit beiden Händen die mittleren Stäbe und rüttelte daran, meine Wut floss in meine Hände und gab ihnen die Kraft der Zerstörung, und auf einmal löste sich das gesamte Gitter aus einer Verankerung, und ich fiel rückwärts, die Stäbe noch immer in der Hand.

Als ich neben Fy landete, wollte ich weinen und lachen zugleich, lachen über das marode Madagaskar und Dinge, die einfach auseinanderfielen, und weinen vor Schmerz, weil ich verdammt schlecht gelandet war und weil ich Angst hatte, dass mein Herz komplett ausstieg und ich einfach das Bewusstsein verlieren würde.

Aber ich weinte und ich lachte nicht, ich ließ mich von Fy auf die Beine ziehen.

»Emma? Lass mich klettern –«

Ich schüttelte nur den Kopf, biss die Zähne zusammen, kletterte ein zweites Mal an der Rose hoch, getrieben von nichts als Adrenalin. Ich musste es schaffen. Ich *musste*. Und dann war ich beim Fenster, und Ando sprang von innen wieder hoch, wie ein eingesperrtes Tier, einmal, zweimal ... beim vierten Mal schaffte er es, hing erneut innen am Fenster. Und ich packte eine seiner Hände und zog. Dann kniete er vor mir in der winzigen Öffnung des Fensters, dieser dünne, ängstliche Junge, und irgendwie bekamen wir ihn hindurch.

Und als er draußen war, sprang er, riss mich mit, und ich

fiel zum zweiten Mal und fluchte innerlich. Aber wie konnte ich diesem Kind böse sein, diesem Bündel aus Angst, das Fy jetzt mit beiden Armen umschlang, als würde es sie nie, nie wieder loslassen.

»Ando«, sagte sie. »Ando.« Und sie streichelte sein kurzes Haar und löste ihn dann behutsam von sich. »Wir müssen gehen.«

Sie sagte es so ruhig, als wären wir nur etwas zu lange auf einer Teeparty geblieben. Und wir gingen. Über die nachtfeuchte Wiese, zum Tor. Ando humpelte, obwohl seine Landung auf dem Rasen gut ausgesehen hatte, er zog das eine Bein nach, und ich ahnte, dass nicht er sich, sondern jemand anderer ihn verletzt hatte, ich ahnte, dass Monsieur Tierry wütend gewesen war über das Verschwinden seiner Schwester, und ich ahnte, dass ich nichts Genaues hören wollte.

Der Springbrunnen war so silbern wie immer, die Blumen dufteten.

Die hohe Mauer, bewachsen mit blühenden Kletterpflanzen, hielt den Verkehr, den Gestank, die Wahrheiten der Stadt ab. Und verbarg auf ewig alles, was hier drinnen geschah.

Irgendwo da draußen hingen Wahlplakate, von denen ein Mann strahlte, der viele Freunde hatte, die ihm halfen. Denn er wusste, wie man diese Freunde bewirtet und all ihre Bedürfnisse stillt.

Fy öffnete das Tor, und wir gingen hindurch.

Der alte Gardien schloss das Tor hinter uns ab. Er schloss es von außen ab. Und dann wünschte er uns eine Gute Nacht und ging nach Hause. Er ging zum letzten Mal von seinem Arbeitsplatz nach Hause. Er würde untertauchen müssen, verschwinden, um dem Zorn seines Herrn zu entkommen.

Um nicht irgendwann hinter den Mauern in Antanimora zu landen.

Ich fragte mich, von was seine Familie von nun an leben würde. Aber er lächelte, ehe er in der Dunkelheit verschwand.

Wir gingen die Straße schweigend entlang, nur begleitet von unseren Mondschatten und dem Geräusch unserer Schritte auf dem Asphalt. Dann waren wir an der Abbiegung, die wir nehmen mussten, um zu der mehrspurigen Straße zu kommen, an der auch nachts noch Busse fuhren.

Und plötzlich war da ein Schatten, plötzlich packte mich jemand und presste mich gegen eine Hauswand, sodass ich noch weniger Luft bekam als ohnehin schon. Und ich sah in ein Gesicht, das ich kannte.

Es war der Junge mit dem Entenpullover.

Ich wandte den Kopf, mühsam in seinem Griff, und sah, dass seine beiden Helfer Ando und Fy ebenfalls gegen die Wand drückten.

Die Wand war mit grellbunter Reklameschrift bepinselt, die im Mondlicht grotesk wirkte: Zitronen und Wassertropfen: *Waschen Sie mit Tsara-Seife, und Ihr Leben wird so sauber wie nie!*

»Schön«, sagte Ente, erstaunlicherweise auf Französisch, »dass ihr endlich kommt. Ihr habt euch Zeit gelassen.«

»Was willst du?«, zischte Fy.

»Ich habe einen Auftrag«, sagte Ente. »Seit Jahren. Ich halte mein Wort. Und mein Auftraggeber zahlt gut. Ich sammle Geld, er weiß das. Er sammelt etwas anderes.«

»Herzen«, sagte ich.

Ente nickte. »Richtig. Nett von euch, dass ihr diesen Schlenker in die ganze Transaktion eingebaut habt, denn so werde ich doppelt bezahlt. Von meinem anderen Auftraggeber auch.« Er nickte in Richtung der Villa. »Dem, der hübsche Kinder sammelt.« Er sah Ando an. »Deine Schwester holen wir morgen nach. Ich finde sie schon. Niemand muss allein bleiben.« Er lachte kurz auf, ein schmerzhaft raues Lachen. »Es ist ein gutes Geschäft, Menschen zu verkaufen, das wussten schon unsere Vorfahren. Aber wer hätte gedacht, dass es Menschen gibt, die man zweimal verkaufen kann?« Er schüttelte den Kopf, strich über die Ente auf dem Pullover, und ich wand mich, doch ich schaffte es nicht einmal, ihm zu entkommen, als er mich mit nur einer Hand an die Wand drückte, ich hatte nicht genug Kraft.

»Warum ... machst du das?«, flüsterte ich.

»Weil ich Erfahrung habe mit dem Verkaufen und Verkauftwerden«, sagte Ente. »Du kannst dir das vielleicht nicht vorstellen, Prinzessin.« Er streichelte mir über die Wange, und ich versuchte, vergeblich, den Kopf noch weiter wegzudrehen. »Mich haben sie auch verkauft. Da war ich vier. Egal. Vergiss es. Ich bin da raus.«

»Der Gardien«, flüsterte ich. »Der uns geholfen hat. Hast du den auch bestochen? Wusste er, dass du hier wartest?«

Sag Nein, sag Nein, sag Nein. Sonst halte ich die Welt nicht mehr aus.

»Oh, der.« Ente spuckte aus, direkt neben meinen Schuh. »Dummer Alter! Liest die Bibel. Und ist der Meinung, dass die Welt nächsten Monat untergeht, seit Jahren.

Ich hab ihm gesagt, sie ist längst untergegangen. Sodom und Gomorra. Die Hölle ist da. Wir haben geredet, und ich hab ihm erzählt, was ich so darüber gehört habe, über das hübsche gelbe Haus, in das der Herzensammler die Kinder steckt. Sie reden ja alle gerne. Die Frau, die da putzt. Die Köchin. Alle.« Er brachte sein Gesicht ganz nah an meines, ich roch Alkohol in seinem Atem, und er flüsterte, laut genug, dass Ando neben mir es hören konnte: »Um solche zu retten wie dich, Prinzessin. Solche aus Europa und Amerika. Um solche zu retten, entnehmen sie die Herzen. Das weißt du, sie verschicken sie gekühlt mit dem Flugzeug. Sie entnehmen die Herzen nicht in der Klinik, denn es darf niemandem auffallen, sie haben ihre eigenen Operationssäle.« Er machte eine Pause und sah mich nur an, unsere Nasenspitzen berührten sich fast. »Wie zum Beispiel die Betäubung«, wisperte er. »Dafür bräuchten sie ja einen Arzt mehr. Und wenn man ohnehin davon ausgeht, dass der Patient nicht mehr aufwacht ...« Er zuckte die Schultern. »Sie arbeiten genau, schneiden genau, nur die Betäubung sparen sie sich. Die Wäscherin hat gesagt, wahrscheinlich stecken sie den Kindern Knebel in den Mund, damit man die Schreie nicht so weit hört, ab und zu findet sie Lappen in der Wäsche ... angeblich sind es Putzlappen.« Er stieß mich von sich, hielt mich aber weiter mit dem ausgestreckten Arm am Kinn fest und nickte. »Das ist es, Prinzessin, was Menschen aus Ländern wie deinem mit Menschen aus unserem Land tun.«

Ich schaffte es, den Kopf doch ein klein wenig zu drehen, ich sah zu Ando hinüber, und ich sah, dass Tränen über sein Gesicht liefen, glänzend im Mondschein.

Und dann sah ich noch etwas anderes.

Ich sah Fys Augen.

Und ich bekam Angst.

Der, der sie festhielt, sah ihre Augen nicht, er sah Ente an und wartete auf einen Befehl, er verstand vermutlich nicht, was Ente auf Französisch gesagt hatte.

In Fys Augen brannte ein Feuer.

Und dann wand sie sich mit einer irrsinnigen Drehung aus dem Griff des Jungen und sprang zurück, und in der Hand hielt sie etwas, das in ihrer Handtasche gewesen war und von dem ich nichts gewusst hatte.

Es war das Messer aus der Hütte. Das Messer, mit dem Fy Karotten geschnitten hatte.

Es war unterarmlang, und ich wollte wegsehen, doch ich tat es nicht.

Und ich sah, wie Fy den Jungen mit dem Entenpullover mit diesem Messer erstach.

Es war so einfach, Onja.

Ich hätte nicht gedacht, dass es so einfach ist.

Ich bin gesprungen, ja, sieh mich nur an mit deinen schönen Augen, hör genau zu, während du trinkst: Ich bin gesprungen und habe das Messer von hinten in seinen Körper gestoßen, durch den schwarzen Pullover, es war gut geschliffen, glitt leicht hinein, und unter dem Pullover war Haut, war Fleisch, waren Rippen, einen Moment hat es sich dort irgendwie verkantet, aber dann glitt es weiter, tiefer. Natürlich war da auch eine enorme Kraft, ich spürte sie. Ich hätte nie gedacht, dass ich so viel Kraft habe.

Ich weiß nicht, auf welcher Seite das menschliche Herz sitzt.

Aber es muss richtig gewesen sein. Es muss sein Herz gewesen sein, das ich getroffen habe.

Er ist einfach in sich zusammengesunken, hat nicht einmal geschrien, da war nur ein seltsam gurgelndes Stöhnen, das aus ihm in die Nacht entwich, und dann kauerte er auf dem Boden, vornübergebeugt, und Emma starrte ihn an, und Ando stand neben ihr, niemand hielt ihn mehr fest, und sie riss ihn an sich und drückte sein Gesicht in ihr T-Shirt. Als hätte er nicht sowieso alles gesehen.

Die anderen beiden Jungen, Entes Kollegen, starrten mich ebenfalls an, und da bückte ich mich und zog das Messer aus seinem Körper, hob es, machte einen Schritt in ihre Richtung, und ich hörte einen von ihnen sagen, ich hätte den Verstand verloren. Womöglich, dachte ich, hatte er recht. Und dann drehten sie sich um und rannten.

Ich folgte ihnen nicht. Ich holte aus und schleuderte das Messer über die Mauer mit der Zitronenseife-Reklame. Ich weiß nicht, wo es landete. In jemandes Hof. Auf jemandes Dach. Es ist unwichtig.

Wenn jemand es gesehen hat, wenn sie mich finden, dann gehe ich nach Antanimora, für den Rest meines Lebens, und ich werde lächeln, wenn sich die Tore hinter mir schließen.

Mit dem Schleudern des Messers, Onja, war meine letzte Kraft verbraucht, und ich sackte neben Ente zusammen wie ein leerer Reissack.

Irgendwie haben sie es geschafft, mich aufzuheben, Emma und Ando. Mich dorthin zu schleppen, wo der Bus abfährt. Keiner von uns hat nachgesehen, ob Ente noch lebte, als wir gingen. Im Bus war es zu dunkel, als dass jemand das Blut an meinen Händen sah.

Und auf einmal saß er da. Ente. Ganz vorne. Mit diesem schrecklichen Pullover. Er drehte sich zu mir um und starrte mich an, und da wusste ich, dass er tot war. Es war sein Geist. Und ich sagte ihm, lautlos, dass ich mich nicht von ihm verfolgen lassen würde, auch nicht von ihm als Matoto, dass er zum Teufel gehen sollte.

Und Ente stieg aus und ging. Zum Teufel oder wohin auch immer. Und ich drückte meinen Bruder an mich und fühlte sein Herz schlagen unter dem dünnen T-Shirt, und niemand, ich schwöre es dir, kleine Onja, niemand bekommt dieses Herz.

Und dann.

Und dann kamen wir nach Hause, Onja, zu dir. Es ist nicht unser Zuhause, diese Hütte am Kanal, ich weiß nicht, ob wir je eines besitzen werden – aber solange wir keines haben, ist zu Hause für mich dort, wo meine Familie ist, du und Aina und Ando.

Aina war wach. Neben ihr auf dem Boden brannte eine Kerze. Und ich musste an jene Nacht in der türkisfarbenen Fischerhütte denken, in der wir im Licht einer Kerze auf dem Bretterboden so lange geredet hatten, Emma und ich.

Aina war wach, und sie sah uns mit großen Augen an und stand auf, ein wenig mühsam, und dann umarmte sie Ando und mich und Emma alle gleichzeitig, du lagst auf dem Boden in deine Tücher gewickelt und schliefst, und wir fielen zusammen neben dich auf die Bretter.

»Sie war hier«, sagte Aina. »Emmas Großmutter.«

»Urgroßmutter«, sagte Emma. »Elise. Wann?«

»Schon eine Weile her«, sagte Aina nachdenklich. »Sie ist wieder gegangen, um euch zu suchen. Wir haben ihr gesagt, wohin ihr ... Sie hat euch also nicht gefunden?«

Emma schüttelte den Kopf. »Aber vielleicht ist es egal. Sie wird uns finden. Sie ist in der Stadt.«

Und sie legte sich hin und schien eine Weile nur damit beschäftigt zu sein, zu atmen.

»Es war noch jemand hier«, sagte Aina. »Eben. Sie hat mich geweckt.«

»Was?«, fragte ich. »Wer?«

»Ich weiß nicht«, sagte Aina leise. »Sie hat eine Nachricht gebracht. Weil wir kein Telefon haben, hat sie gesagt. Sie hatte Angst, allein nachts hier rumzulaufen, es war eine reiche Frau, gut angezogen.«

Ich dachte an den Herzensammler, und mir wurde kalt vor Angst. »Eine Nachricht? Nachts?«

»Es ist wegen Faly«, sagte Aina, noch leiser. »Die Frau war ... auf dem Weg nach Hause, hat sie gesagt, nach ihrer ... wie heißt das ... Schicht. Sie ist extra noch zu uns gekommen. Sie hat gesagt, eine Menge Leute hätten Emma gesehen, wie sie hierhergekommen ist, eine Vazaha fällt auf ... Die haben ihr den Weg gezeigt. Und sie hat gesagt ...« Sie sah weg. Und dann sah sie mich an, und ein seltsames Lächeln breitete sich über ihr Gesicht, wie das Lächeln eines Engels in der Kirche.

»Wir können Faly abholen«, sagte sie. »In Antanimora. Morgen früh. Er ist frei.«

15

Noch immer warten wir –

Ich habe eine Pause gemacht, aber ich werde weiterschreiben, ich muss weiterschreiben, weil ich will, dass die Leute, die das hier lesen, verstehen. Elise, wahrscheinlich. Wahrscheinlich wird sie die Einzige sein.

Wir sitzen hier und warten, und es ist Morgen, aber gehen wir noch einmal zurück, zurück in die Nacht.

Im Bus, als ich mit Fy zurückfuhr, fort von der Leiche eines Jungen in einem Entenpullover, bin ich eingeschlafen. Es war eigentlich ein TaxiBe, das über Land gefahren und auf dem Weg zum zentralen Busbahnhof war, Linienbusse gibt es so spät nicht, und wir hatten Glück, dass es uns mitnahm.

Ich träumte.

Ich träumte, dass ich aus meinem Körper ausstieg und auf das Dach des Busses kletterte, und da oben, zwischen Taschen und Körben, fand ich Faly.

»Die Sterne sind noch schöner«, sagte er, »wenn man auf einem Busdach sitzt, wusstest du das? Man kann sich vorstellen, dass man überall hinfährt. Wohin man will.«

»Aber der Bus fährt nur bis zum Busbahnhof«, sagte ich.

»Das ist schade«, sagte er. »Dann müssen wir anders nach überallhin kommen.«

Er stand auf und nahm mich an der Hand, wir nahmen beide Anlauf, rannten das Dach entlang – und sprangen. Hinaus in den freien Raum.

Es war wirklich *freier Raum*. Wir schwebten.

Dann wirbelten wir abwärts und landeten auf einem Felsen inmitten anderer Felsen, zwischen denen Bäume wuchsen. Vor uns rauschte das Meer, auf dessen Wellen der Mond wippte.

»Wo sind wir?«, flüsterte Faly.

»Auf den Fadyfelsen«, antwortete ich. »Auf der Île aux Nattes. Wir dürfen hier nicht sein, die Matoto haben etwas dagegen.«

»Wir *sind* Matoto«, sagte Faly. »Wir dürfen solange hier stehen, wie wir wollen.«

Da mussten wir beide lachen. Und wir sprangen Hand in Hand von den Felsen, wie wir vom Busdach gesprungen waren. Als wir im Wasser landeten, leuchteten um uns Millionen kleiner phosphoreszierender Algen. Faly konnte schwimmen in meinem Traum, und auf dem Meeresgrund sah ich riesige Muscheln, Korallenriffe, bunte Fische, sie alle leuchteten von innen heraus durch die Dunkelheit. Ich sah Kraken in ihren Höhlen, ich sah zwei Wale, eine Mutter und Kalb.

Wir tauchten zu ihnen hinab und wir schwammen mit ihnen, und ich wusste, wer sie waren, ich musste nicht fragen. Zwei andere junge Wale stießen zu uns, einer hatte Wunden auf seinem Rücken, tiefe Striemen. Doch sie hatten bereits begonnen zu heilen.

»Die Mitte des Lebens«, sage ich, »wir sind da. Dies ist die Mitte des Lebens.«

Und Faly nickte, denn er verstand mich auch unter Wasser. »Aber die Mitte des Lebens kann alles sein«, antwortete er.

Da tauchten die Wale auf und sprangen in die Luft, übermütig in hoch aufspritzenden Fontänen. Wir wurden mit ihnen hinaufgeschleudert ... und als wir diesmal landeten, war es kein Ozean, in den wir fielen. Wir standen auf glattem, schwarzem Eis. Auf einem Fluss. Es war der Fluss, von dem ich Faly in meinem letzten Traum erzählt hatte, ein deutscher Winterfluss, zugefroren, und wir begannen ihn entlangzuschlittern, barfuß, was eigentlich unmöglich ist.

Wir froren nicht, obwohl wir nur Hosen und zerrissene, alte T-Shirts trugen. Matoto frieren nicht. Und dann kletterten wir die verschneite Böschung hinauf, rutschten immer wieder ab und lachten darüber. Wir lachten über alles: den Schnee, die Kälte, den Fluss. Aber schließlich waren wir oben, und wir gingen über eine Wiese zu einem kleinen Haus mit hell erleuchteten Fenstern, dessen Tür einen Spalt weit offen war. Es stand in einem schneebedeckten Garten am Rand eines Waldes, es war Deutschland.

Aber mehr eine Postkarte, nicht das richtige Deutschland.

Ich stieß die Tür auf, und wir betraten einen kleinen Raum mit einem Kaminfeuer und Kerzen auf allen Fensterbänken, und da saß Fy mit einem Kind auf einem bunten Teppich vor dem Feuer, drei oder vier Jahre alt. Daneben saßen Ando und

Aina, in einem Sessel Elise, und am Tisch meine Mutter, die geröstete Esskastanien aus ihren Schalen pulte. Verrückterweise saß mein Vater ihr gegenüber und ordnete die Esskastanien der Größe nach auf einem Brett an.

Elise hatte ein Buch auf dem Schoß, aus dem sie bis eben vorgelesen hatte, der Feuerschein ließ ihre Gesichter strahlen, sie sahen alle so glücklich aus. Ich begriff erst nach einem Moment, dass das kleinste Kind auf dem Teppich, das jetzt das Buch umblätterte, Onja war.

Sie zeigte auf ein Bild von einer unendlich langen roten Plastikrutsche und sagte: »… und genau so eine bin ich runtergerutscht, gestern, im Kindergarten, und ich hatte überhaupt keine Angst.«

Aina sah auf. Sie sah genau in meine Richtung.

Aber sie sah mich nicht. Matoto kann man nicht sehen.

Und ich ging zu Fy hinüber und umarmte sie. Danach umarmte ich Elise, was sie beide nicht merkten. Dann ließ ich mich von Faly fortziehen, in das Zimmer neben dem Kaminzimmer, es war ein winziges Schlafzimmer mit einem breiten Bett, auf dem Decken und ein Schaffell lagen, und wir fielen darauf, fielen einander in die Arme.

Auch hier im Fenster flackerte eine Kerze, und wir zogen unsere dreckigen Kleider aus, weil wir sie nicht brauchten. Faly war ganz nah, ganz nah, und ich dachte kurz an Luc und den weißen Leuchtturm auf der Insel, und wie anders alles jetzt war.

Ich sah meinen eigenen Körper im Kerzenlicht, und er war nicht blass oder krank.

Und ich sah Falys Körper, dunkler, und dann verschlangen sich unsere Körper, wurden ein Knoten, nur noch ein

Körper, und ich dachte: Vielleicht lösen wir uns auf, aber das wäre schade, denn es war schön, was wir taten, ich wollte mich nicht auflösen, ich wollte für immer dort auf dem Bett bleiben, zwischen Decken und Fell und Gold, während Elise im Nebenraum ein Buch vorlas.

Und ich musste nichts sagen, und Faly auch nicht.

Am Ende lagen wir da zwischen den Decken, noch immer dicht aneinander, und ich schnappte nach Luft, aber es war kein krankes Nachluftschnappen, nur ein ganz gewöhnliches, und ich nahm seine Hand und legte sie auf meine Brust.

Wir lauschten gemeinsam dem Herzschlag.

Dann sahen wir uns an und nickten beide. Es war ein ganz normaler Herzschlag, und es machte keine Mühe, zu atmen, und ich wusste, dass ich nie mehr Medikamente nehmen würde.

Ich strich über Falys Kopf mit dem kurz rasierten Haar und spürte, dass die Narben dort verschwunden waren. Da legte ich meinen Kopf an seinen Hals und sagte, ganz leise, den einzigen Satz der ganzen Szene, ich sagte: »Ich glaube, ich möchte jetzt ein bisschen schlafen.«

»Tu das«, wisperte er. »Tu das, Emma.«

Was absurd war, weil das Nächste, was ich tat, war, aufzuwachen, im Bus zwischen Fy und einem winzigen, dünnen alten Herrn in einem zerknitterten Anzug.

Der Traum blieb in mir haften, als wir ausstiegen.

»Emma«, flüsterte Fy, als wir vor der niedrigen Leiter zu der Hütte am Kanal standen. »Emma, wie sage ich es ihr? Aina? Wie sage ich ihr, was ich getan habe? Dass ich …«

Ich hatte wenig Luft zum Antworten, aber ich legte ihr eine Hand auf die Schulter. »Gar nicht«, flüsterte ich. »Wenn ... wenn Ando es ihr erzählt ... ist das seine Sache. Vielleicht tut er es nicht.«

Fy sah mich an, und in ihren Augen standen Tränen. »Ich habe etwas Schreckliches getan«, flüsterte sie. »Etwas Schreckliches. Jetzt, wo ich mehr Abstand dazu habe ... begreife ich, wie schrecklich es ist. Er kommt nie zurück. Niemals. Ente.«

»Na, dann ist ja gut«, sagte ich schroff. Doch dann zog ich sie in meine Arme. »Du hast das Richtige getan«, wisperte ich. »Es war schrecklich, aber du musstest es tun. Du hast uns alle gerettet.«

»In der Bibel steht, du sollst nicht töten«, flüsterte Fy.

»In der Bibel steht auch ... Auge um Auge«, keuchte ich. Und ich zog sie die Leiter hoch zu der Hütte, wo eine Kerze auf dem Fußboden brannte.

Aina sah uns entgegen. »Sie war hier«, flüsterte sie. »Emmas Großmutter.«

»Urgroßmutter«, sagte ich.

Und dann sagte sie, Elise wäre wieder gegangen, und ich dachte daran, dass sie uns jetzt da draußen suchte, arme Elise, aber ich konnte ihr in diesem Moment nicht helfen. Ich legte mich zwischen die anderen auf dem Fußboden, und es war wunderbar zu liegen, wie auf dem Bett in meinem Traum.

Nein. Ich bekam noch immer nicht genug Luft, und mein Herz schlug zu schnell. Dies war die Realität.

»Es war noch jemand hier«, sagte Aina. »Eben. Sie hat mich geweckt.«

Und ich wollte ihr zuhören, doch ich war zu müde, ich hörte nur Bruchstücke von Sätzen. »Wegen Faly … auf dem Weg nach Hause … morgen …«

Da setzte ich mich auf und war wieder hellwach.

Aina sah jetzt Fy an, mit einem seltsamen Lächeln auf dem Gesicht. Und ich sah, dass aus den Augen in diesem Lächeln Tränen liefen.

»Wir können Faly abholen«, sagte sie dann. »In Antanimora. Morgen früh. Er ist frei.«

Sie nahm unsere Hände, Fys und meine.

»Ich glaube, sie war Krankenschwester«, flüsterte sie. »Sie war nett. Sie hat gesagt, sie wollte es uns so sagen, weil sie keine Telefonnummer von uns hatten … Er ist um kurz nach zehn Uhr heute gegangen. Er hat bis zum Schluss die Sterne angesehen.«

Ich hatte gedacht, ich würde nicht weinen. Weil ich es sowieso wusste.

Und eine ganze Weile weinte ich nicht.

Ich hielt Fy in meinen Armen und ließ sie weinen und streichelte ihren Rücken und ich sah, wie Ando und Aina sich im Licht der Kerze gegenseitig festhielten, Zwillinge, zwei Hälften derselben Person. Sie hatten so viel zusammen durchgemacht. Fy würde ihre zweite Hälfte nie wieder bei sich haben, sie ging ab jetzt halb durchs Leben, es würde schwer sein, das Gleichgewicht zu halten.

Ich ließ sie weinen, bis sie keine Tränen mehr hatte, und dann legten wir uns hin, um auszuruhen, bis der Morgen kam und wir ihn holen konnten.

Und als die Kerze erloschen war und alle außer mir

schliefen, als ich ganz allein war mit der Dunkelheit, spürte ich, dass auch mein Gesicht nass war.

Es nützt gar nichts, etwas sowieso zu wissen, man hofft doch immer bis zum Schluss.

Und ich dachte an meinen Traum im Bus. Vielleicht war er mehr gewesen als ein Traum.

Madagaskar ist ein Land der Geister, sie sind überall, im Glauben der Menschen, in ihren Gesprächen, im Alltag. Als Faly im Traum zu mir gekommen war, war er schon seit einigen Stunden tot gewesen ...

Und dann begannen die Fragen.

Nagende, bohrende Fragen:

Hätte ich ihn retten können, wenn ich die richtigen Medikamente gehabt hätte, alle?

Hätte ich ihn retten können, wenn ich das Geld gehabt hätte, alle im Gefängnis zu bestechen und ihn in ein Krankenhaus zu bringen?

Hätte ich ihn retten können, wenn ich sofort Elise angerufen hätte?

Hätte er dann irgendwann, irgendwo, ein neues Leben angefangen, ein besseres?

War ich es gewesen mit meinem Egoismus, meinem Wunsch nach einem runden Ende, die ihn letztlich getötet hatte?

Da hatte ich es doch, mein rundes Ende, es war sehr schön dramatisch.

»Nein«, wisperte Fy, und ich drehte mich zu ihr um; ich sah sie nicht im Dunklen, doch ich spürte ihre Nähe.

»Habe ich laut gedacht?«, wisperte ich zurück.

»Nein«, sagte sie wieder. »Aber ich weiß, was du denkst.

Ich bin deine Freundin. Du seufzst. Du fragst dich, ob du schuld bist. Das bist du nicht.«

Sie tastete nach meiner Hand und drückte sie. »Er war, glaube ich, sehr glücklich am Ende. Daran höchstens. Daran bist du schuld.«

»Hm«, sagte ich, doch ich glaubte ihr nicht wirklich.

»Wenn du sowieso nicht schläfst«, wisperte Fy, »dann erzähl. Erzähl mir deine Geschichte zu Ende. Du hast das noch nicht getan.«

»Die Geschichte von dem kleinen Mädchen, das zu viel in weißen Betten lag?« Ich lachte leise.

»Oh. Es gibt nicht viel zu erzählen. Das kleine Mädchen wohnte bei seiner Mutter, die sich immerzu sorgte, und ab und zu sah es seinen Vater, der sich auch sorgte, und es ging irgendwann aufs Gymnasium und dachte, es könnte dort neue Menschen kennenlernen. Menschen, die nicht wussten, dass es anders war. Es war ein Reinfall. Nach zwei Wochen wurde dem Mädchen klar, dass natürlich alle es wussten. Es las weiter Bücher und blieb allein. Und alles, was schön und lustig war, machte es mit seiner Urgroßmutter. Seine Großmutter, die Mutter seiner Mutter, war vor langer Zeit gestorben, aber die Mutter dieser Großmutter wurde zur eigentlichen Familie des Mädchens.«

»Warte«, flüsterte Fy. »Woran ist die Großmutter des Mädchens gestorben?«

»Oh. Sie hatte ein schwaches Herz. Sie hatte das Mädchen nie kennengelernt … Sie hatte einen Infarkt und ihr Herz blieb stehen.«

»Deshalb«, sagte Fy. »Deshalb hat deine Mutter so schreckliche Angst. Weil ihre eigene Mutter gestorben ist.«

»Möglich«, sagte ich. Und ich fühlte einen Stich in mir, einen Stich von Mitleid für meine Mutter, die vermutlich in diesem Moment verrückt wurde vor Angst um mich.

»Eine Weile ging alles gut. Das Mädchen war größer geworden, es machte Ausdauersport, Joggen und Schwimmen, natürlich Schwimmen nur in der Halle und unter Aufsicht … die Aufsicht war Elise, sie saß am Rand und las Romane, und hinterher gingen wir Eis essen und erzählten uns alles. In der siebten Klasse steckten sie mich wieder für eine Weile in die Klinik zum Durchchecken, und sie sagten, die Klappe müsste noch einmal erneuert werden, weil ich gewachsen war, es wäre eine Routineoperation. Zueinander sagten sie andere Dinge, glaube ich.« Ich seufzte. »Mir war damals schon ab und zu schwindelig, weil mein Herz nicht mehr so pumpte, wie es sollte, aber ich hatte mich an den Schwindel gewöhnt. Die Operation … war irgendwie schwierig, ich hatte nie Glück mit Operationen. Ich war ewig in der Klinik. Schließlich ging ich zurück zur Schule, und ich wollte das Jahr nicht wiederholen, also lernte ich mit Elise, ich lernte und lernte bis spät abends …. Wir haben es geschafft. Ich habe bestanden. Und dann … dann war ich irgendwann in der Neun. Und es war genau wie damals. Ich dachte, alles wäre gut, nur war es nicht gut. Ich ignorierte nur, dass es langsam wieder schlechter wurde. Ich glaube, ich bin ganz gut im Ignorieren. Der Arzt verschrieb mir Betablocker, das Zeug, was ich jetzt auch nehme, es ist gegen Herz…Herzschwäche. Und ich nahm das Zeug und sagte mir, dass es eigentlich unnötig war, und dann … Dann fiel ich in der Schule um. Ein paarmal. Ich merkte, wie mein Herz stolperte, wie es davonraste, und ich wurde einfach bewusstlos. Die ersten Male war es nicht so spektakulär, wenn man ohnehin an einem Tisch sitzt, fällt man ja nicht tief.« Ich lachte leise.

»Aber?«

Ich seufzte. »Aber dann kam ein Tag, da stand ich, es war eine mündliche Prüfung, Physik, ich stand vorn, und ich war wahrscheinlich aufgeregt – und da wurde mir wieder schwarz vor Augen. Danach weiß ich nichts mehr, sie haben es mir später erzählt. Ich muss ziemlich filmreif gestürzt sein. Sie haben den Notarzt geholt. Ich war tot. Quasi. Mein Herz war stehen geblieben. Die Klappe funktionierte nicht mehr. Kein Blutstrom. Sie haben mich zurückgeholt. Es war *die* große Story in der Schule, alle wollten hinterher alles wissen, haben sich aber nie getraut, mich zu fragen, sie haben nur hinter meinem Rücken getuschelt. Sie haben mich mit dem Hubschrauber ausgeflogen. Tatsächlich wie im Film. Und als ich aufwachte, war ich wieder im Krankenhaus, in Zimmer dreizehn in der Kinderklinik und operiert, und es war Tage später, sie stecken dich immer in die Kinderklinik nach der OP, wenn du noch nicht achtzehn bist, Zimmer dreizehn war quasi für mich gebucht. Aber ich hatte wohl auch längere Zeit auf Intensiv verbracht, bewusstlos.«

Fy drückte meine Hand wieder, fester.

»Mein Zimmer war voller Blumen«, flüsterte ich, »und meine Mutter weinte, und alle machten ein fürchterliches Tamtam, weil ich wieder wach war. Und es gab schon wieder eine neue Klappe. Diesmal eine künstliche, keine biologische mehr. Das Risiko der Verkalkung war zu groß, sagten sie. Seitdem nehme ich also Blutverdünner. Damit keine Gerinnsel entstehen, die die Klappe verkleben ... Und wie immer hatte mein Körper die OP nicht vertragen, irgendwas war mit Narbengewebe, das sie weglasern mussten, aber das ging nicht so gut, wie sie dachten ... Und es war wohl so, dass sie mich nach der Operation noch mal wiederbeleben mussten, die Ärzte sagen, wenn es bei einem Patienten Komplikationen gibt, dann gibt es meistens gleich alle auf einmal.« Ich schüttelte den Kopf. »Mein Körper hat einen eigenen Willen, und ich glaube, er will einfach seine Ruhe. Manchmal bin ich so müde.«

»Trotzdem bist du wieder auf die Beine gekommen.«

»Ja«, sagte ich. »Aber in dieser Zeit im Krankenhaus, als ich da lag mit all den Blumen und wusste, ich war zweimal tot gewesen ... Da wurden die Dinge anders. Ich ... habe sie reden hören.«

Ich hatte dies hier noch nie jemandem erzählt, doch dies war Fy, meine Freundin. Und sie hatte mir alles über sich erzählt.

»Sie dachten, ich höre es nicht«, wisperte ich. »Sie dachten, ich schlafe. Sie standen in der Tür meines Zimmers, Elise und meine Eltern. Sie hatten ein Gespräch gehabt, mit dem behandelnden Arzt. Ich war davon aufgewacht, dass meine Mutter weinte, obwohl sie ganz leise weinte. ›Es ist nicht wahr‹, sagte sie. ›Sie irren sich. Es kann doch nicht sein, dass gerade bei ihr diese verflixte Klappe nie richtig ... einwächst oder was ... Natürlich irren sie sich. Sie wird achtzig, wie Elise, ihr werdet schon sehen.‹

›Nina‹, sagte Elise. ›Nina, bitte. Es nützt ihr nichts, wenn du es ignorierst. Sie ist selbst gut im Ignorieren, ihr beide seid euch ähnlicher, als ihr denkt. Es nützt nichts. Du wirst mich jetzt grausam finden, aber die Wahrscheinlichkeit, dass sie ihren achtzehnten Geburtstag erlebt, ist sehr gering. Und zwanzig – dazu müsste ein Wunder geschehen. Lass sie doch jetzt leben. Lass sie jetzt etwas Schönes tun, mit dem Rest der Zeit, die wir haben, bis das System endgültig zusammenbricht.‹

Ich hörte ein seltsames Geräusch, und ich begriff, dass meine Mutter Elise geohrfeigt hatte, und dann hörte ich meine Mutter schluchzen, und mein Vater sagte: ›Ich weiß nicht, Ärzte irren sich schon mal, das stimmt ...‹

›Sie muss auf die Liste!‹, fauchte meine Mutter, nur noch mühsam leise. ›Sie muss auf die Liste für ein Transplantat. Das dauert, sie hat einen seltenen Gewebetyp, aber sie werden ein Herz für sie finden, und es gibt auch noch das Kunstherz, diese kleine Wundermaschine, man kann notfalls eine Weile an der Maschine sein und auf ein Transplantat warten, es gibt Fälle ...‹

›Ich glaube nicht, dass die Ärzte mit uns gesprochen hätten, wenn es nicht ernst wäre‹, sagte Elise.

›In jedem Fall geht sie nicht mehr zurück in die Schule‹, sagte meine Mutter. ›Wir werden sie zu Hause unterrichten lassen. Wir werden ... ich werde ...‹

›Frag sie‹, sagte Elise. ›Frag sie, was sie will. Es ist doch ihr Leben. Sie wird selbst entscheiden.‹

›Sie ist erst fünfzehn!‹

›Sie ist trotzdem ein Mensch mit Wünschen‹, sagte Elise sanft.

Sie haben mich wirklich gefragt. Ob ich zurück in die Schule gehen will. Und natürlich wollte ich, ich wollte normal sein, immer noch. Über das andere ... die Prognose der Ärzte ... haben wir nie gesprochen. Ich glaube, meine Mutter hat es Elise verboten. Aber es änderte alles, für mich, verstehst du? Alles. Und dann, als ich in der Zehn war, stieß ich auf Madagaskar. Es war Zufall. Eine Fernsehdoku. Über die Mitte des Lebens. Urwald. Lemuren. Wale. Und ich wusste auf einmal, dass es das war, was ich sehen wollte, ehe ich es nicht mehr sehen konnte.«

»Deshalb«, wisperte Fy. »Deshalb wolltest du dich so unbedingt verlieben.«

»Ja«, sagte ich. »Kannst du es verstehen? Ich wollte alles noch ... erledigen, sozusagen. Ich wollte mich verlieben. Ich wollte eine wirkliche Freundin haben, um alles zu teilen. Ich wollte auf keinen Fall als Jungfrau sterben.«

»Und jetzt?«, fragte Fy nach einer Weile. »Jetzt bist du fertig damit, Dinge zu erledigen?«

»Ja«, sagte ich. »Jetzt bin ich bereit dafür, dass Elise mich findet, und von mir aus können sie mich für den Rest der Zeit, die mir bleibt, in ein weißes Krankenhauszimmer sperren. Es ist okay. Ich habe so viel erlebt, ich ... klingt kitschig ... ich war so glücklich. Dank dir. Euch. Ich meine, ich hätte das mit dem Ende lieber anders gehabt, aber so ist es nun mal. Und ich werde mich brav auseinandernehmen und wieder zusammensetzen lassen und siebzehn und achtzehn und vielleicht neunzehn werden, danach hört es auf, nehme ich an. Insofern ... begreifst du ... alles, was dir leichtsinnig oder dumm oder gefährlich vorkam, alles, was ich gemacht habe ... Nichts davon macht wirklich einen Unterschied. Ich werde sowieso nicht leben. Ich werde ...« Ich streckte eine Hand nach Onja aus und streichelte behutsam ihr Haar, ohne sie zu wecken. »Ich werde niemals eine Mutter werden wie du. Kinder aufwachsen sehen.«

»Oh, Emma«, sagte Fy. »Es *gibt* doch Wunder. Es gibt …«

»Es ist okay«, sagte ich. »Ich kann damit umgehen, weißt du. Lass uns schlafen. Möglicherweise steht Elise gleich vor der Tür, dann muss ich eine Menge Dinge erklären, und bis dahin will ich wenigstens eine halbe Stunde geschlafen haben.«

Aber Elise stand nicht vor der Tür.

Wir verließen die Slums am Kanal im Morgengrauen, um Faly zu holen.

Das erste Licht lag auf dem Wasser und ließ es glänzen, und der Abfall, der im Wasser schwamm, war beinahe schön. Und ich dachte daran, dass Elise irgendwo in dieser schönen, hässlichen Stadt war, im Labyrinth dieser Straßen, und dass ich mir Sorgen um sie hätte machen sollen, nur wie konnte ich mir Sorgen um Elise machen, wenn ich auf dem Weg war, den Körper eines Jungen zu holen, den ich vor einem Tag noch geküsst hatte? Den ich vielleicht geliebt hatte? Dessen zweite Hälfte still neben mir her durch den Morgen ging, still und gefasst und doch seltsam verloren?

Wie konnte ich mir Sorgen um Elise machen, wenn vor meinem inneren Auge noch immer ein anderer Junge starb, den ich tatsächlich hatte sterben sehen, ein Junge in einem dreckstarren dunklen Kapuzenpullover, der sich auf der Straße zu unseren Füßen krümmte?

Ich habe zu viel gesehen, zu viel erlebt in diesen letzten Tagen, ich weiß nicht, wohin mit all dem in meinem Kopf. Andere würden sagen: in meinem Herzen. Aber das ist nur wieder einer dieser dummen Ausdrücke.

Als würden die Leute alle möglichen Dinge in ihrem Herzen herumtragen, Geheimnisse, Furcht, Personen, die sie ins Herz geschlossen haben. In Wahrheit ist nichts darin als dickes rotes Blut, und ich stieg in einen Bus und wusste, dass mein Herz nur ein Muskel ist, Fleisch und Nerven und eine Kunstklappe, und dennoch, dennoch:

Jetzt, während wir hier sitzen, in der Büro-Baracke in Antanimora vor Block 2, jetzt, während wir darauf warten, dass man uns zu Faly lässt, wenn ich Aina und Ando ansehe, die sich ängstlich aneinanderklammern, spüre ich, wie es bricht, wie es ganz langsam einfach auseinanderbricht, mein dummes Herz.

Und dann, endlich, ließen sie uns zu ihm. Du warst wach, Onja, und sahst dich mit deinen großen Augen um, froh und neugierig; du wusstest nicht, warum wir hier waren. Die Sonne war an den Himmel hochgewandert, für manche Kinder in der Stadt begann jetzt der Unterricht.

Wie das wohl wäre, dachte ich. Wieder auf einer Schulbank zu sitzen und einem Lehrer zu lauschen. Wenn wir noch einmal anfangen könnten, Faly und ich.

Ein uniformierter Mann führte uns über einen kleinen Hinterhof und in einen Bretterschuppen, und als er eine Seitentür öffnete, hüllte ein Geruch nach Schimmel und muffiger Luft uns ein. Der Schuppen war voll mit Manioksäcken, aus manchen quollen die trockenen braunen Wurzeln heraus, die sie hier *Cassava* nennen, hatten sich in Wasserfällen zu Boden ergossen: Cassava über Cassava, das Einzige, was sie hier zu essen bekamen, man muss es stundenlang kochen, und es hat auch dann weder Geschmack noch wirklich Nährwert.

Neben den Cassavasäcken lag Faly.

Er lag auf dem Boden, auf einem Bett aus leeren, schmutzig weißen Säcken, auf dem Rücken, er sah so klein aus, so hilflos und so unglaublich schmal, und ich kniete mich neben ihn und hielt dich nur mit einem Arm und streichelte seine Wange. Er war eiskalt und du in meinem Arm so warm.

Du hast ihn nur einmal lebendig gesehen. Du wirst dich nie an ihn erinnern, er wird für dich eine Erzählung sein, eine Gestalt aus Geschichten, immer ein Geist.

Die Krankenschwester hatte seine Augen geschlossen, ich war ihr dankbar.

Sie sagen, Tote sehen friedlich aus. Faly sah nur tot aus. Er sah aus wie etwas, das verbraucht und weggeworfen worden war. Seine Kleider waren noch schmutziger und zerrissener, als ich sie in Erinnerung hatte, und ich strich über sein kurz geschorenes Haar und spürte die Narben auf seinem Kopf. Seine bloßen Füße ragten seltsam fremd aus den Hosenbeinen, er hatte Wunden an den Zehen, Bisse. Die Ratten.

»Es ist gut«, hörte ich mich selber flüstern. »Es ist besser für ihn, so. Er leidet nicht mehr.«

Und Emma, die mir gegenüber kniete, auf Falys anderer Seite, sah mich an und sagte: »Dein Ernst?«

»Nein«, sagte ich. »Es ist nur so etwas, das man sagt.«

Emma nickte. Sie strich ebenfalls über Falys Haar, und sie sagte: »In meinem Traum hatte er keine Wunden mehr. Es war Winter, und wir sind auf einem Fluss entlanggeschlittert …«

Dann sagten wir nichts mehr, wir saßen einfach da, Aina und Ando saßen zu Falys Füßen, verschüchtert, und schließlich fragte Ando: »Was machen wir denn jetzt? Ohne ihn?«

Da legte Aina eine schmale Hand auf seinen Arm und sagte: »Er ist doch da. Er ist jetzt ein Matoto. Du siehst ihn nur nicht. Und vielleicht kann er machen, dass mein Kopf nicht mehr wehtut und mir irgendwann nicht mehr schwindelig ist.«

Und ich hörte, wie Emma scharf die Luft einsog. »Wenn ihr immer noch schwindelig ist, ist das mehr als eine Gehirnerschütterung, verdammt, wir müssen zusehen, dass wir sie zu einem Arzt kriegen.«

»Später«, sagte ich. »Wir müssen Faly mitnehmen, Emma. Er muss eine Totenwache bekommen und eine Beerdigung, das Grab unserer Mutter ist draußen vor der Stadt, ein kleines flaches, einfaches Haus aus Ziegeln, die Ziegelleute haben uns damals geholfen, es selbst zu bauen, dort muss er hin.«

»Fy«, sagte Emma und sah mich an. »Dieser Körper ist tot. Er ist nicht mehr Faly. Und es ist ihm egal, wann und wo er beerdigt wird. Aina lebt.«

Sie verstand mich nicht. Sie verstand uns nicht. Sie konnte uns, das wurde mir in diesem Moment klar, niemals verstehen, ich liebte sie, und dennoch blieb sie eine Vazaha. »Die Toten sind genauso wichtig wie die Lebenden«, wisperte ich. »Wichtiger. Es gibt so viele Tote in diesem Land! Und so viele Geister! Erinnerst du dich an die Île aux Nattes? Wir haben keine Macht im Leben, die Macht haben nur die Reichen, aber wenn wir die Geister ehren, helfen sie uns, wenigstens zu überleben. Das ist unsere einzige Chance!«

»Fy!«, sagte Emma noch einmal, verzweifelt.

Und beinahe hätten wir uns gestritten, doch der uniformierte Mann sagte: »Nehmt ihn jetzt, wir haben keine Zeit mehr hier. Wir haben ein Pousse gerufen für euch, es wartet draußen.«

»Ein Pousse!«, sagte Emma, und ich sagte erschrocken: »Das können wir nicht bezahlen.«

»Ein *Lauf*-Pousse«, sagte der Uniformierte. »Das ist die billigste Art, einen Toten zu transportieren. Zu Fuß wird er nicht mehr gehen.«

Er hatte recht, wir konnten Faly nicht in einen überfüllten Bus mitnehmen.

Und so gab ich dich an Ando weiter und nahm das Tuch, dein Tuch, das rot-gelbe, große, und wickelte Faly hinein. Ich erinnerte mich an unsere Mutter; damals hatten uns andere mit ihrem Körper geholfen, Erwachsene, freundliche Menschen.

Nun war ich die Erwachsene.

Es war schwer.

Und ich trug ihn zusammen mit Emma über den Hof, meinen Bruder in Rot und Gelb, und auf Emmas Gesicht waren wieder Tränen. Sie hat ihn geliebt, und ich frage mich, wie es gewesen wäre, wenn er gelebt hätte und wenn Emma gesund gewesen wäre und ob wir dann irgendwann eine Familie gewesen wären.

Wir mussten im Büro eine Menge Papiere unterschreiben, die der Mann dort abstempelte, ich unterschrieb unleserlich, denn ich hatte immer noch Angst, sie könnten herausfanden, dass ich dabei gewesen war, als Faly Monsieur Tierry verletzt hatte, aber dann dachte ich, dass es doch lächerlich war, ich hatte etwas viel Schlimmeres getan, ich hatte einen Menschen getötet.

Wusste Faly es? Hatte er zu diesem Zeitpunkt schon seinen Körper verlassen?

Vielleicht, dachte ich, war er es gewesen, der mir die Kraft gegeben hatte.

Ich suchte in mir etwas wie Reue, doch da war keine.

Faly hätte auch nicht zugelassen, dass jemand das tat, was Ente gesagt hatte. Dass jemand Ando und Aina an einem Operationstisch festschnallte und ihre Herzen herausschnitt, um sie für viel Geld nach Europa zu bringen, während es hier nicht einmal das Geld für eine Betäubung gab.

Ich hatte einmal erwogen, aufzugeben. Ich würde nicht aufgeben. Nie mehr. Wir würden leben, alle, solange wir irgend konnten.

Und dann waren wir draußen auf der Straße, und ich sagte: »Endlich. Endlich verlässt er Antanimora. Endlich ist er frei.«

Und wir betteten Faly in das hölzerne, blau und rot angemalte Pousse, das auf uns wartete, Aina kletterte neben ihn auf den Sitz. »Ich werde ganz behutsam ziehen«, sagte der Mann, der vor dem Pousse stand, ein alter, sanfter Mann in Lumpen und ohne Zähne.

Ich sagte ihm, wohin er Faly bringen sollte, und er zog an, lief los auf seinen bloßen Füßen –

und da löste sich eine Gestalt aus den Schatten an der Mauer neben dem Gefängnis und trat ins Licht. Eine hochgewachsene Gestalt.

»Wartet«, sagte die Gestalt.

Ich drehte mich um.

Das Licht fiel auf das Gesicht der Gestalt, auf das helle Haar, das an den Schläfen schon weiß wurde, auf sein helles Hemd, seine helle Haut: ein Engel des Lichts.

»Rennen«, flüsterte Emma.

Denn sie wusste, obgleich sie ihn nie gesehen hatte, wer der Engel war.

Es war der Herzensammler.

Wir rannten.

Wir wussten alle, dass wir nicht weit kommen würden, aber wir rannten. Und ich dachte nur eins, ich dachte: Ich bin diese Verfolgungsjagden so müde! Erst Ente, und dann der Herzensammler selbst, dies ist die letzte Jagd. Das Ende.

Einmal sah ich mich um, und ich sah, dass er zögerte. Er stand noch immer dort vor der Gefängnismauer, neben dem Pousse mit Faly darin, Aina hatte sich geduckt, drängte sich an Faly, er schützte sie mit seinem Körper, selbst noch im Tod. Der Herzensammler sah sie nicht, er sah zu uns, und ich begriff sein Zögern, er war niemand, der rannte, er war jemand, der andere rennen ließ, er war ein Herr.

Einen Moment lang dachte ich, er würde dem alten Mann mit dem Pousse einen Befehl geben und hineinspringen, doch er zögerte zu lange, der Alte mit Faly und Aina setzte sich jetzt in Bewegung, und der Herzensammler hob den Arm und rief noch einmal: »Wartet!«

Und dann, schließlich rannte er doch, und von da an sah ich wieder nach vorn, legte all meinen Willen, all meine Kraft in meine Schritte. Ando war dicht neben mir.

Und ich dachte, gleich, gleich springt wieder jemand hinter einer Ecke hervor, gleich zieht sich die Falle zu, es ist eine Falle, es muss eine sein, er ist nicht allein gekommen, er ist zu klug, um das zu tun –

Aber wir erreichten die große Straße, an der die Busse fuhren, ohne dass jemand sich uns in den Weg stellte, wir schlängelten uns durch den Verkehr, und für kurze Zeit gelang es uns, Blech und Abgaswolken zwischen uns und den Herzensammler zu bringen. Dann waren wir an einem der tausend Hänge Tanas, und ich zog Emma eine schmale, dunkle Treppe zwischen den Häusern hinauf, eine Abkürzung zur nächsthöheren Straße: Ganz oben auf diesen Hügel, irgendwo ganz oben thronte der Rova, der Palast, der über die ganze Stadt blickte.

Von dort hatten die Königinnen auf ihr Land hinabgeblickt, dort hatte Ranavalona die Grausame gesessen und alle Vazahas fortgejagt und alle Christen von einem Felsen in den Tod gestürzt.

Früher, als Kinder, hatten wir eine Weile versucht, in der Straße vor dem Palast zu betteln, denn alle Touristen, die Madagaskar besuchen, werden zum Rova gebracht. Es ist eine gute Stelle zum Betteln. Die älteren, denen der Platz gehörte, hatten uns immer weggejagt, Faly und mich.

Ich sah noch deutlich vor uns, wie wir rannten, Hand in Hand, wie Emma und ich jetzt, doch damals hatten wir gelacht: über die älteren Jungen, die uns nicht einholten. Wir hatten gehungert und gefroren, aber das Leben war leicht gewesen, eine einzige große Seifenblase, in der wir zu zweit durch das Universum schwebten.

Mein Herz wurde schwer, als ich das dachte, so schwer,

dass ich es kaum noch den Hang hinauf schleppen konnte. Ich merkte, dass auch Emma langsamer geworden war.

»Weiter!«, keuchte Ando.

Er sah nach hinten, und da war er wieder, der Vazaha. Und dann entdeckte ich den Wagen, einen dreiräderigen Lastwagen, hinten offen, mit Kisten voller Colaflaschen, und ich wusste, er fuhr hinauf, ganz hinauf, zu den Restaurants beim Rova, den Restaurants für Vazahas.

Er quälte sich die gewundene Straße entlang, den Hang hinauf. Und doch fuhr er schneller, als ein Mensch laufen kann. Ich zeigte wortlos auf den Lastwagen, und dann war er neben uns; wir zogen uns hoch. Wir passten gerade auf den freien Platz der Ladefläche. Und als spürte der Wagen, dass wir da waren, beschleunigte er genau in diesem Moment. Der Herzensammler stand neben der Straße und sah uns nach, sah sich nach einem Gefährt um, doch da war keines, das ihn mitnehmen konnte, nur ein paar Mopeds, er stand da und war allein und all sein Geld und seine Macht nutzten ihm nichts, und ich lachte und legte einen Arm um Emma.

Und Emma lachte auch. Gleichzeitig rang sie nach Luft, und ich sah die Adern seitlich an ihrem Hals hervortreten, was ich nie zuvor gesehen hatte, es sah seltsam aus.

Die Sommersprossen auf ihrem Gesicht waren so hell wie bei Tag verblasste Sterne.

»Wir ... schaffen es«, flüsterte sie. »Wir ... schaffen ... es, Fy.«

Ich legte einen Finger auf den Mund. »Nicht reden«, keuchte ich. »Atmen.«

Ando ließ seinen Kopf an meine Schulter sinken, und so

nahm uns der Lastwagen voller Flaschen mit hinauf auf den Berg der Könige, um Kurven und um Schlaglöcher herum, an der großen Kathedrale vorbei, an einer Schule vorüber, vor der die Schüler in ihren Uniformen im Schatten von Bäumen auf einer maroden Mauer saßen und redeten und lachten – wie sehnte ich mich danach, mit ihnen dort zu sitzen!

Und dann waren wir ganz oben, fuhren am Eingang des Rovas vorbei, ein Stück auf der uralten Kopfsteinpflasterstraße, die am Hang entlangführt – und hielten.

Hier, hinter einer Hecke, lag das erste Restaurant. Ich half Emma herunter, obwohl ich noch immer dich im Arm hielt. Du warst ganz still und ganz wach und sahst mich an, fragend.

Noch hatte ich keine Antworten.

Vor uns erstreckte sich die Straße zwischen Mauern und Gärten, es war eine so friedliche, morgenleere und schöne Straße. Zur Linken lag in der Tiefe die Stadt, man konnte über ihre Dächer sehen. Und ich wollte langsam dort entlanggehen, mit dir, mit Ando an der Hand, es wäre ein schönes Ende gewesen, wie das Ende eines Films.

Aber nichts war zu Ende, Aina war irgendwo in der Stadt, ich musste meinen Bruder begraben, und ich drehte mich um und sah.

Ich sah den Herzensammler.

Er sprang aus einem gelb-schwarzen Dreiradtaxi, er hatte also doch eines gefunden,

und ich begriff, dass wir es niemals schaffen konnten, ihm zu entkommen. Er würde immer da sein, immer irgendwo warten, er wartete, seit ich so alt war wie Ando, seit er von meiner Blutgruppe erfahren hatte. Diesmal zögerte er nicht, er rannte sofort los. Er war sportlich, gut trainiert, älter, doch gesünder als wir alle, und ich packte dich fester und lief über das unebene alte Pflaster.

Wir liefen alle, und während wir liefen, wurde mir klar, wohin wir liefen: Zu der Stelle mit dem Felsen, von dem sie damals die Christen in den Tod gestürzt hatten. Ich kannte den Felsen gut, auch dort hatten wir versucht, zu betteln.

Die Touristen fotografierten sich gerne vor der runden Aussichtsplattform.

Dorthin liefen wir, wir liefen den Weg der alten Märtyrer, so früh am Morgen waren keine Touristen da, wir liefen zwischen Mauern, zwischen der Schönheit der darüber winkenden Bäume,

wir liefen durch einen Regen aus Blüten, der von hohen Ästen auf uns rieselte,

wir liefen

in eine Sackgasse.

Und mitten im Blütenregen, weiß und tief violett, fiel Emma.

Sie ließ meine Hand los und fiel, aber sie war nicht gestolpert, sie glitt einfach auf den Boden, sie hatte keine Kraft mehr, weiter zu laufen, bekam keine Luft, ich sah es, und ich konnte ihr nicht helfen, ich musste sie loslassen, meine einzige Freundin.

Ich konnte mich nicht einmal nach ihr umsehen, ich ließ sie auf dem Boden zurück und rannte weiter, dich im Arm, Onja, und Ando neben mir, ich hörte die Schritte des Herzensammlers, und ich wusste, dass es für uns, dich und mich und Ando, nur ein Ende gab:

ein Ende auf einem Operationstisch in einem Hinterzimmer, unter einer hellen Lampe.

Ein Ende in einem wogenden, roten Meer aus Schmerz.

Irgendwann wäre auch das vorbei.

Matoto. Geister.

Wir würden Matoto sein.

Wir würden zu Faly heimkehren.

Aber wer würde ihn begraben? Und uns? Ein Matoto, dessen Körper niemand bestattete, blieb darin gefangen. Sie *würden* uns nicht bestatten. Sie würden unsere Körper fortwerfen wie die der anderen Kinder, wir waren Müll, leere Hüllen von Herzen, und vielleicht wären wir also nicht einmal dann frei.

Das war ein schrecklicher Gedanke.

16

Ich wusste es, als ich fiel.

Ich wusste, dass es zu Ende war.

Ich sah Fy weiterrennen, doch ich wusste, dass ich nirgendwo mehr hinrennen würde.

Ich lag einfach auf dem Boden, und das Pflaster fühlte sich gut an, so glatt, und überall diese violetten Blüten. Es fielen mehr auf mich hinab, mehr und mehr. Fy wurde in der Ferne kleiner.

Und dann war er über mir, wie ein Schatten, wie der Tod aus einem Comicroman:

Er kniete neben mir, hob meinen Kopf mit beiden Händen, zog mich halb hoch, sodass ich in seinem Schoß lag und sprach mit mir, hektisch, schnell, aber ich verstand kein Wort.

Der Herzensammler.

Er war gleichzeitig ganz nah und sehr weit weg, als würde ich ihn durch ein Fernglas ansehen, das ich verkehrt herum hielt.

Mir war furchtbar schwindelig, und in meinem Kopf wütete ein gemeiner Schmerz. Sauerstoffmangel.

Ich zwang mich, mich zu konzentrieren.

Zwang mich, zu fragen, obwohl ich mich selbst kaum hörte: »Was?«

»Ich habe gefragt, was mit dir ist«, sagte er. »Bist du umgeknickt? Oder ...«

Ich lachte fast. Schaffte es, die Hand zu heben und auf meinen Brustkorb zu zeigen. »Mein Herz«, sagte ich. »Ich bin ... ich ... bin eine von denen, an die Sie die Herzen verkaufen.«

»An die ich *was?*«, fragte er und sah mich mit weit aufgerissenen Augen an, Augen so hellblau wie der kalte Himmel über ihm an diesem Morgen.

»Die Herzen ...«, flüsterte ich. Es war schwer zu sprechen, ich wünschte, mein Kopf hätte nicht so wehgetan, ich wünschte wirklich, ich hätte mehr Luft bekommen.

»Ich ... weiß, was Sie ... tun. Sie ... handeln mit Organen. Herzen. Sie haben dieses ... Haus ... das gelbe Haus ... wo sie die Kinder so lange ... wohnen lassen, bis ... Sie ihre Herzen brauchen. Sie sind ... der Herzensammler.«

»Mein Gott, Mädchen«, sagte der Herzensammler. »Wer hat dir denn das erzählt?«

»Das sagen ... sie alle«, brachte ich hervor. »Die ... in ihrem Haus ... arbeiten. Sie bekommen ... Dinge mit. Ente ... Ente hat für Sie gearbeitet, richtig. Aber Ente ist tot.«

»Ente? Der Junge mit dem Entenpullover?«, fragte der Herzensammler. »Er ist ... tot?« Dann schüttelte er den Kopf, als sei dies unwichtig und auf einmal hielt er ein Handy in der Hand. »Du brauchst einen Arzt«, sagte er. Ich sah ihm zu, wie er in das Handy sprach, rasch, auf Malagassi, er sprach es fließend, dann legte er auf. »Sie kommen«, sagte er. »Mach dir keine Sorgen. Aber wir müssen deine Freundin holen. Und ihren Bruder.«

Da krallte ich mich an seinen Ärmel, mit der letzten Kraft, die ich hatte. »Nein!«, flüsterte ich. »Das ... werden Sie nicht! Sie kriegen ihr Herz nicht. Lassen Sie sie das Herz behalten. Es gibt doch genug ... Herzen. Ich weiß, sie hat eine ... seltene ... Blutgruppe ... Lassen Sie sie ... leben. Ich bitte Sie darum.«

»Mein Gott«, sagte der Herzensammler wieder. »Ich will doch ihr Herz nicht! Ich will niemandes Herz! Was ist das für eine verrückte Geschichte? Sagen sie wirklich, ich wäre ... wie hast du mich genannt? Den Herzensammler?« Er schüttelte den Kopf, lachte kurz auf, bitter.

»Sie ... Sie war bei Ihnen, mit ihrem Zwillingsbruder. Sie haben ihr damals gesagt, Sie sind nicht ... interessiert an ihren Körpern«, flüsterte ich. »Nur an ... ihren Herzen.«

»Himmel ... doch nicht im wörtlichen Sinn!«, sagte der Herzensammler. »Wenn ich Herz sage, auf Malagassi, dann meine ich: Seele, verstehst du, innere ... innere Werte ... Ich erinnere mich an sie, ihr Fall hat mich immer interessiert, ich habe versucht, sie aus der Villa zu holen, und später ihre Geschwister ... Mein Gott, mein Gott, das ist es, was sie dachten? Hör zu, bitte, bitte, hör zu, ich ... wir ... Wir sammeln Kinder von der Straße auf und lassen sie zur Schule gehen, damit sie eine bessere Zukunft haben, wir haben Partner in Europa, die für diese Kinder bezahlen, Paten, und manche der Kinder schaffen es und studieren später im Ausland, aber mein Gott, mein Gott, wir handeln doch nicht mit Organen! Ich weiß, es gibt immer wieder Gerüchte über *Weiße,* die das tun ... Die Leute hier reden so viel ... Sie können nicht begreifen, dass jemand etwas tut, ohne Profit zu machen, wir sind ein gemeinnütziger Verein, ich habe mich in die Villa, man könnte sagen, eingeschlichen, um die Kinder da rauszuholen, verstehst du ...« Er sprach jetzt fast so abgehackt wie ich zuvor, auch ihm fehlte die Luft, doch bei ihm lag es daran, wie aufgebracht er war.

»Sie sammeln keine Herzen?«, wisperte ich, ganz leise. Ich war so erschöpft. Mehr als je zuvor. Ich wollte ihm glauben. Es war schwer.

»Ich sammle Kinder«, sagte er. »Aber ich besitze sie nicht. Ich bin nur Teil einer Organisation. Und wir wollen von diesen Kindern nichts, als dass sie lesen und schreiben lernen und eines Tages ihr Land ändern. Oder die Welt.«

»Wovon ... leben Sie dann?«

»NGOs leben größtenteils von Spendengeldern«, sagte er. »Man wird nicht reich dabei. Man wird irgendwann sehr müde. Es ist ein Kampf gegen Windmühlen.«

Und dann stand er auf und zog mich mit sich hoch, und ich wollte ihm sagen, dass es medizinisch gesehen wahrscheinlich besser war, mich nicht zu bewegen, aber ich ließ es.

»Wir müssen es ihnen erklären«, sagte er. »Kannst du laufen?«

»Ich ... glaube nicht«, flüsterte ich. »Ich bin wirklich, wirklich krank.«

Und ich dachte, dieser Mann weiß nichts über Herzen, es ist wahr, er hat keine Ahnung von Einflussstauungen, die gestauten Halsvenen sieht man doch, er hat keine Ahnung von Rechtsherzinsuffizienz und Rhythmusstörungen, er sah, dass ich schwach war, das war alles.

Und da glaubte ich ihm.

Ich glaubte ihm wirklich.

Er war nicht der Herzensammler. Es gab den Herzensammler nicht.

Die Leute redeten nur. Und Ente hatte gerne Menschen Angst gemacht, weil er wahrscheinlich selbst in seinem Leben viel Angst gehabt hatte.

Faly war tot, und Ente war tot, und es reichte, dachte ich, es reichte wirklich, all das nur wegen Vorurteilen, wegen eines Missverständnisses.

»Ich würde deine Freundin wirklich gerne finden«, sagte er. »Ich würde sie gerne finden und ihr helfen. Ihrer Familie. Sie steht schon lange auf unserer Liste. Ich glaube, du weißt, was passiert ist, in der Villa, diese Kinder brauchen jemanden, der sich kümmert. Einen Ort, an dem sie sicher sind.«

»Und Aina ... braucht einen Arzt«, wisperte ich. »Sie ist gefallen. Sie hat ... vielleicht eine Einblutung im Kopf. .«

»Du hörst dich selbst an wie ein Arzt«, sagte der Herzensammler.

Ich nickte nur. Ich konnte ihm nicht mehr erklären, wir hatten keine Zeit.

Ich stand jetzt auf den Füßen, doch ich wusste, ich konnte keinen Schritt mehr gehen, und endlich begriff er es; er nahm mich auf seinen Rücken so wie die Madagassen ihre Kinder. Er war sehr groß und sehr stark.

»Du wiegst nichts«, sagte er. »Wie alt bist du?«

»Uralt«, sagte ich.

Und dann lief er los mit mir, die Pflasterstraße entlang, und in meinem schmerzenden Kopf kreisten die Wahrheiten umeinander wie bunte Schmetterlinge, flogen und fielen übereinander.

Der Herzensammler war nichts als ein Mann, der seinen Job machte.

In einer Organisation, die Kindern half.

Es kommt immer darauf an, was wir sehen.

Die Pflasterstraße endete an einer Aussichtsplattform, einem runden Betonpavillon, den sie auf einen Felsen gebaut hatten.

Dahinter fiel der Berg steil ab. Es gab nichts, wohin man von dort aus gehen konnte außer zurück.

Und da fanden wir Fy und Ando. Sie standen auf der Plattform und sahen uns entgegen. Fy hielt Onja fest an sich gepresst. Ihre Augen waren weit vor Angst, doch ihr Gesicht war entschlossen.

»Kommen Sie keinen Schritt näher!«, schrie sie. »Keinen! Sonst bekommen Sie keines dieser drei Herzen, kein einziges!«

Der Herzensammler blieb stehen und ließ mich von seinem Rücken gleiten, bis ich an seiner Seite stand und er mich dort festhielt, damit ich nicht fiel. Aber was sah Fy? Sah sie, dass er mich festhielt, damit ich nicht fortkonnte?

»Geben Sie es Emma!«, rief sie. »Geben Sie Emma mein Herz, wenn Sie es herausschneiden! Wenn jemand es bekommt, soll *sie* es haben. Sie soll weiterleben!«

»Ich will kein Herz!«, rief der Herzensammler. »Hör auf mit dem Unsinn!«

»Halt!«, sagte ich, ich konnte nicht rufen, ich streckte eine Hand aus, um ihr zu bedeuten, dass sie warten sollte.

Fy sah meine ausgestreckte Hand nicht, oder sie verstand nicht.

»Meins können Sie haben!«, schrie sie. »Aber Andos und Onjas Herzen bekommen Sie nicht! Niemals!«

Und damit hob sie Onja mit einem Arm hoch und packte Ando mit dem anderen am Arm, und ich begriff im selben Moment, was sie tun würde.

Was ich nicht mehr verhindern konnte.

Sie würde Onja und Ando in den Abgrund stürzen, sie wollte lieber einen schnellen Tod für die beiden als den langsamen, qualvollen, den sie fürchtete.

Ein Leben ist so wenig wert in Madagaskar.

Warum konnte ich das hier nicht verhindern?

Ich machte einen Satz, Adrenalin wirkt Wunder, ich machte einen Satz – nein, ich machte keinen Satz, das passiert nur in Filmen, ich ließ nur den Herzensammler los und stolperte vorwärts, auf Fy zu, mit ausgestreckten Armen, ich wollte schreien *Tu das nicht!* Aber ich konnte auch nicht schreien, ich hatte keine Luft, alles, was ich hatte, waren meine Augen.

Und ich sah sie an, packte sie mit nichts als meinem Blick, legte alles Flehen und alle Verzweiflung hinein, all meine Liebe für sie, und da riss sie Onja wieder an ihre Brust und ließ Ando los und stand da, keuchend, sah mir entgegen, schüttelte den Kopf, verstand, für den Moment, nichts.

Ich schaffte es bis zu ihr und fiel vor ihren Füßen auf der Betonplattform hin, und sie kniete über mir und fragte: »Emma? Was …?«

Sie sah den Herzensammler an, der sich nicht vom Fleck rührte. Sah wieder mich an.

»Er … er ist …«, begann ich, und die Worte fingen sich in meiner Kehle, und mein dummer Kopf tat so weh, es wurde schlimmer, doch ich wusste, ich musste diesen Satz unbedingt zu Ende bringen. Es war das Einzige, was ich noch tun musste. »… nicht … was du denkst«, wisperte ich. Ich hörte mich selbst kaum.

Fys Gesicht war jetzt ganz nah. »Emma!«, flüsterte sie und hob meinen Kopf auf, »Emma!«

»Er will … nichts Böses«, wisperte ich. »Es war alles … eine … Lüge. Fy. Alles … wird gut.«

Und da nickte sie.

Und ich wusste, ich hatte es geschafft.

Irgendwie.

Der Herzensammler kam ganz langsam näher und setzte sich auf die Stufen des Pavillons, einen Meter von uns entfernt. »Ich tue keinem etwas«, sagte er leise. »Ich verspreche es. Der Notarzt ist gleich da. Ich hoffe.«

Ich sah, dass sich hinter ihm ein Taxi näherte, ein echtes Taxi auf vier Rädern, doch es war nicht der Notarzt, ich sah, wer ausstieg. Es war Elise.

Und sie kann nicht mehr gut rennen, sie ist achtzig, meine wunderbare, wunderbare Elise, aber sie rannte, und ich spürte, wie sich ein Lächeln über mein Gesicht bereitete. Ein Lächeln, das alles einschloss, Fy und Onja und Ando und den Herzensammler und Elise, die ganze Welt, und ich wusste, jetzt war es wirklich zu Ende, jetzt würde die Zeit der weißen Räume und Schläuche beginnen, und ich dachte, von mir aus, dann kann ich wenigstens eine Weile schlafen.

So hätte Emma es erzählt. Jedenfalls denke ich das.

Ich meine, ich kenne sie nicht. Ich habe erst später erfahren, dass sie Emma heißt. Aber sie hat gelächelt, zum Schluss, und ich dachte, jemand muss es doch aufschreiben: jenes wichtige, alles verändernde Gespräch, das wir hatten.

Jemand muss es aufschreiben, um ihr Tagebuch zu vervollständigen.

Denn Emma wird es nicht mehr tun.

Ehe ihre Urgroßmutter an jenem Morgen bei ihr ankam, hat sie aufgehört, zu atmen.

Sie lag in den Armen ihrer Freundin, ganz still.

Und ehe ich etwas tun konnte, war die alte Dame aus dem Taxi an mir vorbei, beugte sich über Emma, verschlang die Hände ineinander, geübt, begann mit der Herzdruckmassage.

Ich habe sie sehr bewundert in jenem Moment, ich war starr vor Schreck, ich stand nur da und sah zu, wie sie rhythmisch den Brustkorb des Mädchens nach unten presste und ihr Luft in die Lungen blies, sie arbeitete unaufhörlich und sehr lange, und dann übernahm ich, als sie nicht mehr konnte, sie sagte mir, sachlich und knapp, was ich zu tun hatte.

Emmas Freundin kniete neben uns und betete.

Der Notarzt kam erst eine halbe Stunde später. So ist es in dieser zu vollen Stadt mit den engen Straßen und all den Staus. Sie hatten einen Ambubeutel zum Beatmen, sonst nicht viel.

Und als sie das Mädchen, das sie im Pavillon fanden, auf eine Trage legten und in den Wagen brachten, nahm die alte Dame kurz meine Hand und drückte sie und sagte: »Danke. Ich denke, mehr können wir nicht tun.«

Sie drehte sich um und warf einen kurzen Blick über die Stadt, über die Hügel, über das Land.

»Sie wollte immer ein großartiges Ende«, sagte sie. Ihre Stimme kippte ein wenig. Dann stieg sie ohne ein weiteres Wort mit in den Krankenwagen. Sie versuchte, sehr stark zu sein. Doch ich sah, dass ihre Schultern zuckten.

Und ich nahm Emmas Freundin an der Hand und zog sie hoch. Diesmal versuchte sie nicht, vor mir zu fliehen.

»Wir können das Taxi nehmen und mitfahren in die Klinik«, sagte ich. Auf Malagassi.

Sie nickte nur.

Fy. Sie heißt Fy. So viele Kinder, so viele Namen! Denn letztendlich ist sie nichts anderes als ein Kind, auch wenn sie ein Baby hat. So viele Kinder, und niemals kann man alle retten.

»Wir müssen Aina holen«, sagte der Junge neben Fy. Ando. Er trug noch immer die Dienstbotenuniform der Villa, aus der ich ihn und seine Schwester hatte herausholen wollen. Die ich so oft betreten habe, um zu schauspielern und zu lügen. Um an die Kinder heranzukommen und sie freizukaufen. Es ist mir nicht bei allen gelungen.

Und es ist uns nie gelungen, die ganze Sache auffliegen zu lassen. Zu große Namen unter den Besuchern. Zu viele Leute, die schützend ihre Hand über die Sache halten.

»Aina?«, fragte ich.

»Sie muss auch in die Klinik«, sagte Ando, obwohl Fy den

Kopf schüttelte und sagte: »Aina kommt schon wieder auf die Beine.«

»Nein«, sagte Ando. »Wir holen sie jetzt ab, und sie müssen nachsehen, was mit ihrem Kopf nicht stimmt.«

»Wir haben kein Geld, um irgendeine Untersuchung zu bezahlen«, sagte Fy.

»Ich denke, es gibt ein Budget für so etwas in der Organisation, für die ich arbeite«, sagte ich vorsichtig. »Wir werden sehen.«

Nachwort

Ich schreibe dies zusammen mit Elise auf, damit alles absolut vollständig ist.

Emma wird es nicht aufschreiben.

Sie ist der Gefangenschaft zwischen weißen Betten und Schläuchen entkommen, so wie sie es immer wollte. Sie wird ihre Zeit nicht in einem Krankenhausbett verbringen. Sie wird sie mit Faly verbringen.

Ich jedenfalls glaube das.

Aina ist operiert worden. Sie hatte eine Einblutung im Kopf, die auf ihr Gehirn drückte, so wie Emma es vermutet hatte. Emma hätte tatsächlich Ärztin werden können, ich glaube, sie wäre eine gute Ärztin gewesen. Ihre Urgroßmutter hat Ainas Operation bezahlt.

Ich habe ihr gesagt, dass sie uns alle gerettet hat, irgendwie, und sie hat den Kopf geschüttelt, sehr ernst. »Das ist eine zu abgedroschene Geschichte«, hat sie gesagt. »Der *weiße* Held kommt und rettet die Menschen in Ländern wie diesem. Nein. Ihr müsst euch schön selber retten. Und das werdet ihr. Sieh zu, dass du wieder zur Schule gehst.«

Wir haben Faly in der Grabstätte unserer Mutter beigesetzt. Es ist ein sehr kleines Familiengrab, aber ich werde es in den nächsten Tagen verputzen und anstreichen, damit es schöner aussieht, ein kleines Haus für die Toten wie alle Grabstätten in meinem Land, eine Heimat für ihre Überreste, ein Ort, an den die Matoto zurückkehren können, um mit ihren Angehörigen zu sprechen, ab und zu. Für den Rest sollen sie frei sein.

Ich dachte an Emmas Sommersprossen, als ich am Grab stand, ich weiß auch nicht, warum, ich dachte, wenn man ein paar Sommersprossen um das Grab streuen könnte, würden sie vielleicht wachsen, es würden Palmen daraus sprießen wie auf der Île aux Nattes, oder ein ganzes Meer, mit Muscheln und Sand und Walen, und es würde diese riesige Stadt überschwemmen und sie schön machen.

Doch sie *ist* schön.

Auch so. Emma hat es selbst gemerkt: Zuerst sieht man nur die schönen Dinge an der Oberfläche, die Dinge, die Besucher sehen sollen. Dann, irgendwann, sieht man die Hässlichkeit darunter, und erst danach sieht man das wahrhaft Schöne unter dem Hässlichen: die Sonne auf einem Abwasserkanal. Eine Blume im Müll. Das Lächeln der Menschen in ihren abgerissenen Kleidern. Die Hoffnung in ihren Augen. Das Lachen, das niemals ganz verschwindet.

Ja, mein Land ist schön. Aber nicht wegen der Palmen, der Muscheln, der Lemuren.

Und der Rest?

Ich habe nie wieder etwas von Ente gehört.

Niemand hat mich gefragt, ob ich es war, der ihn erstochen hat.

Manchmal, nachts, besucht er mich in meinen Träumen, und wir gehen durch die Stadt und reden. Ich versuche, ihn zu verstehen, und er ist nicht mehr so grausam, nicht mehr so böse auf die Welt. Wir nähern uns einander an. Möglicherweise werden wir uns eines Tages vertragen.

Monsieur Tierry ist dabei, die Wahl zu gewinnen.

Niemand kann ihm etwas anhaben.

Aber das ist mir gleich.

Für mich haben sich die Türen des gelben Hauses zum zweiten Mal geöffnet.

Sie nennen es wirklich alle »das gelbe Haus«, die Organisation heißt sogar so, in einer anderen Sprache. Diesmal werde ich nicht durch ein Fenster fliehen. Was wäre geschehen, wenn wir damals geblieben wären, Faly und ich?

Ich habe mich lange mit dem Arzt unterhalten, der uns alle untersucht hat. Ich hatte noch immer Zweifel. Ob die Gerüchte nicht doch stimmen. Der Arzt hat nur gelacht und den Kopf geschüttelt. »Absurd«, hat er gesagt.

»Nur wohin verschwinden die Kinder, wenn sie älter sind?«, habe ich gefragt.

Da hat er mich über seinen Computer mit einem Jungen sprechen lassen, der auch einmal im gelben Haus gewohnt hat, ich hatte ihn auf Gruppenfotos an der Wand gesehen. Auf dem Bildschirm war er älter, er war wirklich da, er konnte mich sehen, und ich konnte ihn sehen; er trug ein sauberes T-Shirt und sagte, bei ihnen sei nicht Winter, es sei heiß, denn er sei in Paris, ich könnte durchs Fenster die Stadt sehen, und er würde hier studieren, deshalb hätten sie ihn hergeschickt, jemand bezahlte das Studium.

Es gibt Gerüchte hier, sage ich zu ihm, Gerüchte über Herzen, die sie den Kindern herausnehmen.

Der Junge lachte auf dem Bildschirm und sagte, ja, Gerüchte gibt es überall, aber nun wüsste ich wohl, wo die verschwundenen Kinder wären.

Der Arzt sagte, es gäbe auch welche, die adoptiert würden, und ich warnte meinen Kopf, ihm nicht zu glauben, aber ich kann nichts dagegen tun: Ich glaube ihm.

Ando und Aina gehen wieder zur Schule. Auch ich lerne etwas, ich lerne nähen, um später damit Geld zu verdienen. Ab und zu üben wir auch das Lesen, in einer Klasse für Ältere, ich gehöre zu den Ältesten hier. Der Herzensammler, den ich nie anders nennen werde, hat gesagt, ich sei ein Sonderfall, wegen Aina und Ando, und wegen meiner Geschichte, und deinetwegen, Onja.

Der Putzfrau, die das mit den Herzen erzählt hat, habe ich die Wahrheit erzählt, aber ich weiß nicht, ob sie sie auch glaubt. Sie hat gesagt, es muss doch etwas für die Vazahas dabei herausspringen, dass sie das hier tun.

Ich denke, sie beruhigen ihr Gewissen. Weil sie so viel haben und wir so wenig.

Oder vielleicht gibt es auch einfach Leute, die gute Menschen sind.

Und so werden wir erst einmal eine Weile in dem gelben Haus bleiben, du und ich. Elise hat die Patenschaft für uns alle übernommen. Obwohl sie darauf besteht, dass sie uns nicht rettet. Sie hat gesagt, ewig wird sie wohl nicht mehr leben, doch ein Weilchen kann sie uns noch helfen, und wir ihr. Gegen die Traurigkeit.

Vielleicht holt sie uns irgendwann nach Europa, dich und mich, denn ich habe ihr erzählt, dass ich so gerne einmal die unendlich langen Plastikrutschen sehen möchte, auf den Spielplätzen, die gratis und für alle da sind: für arme und für reiche Menschen. Und dass es mir schwerfällt, das zu glauben.

Ich weiß nicht, ob es mir Spaß machen wird, eine unendlich lange Rutsche hinunterzurutschen, wenn Emma und Faly nicht da sind.

Aber vielleicht werden sie ja auch da sein. Es kommt darauf an, was wir sehen.

Notiz von Elise Andermann:

Gut.

Es muss einen Abschluss geben, einen Abschluss von Emmas Tagebuch, das mit den Worten »Es ist so schön hier« beginnt. Ich habe es gelesen, bis zum Schluss. Ich denke, sie wollte das.

Emma Andermann starb am 15. August um 10 Uhr an den Folgen eines Rechtsherzversagens.

Sie hatte offenbar die blutverdünnenden Medikamente seit Längerem nicht regelmäßig genommen, und die folgende Klappenthrombose führte am Ende zu einem Kreislaufstillstand.

Sie war schon unwiederbringlich tot, als der Notarzt eintraf.

Sie war meine Urenkelin.

Ich habe sie sehr geliebt.

Ihre Mutter war verzweifelt, aber letztendlich denke ich, war sie erleichtert, dass es vorbei war. All das Hoffen und Bangen, das Pech, das Emma hatte und die Komplikationen, die sie von anderen operierten Fallotkindern unterschieden, dieses Hin und Her, die unsinnigen Vorwürfe, die sie sich als Mutter selbst machte. Sie wird natürlich niemals zugeben, dass sie erleichtert war. Doch ich denke, das braucht sie auch nicht.

Emmas Vater habe ich nur einmal kurz gesehen, seit ich zurück bin in Deutschland. Er scheint immer zu viel zu tun zu haben, aber ich glaube, das ist eine Ausrede. Er hat Angst davor, mich zu treffen. Auch er hat Schuldgefühle. Oder vielleicht hat er Angst, er würde weinen.

Und ich? Was soll ich sagen. Sie fehlt mir.

Sie und ihr Blick auf die Welt.

Sie hatte, denke ich, einen sehr aufregenden und schönen letzten Lebensabschnitt, und sie hat Menschen geholfen, sie hat einen kleinen Teil der Welt verändert. Auch wenn viele sagen werden, dass es unverantwortlich ist, was sie und ich getan haben.

Und dass ihr Ende ein schreckliches Ende war. Ich persönlich denke, es war ein gutes Ende.

Es kommt immer darauf an, was wir sehen.

Und wenn ich sehr allein bin, manchmal, abends, in meiner kleinen Wohnung, dann höre ich mir ihre Nachricht an, die letzte, die sie mir hinterlassen hat.

»Elise? Elise, hier ist Emma. Es tut mir leid. Wir warten auf dich, wir sehen uns ... ganz bald ... ich hab dich lieb. Ich muss dir so viel erzählen. Die Wahrheit ist, es geht mir nicht gut, aber ich bin glücklich.«

(GE)DANKEN

Ich danke allen, die dieses Buch haben entstehen lassen: den obdachlosen Familien von Tana, die das Erste waren, was ich vom Land sah, die in Müllhalden lebten und denen ich unser Hotelfrühstück brachte.

Den Bettelkindern, die wir am Strand kennenlernten und denen ich versucht habe, in meinem holperigen Madagassisch Bilderbücher vorzulesen.

Vielleicht sollte ich sogar der Touristin danken, die mir erklärte, die Menschen in Madagaskar wären »arm, aber glücklich«. Denn damals wurde die Idee geboren, ein Buch über das zu schreiben, was wir sehen. Arm, aber glücklich gibt es nicht. Es ist nur unsere Bequemlichkeit, die diese Formulierung erschaffen hat.

Ich danke Ralph und Rose, die uns auf die Îles aux Nattes gebracht haben, und meiner Familie, die dieses Land zwei Jahre lang ertragen, gehasst und geliebt hat. Natürlich danke ich allen, die geholfen haben, dieses Buch zu etwas zu machen, das hilft. So ein schöner Aufkleber! Vielen Dank, lieber Thienemann Verlag.

Und ich danke meinen Schülern, die ich auf der Straße oder in Klassenräumen unterrichtet habe, mit denen wir einen Film gedreht, Dinge bunt gestrichen und Unsinn gemacht haben: all jenen madagassischen Kindern, von denen ich so viel gelernt habe. Denen wir helfen können – und die, viel mehr noch, uns helfen können, das Leben zu verstehen und einen Sinn zu finden.

Gerne möchte ich aber auch denen danken, die in Zukunft helfen werden. Denn es gibt vieles, was wir tun können. Mädchen müssen nicht mit 15 Jahren Kinder bekommen. Finde ich. Kinder müssen nicht auf der Straße leben, keine Ziegel schleppen, nicht an vermeidbaren Krankheiten sterben und nicht in Gefängnissen sitzen. Kinder sollten die Chance haben, zur Schule zu gehen.

Nur Bildung ändert letztlich die Zukunft.

Deshalb haben wir eine Schule gebaut – und ein Kinderhaus für Kinder, die kein zu Hause haben.

Und deshalb suchen wir ständig nach Menschen, die uns helfen:

Paten für Kinder, Paten für Lehrer, Paten für unser Übersetzungsprogramm von Kinderbüchern …

Ich danke im Voraus all jenen, die dieses Buch lesen und beschließen, zu helfen.

Schreibt uns, wenn ihr mögt.

www.les-pigeons.net

www.antonia-michaelis.de

Über unsere Schule und unsere Projekte

In Madagaskar kostet Schule Geld. Zur Schule zu gehen ist Luxus.

Les Pigeons, eine kleine und sehr bunte Privatschule im Dorf Talata bei Antsirabé, im kühlen Hochland von Madagaskar, bietet auch den allerärmsten Kindern aus sozialschwachen Familien die Möglichkeit, zu lernen: Über ein Patenprogramm werden der Unterricht, die gesunde Ernährung und die medizinische Versorgung der Kinder finanziert, Hefte, Stifte, Schuluniform; die Kinder erhalten all das von uns. Viele Kinder sind zunächst vom Gratismittagessen angezogen und entdecken dann das Lernen für sich.

Auch mit dreizehn, finden wir, ist es nicht zu spät, schreiben zu lernen. Es ist nie zu spät.

Wir haben eine Holz- und eine Nähwerkstatt, wo die Schüler tischlern, nähen und sticken lernen können, um später Arbeit zu finden – es kann ja nicht jeder Akademiker werden.

Es gibt Kunst- und Musikunterricht, Theater, Umweltunterricht und Aufklärungsunterricht, da wir immer wieder sehr junge Mädchen sehen, die schwanger werden und ihr Leben damit quasi aufgeben.

Es gibt jedoch auch Schüler aus wohlhabenden Familien bei uns, die zahlen, denn wir möchten die Schichten der Gesellschaft durchmischen. Oft wollen reiche Madagassen mit Armen nichts zu tun haben. Bei uns sind alle Schüler zusammen: arme, reiche, lernschwache, teilbehinderte und superintelligente Überflieger. Und sie lernen, sich gegenseitig zu akzeptieren.

Die Schule hat die Form einer Taube, bei Google Maps könnt ihr das silberfarbene Dach finden, wenn ihr »Les Pigeons Talata Madagascar« eingebt.

Östlich davon befindet sich das Ei-förmige Kinderhaus. Dort leben und lernen 15 Kinder, die sonst kein Zuhause hätten, zusammen mit vier Betreuern. 2021 haben wir ein zusätzliches Gebäude gebaut, da die Schule aus allen Nähten platzt, und einen kleinen Wald gepflanzt.

Wir produzieren unsere eigene Kohle aus Abfall und haben ausschließlich Solarstrom.

Wir haben einen eigenen Schulbus, der zwanzig Straßenkinder aus der nahen Stadt abholt.

Wer bei uns ein Patenkind hat, bekommt ab und zu einen Brief oder ein Bild und kann, wenn er möchte, selbst Briefe schreiben: Wir übersetzen.

Seit der Dürre 2021 sind wir auch im Süden aktiv. Im September 2021 fährt ein erster Nahrungsmittelkonvoi dorthin, zu einer Gemeinde, die sonst keinerlei Hilfe erhält.

Dringender brauchen diese Menschen Bildung, um zu lernen, wie sie das dürre Land fruchtbarer machen können … Wir bleiben am Ball.